» I MAESTRI DELL'AVVENTURA «

VOLUME 19

IL TRAFFICANTE

Romanzo di
JORGE FERNÁNDEZ DÍAZ

Traduzione di
PATRIZIA SPINATO

LONGANESI

www.longanesi.it

ISBN 978-88-304-5115-5

Titolo originale:
La herida

IL TRAFFICANTE

A Veronica, la mia passione.
Perché mi riempie la vita,
è indispensabile alla mia scrittura,
e l'amore con lei
è una lunga e affascinante conversazione.

Due donne

La suora si guarda negli occhi e per qualche istante sostiene il proprio sguardo allo specchio, senza mai battere le ciglia. Gli occhi sono castani e la pelle è insolitamente abbronzata. La veste nera e il velo monacale contrastano con l'incarnato atletico. In genere ci aspettiamo che le discepole di Gesù mostrino un incarnato pallido con sfumature rosa, non quella tonalità scandalosa e piena di vita che sembra implicare lunghe ore all'aperto. Il sole le ha scavato piccoli solchi sulla fronte, tra le sopracciglia e attorno alle labbra che non conoscono il rossetto; qualcosa nella sua espressione suggerisce una specie di stanchezza morale, una tristezza profonda, antichissima. Eppure, niente di tutto questo riesce a oscurare la sua bellezza pulita. Il contrasto tra l'abito monacale e l'abbronzatura caraibica sparisce con un movimento rapido e breve, del tutto naturale. Libera del velo, la suora scuote i capelli corti, bruni anch'essi con qualche filo di grigio. È una donna che ha passato i quaranta ma possiede ancora un certo fascino. I gesti che seguono sono più rapidi e decisi. Sgancia tre bottoni sulla schiena, sfilandosi l'abito dalla testa; si disfa della biancheria e delle calze, che piega con cura; aggiunge al mucchio un paio di scarpe nere e lascia tutto in un angolo, per poi tornare ad affrontare lo specchio. È completamente nuda, adesso, e il segno dell'abbronzatura è evidente su braccia, cosce e polpacci. Il resto del corpo è quasi bianco come la neve, macchiato da alcuni nei, dai capezzoli scuri e dalla peluria sul pube. È magra, le gambe tornite e muscolose. Le gambe di un'atleta allenata. Non sembra nemmeno che si stia mettendo sotto esame: continua a fissare il proprio riflesso con quella strana mescolanza di indifferenza e malinconia. Infine allontana lo sguardo e prende gli abiti. Esce dal bagno e, nuda, attraversa la sala e scende i gradini in legno; in cantina, apre la caldaia che ruggisce e getta nel fuoco la sua vecchia vita.

La maestra gira attorno al cavalletto, osserva l'opera incompiuta da diverse angolazioni e gioca oziosamente con i pennelli, poi depone lo straccio ed esce nel porticato. A volte non trova l'energia giusta, e in quelle occasioni insistere sarebbe un azzardo: c'è il rischio di cadere nella mediocrità o in un errore fatale. Meglio lasciar passare il momento negativo. Il sole esegue l'avvicinamento finale all'orizzonte, al di là dei pioppi e dei terreni da semina. Nella valle non fa né caldo né freddo, gli unici suoni sono quelli dei mangia mais e dei pitanghi solforati. La donna si scherma gli occhi con una mano, osserva il cancello per il bestiame e il sentiero. Indossa una camicia morbida e coperta di macchie, pantaloncini di jeans sfrangiati e stinti, i capelli, nerissimi, sono nascosti sotto un foulard bohémien che un tempo era stato blu. Nonostante l'aspetto informale, salta subito agli occhi che è una gran bella *morocha*, dotata di quell'eleganza innata che, se necessario, trasforma la femmina più insignificante in una donna dal fascino magnetico e sensuale. Tolto il lavoro di maestra alla scuola comunale, che svolge di malavoglia fino a mezzogiorno, per il resto del giorno si considera un'artista libera e gaudente, che ama oltrepassare i limiti e sperimentare sensazioni nuove. È perfettamente consapevole che il suo temperamento volubile e a volte temerario la metta spesso in situazioni spinose, e che quel pomeriggio potrebbe essere successo qualcosa di particolare. Una discussione. Niente di importante. Da qualche ora però sente dentro di sé un campanello d'allarme e l'eco di vaghi sensi di colpa, un'ansia fugace alla quale è sicuramente da imputare il blocco artistico. Le sfugge un ansito quando riconosce quell'emozione mutevole, e scrolla le spalle. Torna nella sala, si versa un calice di vino e accende uno spinello. Controlla distrattamente i messaggi sul cellulare e mette un album dei Led Zeppelin a tutto volume. Si lascia avvolgere per qualche minuto dalle note di *Stairway to Heaven*, intona persino il ritornello, coprendo la voce di Robert Plant. Poco dopo, l'atmosfera cambia, poiché *Whole Lotta Love* la colma di rumore e di energia. Seleziona il Repeat e comincia a riempire la vasca da bagno. Sovrasta le urla orgasmiche del cantante con le proprie e si serve un secondo bicchiere prima di sfilarsi i vestiti. È quasi nuda, mezza ubriaca e felicemente confusa, quando percepisce qualcosa di strano. Il frastuono della musica la chiude in una sorta di bolla euforica, ciononostante si sente pungolare da un sesto senso. Con i seni al vento, il calice vuoto, circondata dal vapore, fa qualche passo fuori dal bagno e d'un tratto scorge un'ombra. Ormai ha i sensi troppo ovattati per poter sussultare, così continua ad avanzare come una sonnambula, anziché tornare cautamente indietro. L'ombra si avvita su sé stessa, come un giocatore di golf pronto a colpire, e allunga un braccio in una parabola. Il pugno raggiunge la donna alla tempia, facendole esplodere la mente: il cervello sbatte come un budino all'interno del cranio, e lei crolla a terra fulminata nell'attimo in cui Plant le dice: «*You need coolin' baby, I'm not foolin' I'm gonna say it, yeah! Go back to schoolin' Way down inside honey, you need it, I'm gonna give you my love*».

1

Martello e bisturi

Un puntello notturno a Castel dell'Ovo, chiuso al pubblico ma aperto ai desideri della camorra, è un ottimo argomento per presentarti armato fino ai denti. Anche se per esperienza sai benissimo che una Glock sotto il poncho non ti fa sentire affatto più sicuro; il gioco questa volta sta nel mostrarsi calmi, diplomatici e affabili. Siamo a Napoli per lavoro, non per lanciare petardi. Ufficialmente siamo due manager argentini della principale holding del trasporto di cocaina del Cono Sud, venuti a offrire i nostri servizi commerciali. A farci da garanti, un imprenditore ittico di Mar del Plata, che ha già gestito alcune consegne per noi e per la camorra, e un boss recluso in Spagna, ad Aranjuez, il quale ha acconsentito a fornire una raccomandazione discreta ma decisiva in cambio di un alleggerimento della sua situazione giudiziaria. La squadra è stata formata dall'Unità antimafia, e mi rifiuto di credere che sia solo questione di opportunismo, come cercano di darci a bere. «Fortuna che eravate qui», hanno detto i colleghi, spiegandoci i dettagli. Ma che cazzo. Ci hanno fatti venire in Italia per spedirci in questa topaia e forse per qualche altro motivo, ma di sicuro non per scambiare informazioni nei seminari accademici, né per passeggiare ai Fori imperiali come imbecilli.

Scosto le tende e vedo il ponte, il castello illuminato e il porto, con gli yacht e le barche a vela. A destra trovo il buio blu del Mediterraneo e le luci del golfo. Mancano ancora tre o quattro ore all'alba, e mi porto una sigaretta alle labbra.

Prima di accenderla, osservo la donna che dorme nuda, a faccia in giù, nel letto king size. Non ricordo bene il nome, un po' perché non mi interessa e un po' perché è impronunciabile. Una nera della Costa d'Avorio, con una sorella simpatica che mastica lo spagnolo; due ragazze carine, quasi identiche, che si guadagnano da vivere tra calciatori e clienti degli alberghi di lusso e fanno le veci di guide turistiche tra le vie di questa città chiassosa. Accendo la sigaretta e mi volto verso il mare. Sono più di trent'anni che non uso il mio vero cognome, tanto che mi suona estraneo; nel giro dell'intelligence mi chiamano tutti Remil. I funzionari dell'Unità antimafia se la ridono quando scoprono che per decenni la nostra piccola agenzia ha sbarcato il lunario sistemando guai personali di politici e magistrati: adulteri, pedinamenti, intercettazioni, estorsioni, pestaggi, sorveglianza, bustarelle. A tavola, al termine del pranzo, i colleghi romani mi chiedono di raccontare il periodo alle Malvine, un'esperienza limitata alla battaglia di Mount Longdon e alla poco entusiasmante resa di Puerto Argentino. Nulla suona troppo eroico, anche se in realtà lo è stato, e il loro interesse per quella vicenda sembra più morboso che genuino. Cálgaris non dà mai confidenza a quegli agenti, ma lo fa con i loro capi, in genere nei ristoranti di via Veneto. I miei colleghi nutrono un rispetto particolare per il mio superiore e mentore: il vecchio è arrivato a Roma con tutta una serie di decorazioni top secret, oltre alla fama di aver concretizzato la cattura di Belisario Ruiz Moreno e lo scioglimento della sua ramificata organizzazione di trafficanti e intermediari. Si fanno beffe degli obiettivi minori e illegali della Casita, anch'essa sotto la direzione del colonnello, ma si tolgono il cappello di fronte all'Operazione Dama Bianca, che finora ha totalizzato più di duecento arresti in cinque Paesi e rappresenta la grande novità della stagione in questo ghetto di spie arriviste e poliziotti d'élite. Il caso è sotto i riflettori poiché mostra un nuovo metodo d'infiltrazione, praticabile unicamente nelle nazioni corrotte e sottosviluppate: un'agenzia statale offre protezione e margine operativo a un pesce grosso, lo convince con dedizione e lealtà assolute, infine lo tradisce e lo distrugge dall'interno, come un cavallo di Troia. Cálgaris ha l'accortezza di non rivelare che ero stato un infiltrato a mia stessa insaputa, per non screditarmi davanti ai miei compagni di avventure; non dice nemmeno che in quella lunga operazione avevo avuto una relazione intima, imprudente e sventurata con la donna a capo di quell'agenzia. Ma di certo gli americani avranno messo in giro quella notizia infamante, sebbene nessuno mi abbia mai fatto domande su Nuria. Meglio non stuzzicare il can che dorme, in ogni caso.

Al termine di quella sfortunata missione, di ritorno a Buenos Aires, quando Belisario e la sua amante erano ormai a un passo dall'estradizione, Cálgaris ha pensato bene di riaprire la Casita senza dare fiato alle trombe, ma ha subito forti pressioni per farmi sparire dalla circolazione. Almeno finché non avessero ripulito i fascicoli e unto i giudici. La Secretaría ha preteso una sospensione senza stipendio, così il colonnello mi ha fatto diventare un «dormiente». La sera in cui mi ha comunicato la brutta notizia ha avuto la delicatezza di invitarmi a mangiare un baccalà *criollo*, per poi raccontarmi la storia di un tassista piuttosto ingenuo reclutato negli anni Cinquanta, una guardia in pensione. Un maggiore dell'esercito lo aveva convinto che le sue informazioni sarebbero state ben ricompensate. L'uomo ascoltava ciò che dicevano i suoi passeggeri e prendeva nota di tutto. Una volta al mese, stendeva un rapporto e lo spediva a un dato indirizzo. Metodico e pieno di entusiasmo, per anni aveva svolto quel compito senza incoraggiamenti né ricevute di ritorno, e ovviamente senza uno straccio di remunerazione. Ma partiva dall'assunto che il mondo dello spionaggio fosse alieno alle parole e alla generosità, e che il proprio contributo potesse rivelarsi prezioso per difendere la repubblica dai suoi numerosi nemici. Non aveva mai vacillato né messo in dubbio l'importanza dei dati che forniva; per di più aveva letto su un giornale che nei servizi segreti si usava mettere a «dormire» gli agenti ufficiosi per «svegliarli» molti anni più tardi e mandarli in pericolose missioni. Il tassista era rimasto in attesa di quel fatidico giorno, che mai era arrivato, e quando i militari avevano dichiarato guerra alla Gran Bretagna era ormai vecchio, sebbene infiammato dal patriottismo del momento. Incapace di aspettare ancora, aveva deciso di presentarsi al Comando generale. Un amico di Cálgaris aveva ascoltato il suo racconto. Il maggiore che lo aveva reclutato era morto e sepolto da almeno quindici anni, e nessuno aveva ereditato quel presunto «dormiente». L'indirizzo era quello di una generica cassetta della posta dove arrivavano pubblicità, scritti deliranti e spazzatura che finivano dritti nel tritadocumenti. In nessun dipartimento apparivano menzioni ufficiali né cenni a quel poveretto e ai suoi resoconti di strada. «Il mio amico non ha avuto il coraggio di dirgli la verità», ha detto ridendo il colonnello. «Così gli ha assegnato un altro compito difficile e fondamentale: avrebbe dovuto imparare un minimo di inglese e cercare di intercettare qualunque conversazione che gli agenti dell'MI6, travestiti da turisti, avessero tenuto nel perimetro della capitale nel corso del conflitto nel Sud dell'Atlantico. Il vecchio se n'era andato, per non tornare mai più. «Lo sapevi che studiare una lingua straniera rallenta l'Alzheimer?» L'ho guardato dritto negli occhi. «E qual è il compito fondamentale che sta per assegnare a me?» Il colonnello mi ha esaminato puntandomi addosso gli occhi chiari e lisciandosi i baffi giallastri, poi, con la voce impastata dall'aguardiente, mi ha spiegato che dovevo farmi un lungo sonnellino, e che grazie ai suoi maneggi mi aveva già procurato un posto come capo della sicurezza su una nave da crociera.

Ho passato un anno a bordo di quegli alberghi galleggianti che rimbalzano in giro per il mondo; tenevo d'occhio gli ubriaconi, separavo pugili improvvisati e cercavo oggetti smarriti. La cosa più emozionante che mi sia successa è stata neutralizzare una vecchia aristocratica che perdeva montagne di soldi a poker e poi rubava nelle borsette delle signore. Una cleptomane con stile e lingua tagliente, cultrice dell'arte, che offriva il proprio corpo rugoso affinché tutto venisse dimenticato, e che per soprammercato è riuscita a convincere il comandante che in uno dei successivi scali avrebbe potuto mettere le mani su una fortuna: un quadro sottovalutato appeso a un chiodo in una galleria d'arte brasiliana. Alla fine non solo la signora è arrivata in porto indenne, ma si è pure intascata i contanti della commissione. Sottovoce mi ha assicurato che il comandante aveva appena comprato un falso piuttosto mediocre, e mi ha lasciato una mancia.

Al compiersi di quattordici mesi e cinque giorni di sonno e noia, Cálgaris mi ha svegliato con una novità: ce ne andavamo in Italia per qualche settimana: il veto era stato annullato. Ora siamo coinvolti in un progetto di cooperazione al quale prendono parte i servizi di diversi Paesi. Una sorta di convenzione segreta auspicata da Europol e DEA, che si terrà nella leggendaria sede del quartiere Prati. Sui muri si legge ancora l'antica consegna: «La pace dorme all'ombra delle spade». Il colonnello alloggia al Plaza e spedisce me in un alberghetto da quattro soldi vicino a piazza Venezia.

Ogni mattina all'alba corro una quindicina di chilometri attorno all'Altare della Patria. Più tardi, se non sono previste attività a Prati, faccio una colazione leggera e poi vado a tirare di boxe alla palestra di via Sant'Agata dei Goti. Al tramonto, una professoressa in pensione assoldata da Cálgaris mi insegna i rudimenti della lingua. In quei primi giorni, nei quali il seminario si perde in convenevoli, il colonnello divide il proprio tempo tra le riunioni all'ambasciata e al Quirinale e le passeggiate vagamente soporifere alle quali mi obbliga a partecipare, tra Musei Vaticani, Villa Borghese, Palazzo Barberini e Castel Sant'Angelo. I quadri e le statue mi entusiasmano quanto una sala operatoria o una rivendita di carbone. Trascorriamo un intero giovedì ai Fori: il vecchio sprizza un entusiasmo adolescenziale e snocciola aneddoti ridicoli sull'impero romano che già conosco grazie alle cronache, ai saggi e ai romanzi che lui stesso mi ha costretto a leggere. Parliamo un po' di Giulio Cesare mentre mangiamo fettuccine per turisti incauti: «Gli uomini credono facilmente nelle cose in cui ripongono speranza». Davanti al Colosseo incrociamo Jonás, che ci omaggia con un saluto teatrale: indossa un costume da centurione e raccoglie spiccioli facendosi fotografare accanto a signore affascinate dal sangue dell'arena e dai suoi muscoli da culturista. Un altro sopravvissuto di Goose Green, allenato senza pietà dal colonnello a Campo de Mayo, in quel lontano 1982, dopo che l'esercito ci aveva dato una medaglia e il reparto di psichiatria dell'ospedale militare ci aveva dimesso con riserva. Cálgaris non ha mai sopportato il carattere instabile e un po' licenzioso di Jonás, per cui dopo i corsi di tattica e criminologia lo ha lasciato andare. È stato un «martello» nell'intelligence della Polizia Federale e ha avuto qualche rogna legale. In gergo, io sono un martello e Cálgaris un bisturi. I primi muoiono giovani, i secondi fanno carriera. Jonás è emigrato in Europa negli anni Novanta. Di tanto in tanto ci arrivavano notizie delle sue gesta, immancabilmente condite da aneddoti assurdi e ridicoli. Erano dieci anni che non sapevamo niente di quel gigante, e vederlo travestito da arredo scenico da quattro soldi, mentre chiedeva elemosine come un barbone, i capelli lunghi, tinti di un biondo accecante, e la pancia gonfia, è stato come ricevere un calcio nelle palle. In qualche modo ho visto me stesso su quel marciapiede. Sebbene Cálgaris cerchi di toglierselo elegantemente di torno, accetto di incontrare Jonás da solo quella stessa sera all'Antica Birreria Peroni; al termine dei bagordi, mi ritrovo pure a dover pagare, perché Jonás è più che mai al verde.

Ci sono chiacchiere di rito con i colleghi e presentazioni in giacca e cravatta, ma il seminario in senso stretto non inizia che quindici giorni più tardi; approfitto di queste vacanze romane per conoscere la città e rimettermi in forma, migliorare un po' il mio povero pidgin e andare a donne due volte, per gentile concessione dei padroni di casa. Cálgaris tiene una conferenza sull'attuale situazione della narcopolitica nei Paesi emergenti, e alcuni tecnici illustrano il modus operandi dei cartelli delle droghe sintetiche. Mafia, ultratecnologia dello spionaggio, nuove forme di riciclaggio di soldi sporchi, diffusione territoriale del Cartello di Sinaloa ed esposizione di casi emblematici. Ho un breve momento di gloria quando mi presentano, insieme ad altri tre «martelli» infiltrati in organizzazioni internazionali. Nessuno di noi ha tutte le rotelle a posto, e nemmeno si distingue per loquacità. La mia esposizione suona lacunosa e mal tradotta, eppure i presenti mi tartassano su quell'operazione, che per un po' ha fatto parlare di sé. Lontano dai riflettori, lego con alcuni ispanoamericani dalla moralità assortita. Se Cálgaris è completamente a suo agio in quell'ambiente, io rimango un lupo solitario capace solo di ululare.

Un fine settimana andiamo a Firenze a visitare la Galleria dell'Accademia e gli Uffizi; mentre mangiamo una pizza sottile come carta alla Grotta di Leo, pretendo di sapere che diamine stiamo facendo. Cálgaris si accende la pipa e sorride. «Affari.» Attraversiamo la strada e il vecchio si compra un profumo decisamente particolare a Santa Maria Novella. «Che cosa ci facciamo in Italia?» prosegue, senza che debba ripetergli la domanda. «Aspettiamo, Remil. Stiamo aspettando. A noi piace tantissimo che la gente ci debba dei favori.»

In preda all'insonnia, durante la notte esco a correre nella città deserta. Vicino al Ponte Vecchio mi unisco a un gruppo di donne che fanno running e si allenano come maratonete professioniste. Corro insieme a loro senza scambiare un solo sguardo; sembriamo un branco di cavalli spettrali e scontrosi che si muovono all'unisono lungo le strade acciottolate, dentro un groviglio di vicoli che partono e finiscono nell'Arno. Avverto un fremito interiore che non riesco a definire né a comprendere nella sua interezza, e che interpreto come un brutto presentimento. Per un giorno intero mi porto addosso quell'ansia inspiegabile mentre esploriamo Firenze e parliamo dei Medici: pane e feste tengon il popol quieto, e via dicendo.

Al rientro a Roma ci aspettano grosse novità: l'occasione fa l'uomo ladro. Come possiamo sprecarla, se può diventare un'esca? Cálgaris si mostra falsamente sorpreso alla proposta e acconsente felice al mio viaggio a Napoli nel ruolo di mediatore. Lui si chiama fuori, dicendo che una sua foto è finita sul *Corriere della Sera*, affermazione senza prove concrete a sostegno. Ci vuole un secondo uomo con l'accento di Buenos Aires. Dal momento che nessuno si fa avanti, né ha suggerimenti, propongo Jonás. Il colonnello si oppone categoricamente, ma i giorni passano e non si trovano alternative.

Intanto partecipiamo vestiti di tutto punto a due o tre ricevimenti all'ambasciata, di fronte alla basilica di Santa Maria Maggiore, oltre che a una riunione in una vecchia sede al limite di Trastevere. Si festeggia il compleanno di un cardinale, ed è attesa la partecipazione di Bergoglio. Il quale però non si presenta, e dobbiamo farci bastare un Sette di Denari: un salesiano di nome Pablo, compagno di studi di Francesco e suo sottoposto con diversi incarichi nella Chiesa argentina, che oggi svolge il proprio compito al Palazzo Apostolico e a volte dorme a Santa Marta. Un sacerdote calvo, elegante e discreto, che parla a bassa voce e ha uno sguardo diffidente, quasi minaccioso. Non vorrei averlo come nemico.

Due giorni più tardi, l'Unità antimafia comincia ad accelerare: il certificato di buona condotta partito dal carcere di Aranjuez ha centrato l'obiettivo, e i compratori si mostrano interessati. Cálgaris cerca di convincere i suoi amici che Jonás non sia una buona idea, ma ormai ho messo in giro il suo nome e pare che non ci si possa più tirare indietro. In un giorno di pioggia torrenziale ci incamminiamo sotto gli ombrelli verso Santa Maria del Popolo e ci fermiamo più di un'ora ad ammirare fin troppo nei dettagli *La conversione di san Paolo* e *La crocifissione di san Pietro*. Sto sbadigliando sull'ultima panca, con i piedi sull'inginocchiatoio, quando Cálgaris si siede accanto a me. «Questi non sono ragazzini fumati di Scampia, ma professionisti con le palle. Jonás è arrugginito da anni, ormai, ed è sempre stato un idiota pericoloso. Se qualcosa va storto, non te lo perdonerò mai», mormora. Scrollo le spalle. Sento i passi e i mormorii dei curiosi, i flash vietati sui Caravaggio, le preghiere dei baciapile e l'acquazzone in strada. Il colonnello rimesta il tabacco nella pipa, ma non l'accende. «Tu sarai il bisturi e l'idiota il martello, sia chiaro. Ed evita in qualunque modo che faccia il creativo o il coraggioso.»

È tardi quando chiamo Jonás alla pensione; gli dico che c'è un lavoretto e che si presenti in abito elegante. Arriva in ritardo; ha addosso giacca bianca, pantaloni neri e camicia fucsia che gli tirano da tutte le parti e risalgono al tempo in cui pesava dieci chili meno. All'Unità antimafia ci consegnano un voucher; devo firmare un modulo e una ricevuta per ritirare di lì a poco un viatico succulento. La sartoria è in via del Corso, ma ci sono solo capi in saldo e stracci a buon mercato. Eppure, un completo grigio, camicia bianca e soprabito in poliestere al duecento per cento gli danno un aspetto più o meno presentabile. Compriamo anche un completo casual chic in offerta e due paia di scarpe economiche. Il centurione è felicissimo e chiede se può tenerle. Gliele scaleranno dalla paga. Durante il briefing si lancia in un catalogo di inciampi verbali, e Cálgaris non perde occasione di fustigarlo. Jonás sostiene di conoscere benissimo Napoli e ogni città importante d'Italia; chiede la pistola regolamentare per difesa personale. Gli viene risposto che viaggeremo disarmati e soli, senza rinforzi di sorta; ci muoveremo come turisti pigri, in attesa che i nostri potenziali clienti si mettano in contatto. Alloggeremo in camere contigue al Grand Hotel Vesuvio, cercando di non sembrare poliziotti e di non sollevare vespai. Mi passano i punti cardine della proposta, le nostre nuove identità e le informazioni sulla struttura della holding che andremo a rappresentare. La missione consiste nel superare le barriere di sicurezza, scalare la gerarchia del clan e suscitare l'interesse del numero 1. Nessuno si fa troppe illusioni, ma se abboccheranno sarà un trionfo, e avanzeremmo verso la successiva tappa della trattativa. Cálgaris ordina a Jonás di lasciar gestire a me la transazione, senza fare battute o altro. Dovrà rimanere muto, sobrio e obbediente. Il gigante glielo giura, facendosi il segno della croce, e il vecchio alza gli occhi al cielo.

Arriviamo a Napoli in treno, verso mezzogiorno, e mentre siamo al check-in osservo le foto di Sophia Loren, Grace Kelly e Humphrey Bogart nella zona degli ascensori: evidentemente negli anni Cinquanta l'albergo era il preferito dal jet set del cinema. Le camere sono rimaste ampie e maestose; le nostre due danno sul golfo. Abbiamo appena posato a terra le valigie quando suona il telefono; una voce dall'accento spagnolo mi saluta brusca e mi dà appuntamento a Castel dell'Ovo per l'indomani, all'ora delle streghe. Jonás non vede l'ora di mostrarmi la città. Camminiamo senza meta per ore, mentre ascolto storie su san Gennaro e la leggendaria collana da tremila diamanti, cento rubini e duecento smeraldi, oltre che sulle prodezze mistiche di Maradona, i quadri e gli affreschi erotici del Museo archeologico, che abbiamo il buonsenso di non visitare. Mancando Cálgaris, non c'è bisogno di quei sonniferi. Bighelloniamo tra i vicoli, mangiamo qualche stuzzichino al Caffè Gambrinus e al tramonto, al bancone di un locale del Vomero, offriamo da bere alle sorelline della Costa d'Avorio. Bazzicano abitualmente la zona e sono più facili della tabellina del due, salvo che poi pretendono un occhio della testa. La loro compagnia fa gioco alla nostra copertura, così le facciamo salire in camera. Una delle due è qui accanto a me, che dorme della grossa; l'altra ha fatto festa per ore con il manico di Jonás. Il portiere li ha invitati a darsi una calmata, ma loro hanno continuato come se nulla fosse. Dalla finestra si intravedono le prime luci dell'alba, e per la prima volta sento che ci stanno tenendo d'occhio. Leggo un dépliant su Castel dell'Ovo nel quale si parla di Virgilio e della leggenda dell'uovo, del ruolo di fortezza e insieme di carcere; osservo le foto dell'interno del castello, la terrazza con i cannoni e la torre Normanna. Fuori dall'orario di visita e nel buio di quei corridoi sul mare, potrebbero farci saltare la testa senza nemmeno svegliare i gabbiani.

Jonás scende a divorare la colazione luculliana e più tardi torna a mangiare con noi in piazza Bellini. Le sorelle ci lasciano per un po' sotto la pioggia e vanno a cambiarsi nell'appartamentino che affittano ai margini dei Quartieri Spagnoli; ci raggiungono più tardi nel centro storico. Quei tre hanno confabulato di andare a Capri, ma le escursioni sono state cancellate per via del cattivo tempo. Rimane Pompei. Le ragazze scherzano con i souvenir sconci all'ingresso: Jonás compra loro due falli con le ali, lavorati a mano, e più avanti ci mostra, felice come un bimbo, il lupanare sopravvissuto integro al disastro, la lava e la cenere, le pitture sgretolate sui muri che illustrano le diverse specialità delle meretrici del posto. Di ritorno in albergo, i tre intonano canzonette mentre io penso a Nuria e al destino, impegnato in una silenziosa battaglia di volontà contro i cattivi presentimenti. Vorrebbero riprendere la festa, ma pago le ragazze in contanti e le saluto. La pacchia è finita. Corriamo un'ora lungo la costa, sotto una pioggia ormai intermittente, poi ci facciamo una doccia e ci vestiamo come due geni della finanza. A mezzanotte in punto attraversiamo la strada e oltrepassiamo il portone socchiuso.

Il castello è illuminato all'esterno, ma l'area interna è al buio. Dall'ombra emerge un napoletano che ci ordina di mettere le mani contro il muro e divaricare le gambe, poi ci perquisisce in cerca di armi e microfoni. Rimane alle nostre spalle e ci guida lungo corridoi, cortili, gallerie e scale, sino alla terrazza fortificata. È un palazzo in pietra medievale, teso verso il vento, il mare e la sagoma di una città illuminata. Un tizio calvo con una cicatrice sullo zigomo ci rivolge un freddo benvenuto. Riconosco la voce, è la stessa che ho sentito al telefono; dev'essere cresciuto in Spagna, o forse ha imparato la lingua da un galiziano. Ci circondano cinque stronzi con stivali in cuoio e pistole a canna lunga. Hanno tutti una torcia e fumano come ciminiere. Il calvo menziona il boss di Aranjuez; seguendo il copione di Cálgaris, dico che tiene duro, anche se le sue prospettive giudiziarie non sono delle migliori. Non azzardo una sola parola di più; gli idioti sembrano pupazzi di cera, così rimaniamo zitti e muti. Si sentono soltanto il fragore del mare, il fischio del vento e il gracchiare di alcuni uccelli. Il calvo si appoggia alla parete, guarda a sinistra, fa schioccare le dita e dice due o tre parole in dialetto stretto. Un attimo dopo appare un vecchio senza denti, infilato in un giaccone antivento. Ha più rughe di un testicolo. Mi si avvicina, fin quasi a toccarmi, e mi illumina la faccia con la torcia da sorvegliante. La luce mi acceca, ma lui non desiste: sembra un medico legale intento a esaminare un cadavere millimetro per millimetro. Il fiato sa di pomodoro fritto e grappa; anche lui mi sta fiutando come un segugio. Mi palpa i bicipiti e le mani, come se cercasse i segni di una professione, poi si rivolge a Jonás e ripete la procedura. Al termine di questa strana ispezione, lo spettro spegne la torcia ed estrae dalla giacca a vento una piccola camera fotografica. Ci immortala di fronte, di profilo, poi sussurra qualcosa all'orecchio del tizio pelato, che non batte ciglio, sposta lo sguardo e si passa una mano sul naso. Quando muove le labbra, lo fa senza traccia di emozione: possiamo andare, non sa dire se ci chiameranno, ma nel dubbio è meglio che teniamo il telefono a portata di mano. Se nel giro di due giorni non lasceranno messaggi alla portineria dell'albergo, significa che non c'è interesse e, per la nostra incolumità, è meglio se non restiamo in zona mezz'ora di più. Ci accompagna fino al portone. Attraversiamo la strada e, al bar dell'hotel, chiediamo due gin con ghiaccio, per calmare il battito cardiaco e commentare i dettagli. Jonás fa lo splendido, ma è spaventato. Mi propone di chiamare le sorelline per rilassare i nervi; glielo proibisco.

Leggo fino a tardi un testo di Robert Hughes sulla cronistoria dell'antica Roma, poi mi chiudo in palestra finché non sono sfinito. Non ci sono novità, quindi tiro fino a mezzogiorno con una lunga corsa sul lungomare, dalla quale Jonás si ritira, senza fiato. Chiedo alla gente del posto qual è la spiaggia migliore per nuotare al largo: sento molto la mancanza delle bracciate domenicali nel Río de la Plata; un sommozzatore della Marina non abbandona mai l'esercizio né il vizio. Il programma però subisce presto un'interruzione: qualcuno ha lasciato una busta per noi alla reception. Un altro appuntamento notturno, questa volta alla «Napoli sotterranea». Non abbiamo idea di dove sia, quindi chiediamo informazioni a un'impiegata leziosa. Con l'aiuto di una cartina, la donna ci spiega che si trova in piazza San Gaetano 68 ed è una rete di catacombe con più di duemila anni di storia: tombe cristiane, gallerie, grotte, vicoli, acquedotti, rifugi antiaerei della seconda guerra mondiale. Visite guidate a dieci euro, gestite da un'associazione serissima, della durata di novanta minuti circa. Inadatte a chi soffre di claustrofobia. Presumo che a mezzanotte il posto sarà chiuso ai turisti ma aperto, ancora una volta, ai nostri bizzarri interlocutori.

Questo secondo abboccamento, tuttavia, ha qualcosa di teatrale o di grottesco, e mi salta la mosca al naso: *Divertiamoci un po' con questi due* gauchos *ignoranti. Scendano quaranta metri sottoterra e se la facciano addosso. Lì sotto non c'è campo, tra l'altro.* Puzza di trappola, se non di rituale, ma non presentarsi all'appuntamento manderebbe all'aria tutti i nostri sforzi. Che cosa direbbe Cálgaris, se potessi chiedergli un consiglio? E se lo chiamassi da un telefono pubblico? No, le carte ormai sono sul tavolo, non possiamo correre il rischio di farci intercettare dai padroni di Napoli, che controllano ogni cosa con la loro tecnologia.

Jonás è una corda di violino e continua a massacrarsi le nocche; propongo due ore di sauna e idromassaggio. Il centurione mi racconta le sue avventure europee, sempre al limite dell'illegalità e del ridicolo, ma i suoi aneddoti non sono divertenti. Un sesto senso mi dice che siamo alla vigilia del combattimento. E credo che il gigante, a modo suo, abbia lo stesso presentimento. Qualche strana associazione di idee lo porta a riferire un vecchissimo e violento incidente tra carabinieri e i guardaspalle di un giocatore del Napoli che pagava benissimo, ma che aveva una relazione adultera con la propria cognata. Sembra che la donna fosse nipote di un boss mafioso, il quale aveva pagato qualche carabiniere per dare una lezioncina al ragazzo. Era finita a pugni, calci e spari. Jonás si era ritrovato con il setto nasale rotto, sbattuto in cella per quindici giorni. Il calciatore era rimasto in panchina per tre settimane, quindi era stato venduto al Paris Saint-Germain. La cognata era emigrata a Palermo con un occhio maciullato, e lì si era dedicata alla cucina e a una vita accanto al focolare.

Intorno alle nove ordino la cena in camera, bistecca con verdure grigliate. Quando la portano, richiamo il room service chiedendo un coltello serio. Me ne portano uno con punta affilata e lama seghettata. Impiego qualche minuto a spezzare la lama, staccandola dal manico di legno: ora è un pezzo d'acciaio di quindici centimetri impossibile da impugnare; un sottile machete da infilare sul lato della scarpa sinistra, tra la calza e il cuoio. Più che una procedura da protocollo è un banale trucco da mandriano, ma aiuta a sentirsi meno coglione.

Verso le undici ci allontaniamo dall'albergo, camminando come due vecchi amici che hanno voglia di andare a bere qualcosa, saliamo lungo stradine tortuose, schiviamo moto temerarie e ci guardiamo alle spalle con noncuranza. Fumiamo una sigaretta a cinquanta metri dall'ingresso, una doppia grata in ferro che, oltre la facciata vecchia e grigia, conduce a una porta, a un atrio con una biglietteria e una scala che va verso il basso. Vediamo passare in strada orde di cinesi; sentiamo risate, canzoni inframmezzate l'una all'altra e battute in dialetto. Poco distante, alcuni adolescenti innocui bevono birra, ignari della drammaticità dell'incontro che ci aspetta. A mezzanotte in punto, lo stesso usciere di Castel dell'Ovo apre grate e porte e ci fa cenno di avvicinarci. Spegniamo i mozziconi e obbediamo. Questa volta evita la perquisizione, e non so se dovrei esserne sollevato o preoccupato. Diverse luci sono spente, e scendiamo centoventi gradini seguendo la torcia della nostra guida. Finiamo in una spelonca enorme e fredda, che porta a una cripta in roccia calcarea dove due energumeni ci aspettano armati. In quel labirinto umido e buio ci muoviamo incollati alle calcagna del primo tizio, con gli altri due che ci tengono il fiato sul collo. Lungo il cammino vediamo un bunker pieno di bombe giocattolo appese al soffitto, recinti in ferro pieni di oggetti antichi e monitor, spenti. Attraversiamo stretti corridoi in salita e in discesa, strettoie nelle quali bisogna avanzare di profilo: Jonás si gratta la pancia e respira affannato. Ci sono tratti di buio assoluto e gallerie illuminate da piccoli candelabri. Più avanti sentiamo scrosciare dell'acqua e, sotto le mani, una balaustra di metallo. Stiamo passando sopra una cisterna, in preda alle vertigini, aggiungerei, come se ci avessero fatto fare un giro assurdo per confonderci.

D'un tratto svoltiamo a sinistra, sbucando in una grotta in cui le ombre si allungano. Il tipo con la cicatrice fuma senza remore; gli fanno da spalla altri tre gorilla e il vecchio con la giacca a vento, che ha un sorriso sdentato. «Levati i vestiti», mi dice il calvo, cordiale, quindi si rivolge a Jonás: «Anche tu, figlio di puttana». Il tono è grave e non c'è traccia di rabbia, ma due o tre dei suoi scagnozzi fanno scorrere il carrello delle pistole, come a farci capire che è un ordine al quale non possiamo opporci. Io e il gigante ci scambiamo un'occhiata. I brutti presentimenti stanno prendendo forma.

Iniziamo il nostro striptease; il vecchio non si esime dal controllare e annusare gli indumenti come se fosse un mastino. Mi sfilo le scarpe con attenzione, lasciando il più vicino possibile a me la scarpa portafortuna. Restiamo nudi come vermi, ma non sentiamo nemmeno il freddo: a volte la paura ti rende insensibile alle temperature. Sento una breve risata: sono divertiti dallo spettacolo del nostro culo bianco e vulnerabile. Il vecchio mi punta la torcia sul torace, esaminando le cicatrici e i tatuaggi del carcere, in particolare l'aquila sul cuore e la spada con il teschio. Ora è la volta del centurione, che sfoggia a sua volta cicatrici, una raffigurazione di Nostra Signora di Luján e una di Spartaco, che gli copre mezza schiena. Il vecchio dice qualcosa in dialetto che suona come un commento finale; non dovrebbe essere un cattivo verdetto, dal momento che siamo puliti, eppure il calvo ci ordina di inginocchiarci. Adesso sono sicuro che le cose si stiano mettendo davvero male, e temo il peggio. Ci genuflettiamo come a messa. «San Gennaro amava le catacombe», dice il calvo, che non leva mai gli occhi di dosso al «figlio di puttana». Il gigante ha il colorito del *David* di Michelangelo. Aggrotto la fronte nel rendermi conto che tra quei due c'è una questione in sospeso, e in quell'istante il vecchio strilla di gioia: ha trovato il coltello nella mia scarpa. Si ferma alle mie spalle e mi appoggia il filo affilato sulla gola, cercando la giugulare; è talmente felice che sbava. Jonás dice qualcosa in un italiano ermetico, parla in fretta, come a chiarire un malinteso. Per la prima volta, l'uomo della cicatrice sorride, e fa più paura di quando è serio. Il gigante ripete la propria arringa, inciampando nelle parole, ma il calvo scuote la testa, come se stesse ascoltando le scuse ingenue di un bambino di prima elementare. Poi si volta e inchioda gli occhi nei miei. Provo a fare l'offeso: «Non capisco il motivo di questa umiliazione», ma non suono granché convincente. «Ottimo affare, ma socio sbagliato», ribatte lui. Del monologo isterico del mio amico comprendo soltanto una frase, che ripete tre volte: «Tesoro di san Gennaro». Ho la bocca secca. Mi giro verso il gigante, gli grido: «Cos'hai combinato, coglione? Che sta succedendo?» Jonás sbuffa come un bufalo, apre e chiude le braccia e stringe le dita a pigna; sembra un *tano*, un immigrato italiano, mentre spiega a un giudice di Buenos Aires che non voleva strangolare la sua adorata moglie. Alle mie domande, fa uno sguardo da agnellino sgozzato. «È successo mille anni fa, Remil, è stata una cazzata. Ti giuro, credevo che ormai fosse acqua passata. È assurdo», conclude, ma tre spari cancellano le ultime lettere. Tre colpi rapidi, dal basso verso l'alto: coscia, addome, petto. Il centurione di Goose Green trema come un pupazzo e cade a terra, immobile. D'istinto mi agito, ma il vecchio affonda di poco la lama: questo è capace di tagliarmi il collo in un attimo, muore dalla voglia di farlo. Il sangue mi martella alle tempie e il cuore è stretto in una morsa; non riesco ad alzare gli occhi: so che leggerei il mio destino negli occhi dell'uomo con la cicatrice e come un bambino cerco di rimandare quel momento, che potrebbe essere l'ultimo. «Ancora non so cosa fare con te», taglia corto il Signore dell'universo, e la voce riecheggia intorno a noi. Alzo la testa e lo affronto. Il sorriso gli è sparito dalla faccia da un pezzo. Potrei parlargli del camerata di Aranjuez e del mucchio di soldi che gli faremo guadagnare, ma ho la sensazione che strisciare e umiliarmi non servirebbe a niente. La morte è inevitabile, però posso scegliere di non fare cazzate.

Sul pavimento si allarga un'enorme pozza di sangue, e il silenzio non potrebbe essere più assoluto. Il calvo accende un'altra sigaretta e fa un gesto al suo vassallo. A malincuore, il vecchio scosta la lama. Senza parole, mi ordinano di alzarmi. Lo faccio, lentamente, aspettando il momento della fucilazione, ma nessuno alza un dito. Il capo sembra riflettere, avvolto da un fumo denso. «Ancora non so cosa fare con te», ripete, come tra sé e sé, ma, inaspettatamente, con il pollice mi indica l'uscita. Come un topo di fronte alla trappola, guardo la galleria buia dalla quale sono arrivato, e calcolo la posizione del re e dei suoi sicari. Pensano di spararmi mentre scappo? È impossibile capire a che gioco stiano giocando, così faccio ciò che mi suggerisce il corpo. Corro fino all'apertura nella roccia e continuo lungo quei passaggi stretti e claustrofobici, letteralmente alla cieca, senza torce, candele né una sola luce di riferimento. Sento urla e spari in lontananza, come quelli di un gruppo di apache chiricahua impegnati in una battuta di caccia. Sfreccio attraverso strettoie e gallerie, oltrepasso sale scavate nella roccia che nemmeno riconosco, cercando di orientarmi in quella città sotterranea. Cado e mi rialzo, mi graffio le braccia cercando di uscire dal labirinto. Mi nascondo in un angolo, cerco di recuperare il fiato e aguzzo le orecchie. Sento ancora le voci e gli spari, ma sembrano più lontani, come se i miei aguzzini avessero imboccato un'altra direzione. Forse perché loro ricordano la strada e io invece sto girando in tondo come un imbecille, se non mi sto dirigendo addirittura verso il fondo del pozzo. Cammino nel buio per chissà quanto tempo, a volte a tentoni, e mi stupisco nel ritrovarmi nella grotta con le bombe appese al soffitto. Mi guardo bene attorno per non fare errori, poi sento di nuovo i colpi, fortissimi, addirittura il fischio delle pallottole, e mi lancio come una freccia, quasi sicuro di aver imboccato la strada giusta. Ed ecco che mi appare davanti l'ultima caverna, illuminata da una luce flebile, e la scala da centoventi gradini. Le grida dei bastardi mi costringono a riscuotermi: adesso sembrano a una cinquantina di metri o poco più. Salgo i gradini tre alla volta, scivolando; penso solo a tornare in superficie. L'usciere non si vede, e le grate sono ancora aperte. I chiricahua di Scampia galoppano su per le scale ridendo come matti. Mi butto in strada come un folle e percorro sei isolati a velocità olimpionica. Giro un angolo dopo l'altro, e finalmente capisco che nessuno mi sta seguendo. Solo a quel punto mi rendo conto che in strada c'è tutta Napoli, e che turisti e cittadini mi rivolgono sguardi sorpresi e beffardi. Sono completamente nudo nel cuore di una città nemica. Bello spettacolo, penso, pieno di vergogna.

2

I guerrieri

Il secondo piano di quest'ala dei Musei Vaticani è un susseguirsi di stanze piene di affreschi che presumo del Rinascimento, dai quali mi sento oppresso e nauseato. Cálgaris, al contrario, non riesce a fare a meno di osservarli di sguincio, mentre camminiamo a lunghe falcate attraverso le stanze vuote, preceduti a ogni passo da un pretino impeccabile e solerte che ci sta conducendo a un incontro biblico. È ora di cena, non sono rimasti visitatori né seminaristi in questa parte del Palazzo Apostolico. I nostri passi suonano come spari in questo silenzio sacramentale. «La Stanza della Segnatura», dice il colonnello al prete, che conferma e, ormai sulla soglia, ci cede il passo.

Padre Pablo non si scompone né gira la testa per salutarci. Rimane lì, a braccia conserte, il breviario nero contro il petto e tra i denti una matita che mordicchia come un leccalecca. Sembra completamente assorto a osservare un quadro enorme. «La Scuola di Atene», dice il colonnello, come ad annunciare il nostro arrivo. L'amico di papa Francesco sorride e cambia posizione: ci porge la destra, ma nei suoi occhi castani non c'è traccia di gentilezza. «Sto lavorando a una tesi su Raffaello e i filosofi dell'antichità», spiega, a voce così bassa che quasi non si sente. Cálgaris indica una donna vestita di bianco, nella parte sinistra del dipinto. «Ipazia. Mi soffermo sempre su di lei. E penso alla figlia del panettiere», dice, sollevando le sopracciglia. Gli occhi castani si posano sull'unica figura femminile, e padre Pablo fa un cenno di assenso. «L'amante di Raffaello», sussurra, «la Fornarina. Anche se i capelli biondi e l'incarnato pallido sono quelli del duca Oddantonio da Montefeltro.» Il colonnello si schiarisce la voce. «Sì, a causa delle vostre pressioni. Una donna non poteva stare al centro di una rappresentazione concettuale, men che meno di questa. Raffaello dovette ricorrere a non pochi trucchi, perché il vescovo voleva fargliela togliere», puntualizza. Inaspettatamente, il vecchio salesiano si lascia andare a una risata cupa. «Vedo che è un appassionato, colonnello», ribatte, puntando la matita verso di lui. «Anche se abbocca un po' troppo facilmente alle leggende nere che ci riguardano. Camminiamo un po'?» Lo prende sottobraccio e ci spostiamo lungo sale e corridoi. Rimangono tre metri più avanti e parlano sottovoce; io, in coda, faccio da chaperon, se non da valletto. Il solerte pretino è sparito da un pezzo. In questo silenzio sepolcrale, con il vuoto che fa da cassa di risonanza, riesco a seguire il loro scambio riservato.

«Suor Mariela», dice padre Pablo, ed è come se sillabasse il nome. «Mariela Lioni. Una ragazza del quartiere italiano di San Isidro. Figlia unica. Il padre muore poco dopo che lei è venuta al mondo. Sin da piccola abbraccia la fede e mostra una sincera vocazione per servire il Signore. Prende i voti a tempo di record.»

«In quale ordine?»

«Sacro Cuore. Adora studiare: a quanto mi hanno detto, era un'ottima allieva. Teologia alla Universidad Católica Argentina, poi ottiene una borsa di studio ad hoc per specializzarsi in Italia, dove vive alcuni anni, in differenti città. Un'intellettuale con un carattere brillante. In quel periodo però le muore la madre in Argentina, e le cose cambiano.»

«Chiede di tornare», indovina Cálgaris.

«Abbandona gli studi e fa domanda di trasferimento.

Una svolta di centottanta gradi. Il richiamo della povertà. Passa dai lussi di Roma ai quartieri difficili di Santiago del Estero. E fa un gran lavoro.»

«L'ha conosciuta?»

«Solo tramite Jorge, che l'ha messa in contatto con i sacerdoti locali. È finita nella bidonville di Villa Puntal, dove condivideva la parrocchia con un sacerdote che è morto anzitempo, e a quel punto se n'è fatta carico lei. Una tempra d'acciaio. La gente del posto l'adorava.»

«Ma i narcos la odiavano.»

Padre Pablo si ferma e con la coda dell'occhio gli rivolge una tiepida occhiata di ammirazione. Cálgaris si rigira tra le mani il cappello di feltro.

«Non c'è sacerdote laggiù che non sia stato minacciato», conferma, senza battere ciglio. Ma Lioni preoccupava Bergoglio, perché era una provocatrice e perché spesso, per non farlo stare in ansia, non lo informava nemmeno dei guai che si trovava ad affrontare. Ma sa com'è fatto Jorge: un sabato al mese saliva su un autobus e andava a trovarla. Lei viveva nella parrocchia ed era molto impegnata nel sociale. Il sacerdote più vicino aveva ordine di aiutarla, ma era lei a comandare, a Villa Puntal.»

«Ed era un premio o un castigo?» provoca il colonnello, gratuitamente.

«Un premio notevole», precisa Pablo, e lo invita a riprendere a camminare. «Per il suo coraggio e i risultati ottenuti. Mariela ha svolto un lavoro impressionante. Chiedeva soldi alle grandi aziende e otteneva donazioni milionarie. L'infermeria, la scuola professionale, il campo sportivo. Aveva portato dal Perú un'immagine della Vergine della Candelora con una processione alla quale aveva partecipato un fiume di gente, con una sosta e cerimonia alla cattedrale di Buenos Aires. Ha salvato tantissimi ragazzi dal *paco*, e ovviamente questo l'ha messa nel mirino dei clan del narcotraffico.»

Scendiamo una scalinata e usciamo in un cortile con giardino, al centro del quale c'è una sfera di bronzo. Padre Pablo non si mette a fare il cicerone; ignora il paesaggio come a dare per scontate le bellezze del posto in cui vive. E non ci accompagna nei suoi uffici, ma in strada. «La situazione creava tensioni in arcivescovado e si è pensato di imporle la protezione delle autorità, dal momento che lei non ne voleva sapere. Poi ci sono stati episodi piuttosto strani, e abbiamo deciso di allontanarla. Lei però è andata a piangere da Jorge, ed è rimasta dov'era.»

«Finché non è sparita», interviene Cálgaris, schiarendosi la voce.

«Ne era già al corrente?» chiede stupito il salesiano.

«Ho sentito qualche voce.»

«Chiediamo discrezione assoluta.»

«Perché?»

Padre Pablo inspira come se dovesse infilare la testa in un secchio pieno d'acqua. «Perché ha lasciato un messaggio», spiega, cauto e cupo. «Una perizia ha confermato che la grafia è la sua.»

Ci passano accanto due guardie svizzere, alle quali Pablo rivolge un saluto condiscendente. Lascia andare il braccio del colonnello e gli offre da fumare. Cálgaris declina educatamente; io mi sento autorizzato ad accendermi una delle sigarette che ho in tasca. Il salesiano sfrega un fiammifero e, quando se lo avvicina al volto, riesco a osservarne i tratti severi e tesi.

«C'era scritta una frase terribile», dice, e trattiene il fumo nei polmoni. «'Anche la fede ha un limite'.»

A quel punto butta fuori il fumo, che lo avvolge, e si passa una mano sulla fronte, come per alleviare un'emicrania.

«Sembra una diserzione», azzarda Cálgaris, che non accenna nemmeno a prendere la pipa, ma ripete, quasi a beneficio di sé stesso: «Anche la fede ha un limite».

«Le assicuro che abbiamo cercato Mariela ovunque. Come sa, abbiamo una rete d'informazione assai efficiente. Ma non si è arrivati a nulla.»

«Ho sentito che avete coinvolto la polizia.»

«C'è stata persino una denuncia, ovviamente con le dovute precauzioni.»

«Una faccenda delicata.»

«Delicatissima.»

Non aggiungono altro, ma riesco a leggere i loro pensieri. Un peccato di defezione non rende un gran servizio alla causa. È quasi uno scandalo, e sapere che un compagno d'armi si è arreso non risolleva il morale di chi combatte in quelle stesse trincee.

«Che cosa ne pensano i sacerdoti del posto?» chiede Cálgaris.

«Non riescono a credere che una persona con una fede granitica come la sua abbia potuto gettare la spugna da un giorno all'altro», ribatte padre Pablo, dando un'altra boccata. «È pur vero che i clan l'avevano messa con le spalle al muro e che a Villa Puntal la violenza era in aumento. Forse aveva visto qualcosa che non doveva vedere o ha oltrepassato qualche limite e ha pensato che fosse meglio sparire. Per il bene di tutti.»

«Lasciando quel biglietto affinché nessuno l'andasse a cercare.»

«Non lo so proprio. Forse se n'è andata e basta», risponde Pablo, stringendosi nelle spalle.

«Oppure non è arrivata tanto lontano.»

«Può darsi. Non sappiamo che cosa pensare.»

Fuma il resto della sigaretta sotto un cielo carico di pioggia. Cálgaris solleva la testa, come a fiutare l'umidità del giardino. Sembra un bracconiere che voglia stanare un animale analizzando gli odori portati dal vento.

«Francesco ne parla sempre con nostalgia. Non riesce a farsene una ragione.» Padre Pablo sceglie con cura ogni frase; mette via la matita e da una tasca interna estrae un piccolo oggetto. «So bene che non ci si può fidare della polizia né dei magistrati, ma questo è il dossier completo.»

Il colonnello prende la chiavetta USB con un movimento furtivo, quasi stesse rubando un diamante in una gioielleria.

«Ci può fare un rapporto indipendente?» domanda retoricamente il salesiano.

Cálgaris si mette il cappello nell'attimo esatto in cui cominciano a cadere i primi goccioloni. I suoi occhi azzurri spiccano nella sera. Tende la mano al sacerdote, poiché sa che le loro strade stanno per dividersi. «Preghi per me», gli dice, con un mezzo sorriso.

Don Pablo si accomiata, rapido e formale, tornando da dov'era venuto, e noi cerchiamo l'uscita in silenzio. Sembra che su Roma stia per scatenarsi un temporale coi fiocchi, ma dopo pochi passi ci rendiamo conto che la situazione non è così grave: la pioggia smette dopo un attimo, per poi riprendere. Si scorgono alcuni lampi all'orizzonte, ma Cálgaris non sembra farsi impressionare, poiché non accenna a fermare un taxi. Da giorni non mi rivolge la parola e comunichiamo con intuizioni e sottintesi. Ossia da quando decine di turisti orientali mi hanno crivellato di fotografie nei Quartieri Spagnoli di Napoli, e quattro poliziotti mi hanno ammanettato puntandomi addosso una pistola per poi spedirmi in cella, dove sono rimasto solo sei ore, grazie al rapido intervento dell'Unità antimafia. Nelle catacombe non hanno trovato traccia dei camorristi, a parte il gigante che agonizzava in un lago di sangue. Lo hanno portato d'urgenza in ospedale ed è ancora in terapia intensiva. Soltanto un toro come lui potrebbe sopravvivere a tre pallottole e a un'emorragia così grave, e soltanto un asino qual è poteva nasconderci un vecchio e ridicolo scivolone come il suo: quindici anni prima aveva preso parte al tentato furto del Tesoro di san Gennaro, un grande classico dei ladri falliti di ogni tempo. Il piano era, come sempre in quei casi, assolutamente folle, ed era naufragato grazie alla superstizione e ai sensi di colpa del complice che aveva fatto da autista, terrorizzato all'idea che il santo patrono della città lo punisse con una maledizione. Trovandosi nei guai, Jonás aveva deciso di collaborare e se l'era cavata consegnando tutti i componenti della banda, l'uno dopo l'altro. Alcuni dei veterani di Napoli ancora lo ricordavano come sacrilego ed eretico, altri come un traditore: meritava la morte, senza attenuanti. Ed era sulla strada giusta. I carabinieri non mi hanno permesso di visitarlo: mi hanno invece caricato su un aereo per Roma, dove per tre giorni mi hanno interrogato nella sede del quartiere Prati. Le mie foto in costume adamitico avevano fatto furore su tutti i social ed erano state pubblicate su alcune testate minori corredate da didascalie ironiche. Nonostante la pubblica gogna e gli attacchi in seno all'organizzazione, in quelle lunghe giornate Cálgaris non ha abbandonato il buonsenso né la sua consueta espressione circospetta. Anche lui mi chiedeva senza tregua i dettagli dell'Operazione Disastro, senza mai lasciar intendere se gli pesava di più essere lo zimbello di tutti o l'offesa sottesa a quello scivolone. Ho dovuto firmare centinaia di scartoffie e dichiarazioni, poi i colleghi mi hanno comunicato che l'indagine era chiusa. A quel punto il colonnello ha fatto uscire i colleghi dalla sala, ha chiuso l'uscio dall'interno e ha caricato a pugni chiusi. Si è profuso in una legnata storica e per un attimo ho temuto che gli venisse un infarto, tanto era rosso e sconvolto. Mi ha omaggiato di ceffoni, pugni e calci, quindi se l'è presa con il tavolo e le sedie. Sbuffava come un animale rabbioso, e d'un tratto ha fatto qualcosa che solo nelle circostanze peggiori gli avevo visto fare: ha preso la sua preziosa pipa in legno di cedro e l'ha sbattuta più volte contro la maniglia della porta, fino a spezzarla in due. Non sentivo nemmeno i colpi, anzi gliene ero grato; quando ha esaurito le forze, si è fermato a riprendere fiato. Non abbiamo scambiato una sola parola; ciascuno è tornato al proprio albergo e l'indomani da Buenos Aires la Casita mi ha informato che avevo un biglietto per un volo di Aerolíneas Argentinas di quel sabato. Il venerdì, tuttavia, la stessa fonte mi ha fatto sapere che il viaggio era stato cancellato per ordine del colonnello. Il dietrofront non mi ha tolto il mal di gola di cui soffro da quando sono scampato alla sepoltura, un bruciore che mi tormenta continuamente e che mi ha portato al pronto soccorso in una notte particolarmente difficile. La gola non era nemmeno rossa, ma hanno accettato a denti stretti di prescrivermi pasticche al miele con effetto anestetico e antibiotico, che hanno migliorato solo di pochissimo la situazione. E adesso, sul ponte Vittorio Emanuele II, Cálgaris estrae la nuova pipa, la carica mentre guarda il Tevere e da una tasca del soprabito sfila la chiavetta USB. La tiene tra indice e pollice, come se la stesse soppesando, quindi me la tira in faccia. «Cerca di non perdere anche questa», abbaia, e accende il tabacco aromatizzato allo sherry. «Continuo da solo», annuncia, e per qualche motivo mi sembra che quella frase nasconda altri significati. Poi intreccia le mani dietro la schiena e attraversa il ponte con la pipa in bocca, emettendo colonne di fumo che salgono oltre il cappello e si perdono nella pioggerella della notte. Metto via la chiavetta, cammino per un po' e supero il fiume su un altro ponte, per non dargli fastidio. Non ho fame, quindi torno direttamente in hotel, mi servo una vodka e inserisco la chiavetta nel tablet. Sono ventisette file, con dossier, fotografie e un lungo rapporto di polizia, redatto su precisa richiesta dell'arcivescovo di Buenos Aires. Mettendo Cálgaris in copia, mando i file alla casella di posta criptata della Casita e li salvo uno per uno sul mio desktop. Mi spoglio, sistemo i cuscini contro la testata e mi siedo sul letto per esaminare le foto scannerizzate. La prima è di suor Mariela: sono stupito dai lineamenti giovanili e gradevoli, dalla luce positiva negli occhi e dalla pelle abbronzata. Altre due foto svelano il mistero: Lioni in maglietta, pantaloncini, fascia addominale e scarpe da running professionali; Lioni che partecipa a una maratona con migliaia di altre persone. Non sembra la stessa donna che un attimo dopo serve la minestra in una mensa scolastica, indossando le vesti nere, né quella nei sei scatti successivi, in chiesa e nel centro sportivo di Villa Puntal. Accanto a lei ci sono alcune persone, evidenziate da frecce e circoletti: un parroco dall'aspetto anonimo di nome Bustos, un musicista dalla barba a cespuglio con un violino, tale Moretti, e una monaca obesa, suor Fabiana. Tutti e tre sono stati convocati dal magistrato; le dichiarazioni sono lunghe e dettagliate. Padre Bustos è responsabile del quartiere, anche se la sua parrocchia si trova fuori dalla baraccopoli. Parliamo della zona settentrionale dell'hinterland di Buenos Aires, un insediamento di medie dimensioni, dove le case più antiche sono in muratura e le più moderne hanno strutture meno nobili e durature: pezzi di container, cartone pressato e altro materiale di recupero. Un ammasso di baracche senza ventilazione né impianti di base, con pozzi ciechi e fossati a fare da canali di scolo e fognature, passaggi angusti, chioschi e magazzini improvvisati. Una popolazione di colf, muratori, autisti di autobus e venditori ambulanti, dominata da qualche calciatore e da un'immigrazione in prevalenza peruviana. Il dipartimento Droghe pericolose aggiunge un rapporto riservato sui clan rivali dei Pajuelo e dei Requis, che si spartiscono il territorio. Entrambe le famiglie comprendono ex membri di Sendero Luminoso: importano la pasta base da Bolivia e Perú e producono cloridrato di cocaina in due o tre «cucine» che la polizia non è riuscita a localizzare. Si tratta di piccole imprese gemelle, strutturate in tre dipartimenti: produzione, gestita da chimici provenienti dalla valle dei fiumi Apurímac ed Ene; vendita, affidata a boliviani e paraguaiani, e sicurezza, di cui si occupano ex guerriglieri e paramilitari in congedo; inoltre possono contare su «soldatini» locali, fucili d'assalto e armi automatiche. Corrompono le autorità che si occupano di prevenzione e le agenzie di Stato, e utilizzano una rete di *cholas*, meticce che trasportano sacchi interi di banconote attraverso la frontiera, denaro che in seguito viene riciclato da false imprese finanziarie peruviane.

A quanto afferma padre Bustos, Mariela Lioni era in contatto con le donne dei fratelli Pajuelo, devote della Vergine della Candelaria, diversamente dai mariti che si dicono atei. Lioni faceva il possibile per mantenere un minimo di decoro e si dedicava in modo particolare alla disintossicazione dei ragazzi dipendenti dal *paco*. Aveva ricevuto nove minacce di morte, sia dal clan dei Requis, sia da parte di sicari e collaboratori dei Pajuelo. Nel suo ufficio in parrocchia, la suora teneva un ritratto di padre Mujica con una strana dedica: «Tu mi hai insegnato che l'uomo è Dio, un povero Dio crocifisso come te. E quello alla tua sinistra sul Golgota, il ladrone cattivo, è un Dio anche lui».

Sembra che Moretti sia un ex militante comunista, ex enfant prodige dall'orecchio assoluto vincitore di una borsa di studio internazionale per studiare a Parigi. Ha girato il mondo con diverse orchestre, quindi ha messo insieme una banda di ragazzini indigenti a Villa Puntal. Un idealista che si arrabatta per ottenere fondi dalle famiglie benestanti e dai politici locali, che vive implorando sussidi, costantemente in difficoltà e in debito con tutti. Sostiene di essere un caro amico di suor Lioni, ignora se negli ultimi tempi avesse problemi particolari e racconta che, dieci mesi prima di andarsene, ha attraversato una crisi di vocazione, dopo l'assassinio di un ragazzino che lei stessa aveva salvato con fatica dalla droga e dal narcotraffico.

Suor Fabiana era la principale collaboratrice di suor Mariela. Condividevano la stanza sul retro della chiesa, oltre a gioie e dolori. La sorella ammette che in un primo momento le minacce spaventavano entrambe, ma poi avevano cominciato a non darci peso, tanto erano frequenti. Ricorda perfettamente quanto fosse sconvolta suor Lioni dopo la morte di quel ragazzino, ma sostiene che Mariela non l'aveva mai messa a parte di una crisi interiore. Escluso il musicista, nessuno crede possibile che quella donna abbia perso la fede o sia fuggita senza nemmeno un addio. I religiosi credono che sia successo qualcosa di tragico; il musicista è convinto che se ne sia andata, incapace di affrontare la vergogna di un confronto.

Quei tre saranno anche eroi del sociale, ma nessuno di loro ha apportato chissà quali informazioni di rilievo; i clan del narcotraffico sono additati come possibili sospetti in vari rapporti, ma, per quanto possa suonare assurdo, né il pubblico ministero né il giudice istruttore hanno fatto scattare le manette. Per cominciare, né i Requis né i Pajuelo si sono mai dovuti presentare in commissariato, né tantomeno in tribunale. Le dichiarazioni più o meno ufficiose dalle famiglie giungono attraverso la voce dei rispettivi legulei di lusso, i quali giurano sul Santo Vangelo e sul Codice di Procedura Penale l'assoluta innocenza dei loro prestigiosi clienti, totalmente estranei alle ipotetiche minacce e alla sorte di suor Lioni. La sintesi della polizia accenna a retate e interrogazioni «informali» a Villa Puntal, senza però aggiungere il benché minimo indizio di una qualsiasi pista. Quanto alla famiglia e agli amici, nessuno sembra farsene una ragione. Suor Mariela si avventurava fuori da Villa Puntal solo per l'allenamento quotidiano, per una maratona domenicale o per svolgere un'incombenza assegnatale dai superiori. Non era una che andasse al cinema o si allontanasse per andare dai parenti o dai compagni di una precedente vita borghese: se volevano vederla, dovevano andare a trovarla a casa sua, sul retro della chiesetta. «Mariela era ossessionata dall'umanità di questa gente», dichiara una cugina di Acassuso. «Diceva che ormai non poteva più vivere nei quartieri della classe media, dove sono tutti individualisti e chiusi. Dove stava lei c'erano violenze e tragedie, ma anche integrità e solidarietà, gioia e condivisione. I poveri in canna sono capaci di un amore puro, di darti metà dell'unica pagnotta che hanno. «'Dare, dare finché non ti fa male'. Ripeteva spesso quella frase di Madre Teresa. E predicava anche con noi. Quando ci salutavamo, avevo sempre la pelle d'oca.» Le testimonianze dei superiori e degli altri parroci della zona si assomigliano e convergono sul medesimo ragionamento: possibile che una persona con la sua fede e il suo slancio possa abbandonare la grande opera in cui era impegnata? Una domanda facilista, ovvia in bocca agli imbecilli a commento di un suicidio sospetto: può qualcuno così devoto alla famiglia, con tutti quei progetti, essersi sparato un colpo? In effetti è così, spesso non ci sono spiegazioni semplici. Non si può sapere quali mostri ciascuno nasconde nel profondo di sé. Le persone impegnate nascondono misteri e orrori persino a sé stesse. «Anche la fede ha un limite», ha lasciato scritto Lioni, prima di sparire. Chissà cosa le passava in testa, e chissà se, mentre prendeva il volo, non le hanno sparato come a un uccellino. Prendo nota di tutte le persone che dovrebbero essere sentite: in pratica bisognerebbe ripartire da zero. Ma Cálgaris vorrà che mi concentri su questa storia o solo che mi faccia venire qualche idea? Non riesco a capire quell'uomo; non l'ho mai visto così cupo e deluso, come se mi avesse dato per perso. E in verità non mi stupirei se, di ritorno a Buenos Aires, mi congedasse rispedendomi sulle navi da crociera. Credo che la mia situazione sia ancora in fase di definizione, un giorno pensa una cosa e l'indomani un'altra, e continua a ruminarci. Rimane comunque patetico il fatto che, sopravvissuto a guerra, mafie, rischi estremi, politici, invidie ed età, debba uscire di scena per una cazzata. Il Tesoro di san Gennaro. Accidenti a Jonás e alla baldracca che lo ha messo al mondo.

Mi addormento pensando al gigante, e nel dormiveglia ricordo una mail infame che la scorsa settimana un agente anonimo ha condiviso con tutti i partecipanti al seminario, accompagnata da una foto, un primo piano del mio villoso e pallido deretano, stagliato sullo sfondo di un gruppo di turisti che applaudono e fischiano. Una sola riga: «La spia che pensa col culo». Le reazioni sono state un tripudio di sarcasmo senza fine. Immagino la rabbia del colonnello e rinuncio all'illusione di conciliare il sonno. Esco di nuovo a correre, senza pioggia né fulmini né tuoni, con un gran mal di gola. Faccio colazione con una spremuta d'arancia e un cappuccio, mi alleno come un pazzo nella palestra di via Sant'Agata e passo il resto del giorno cercando di setacciare qualche indizio tra i documenti del caso Lioni. Sono sulle spine per la mancanza di notizie e il protrarsi del malumore di Cálgaris. Leggo un libro in spagnolo sul sesso e il potere nell'impero romano. Seguo con attenzione la descrizione della vita dei gladiatori, in particolare del loro pensionamento. Ai tempi di Marco Antonio, non c'era pietà per chi veniva sconfitto. «Quale mediocre gladiatore mai pianse», diceva Cicerone. I gladiatori erano molto popolari, ma al tempo stesso li si considerava impuri; non venivano seppelliti con onore, ma negli angoli più nascosti, accanto ad attori e prostitute. Erano in pochi a guadagnarsi il diritto di morire nel proprio letto.

Trascorro altri due giorni seguendo la medesima routine, con gli stessi interrogativi e lo stesso saggio di storia antica. Il mercoledì mi arriva una mail di Cálgaris: pretende uno schema d'indagine e mi ordina di passare a ritirare presso un'agenzia di autonoleggio una Nissan X-Trail fiammante, già prenotata a mio nome. Il messaggio è breve ed enigmatico, ma mi ridà un minimo di entusiasmo. Metto per iscritto le impressioni generali e le mie proposte e gli mando subito la mail. Indosso giacca e cravatta e vado a ritirare quell'auto enorme, scura e scintillante. Cerco parcheggio in centro e rimango in attesa di istruzioni per tutto il giorno. Arrivano in piena notte: devo andare all'aeroporto a prendere due donne, accompagnarle all'Hotel Gran Meliá e rimanere a loro disposizione per tutto il tempo in cui rimarranno a Roma. Non è quel che si dice un incarico importante: arrivo con un cartello con su scritto CÁLGARIS e faccio da autista alle signore. Niente armi né protocolli di custodia. Sono stato degradato: adesso sono un semplice chaffeur.

Comunque sia, ammetto di essere rimasto sorpreso dai nomi delle passeggere: Beatriz Belda e Diana Galves. Cerco su Google, anche se ne ho un vago ricordo. Belda, detta BB, è una sociologa ed esperta di marketing, una stratega che ha collaborato con diversi presidenti. Due anni fa, una valutazione errata e una catastrofe elettorale l'hanno sbattuta fuori dal *petit comité*. Gli analisti politici riferiscono che non le hanno nemmeno permesso di ritirare i suoi effetti personali dall'ufficio al primo piano della Casa Rosada. Si occupa delle pubbliche relazioni di una multinazionale ed è socia di uno studio di consulenza, ma ciò non ha impedito che le rifilassero un calcio nel culo, buttandola fuori dal paradiso. Una relazione la descrive come fredda, machiavellica e molto intelligente. Bassa, occhi verdi e capelli bianchi senza tinta ma dall'ottimo taglio: una piccoletta elegante che da giovane dev'essere stata bella e che ancora, per certi aspetti, appare desiderabile. Fuma sigarette scure con il bocchino ed è capace di pasteggiare a whisky. Era una militante rivoluzionaria, poi si è riciclata nell'ambito peronista. Abile nel bridge e nel golf. E, secondo un sito sul mondo del cinema, amica sin dalle medie di un'altra donna famosa: Diana. Attrice, poetessa e agitatrice culturale. Le sue diete per rimanere giovani in eterno appaiono sulle copertine delle riviste femminili e due dei suoi manuali di bellezza sono diventati best seller. Galves ha recitato per il grande schermo, in teatro e in alcune telenovele. Legge poesie in pubblico e nel suo appartamento del Barrio Norte organizza cocktail party e feste per scrittori, produttori e artisti del varietà. Nel cappello di un lungo servizio su di lei, l'autore dell'intervista la descrive come una rossa matura in un corpo da ventenne, puntualizza che non parla ma sussurra, calcando una «sensualità leziosa», ma che quando si altera fa sentire la sua vera voce, che schiocca come una «frustata amara». Negli ultimi anni, diversi registi indipendenti l'hanno scelta per interpretare ruoli che la stanno salvando dal declino, poiché non accetta parti da nonnina né di secondo piano. Si atteggia a primadonna, si fa rispettare e rimane sempre a galla. Notizie recenti mi informano che ha appena girato un film a Madrid: ha partecipato a numerose conferenze stampa e ha ricevuto critiche lapidarie. Il volo quindi dovrebbe essere un diretto da Barajas a Fiumicino. Riesco ad arrivare con un'ora e mezzo di anticipo per farmi un'idea del posto e delle possibili vie di fuga, incapace di accettare sino in fondo che non si tratti di una missione ma di una misera incombenza.

Bevo un ristretto al bancone della caffetteria e penso alle due signore. Sembrano il giorno e la notte. Una è astuta, l'altra è bella. Una sembra cerebrale e discreta, l'altra è una regina dell'inganno e una narcisista. Ho letto che una rivista dei servizi tacciava Diana Galves di essere stata l'amante di generali e ammiragli della dittatura, prima di lanciarsi, come in tanti hanno fatto, in difesa dei diritti umani, giungendo a inventarsi un passato eroico accanto a BB, che era scampata per un pelo alla sorte dei desaparecidos. Belda aveva confermato la sua versione e la polemica si era spenta. La sua agenzia ha in pugno la stampa, e ogni governo nel quale la stratega abbia avuto un minimo di influenza ha omaggiato Galves con ruoli da protagonista, premi, progetti e finanziamenti. La grande mecenate e la sua artista preferita. Quale legame possono avere queste due donne con uno come Leandro Cálgaris?

Il volo arriva in orario e, anche se saprei riconoscere le signore, mi vado a mettere accanto agli altri autisti con un cartello scritto a mano, affinché mi identifichino a un primo sguardo. Si avvicinano senza dare nell'occhio, in mezzo ai passeggeri stanchi, trascinandosi dietro valigie inverosimili. Lady Di è vestita e truccata come per affrontare i paparazzi, sebbene non se ne veda nemmeno uno nel raggio di cento metri. Corporatura media, un fisico a clessidra, incarnato chiaro e luminoso. La sua compagna di viaggio è più larga di spalle che di fianchi, pelle soda ma segnata dal sole. Diana cammina su una passerella, come se sapesse di essere osservata da un pubblico che non c'è, e ovviamente ha con sé un trasportino con un cane. La vita è un grande spettacolo. Beatriz, più concreta, si sfila gli occhiali scuri, mi individua tra gli autisti e mi rivolge un cenno. Mi avvicino per salutarle in spagnolo ma senza porgere la mano: il personale di servizio non deve prendersi certe confidenze. Carico i bagagli voluminosi su un carrello e accompagno le signore al parcheggio. Galves è delusa dall'assenza di un comitato di accoglienza; BB le spiega che quest'anno non deve aspettarsi molto da Roma, sia perché non ci saranno anteprime, sia perché non hanno lavorato ai fianchi i giornali né le agenzie di stampa. Lady Di non sembra convinta dall'argomentazione, è schizzinosa e volubile. Sono appena salite sul sedile posteriore e siamo diretti all'albergo quando l'umore della diva cambia ancora: apre il trasportino e rivolge feste di ogni genere a un cagnolino insignificante. Beatriz sorride, ammirando il paesaggio, e mi chiede notizie sul clima. Mutevole, le rispondo. Ma non sono portato alle chiacchiere, così me ne resto sordo e muto. Mezz'ora più tardi stanno parlando di alcuni negozi su via Condotti e di abiti carissimi visti su *Vogue*. Il cagnolino se la fa addosso per l'emozione e il solletico, l'attrice dà in escandescenze e la sua mecenate asciuga pazientemente gli schizzi con i fazzoletti di carta. È strano: dallo specchietto non riesco a scorgere un solo cenno di sufficienza; sembra un alfiere brillante che si occupa della regina idiota. Verso il Gianicolo, comincio a intuire che la diva sia il tallone d'Achille, la debolezza personale di Beatriz Belda, che sa essere spietata con politici e giudici ma è del tutto arrendevole con la «sorella» famosa e incapace.

Il Gran Meliá è costruito sopra la villa di Agrippina, e quando una delle addette alla reception glielo racconta, mentre compilano i formulari, BB guarda la sua protetta e le spiega che si riferiscono alla madre di Nerone. Lady Di avrà anche un minimo di istruzione, ma di storia non sa un accidenti. Per ricambiare la gentilezza, l'unica cosa che le venga in mente è menzionare, come in estasi, Peter Ustinov. Un attimo dopo stanno parlando dell'accesso alla piscina e alla palestra, di trattamenti viso e massaggi antietà. Alloggeranno in una suite doppia. Spero di essere congedato, quando BB dà un'occhiata all'orologio e mi chiede bruscamente di aspettarle nella hall. Un'attesa imprecisata. Non si prendono nemmeno il disturbo di guardarmi con attenzione: sono uno schiavo dal volto indefinito, una comparsa senza diritti, alla mercé dei loro capricci e ordini. Mi assale una sensazione insormontabile di déjà-vu e penso a Nuria, anche se questa volta la fatalità non c'entra, poiché si tratta di un castigo premeditato da Cálgaris. Questa professione è piena di rituali e ripetizioni perverse. Mi manca più di ogni altra cosa l'epoca in cui non m'importava di niente; sapere che non potrai mai rimettere insieme i tuoi pezzi ha un effetto un pochino deprimente.

Osservo le reliquie e la maschera di Agrippina nella hall, poi mi accomodo su un divano con vista sul giardino. Ai tavoli siedono turisti concentrati sui loro tablet e manager che discutono di numeri. Cerco di fare un pisolino con gli occhi spalancati e più tardi prendo un cappuccino al bar, quindi esco sul piazzale, che ospita un'esposizione di macchine d'epoca. Quando si accendono le prime luci della sera, le signore riappaiono, rinfrescate e trasformate. Chissà, forse la noia mi ha risvegliato l'appetito, ma è come se vedessi Diana Galves per la prima volta. In effetti è una femmina piena di energia, che richiama l'attenzione dei collezionisti. Beatriz Belda cammina a braccetto con lei. Una tiene il cagnolino con la destra; l'altra stringe bocchino e sigaretta nella sinistra sollevata. Hanno bisogno che le accompagni alla Galleria Colonna e poi a Campo de' Fiori. Eseguo, ascoltando chiacchiere frivole e pettegolezzi sul mondo dello spettacolo. Il giro dura tre o quattro ore, con abuso di carta di credito, e alle nove passate cenano a piazza Navona, ascoltando un quartetto di fiati. Le controllo a distanza, senza farmi vedere. Nessuno me lo chiede, ma è una deformazione professionale, oltre al fatto che il disastro di Napoli ha causato una scia di insicurezze: se a quelle due dovesse succedere qualcosa, anche solo un graffio, finirò dritto nella fossa, se già non ci sono. Per due volte il cagnolino scappa, causando disastri, e sono sul punto di intervenire. Accorrono in extremis un cameriere la prima volta e un ambulante senegalese la seconda: salvano il cagnolino confuso e si mettono in tasca la mancia. Le signore passeggiano per un po' in via dei Coronari per favorire la digestione e dare un'occhiata ai negozi di antiquariato, io faccio da scorta ufficiale, venti passi più indietro, fumando di rabbia. Mentre le porto al Gianicolo, BB riceve una telefonata. È Cálgaris. Lei gli assicura che l'accoglienza è stata impeccabile, l'hotel è fantastico e lo aspettano l'indomani verso le undici. Inaspettatamente mi passa il cellulare, e sento la voce aspra e tagliente del colonnello: devo andare a prenderlo alle dieci e mezzo al Plaza. Restituisco il cellulare; Lady Di mi chiede se sono stato in polizia e se mi piace il cinema. «Sono un soldato. E ho visto tutti i suoi film», rispondo. BB annuisce, lo sguardo sulla strada; Galves ride di gusto: non sa che solo la seconda delle affermazioni è una menzogna. Le accompagno fino alla hall; Beatriz propone un ultimo whisky, Diana si domanda se avranno del Dom Pérignon. Nessuna delle due si volta a salutarmi. Sdraiato sul letto della mia camera, le ho ancora davanti agli occhi, ma è come se fossero una persona sola. Sono stremato, ma mi sveglio di nuovo prima dell'alba, corro attorno ai Fori e mi alleno come un pazzo in palestra. All'ora stabilita, il colonnello sale sulla Nissan senza nemmeno un buongiorno. Dopo la colazione, le ragazze si presentano con un outfit informale, come se dovessero camminare tutto il giorno; un look che non toglie nulla al loro stile, poiché gli abiti sono perfetti sia per passeggiare in strada sia per andare a una festa. Cálgaris le omaggia con un inchino e un baciamano, come se fossero due baronesse e lui un arciduca degli Asburgo. «È stato gentile a invitarci, Leandro. E ha avuto un'idea eccellente», sottolinea BB. Il colonnello accarezza il capo del cagnolino. «Eravate vicine, abbiamo preso due piccioni con una fava.» Mentre guido, si lanciano in chiacchiere di vario genere, che vanno dalla situazione argentina ai peccatucci peronisti di Bergoglio, fino all'ultimo film in cui ha recitato Diana Galves e ai recenti contatti coltivati a Madrid con i fratelli Almodóvar. La corsa termina a Villa Torlonia, dove scendiamo per attraversare il parco. Non ci sono molti visitatori, e il colonnello fa da cicerone in un tour personalizzato e colto. «È stata costruita da un borghese assurto alla nobiltà il quale, per darsi importanza, aveva chiesto al proprio architetto di imitare le ville dell'antica Roma», commenta, come se stesse descrivendo le volgarità di un arricchito o volesse sminuire il valore di un oggetto vistoso. «Vanta alcune opere di un certo valore, in particolare tre o quattro rilievi in gesso del Canova, ma in gran parte sono tutte imitazioni. La cosa notevole è il Duce.»

Belda si illumina in volto e si sfrega le mani come se le stesse lavando con il sapone. Galves, seguace dell'incontinenza, non riesce a evitare un commento: «Va matta per il fascismo!»

«Non suona carino, strega!» ribatte l'amica, con una risata forzata. «Mi affascinano la teatralità della politica e la costruzione delle egemonie.»

«Mussolini ha condotto la guerra da questa villa», dice il colonnello, e schiaccia il tabacco nel fornello della pipa. «Vi farò vedere la sua camera, lo studio e, se ci lasciano scendere, il bunker segreto che doveva fungere da rifugio in caso di attacco.»

Sembra una sessione privata tra due appassionati. Per quello che mi riguarda, Mussolini è il protagonista di alcune cronache di guerra e il cattivo di un numero assurdo di romanzetti storici; per Diana è solo un film con George Scott.

Scopriamo che questa settimana il bunker è chiuso al pubblico, ma le sale e le stanze sono visitabili. Su uno schermo viene proiettato all'infinito un breve documentario sulla vita privata del Duce nei confini di quella stessa villa: a parlarne è il figlio, che all'epoca della guerra era un ragazzino e che ha vissuto tutto come un'avventura interessante e lontana. Trasciniamo i piedi lungo il percorso per lunghissimi minuti. Io e la diva cerchiamo di soffocare gli sbadigli, diversamente dai due intellettuali, che si fermano davanti a ogni pezzo, ogni scultura, ogni affresco e ogni statua: condividono informazioni come se cercassero di impressionarsi a vicenda. Sul primo gradino di una scalinata, la diva mi sfiora un braccio e si porta l'indice alle labbra. Con uno sguardo mi invita ad abbandonare i sapientoni e a scendere al piano inferiore. Non credo che mi licenzieranno per questo strappo alle regole, con gli ottimi motivi che ho dato loro per farlo. Ho la sensazione che lo scopo di Lady Di sia quello di lasciare il cagnolino libero di scorrazzare nei prati e fare pipì tra gli arbusti, oltre che di fumarsi una sigaretta, che mi chiede con lo slancio nevrotico di un ex tossico. Dubito che la nicotina sia compatibile con il suo programma antiage. Fumiamo osservando i giardini, io appoggiato a una colonna, lei in piedi, con le braccia conserte e gli occhiali scuri. Non riesco a smettere di pensare che ha sessant'anni, ma che alla luce del sole non mostra rughe né segni di interventi chirurgici, oltre al fatto che vanta una carrozzeria giovane e imponente. Diana Galves non ha bisogno di Photoshop: è un miracolo della genetica e delle cure estetiche.

«Sei una guardia del corpo?» mi chiede, senza un vero interesse.

«Qualcosa del genere», rispondo.

«Che razza di nome è, Remil?» mi chiede, con mia grande sorpresa. La sua amica è bene informata.

«Lituano.»

Si volta e si sfila gli occhiali per fissarmi. «Attento, Remil o come cavolo ti chiami», dice, senza abbassare la voce. «Nessuno arriva al mio livello, se è un deficiente.»

D'un tratto negli occhi le brilla una luce spietata, e mi rendo conto di aver etichettato con leggerezza la regina idiota. Sostengo lo sguardo perché sono un duro, e perché lei cede in fretta, si rimette gli occhiali, chiama il cane e torna nei panni della diva capricciosa delle riviste. Pensa un po'. Il cane si chiama Juan Domingo.

Il colonnello e la sua socia ci raggiungono e ci guidano

attraverso il parco. Discutono di questioni ideologiche; BB gli dice che Mussolini credeva di essere un medium sociale. «'Io non ho inventato il fascismo, l'ho tratto dall'inconscio degli italiani'», cita, con voce impostata. Cálgaris le indica una collina e le racconta che il principe Giovanni era vicino del Duce, ma si teneva ai margini della storia e del mondo. L'attrice è affascinata dalla Casina delle Civette; la stratega ne osserva apatica l'architettura.

«Il principe era un tipo strano», spiega Cálgaris, calcandosi il cappello. «Quella villa è stata costruita come un rifugio svizzero, edificato con linee medievali e decorato in stile Art Nouveau. Il principe era un appassionato di esoterismo. Non credo nel soprannaturale, ma quando vengo qui sento sempre freddo.»

«Ma, colonnello», interviene Diana, aggrappandosi al suo braccio, «la paura è così eccitante! Mi sta dicendo che la villa è stregata?»

«Credo che vi celebrassero messe nere e cose del genere», conferma lui, ma non le regge il gioco dell'isteria. «Dovete vedere il salone dei satiri. Fa accapponare la pelle.»

Beatriz avanza nell'ingresso centrale con aria scettica, ma poi si fa incuriosire da una vetrata con un gruppo di soldati armati di lance, scudi, spade e armature che difendono un bambino nudo.

«I Guerrieri», spiega fiero il colonnello. «Sembra che alluda al mito del Nibelungo, ma ogni volta io ci vedo una metafora del nostro mestiere.»

«Gli occhi dei soldati sono impressionanti. Ti guardano fisso. Sono stanchi, minacciosi», osserva Belda.

«Come fa a dormire sereno quel bambino, in mezzo a tutta quella gente armata?» chiede Galves, per riprendersi il centro della scena.

«La pace dorme all'ombra delle spade», cita il colonnello, e invita le signore a seguirlo.

Proseguiamo lungo corridoi e sale: la casa di un pazzo che amava le civette, le rondini, i trifogli, i diavoletti e la magia nera. Forse si è fatta suggestionare, ma anche Lady Di lamenta di avere freddo. Beatriz Belda, da parte sua, non sente nulla: senza il filtro della politica, la realtà le appare lineare e irrilevante. Cálgaris stabilisce che è ora di andare a pranzo, e mi ordina di impostare sul GPS l'Isola Tiberina. Su richiesta di Diana, racconta altri pettegolezzi sul principe amante dell'occultismo; per accontentare Beatriz, si commentano i diari di Claretta Petacci, l'amante di Mussolini. Li lascio di fronte a Sora Lella, vicino al ponte sul Tevere; la diva si accomiata da Juan Domingo con un bacio sul muso e una marea di smorfie. Cerco parcheggio con il cane raggomitolato e depresso sul sedile posteriore; non protesta quando lo chiudo dentro bloccando le portiere. Il cielo ha virato sui toni del piombo; stormi di cinesi scattano foto e le postano su Facebook, Instagram o il cavolo che è: ormai non viaggiamo per guardare, ma per mostrare agli altri sino a dove siamo riusciti ad arrivare e quanto siamo cretini.

Sora Lella è un ristorante discreto, stellato Michelin. Il colonnello e le due fate hanno scelto un tavolo al piano di sopra. Per ingannare l'attesa si sono fatti portare prosciutto e altri salumi, e un pane spugnoso cotto nel forno a legna.

«Per te ho ordinato fettuccine con ragù al vino bianco, Remil», annuncia Galves, mordicchiando un pezzetto di pane. «Spero che ti piaccia. Era triste, il mio piccolino?»

«Fa una vita da cani», ribatto.

Lei socchiude gli occhi castani, di un tono appena più intenso dei capelli lisci, falsi e inverosimili, divisi da una riga in mezzo. Mi sembra finto persino il neo sullo zigomo destro, ma non ne ho le prove. In confronto, gli occhi verdi dell'amica sono più vivaci e riflessivi. Le signore hanno accettato di ordinare il vino, «solo per bagnare le labbra». Cálgaris ha chiesto un rosso toscano, calamari ripieni per le dame e agnello farcito per sé. Le donne resistono ai salumi, io non mi sento autorizzato a toccarli finché il vecchio non avrà aperto il fuoco.

«Parliamo del suo cliente, Beatriz», dice infine, sfiorandosi i baffi.

Pensierosa e sorridente, BB tende la mano davanti a sé e fissa senza vederli i due anelli che sfoggia. Si trastulla con uno dei due, mentre riflette su come iniziare. Finalmente, Cálgaris inforca una fetta di prosciutto di Parma, e lo imito con il salame. Diana scruta ogni mio movimento.

«Non so se ha mai avuto a che fare con Farrell», inizia Belda, con grande tatto.

«Qualche anno fa ha chiesto un favore alla Secretaría», conferma il colonnello. «C'era una talpa nel governo provinciale che passava informazioni a un giornalista di Buenos Aires. L'hanno messa sotto controllo e pedinata, le hanno fatto un po' di foto e l'hanno fatta sparire. Ma erano altri tempi, e lui andava d'accordo con il presidente.»

«Più che d'accordo, erano amici», puntualizza lei.

«Non credo che sia stata l'ideologia a dividerli.» Cálgaris tossisce e quasi si strozza. Le ideologie sono morte.

«È stata una cosa graduale.» BB continua a fissare i propri anelli. «Si è avvicinato ai governatori dissidenti, hanno iniziato la cantilena dell'alleanza critica e, dal momento che nessuno voleva farsi avanti, ci ha pensato lui. Un classico. Fregato dalle lusinghe e dalle ambizioni.»

«È vulnerabile agli elogi, come diceva Yrigoyen di Alem.»

«Farrell è piuttosto anonimo, ma ha un narcisismo grezzo. Nessuno gli riconosceva il ruolo di leader nella sua Provincia: è un pessimo amministratore. E così è impazzito quando ha avuto il sostegno dei suoi pari, che lo sfruttano come coordinatore, testa d'ariete e capro espiatorio.»

«Gli va meglio fuori che dentro.»

«Decisamente», sbuffa lei. «Fuori è un predicatore di politiche federali e direi persino un candidato papabile. Dentro è un mediocre che ha perso le legislative, protagonista di barzellette feroci. I sondaggi nazionali lo danno con buone possibilità, quelli locali sono pessimi.»

«Magari non passa il test dello schermo muto, Bette», interviene Diana. «Quando è in televisione, se abbassi il volume ti rendi conto che è un cialtrone. Non sa come muovere le mani, ha pose artificiose, fa gesti che lo tradiscono. Trasmette falsità allo stato puro, è un pessimo attore. E poi quel pizzetto orribile... Per l'amor di Dio!»

Il cameriere toglie il vassoio degli antipasti e porta i piatti principali. La diva si lamenta perché il calamaro è troppo unto; le fettuccine sono al dente.

«Per i governatori, la performance provinciale di Julián Farrell è pericolosa», dice BB, che non ha ancora toccato il vino del proprio calice. «Perdere in casa toglie legittimità; per non parlare della sua retroguardia in fiamme.»

«Ma è un incendio serio?»

«Dantesco. Se si addormenta adesso, è finito», gli risponde BB, decisa e categorica.

Sovrappensiero, si accarezza una ciocca di capelli. Il sole dei campi da golf ha maltrattato la pelle del viso, ma per miracolo o per caso le rughe seguono un disegno che le dona. Ho la sensazione che le manchino sigaretta e bocchino.

«I ragazzi della Casa Rosada dovranno gettare benzina sul fuoco», azzarda il colonnello.

«Eh, giorno e notte. Mi sono occupata io stessa di trovare il carburante. Conosco benissimo quel lato della barricata.»

La differenza tra donne e uomini è lampante: le prime mangiano poco e lentamente; noi trangugiamo molto e piuttosto in fretta. A volte penso che sia quello, il vero segreto della longevità femminile e della prematura dipartita degli uomini.

«Ha mai sentito parlare del concetto di *turnaround* nel management, colonnello?» dice Belda, portandosi il tovagliolo alle labbra. Un'altra domanda retorica. «Bisogna rivedere completamente l'organizzazione, e non sarà facile.»

«Se non altro ha un portafogli interessante. È una zona petrolifera», osserva il colonnello, che taglia l'agnello con il cucchiaio.

«C'è anche il gas», aggiunge lei, bevendo un sorso di vino.

«È la Patagonia, Bette!» esclama Galves, fissandola. «Fascino, avventura, turismo. Spiaggia e porto. Laghi e cordigliera.»

«E l'industria ortofrutticola sull'orlo del disastro», puntualizza Cálgaris.

«Farrell non ha una squadra né un progetto. Ha ragione Diana: è capace di andare a sbattere stando su una giostra», dice BB.

Cálgaris è interessato al quadro degli investimenti e alla destinazione delle regalie, e la stratega non si fa attendere: abbozza un panorama economico nel quale abbondano possibilità e follie. Al momento del dolce, le donne chiedono solo due tazze di tè.

«Mentre ascoltavo mi è tornato in mente un episodio quasi comico», commenta il colonnello, accarezzandosi un sopracciglio. «Se la memoria non mi inganna è successo una decina di anni fa, e ne ho un ricordo confuso. Mi pare che ci fosse di mezzo un'amante o un'estorsione. È possibile?»

«Sì, è un dongiovanni maturo: ha un'amante fissa a Buenos Aires e altre due o tre in diverse città», conferma Belda, con un sorriso. «Quella di Buenos Aires però è andata alla polizia, e ci sono volute un po' di mazzette per contenere lo scandalo.»

«Certo. Non era ancora governatore, ma faceva parte del precedente gabinetto provinciale. Aveva stretto i cordoni della borsa, così lei si è presentata al palazzo di giustizia con alcuni documenti. Ci hanno chiesto di parlare con il pubblico ministero, e come sempre ci è voluta un po' di grana. Un piccolo inconveniente finito nel nulla, dal momento che lui non era in serie A e la ragazza ha fatto marcia indietro.»

«L'amore vince su tutto», replica Belda. «E anche la farmacologia. Sono ancora insieme, dieci anni dopo, e lei è impasticcata.»

«Ci vuole un bel pelo sullo stomaco, per andare con uno così», mormora Galves.

«Il potere di seduzione del maschio Alfa, *dear*», rilancia Beatriz Belda, mentre le scosta dalla maglietta un capello caduto e smarrito. «Se non fosse per il potere, Farrell sarebbe ancora vergine.»

«Assolutamente no, va anche a puttane», osserva ridendo la diva. «Ha la pancia e la pappagorgia ed è un analfabeta funzionale. Ha bisogno di un interprete anche per le parole crociate.»

«Ma è sposato, no?» chiede Cálgaris.

«Con una frigida, una muta sottomessa che vive per i figli.» La cattiveria di Lady Di non ha limiti, ma la cosa non mi sorprende. Ho letto più volte le trascrizioni delle intercettazioni ai telefoni di attrici e celebrità. Vedo in lei lo stesso atteggiamento, la medesima crudeltà divertita degli dei dell'Olimpo. «Una frigida e due dementi.»

«Il più giovane è molto schivo ed è fuori dai giochi», spiega BB. «Il più grande è un terremoto, il suo braccio destro. Hanno entrambi una pessima fama. Non ha idea delle cattiverie che si sentono su quei due.»

«C'è già stato un sondaggio?» Cálgaris accarezza con fare lascivo la pipa spenta.

«Li ho convinti a rivolgersi a un istituto demoscopico nazionale per averne uno quantitativo e uno qualitativo.» Belda si massaggia una spalla, come se la sentisse intorpidita. «Farrell si appoggiava a dei furbetti che gli truccavano i numeri e avevano agganci con i media.»

«Si è già installata in zona?»

«Vado e vengo, ma conto di stabilirmi definitivamente a breve.» Bette lancia uno sguardo di sguincio a Di. «Vediamo se la mia amica, qui, avrà voglia di farmi compagnia per il sacrificio alla patria.»

«Neanche dipinta!» si irrigidisce la diva, per poi dichiarare: «La Patagonia mi mette l'ansia. Sono più urbana del cemento».

«Non c'è *turnaround* senza lotta culturale», puntualizza la stratega.

Il colonnello soppesa l'aforisma e osserva la donna come se la stesse rivalutando. Paga con la sua carta di credito, con i ringraziamenti delle ospiti. Salviamo il cagnolino dalla Nissan e passeggiamo nel ghetto ebraico. Di nuovo al Meliá, Galves si avvicina saltellando alla reception e saluta tutti lanciando baci in aria: l'attendono personal trainer, spa e un bagno di vapore. Di fronte alla gioia della padrona, Juan Domingo se la fa addosso. Lungi dall'esserne infastidita, la diva è in deliquio di fronte a quella dimostrazione di entusiasmo. Beatriz scuote la testa con condiscendenza e affetto al tempo stesso, e ci invita al bar della ex villa di Agrippina.

Chiedo un caffè; loro non rinunciano a un whisky, entrambi un Talisker 20, che Beatriz gusta senza ghiaccio per non rovinare il sapore. Il bar è deserto e i due si autorizzano a vicenda a fumare. Sento che si avvicina l'epilogo e che stiamo per andare al sodo.

«È in contatto con i colleghi di là?» chiede lei, mentre si prepara il bocchino ultrachic.

«Pochissimo», confessa il colonnello, accendendole la sigaretta. «A malapena conosco il suo uomo forte.»

«Il Turco Jalil.»

«Il Turco è visto malissimo dalla Casa, e quasi non ha contatti con la Casita.»

«A dire il vero, è di origine siriano-libanese. Farrell lo ha ereditato dal capopartito.» Belda assume una posa elegante: l'avambraccio sollevato, con la sigaretta fumante, appoggiato sulla mano sinistra che le riposa in grembo. «Ufficialmente, Jalil è titolare del dipartimento per la Sicurezza, ma ha più potere di qualunque assessore. Dà ordini alla polizia, un branco di incapaci corrotti, e ai servizi di intelligence provinciali, se così si può chiamare quella banda di seminatori di cimici. Se Jalil è ancora al suo posto non è grazie alla sua efficienza, ma perché è un abile leccapiedi che lavora solo per il numero uno. Ma è goffo e anacronistico. Non mi serve.»

«Per che cosa?»

«Per trattare i giudici come meritano.»

BB si porta il bicchiere di Talisker alle labbra e chiude gli occhi mentre lo assaggia. Ma non sembra una posa artefatta, quanto un'abitudine radicata. Dopo un paio di secondi, la signora posa il bicchiere e si gode una boccata grigia di tabacco biondo.

«Vuole neutralizzare Jalil? Non sarà una scampagnata», ironizza Cálgaris.

«È fattibile, se hai stabilito la fiducia necessaria», replica lei, senza battere ciglio. «L'unica lingua che Farrell capisce è quella dei numeri. Nello specifico, indice di gradimento e approvazione dell'operato governativo. Se qualcuno gli sposta l'amperometro, è Dio.»

«E Dio può avere le sue prerogative.»

«Finalizzate al suo stesso bene.» Ride. «Ormai sembro una Yiddishe Mame.»

«Farrell non è persona gradita, dalle mie parti», interviene il colonnello, scavando tra le ceneri del fornello. «Non la prenderebbero bene, se favorissi un nemico.»

«Può aiutarmi nell'ombra. Non ho bisogno che lei sia sul campo. So che la Casita si finanzia in modo indipendente e che nessuno fa domande alla Secretaría.»

«Non creda che questa indifferenza sia a buon mercato.»

«Ha due imprese edili e altre cinque di servizi, colonnello. Le posso garantire assegnazioni dirette e ottime opportunità.» Gli occhi verdi di BB brillano.

«Vedremo.» Cálgaris nicchia come un giocatore professionista; prende un sorso e fa tintinnare il ghiaccio nel bicchiere.

«Stiamo negoziando?» lo pungola BB, mostrando i denti.

«Non ancora», ribatte il colonnello, e noto che ha un versamento in un occhio. «Dovrò sottoporre la cosa.»

«A chi?»

«Al cuscino.»

Belda lo osserva per qualche istante, sfila il mozzicone dal bocchino e lo schiaccia nel posacenere. Ci alziamo entrambi quando la piccoletta tende la mano carica di anelli.

«La ringrazio per le premure. È stato un eccellente padrone di casa.»

L'arciduca d'Austria prende le dita della baronessa per un altro baciamano da manuale. Lei risponde a tono inclinando la testa canuta e si dirige alla porta; prima di oltrepassare la soglia si volta verso di me. «Passa a prenderci alle nove in punto; il volo è all'una», mi ordina. Riprende ad avanzare verso la hall con la grazia di una mannequin. Se fosse venti centimetri più alta e avesse vent'anni di meno sarebbe una donna davvero affascinante. Cálgaris salda in anticipo il conto della loro camera e mentre usciamo mi informa che tornerà a piedi dalla strada del Gianicolo. Si infila in testa il cappello, calcandolo fino alle sopracciglia; prima di incamminarsi, con le mani nelle tasche, si volta verso di me. «La tua proposta di indagine è mediocre. Domani pomeriggio parti per Buenos Aires. Hai quindici giorni per trovare la suora.»

3

In cerca di una tomba

Una nebbiolina fredda, un odore di merda che pervade ogni cosa. Dietro la montagna di immondizia, i fari della 4×4 illuminano la sagoma eretta del Salteño, con il suo AK47 e il fucile a canne mozze a tracolla, e il suo schiavetto, una palla di lardo dallo sguardo criminale che scava la sua stessa tomba nella terra infetta. La scena mi fa quasi sorridere. Sembriamo profanatori di cadaveri in un cimitero nelle riprese di un film, quando invece ci troviamo in una discarica formata da colline infinite di rifiuti, fumo di falò spenti a metà, carcasse di automobili e carretti, letame di cavallo e cani rognosi. Siamo ai confini di Villa Puntal, e l'infelice che lavora di pala senza fiatare è un Pajuelo da parte di madre, una specie di cugino free lance, uno smottamento indesiderato del clan che qualche anno fa è stato espulso dall'organizzazione per leggerezza e per motivi di famiglia. È uno che vive ai margini, violento, stupido e un po' bugiardo. All'inizio ha opposto resistenza nella misera casa in cui vive in affitto, e sono stato costretto a farlo nero di pugni. Persino dopo che gli avevo lisciato il pelo ha avuto il coraggio di fare il galletto. Ho fatto scaldare il ferro da stiro, l'ho ammanettato al letto e gli ho arrostito le uova. «Dicono che hai fatto fuori una suora e l'hai sotterrata in un prato, che ti hanno visto con una pala e che te ne vantavi alle feste.» Piangendo per il dolore e la paura, giura e spergiura che è tutto falso, sono menzogne di qualche infame. Non credo a una sola parola e gli do una stirata alle ascelle. In un grido, confessa di averla minacciata, una volta, niente di più, e si contorce come per un attacco epilettico quando gli faccio cuocere un orecchio. «Vuoi ancora quel coltello?» gli chiedo. Scuote la testa come uno scolaretto pestifero che abbia messo la testa a posto. Lo costringo a mettersi carponi, sfilo dalla cinghia del Salteño il coltello da ranger e appoggio la punta affilata sull'ano del prigioniero. «Ti infilzo da parte a parte, se non mi dici la verità», gli dico all'orecchio. Crolla, striscia come un verme; è un ciarlatano, voleva solo darsi delle arie, ha detto un sacco di cazzate, è un povero scemo. Il Salteño, che ha perquisito il buco in cui vive e i suoi averi, ci raggiunge con una pala da muratore e un piccone. La nostra talpa non ha fornito prove, ma ci ha dato qualche dritta: un tipo che raccoglie cartone giura di aver visto il ragazzino a notte fonda dietro l'ultima catasta, a sinistra, a una quarantina di metri dalla strada. Sulla base di quell'unico pettegolezzo, alcune anime devote sono andate a lasciare offerte e fiori. Noi non abbiamo trovato nemmeno uno stelo, ma quel cumulo di materie in putrefazione non lascia molto spazio ai dubbi: se qualcuno ha seppellito un corpo, deve averlo fatto in quel lotto di terreno nerastro, libero da rottami e spazzatura. Prima di mettersi al lavoro, il Pajuelo da parte di madre cerca per l'ultima volta di farmi desistere. Non ci penso nemmeno. Il Salteño gli lancia la pala e tira la cinghia del proprio fucile. «Vedi di scavare, bastardo», gli dice. In lontananza si sentono gracchiare alcuni uccellacci. La terra è morbida, smossa da poco. Ho un presentimento. Chiamo Cálgaris mentre mi accendo una sigaretta.

Il colonnello è tornato da Roma tre giorni fa. Da sei o sette sto girando Villa Puntal in lungo e in largo. Per prima cosa ho individuato chi controlla il territorio, un commissario della Bonaerense, la polizia provinciale, che vive in un complesso residenziale di San Isidro, in congedo per malattia: si è rotto una gamba, ma non durante il nobile e rischioso svolgimento del proprio dovere, bensì sciando sulle piste del Cerro Chapelco. Quando vado a trovarlo nella sua umile dimora, è impegnatissimo con la PlayStation e insiste affinché la sua cameriera in uniforme ci prepari due Bloody Mary. Ipotizza che Mariela Lioni sia fuggita, incapace di sopportare oltre la miseria. Suggerisce di cercarla lontano da Buenos Aires, magari a Santiago del Estero, dov'era stata come missionaria. Ignora che lo abbiamo già fatto, e che non abbiamo ancora trovato nemmeno una traccia. Gli parlo dei Pajuelo e dei Requis, che a sentire lui sono la gallina dalle uova d'oro. «La maggior parte delle voci sono esagerazioni, si tratta di persone ragionevoli», assicura, gustando un sorso del cocktail color sangue. Gli spiego che la Casa Rosada ha un particolare interesse per questa storia. Lui molla la PlayStation e i giochini e mi guarda. «Chieda di Requis El Grande al chiosco, dica che la mando io. Con i Pajuelo non sono molto in confidenza.»

Prima di andare al «chiosco», faccio un salto alla parrocchia di padre Bustos, prete mediocre e codardo: continua a insinuare che le imprudenze di suor Mariela gli causassero dei gran mal di testa, tanto erano sconsiderate. Non dice nulla di interessante, ha una memoria selettiva e meschina e parla come se soppesasse ogni parola al cospetto di un ufficiale giudiziario. Ciononostante, non mi dà l'impressione di nascondere elementi rilevanti, tolta ovviamente l'invidia e il disagio di aver dovuto sopportare una sottoposta che non chiedeva mai il suo parere e aveva un canale diretto con l'arcivescovo.

Camminiamo per tre isolati, fino a una scuola salesiana con i cortili che fungono da campi da gioco e aule dai soffitti altissimi, dove mi presenta il professor Moretti. Di persona sembra più vecchio: ha i capelli completamente bianchi e non è più tanto magro: sembra ancora un manico di scopa un po' curvo, ma gli è spuntata una discreta trippa. È socievole e mentre parla non riesce a smettere di schiacciare le corde del violino in modo strano, strappandone suoni ovattati. Padre Bustos fa un cenno verso il buffet e ci lascia soli. Servono un caffè che lascia molto a desiderare, nei bicchierini di plastica. Ci sediamo a berlo a piccoli sorsi, di fronte a una partita sei contro sei.

«Ha idea di cosa significa per quei ragazzini riuscire a suonare uno strumento del genere?» mi chiede, mostrando il violino con lo stesso orgoglio e la medesima cura che un legionario userebbe per la vecchia spada. «Ho visto una ragazza che suonava il flauto traverso in un vicolo pieno di fango, circondata da un gruppo di persone in religioso silenzio. Sembrava che fosse fuggita altrove, come se si fosse innalzata su un altro livello. Come se avesse raggiunto la santità per il solo fatto di riuscire a produrre quella melodia.»

«In città ci sono un sacco di orchestre di questo genere», puntualizzo, per fargli abbassare la cresta.

«La mia però dipende unicamente dall'elemosina, carissimo», ribatte, sereno. «Sussidi occasionali, che riesco a ottenere andando in giro in ginocchio durante le campagne elettorali. E sa cosa sono per loro? Pochi spiccioli. Sono le donazioni che ci tengono a galla.»

«Se era così amico di suor Lioni, perché non ha scucito qualcosa a Santa Madre Chiesa?»

Si stringe nelle spalle. «C'erano sempre altre priorità, anche se Mariela ha fatto molto, moltissimo. Diceva che la musica riusciva a cambiare il destino dei più sfortunati.»

Ride, mostrando un'arcata con qualche buco sul lato destro. Questo atteggiamento da martire sdentato e sentimentaloide mi fa venire l'orticaria.

«Erano molte, le cose che ci legavano», riprende, con la sua epica da quattro soldi. «Per cominciare, la lotta per la giustizia sociale, lei dal lato della fede, io da quello dell'ideologia. E poi studiavamo insieme. Mi dava lezioni di storia dell'arte e io le spiegavo l'evoluzione universale della musica.»

«Dov'è?» gli chiedo, andando dritto al punto, talmente diretto che lo prendo alla sprovvista.

«Non ne ho la più pallida idea!»

«E se anche l'avesse, non me lo direbbe.»

«Si sbaglia, esimio», dice, alzandosi, con un'aria offesa e spaventata. «Cos'è, un interrogatorio, per caso? È completamente fuori strada, con me.»

«Si sieda», gli ordino, gettando il resto del caffè in una grata. Ho il sospetto che non abbia sentito, così glielo ripeto, più forte. Obbedisce. «Non sono qui per parlare di bontà. Voglio sentire cosa ne pensa lei: ha tagliato la corda senza dirle niente oppure l'hanno fatta fuori?»

Moretti è impallidito e ha smesso di stuzzicare le corde del violino. Si passa una mano sulla barba rada e getta via anche lui la brodaglia nera. La simpatia scivola attraverso la stessa grata. Adesso è serio e teso; sembra che finalmente abbia smesso di proclamare bollettini solidali.

«È triste ammetterlo, ma facciamo l'abitudine a tutto», inizia, e deglutisce. Deve ancora metabolizzare la situazione ed entrare nel racconto. Fissa un punto in lontananza e stringe le palpebre, come se si trattasse di un ricordo lontanissimo che deve salvare da un pozzo pieno di ragnatele. «Un giorno le urlano contro per strada e le tirano le pietre. Un'altra volta le fanno arrivare una lettera anonima agghiacciante. Una scritta minacciosa sui muri, un emissario, cose del genere. Finché l'effetto non si perde. All'inizio, una sciagura. Alla fine, una storiella. Sono sicuro che Mariela ha subito molte più pressioni di quelle di cui fossimo a conoscenza. Non voleva farci preoccupare e si fidava delle donne dei Pajuelo. Di una soprattutto, Josefina, la moglie del grande capo, che faceva un po' da cuscinetto.»

«Mi parli di questa Josefina», gli chiedo, e prendo nota del nome sul taccuino.

«Fabiana la conosce meglio di me», ribatte, evasivo. «L'aiuta con il coro, le collette e il catechismo. È molto volenterosa.»

«Come scudo umano non è servita a granché, mi sembra.»

«I Pajuelo sono una famiglia molto estesa che nessuno riesce a controllare, ma i Requis sono più aggressivi.»

«Non l'ha mai vista sul punto di crollare?»

«Mariela? Mai.»

«Nemmeno durante una confidenza, o nei momenti peggiori?» Fatico a crederci.

«Assolutamente no», afferma, ma poi rimane assorto. «Be', sa come sono fatte le donne. Noi uomini non riusciamo mai a capirle sino in fondo: dentro hanno chissà quali tormenti, un giorno all'improvviso abbassano il sipario e tu non capisci cosa sia successo.»

«A che pro, questa balla? Lei è stato l'unico a lasciare la porta aperta», lo incalzo.

«Parla del tribunale? L'ho lasciata socchiusa», scatta.

«Ha parlato di una crisi vocazionale.»

«Sì, certo», ammette, e prende fiato. «Le spiego. Mariela era molto affezionata a un ragazzino irrecuperabile, Rojitas. Il suo piccolo esperimento. Era molto intelligente e aveva bisogno di un'opportunità. Mariela gliel'ha offerta e lo ha trasformato in un esempio vivente. Dopo un po' però lui è tornato alla vita di prima, e gli hanno sparato. Lei ne è rimasta distrutta. Continuava a dirmi che forse tutto quello che stavamo facendo era inutile.»

«E questo non è crollare?»

«Non ha mai dubitato di Dio. Non ha mai perso la fede, come ha lasciato scritto. È stato un temporale estivo, niente di più. A volte capita: quelli che come noi fanno volontariato in questi posti si lasciano prendere dallo sconforto. Ma poi Mariela ha elaborato il lutto ed è tornata a combattere, come sempre.»

«Sicuro?»

«Lo so, mi contraddico, il fatto è che non so che cosa pensare. Oltre al fatto che non voglio infangare la memoria di Mariela», si giustifica.

Mi auguro che rifletta sulle sue contraddizioni, che stranamente suonano sincere: solo nelle serie tv o nei romanzi i testimoni non cadono in contraddizione. Se qualcuno si mostra sicurissimo su un certo argomento in genere è un idiota. O il colpevole.

«È vero, c'è sempre stato qualcosa che ci divideva, per quanto fossimo amici», aggiunge, aggrottando la fronte. «Chissà se era così dura e tutta d'un pezzo come voleva sembrare. La miseria ti logora, lo so per esperienza. E per qualcuno la morte non è nemmeno la prospettiva peggiore; ciò che è davvero intollerabile è l'idea di gettare la spugna.»

Di nuovo quel tono eroico che me le fa girare a mille. Gli do una scrollata: «La vergogna non è un motivo sufficiente per sparire senza nemmeno avvisare i parenti, la compagna di stanza e il suo più caro amico».

Moretti incassa e posa di nuovo lo sguardo sul violino e

l'archetto. «Sono solo un insegnante di musica, le dico quello che penso», si difende. «Mi manca, e ce l'ho anche un po' con lei per averci mollati qui da soli. Forse mi aggrappo a quella rabbia per non pensare che l'hanno ammazzata e seppellita nella calce viva.» Una specie di lacrima gli conferisce un minimo di credibilità. «'Anche la fede ha un limite'. Non so, questa frase d'addio magari non significa niente, no?»

Gli chiedo dov'è il «chiosco» di Requis El Grande, e solo a sentire quel nome il suo sguardo si fa vacuo. Le lacrime sono sparite. Dice qualcosa in francese, come tra sé e sé, e si porta il violino sotto il mento, come se stesse per dare inizio a un concerto. Tentenna, con l'archetto in posizione, ma poi evita di cadere nel ridicolo. La partita sei contro sei continua, i giocatori concentrati in area chiedono la palla o si insultano a vicenda, senza degnarci di uno sguardo.

Il professore abbassa le armi e prende il mio taccuino. Usa un intero foglio per tracciare una mappa della zona, altri tre per indicare schematicamente la posizione del centro parrocchiale e un punto confuso al centro di un nugolo di vicoli e strettoie.

«È una zona pericolosa, protetta dai 'soldatini'», afferma in tono grave, e mi restituisce il taccuino. «Ci entri se hai la faccia da delinquente o un salvacondotto.»

Rimando a domani quello che potrei fare oggi, e approfitto di ciò che resta di questo pomeriggio mite per infilarmi tuta di neoprene e maschera con boccaglio e andare a nuotare quattro ore nel fiume color fango. Anche se non ci sono correnti pericolose, è come sempre una lotta straziante contro stanchezza e nevrosi ossessiva. E contro i crampi allo stomaco che per poco non mi fanno affogare a un centinaio di metri dalla riva. Faccio il morto aspettando che passino e ricarico le pile, mentre penso alla suora. È credibile un attacco di panico dopo tutto quell'altruismo e le sue nobili gesta? Ha visto qualcosa che non doveva e si è spaventata? È stata sopraffatta dalle difficoltà? Perché, quale che sia stata la causa, non ha informato della sua decisione le persone a lei più vicine, e non le ha chiamate, neppure dopo, per dire loro di non preoccuparsi? Per cautelarsi, e cautelare loro? Oppure è scappata ma dopo un po' l'hanno trovata? Se l'hanno rapita per minacciarla, perché nessuno lo ha rivendicato? Perché nessun boss ha sparso la voce a Villa Puntal, in modo da rafforzare il messaggio? La cosa allarmante non è tanto che io non trovi risposte, quanto che in tutto questo tempo non lo abbiano fatto nemmeno la polizia, la magistratura, la Chiesa né i narcos.

Torno a riva a bracciate serene, ceno con un panino al salmone affumicato nel mio appartamento di Belgrano R, bevo due vodka con ghiaccio e limone guardando la vita di Maria Antonietta in tv. Sogno Cálgaris al timone dell'*Aubrey* nel bel mezzo di un tifone: ignoro i rudimenti della navigazione a vela e il colonnello me lo sta rimproverando, quando un'onda gigantesca lo spazza via dal ponte. Mi sveglio in preda all'ansia. Al mattino faccio palestra, vado a correre e rileggo il rapporto che padre Pablo ci ha fatto avere al Palazzo Apostolico. Cammino avanti e indietro in cerca di un dettaglio illuminante, ma sembra tutto inutile. Prendo la 4×4, infilo la Glock nel vano portaoggetti e raggiungo la frontiera di Villa Puntal. M'incammino con le mani infilate nelle tasche del giaccone, con un paio di jeans ormai lisi, scarpe da corsa e un basco scuro. Sento addosso mille sguardi, e man mano che mi addentro nella zona pericolosa intuisco che le sentinelle si stanno passando il messaggio. Prima di quanto avessi immaginato succede ciò che mi aspetto: tre peruviani mi bloccano il passaggio. Il più alto ha un fisico scolpito e due occhi di ghiaccio, con le palpebre a mezz'asta; non riesco a non pensare che abbia avuto una formazione militare e abbia acquisito quell'evidente sangue freddo sui campi di battaglia. Faccio il nome del commissario di San Isidro; lui mi perquisisce in cerca di armi. Lo seguo lungo vicoli angusti, accompagnato da fischi, radio e reggaeton: «*Ella es veneno, siempre tan caliente, se peina y se quema*». Il «chiosco» è un casotto spartano, sorvegliato da ragazzini con il vizio di sfoggiare fucili d'assalto e tracannare birra. Si accede al retro attraverso una tenda di plastica e una porta più o meno segreta. Questa si apre su un'ampia sala male illuminata, che ospita cinque slot machine, monitor per le scommesse sulle corse dei cavalli e quattro o cinque tavoli da poker. Un ritrovo precario ma sistemato con cura, pieno di ludopatici del posto, che funge da centro operativo per Requis El Grande. È un tipo ossuto, fronte ampia e radi capelli grigi, pomo d'Adamo prominente e grosse mani dalle dita deformi, seduto all'ultimo tavolo dal tappeto verde, sotto una luce accecante. Basta un'occhiata per capire che qui i Requis non hanno ancora il volume d'affari né la raffinatezza dei loro colleghi del Bajo Flores che alla Villa 1.11.14 hanno dieci laboratori, producono merce purissima, dirigono un esercito di trecento gorilla e pagano venti milioni di pesos al mese per la protezione politica. I Requis però puntano in quella stessa direzione e sono piuttosto tenaci; è chiaro che stanno facendo passi avanti persino nelle attività correlate, tra cui truffa, fornitura di sicari e usura. I Pajuelo, i temibili rivali di Villa Puntal, si danno parecchio da fare, ma in effetti sono qualche passo indietro.

El Grande non alza lo sguardo dalle carte; è un boss solitario che gioca al solitario mentre supervisiona gli affari. Trascino una sedia, mi metto comodo e tolgo il berretto.

Porgo i saluti del suo protettore, lo informo che è ancora bloccato e si annoia. Intanto un luogotenente gli avvicina il cellulare, e per la prima volta sento la sua voce cavernosa. El Grande risponde a monosillabi e interiezioni, e restituisce il telefono senza mai distrarsi dalle carte. Resto in silenzio, dal momento che accetto le regole. È sdegnoso e sembra che abbia dormito male. Incrocio le braccia e sopporto l'incertezza mentre ascolto il chiasso insopportabile delle slot machine alle mie spalle. Non prevedo lunghe conversazioni, dovrò prendere il poco che mi darà e andarmene senza fretta. Quelli di Sendero Luminoso non si sono mai fatti scrupoli a fucilare gente di chiesa, ma hanno sempre avuto cura di gridarlo ai quattro venti. Di nuovo: perché avrebbero eliminato una suora che li sfidava senza prendersene il merito?

«Era cocciuta», dice d'un tratto Requis, sollevando un asso di quadri. «Scoraggiava la truppa, ma sono contento di non averla dovuta eliminare.»

A quel punto mi guarda fisso. Se mai ci trovassimo a dover lottare a mani nude, so perfettamente che dovrei essere veloce e spietato e puntare tutto sui primi istanti, perché El Grande ha preso parte a parecchie risse, conosce troppi trucchi e ha meno scrupoli di un avvoltoio.

«Persino l'ultimo dei delinquenti sa che da queste parti rischi di fare una brutta fine, se tocchi una suora», aggiunge.

Osservo il suo pomo d'Adamo che va su e giù.

«Noi non c'entriamo niente.»

«E chi c'entra?»

Il pomo d'Adamo si ferma. Risalgo la sua gola con lo sguardo e vado a sbattere con il suo sgradevole sorriso. Gira e rigira l'asso di quadri tra le dita deformi.

«Non sono un asino, ma in questo prato non ci sono

grosse possibilità.» Fa una pausa per capire se ci vuole maggiore enfasi. Ci vuole. «Il bestiame o è nostro oppure è loro. Semplicissimo.»

Punta l'asso verso di me.

«Ma dia retta a Sua Santità, non vada in giro a seminare zizzania.»

Annuisco e rimaniamo legati in un lungo sguardo di mutua comprensione. Poi lui abbassa gli occhi e riprende il solitario. Ripercorro i miei passi fino all'uscita, mi rimetto il basco e mi faccio scortare alla parrocchia. È un edificio grezzo e stretto, con un cortile coperto che funge da ingresso e la cappella in fondo. Da un lato ci sono un ufficio, due sale e una bacheca: un avviso informa di due corsi, uno di ceramica e uno di lingue straniere. Un corridoio parallelo conduce a una costruzione piccola e austera con cucina, sala da pranzo, camera e bagno. La vecchia casa di Mariela Lioni.

Un arcangelo male in arnese mi sorprende a curiosare e mi chiede in uno spagnolo epigrafico se può aiutarmi. Suor Fabiana sta tenendo una conferenza spirituale a sei ragazzi nella navata austera presieduta dalla Vergine della Candelaria. Aspetto il mio turno con il berretto tra le mani; alla fine la suora si avvicina e mi chiede che cosa voglio. È grassoccia, alta un metro e mezzo, e potrebbe passare per una bonacciona un po' naif, non fosse che ha una gran testa e parecchio fegato. Ordina ai ragazzi di sbrigarsi e di non dimenticare i compiti e mi invita a seguirla in ufficio, tappezzato di scatti di papa Francesco e di padre Mujica. Su un manifesto spicca una grande foto di Mariela, sotto la quale si legge: DOVE SEI?

«È stato padre Bustos a chiedermi di appenderla», esordisce, sistemandosi sulla sedia piena di crepe della socia. «Non ci ha dato il permesso di rivolgerci alla stampa né di lanciare appelli, non ha nemmeno voluto nominare Mariela durante le messe che viene a celebrare ogni tanto. Sempre più raramente, a dire il vero, perché senza Bergoglio né Lioni fa un po' fatica a capire le necessità della povera gente.»

Mi fa l'occhiolino, le mani intrecciate sul ventre; ha una croce di legno al collo, sopra l'abito nero.

«La scomparsa di Lioni non è una bella pubblicità», confermo.

Lei nega, senza traccia di sarcasmo.

«A volte mi pento di averle servito quell'ultima frase su un vassoio. Ci ho riflettuto molto, e mi sono convinta che sia stata dettata dall'impulso, da un capriccio, scritta di notte e di corsa. Anche se qualcuno la pensa diversamente. La famiglia aveva diritto di leggerla. E Bustos ci è andato a nozze: la santa cadeva dal piedistallo, senza che lui dovesse fare troppo rumore.»

«Ne parla come se fosse Richelieu.»

Ride. «Magari! Non è una brava persona, ma non è nemmeno intelligente, Dio mi perdoni. Se mai ci avesse sostenuto davvero non avremmo avuto tanti guai.»

«Quindi secondo lei è stato un omicidio.»

Si raddrizza sulla sedia, posa le mani grassocce sulla scrivania; la bocca è stretta in una piega cupa. «Non mi viene in mente altro.»

«Preferisce pensare a un omicidio piuttosto che a una defezione», puntualizzo, usando ogni parola come una lametta. «Forse le conviene continuare a idolatrarla piuttosto che ammettere la debolezza della sua socia.»

Tace, accarezzando la croce di legno. Poi sorride.

«Sta facendo terrorismo psicologico? È una strategia da criminologo? Va bene. Benissimo. Se serve a qualcosa. Non ho nessun problema. Gradisce un mate?»

Ha un fornelletto a serpentina e un bollitore annerito dall'uso.

«Non passa mese senza che creda di vederla in strada oppure nelle panche dell'ultima fila, a sentir messa», dice, mentre traffica con la yerba mate. «Prima la sognavo tutte le notti, avevo incubi spaventosi. A volte, quando sono sola, le parlo come se potesse sentirmi.»

Nel collage sulla parete, scorgo una foto di Bergoglio con i preti dei sobborghi e alcune monache; ci sono anche Mariela e la sua socia, giovani e piene di speranze.

«Non sa quanto sia stata felice di quella fumata bianca», commenta, come leggendomi nel pensiero, e aggiunge un cucchiaio di zucchero all'infusione. «Mi sono inginocchiata davanti al televisore e mi sono detta: 'Adesso Francesco avrà un potere enorme e la farà tornare'.»

«Immagino che in tutto questo tempo abbia sentito centinaia di voci.»

«Migliaia.» Versa il mate, facendo una bella schiuma, ma quando lo assaggia capisce che è ancora tiepido. «Le prime venti mi hanno fatto impazzire. Ho guardato sotto ogni sasso, ho preso mille porte in faccia. Le trenta o quaranta voci successive erano inverosimili, la gente dice idiozie di ogni genere. A quel punto mi sono ripromessa di non cascarci più, era come buttare benzina sul fuoco. Quando ho ritrovato la calma, si è calmata anche la gente.»

«Quelle voci però tenevano viva l'attenzione.»

«Forse, ma facevano grossi danni e non portavano a niente.»

Nella parte superiore del collage si vedono foto di Moretti che dirige un'orchestra di quindici musicisti amatoriali. Fabiana mi passa il primo mate bevibile. Mi si incolla la bocca da quanto è dolce.

«Il professore mi ha parlato di una crisi vocazionale di Mariela», osservo, accendendo una sigaretta.

«Non è stata una crisi e non era vocazionale», ribatte, decisa. «Gradisce dei dolcetti di cotognata?»

Scopre un vassoio che tiene su una cassettiera. Declino l'offerta; lei non si esime dal fare onore al contenuto: un festival di grassi e zuccheri.

«Sa quante volte ci risolleviamo dopo una caduta?»

«Rojitas però era speciale, per voi due. Come mai?»

«Perché era brillante, perché sebbene fosse stato cresciuto da un patrigno che abusava di lui e dei suoi fratelli, e sebbene la madre fosse finita in galera, nascondeva un angelo dentro di sé. Era speciale. Dava l'impressione che avrebbe superato qualunque cosa e sarebbe arrivato lontano.»

«Ma gli hanno bruciato il cervello con il *paco*.»

«Aveva cominciato a rubare a tredici anni, aveva sparato a un commerciante di Boulogne», conferma, passandomi un altro mate. «Terribile. Eppure, purtroppo, ordinaria amministrazione. Per un po' è stato in riformatorio. Siamo andate a trovarlo, come molti altri; facevamo il possibile perché si rimettesse, ci siamo impegnate con il tribunale ad aiutarlo nella fase di disintossicazione. Vantiamo una certa esperienza: da anni collaboriamo con una squadra di medici specializzati in dipendenze. Senza mai risparmiarci, e in piccolo. Sempre con progressi e scivoloni, gioie e dolori, ma abbiamo avuto le nostre soddisfazioni e siamo abituate ai ragazzini difficili, a non crollare quando loro crollano.»

«E Rojitas rispondeva bene.» Bevo controvoglia il secondo mate melenso.

Sono tetragono agli afflati umanitari, ma, per qualche ragione, quello che con Moretti mi puzzava di melodrammatico mi sembra un mero resoconto professionale sulle labbra di suor Fabiana.

«Ha sposato immediatamente la nostra causa. Era affettuoso e servizievole, un modello per gli altri ragazzini. Mariela ha dovuto rivolgersi all'arcivescovo per fargli ottenere una borsa di studio al collegio dei salesiani, dal momento che Bustos non accettava alunni con precedenti penali. Alla fine, ha dovuto cedere, e Rojitas era il più promettente dei ragazzi.»

Si passa un tovagliolo di carta sulle labbra e scrolla le briciole che ha sul petto prima di aggiungere zucchero al suo mate già dolcissimo.

«Mariela mi ha fatto capire che non era solo un ragazzino molto intelligente, ma un potenziale leader, e che avremmo dovuto prepararlo per quella missione.»

«E così avete fatto.»

«Lo abbiamo portato a Bariloche per fargli vedere la neve e lo abbiamo iscritto ai corsi. Siamo riuscite a fargli avere uno stipendio, minuscolo, ma era pur sempre qualcosa per dargli modo di dedicarsi completamente alle attività sociali della parrocchia. In occasione delle feste religiose scriveva un tema e lo leggeva ai fedeli. È diventato un punto di riferimento. Mangiava con noi, era come un parente. Un fratello più piccolo.»

«Ma allora com'è che è andato tutto in malora?»

Finisce il mate e posa la tazza. Sospira appena e si lascia andare contro lo schienale, i gomiti sui braccioli, le mani intrecciate sotto il mento e gli indici che sfiorano le labbra, come se non potesse parlare. Invece lo fa.

«Ha cominciato a sparire. E a sfoggiare scarpe nuove. I voti a scuola sono caduti in picchiata. Andava alle feste dei sobborghi e a volte tornava ubriaco. Mariela sembrava impazzita, lo ha affrontato in tutti i modi possibili. I vecchi amici avevano fatto terra bruciata attorno a Rojitas, e a loro andava sempre meglio: guadagnavano soldi spacciando, indossavano scarpe costose, vestiti nuovi e cellulari ultimo modello, e le ragazze più carine gli cadevano ai piedi. Nessuno può competere con una cosa di quella portata. Nemmeno lo Stato. Un giorno, per provare a rientrare nel giro, era andato a ballare con loro, e una cosa aveva tirato l'altra. È stato un declino lungo mesi, e noi sempre con il cuore in gola. All'inizio Rojitas negava, poi ha cercato di reggere quella doppia vita e alla fine ci ha mandate al diavolo. Mariela gli ha dato un ceffone che gli ha fatto girare la testa, ma una settimana dopo è andata a cercarlo. Marinava la scuola, girava armato. Non le ha voluto nemmeno parlare. Finché non ci hanno bussato alla porta, nel cuore della notte. Succede spesso. Siamo uscite di corsa, c'era stata una sparatoria. Rojitas stava morendo a sei isolati da qui, in un lago di sangue. Lo abbiamo portato in ospedale, ma è morto al pronto soccorso. Eravamo a pezzi, come può immaginare. Pensavamo che lo avesse ucciso uno della concorrenza. Invece no. Neanche quello. Rojitas era il sicario, solo che gli era andata male.»

«I Requis?»

«Mariela è andata a chiedere spiegazioni a El Grande. Lo ha minacciato, era fuori di sé.»

«E lui cosa le ha risposto?»

«Che nemmeno lo conosceva.»

«Gli avete creduto?»

«Ha centinaia di 'soldatini', la sua organizzazione è formata da una serie di piccole imprese, ognuna con boss, zone d'azione, cellule e conflitti, troppo dinamica per tenere un registro e controllare ogni movimento.»

«Cos'ha detto Josefina?»

Sembra assorta a guardare il fumo della mia sigaretta, ma so che è un trucco per nascondere la sorpresa.

«Mi ha giurato che Rojitas non era sul libro paga dei Pajuelo.»

«E come mai la moglie di un narcotrafficante lavora in un centro di riabilitazione per tossicodipendenti?»

Non ha gradito il mio tono ironico. Mette di nuovo il bollitore sul fornello, si alza e mi indica un angolo del collage, dove ci sono foto di battesimi, comunioni e processioni religiose.

«Josefina ama il marito, e lo subisce. È molto devota. Il suo è un impegno pastorale, non entra nel merito della dipendenza.»

«Che peccato», la provoco. «Il marito produce il veleno e la moglie distribuisce l'antidoto. Quasi da ridere.»

«Io e Mariela abbiamo faticato molto per farla rimanere», taglia corto. «Abbiamo dovuto convincere i fedeli a lottare contro i nostri stessi pregiudizi. È imprescindibile che rimanga con noi. Per diverse ragioni.»

«E Josefina come prendeva le bordate di suor Lioni ai Pajuelo?»

«Una volta non si è fatta vedere per due settimane, e quando è tornata aveva la faccia nera. Ha chiesto a Mariela di pregare per suo marito, e nessuno ha più sollevato l'argomento.»

«E lui, è mai venuto qui?»

«Una volta, di pomeriggio, per chiarire che non credeva in Dio, ma che rispettava le convinzioni di Josefina. Mariela ha cercato di tenergli testa, ma lui è uno di poche parole e non gliene ha dato modo. Comunque sia le voglio dire che, in confronto all'amico del chiosco, è un carmelitano scalzo.»

«Sembra che lo voglia difendere.»

«Forse, ma è un fatto oggettivo», ribatte lei; il fischio del bollitore la fa sussultare, mettendola di malumore. Per poco non le esce di bocca un'imprecazione tutt'altro che misericordiosa.

«Ho bisogno che mi metta in contatto con tutti e due», le dico.

Accarezza di nuovo la croce di legno, con gli occhi rivolti in alto.

«Da Pajuelo può andare a nome mio», dice dopo un po', con un tono asciutto. «Lo troverà facilmente: se ne sta tutto il giorno dietro il bancone del suo negozio di cellulari. Anche se è solo una copertura.»

«E Josefina?»

«Questo è un altro paio di maniche, carissimo. Ci devo pensare.» Si annota il mio numero di telefono e mi accompagna oltre il cortile coperto, fino in strada. Mi chiedo perché non abbia detto tutte queste cose al giudice istruttore. E do voce al mio dubbio.

«Non pensi che sia stata una decisione a cuor leggero. Avrei dovuto fare un sacco di nomi, e se ci seguono e si fidano di noi è perché siamo capaci di tacere», ammette.

Attraverso Villa Puntal da nord a sud, come in pattuglia, e mi intrattengo in chiacchiere di circostanza su calcio e motori. Pranzo con panino e *chorizo* davanti a una partita tra autisti di pullman e muratori disoccupati; al secondo tempo mi prestano un paio di pantaloncini e una canotta macchiata per sostituire un infortunato. Per poco non mi staccano una gamba in un'azione incandescente, lontanissima dalle porte. Dalle linee laterali non mi staccano gli occhi di dosso per un solo istante. Che ci fa, qui, quel damerino? si chiedono in silenzio. Festeggiamo il pareggio con birre fresche.

Sto bene attento a evitare commenti fuori luogo; potrebbe costarmi caro. Controvoglia, mi passo addosso la canotta zuppa, mi rivesto, cammino come se non avessi una meta ed ecco che, come se nulla fosse, entro nel «negozio» di Pajuelo, un buco pieno di tecnologia rubata. Manuel Pajuelo Ibarra, in effetti, è proprio dietro il bancone: un sovrano dell'impero incaico in scala ridotta, pancia grossa, orecchie enormi e leggermente strabico. Ha i capelli lunghi, senza nemmeno un filo bianco, pettinati all'indietro con la riga in mezzo. Le differenze con Requis saltano all'occhio immediatamente: Pajuelo è un uomo senza pietà, ma al tempo stesso ragionevole e umile; non si vanta della propria crudeltà, che esercita con fatalismo, e si ritiene prima di ogni altra cosa un padre di famiglia. Ha un'aria feroce ma sulla difensiva, motivo per cui il suo rivale, che si mostra molto più aggressivo a livello commerciale, lo stacca di diversi punti. Ma per El Grande non sarà semplice togliere di mezzo don Manuel, che è testardo e rancoroso. Sono entrambi un prodotto delle diaspore di Sendero Luminoso, ma il primo ha un'ossessione inguaribile per le armi, e di sicuro ci morirà; il secondo è figlio della classe contadina, e la sua più segreta aspirazione potrebbe essere quella di fare un po' di soldi per il futuro, in modo da abbandonare i traffici in nero e tornare alla legalità. Uno si piazza serenamente dove vuole stare; l'altro è sempre in movimento. Per questo Requis vive solo nel presente e parla ancora usando il gergo peruviano. Pajuelo, d'altro canto, lo nasconde, poiché punta all'assimilazione in seno a una nuova cultura e a una nuova vita.

Nomino suor Fabiana, per evitare che i tre «soldatini» che lo proteggono mi saltino addosso, quindi spiego che sono sulle tracce di suor Mariela. Pajuelo, che sta fumando una sigaretta elettronica, mi osserva curioso.

«Sulle questioni terrene non eravamo granché d'accordo, signor poliziotto. Su quelle celesti non discuto», ammette con stanchezza.

«Suor Lioni usava il pulpito contro di lei e i suoi fratelli.»

«Mia moglie, mia cognata e i miei nipoti sono fissati con la Vergine della Candelaria. Mi sarei tagliato una gamba, piuttosto che torcerle un capello.»

«Allora è stato El Grande, o uno dei suoi uomini?»

«No, neanche per sogno. Sono pazzi, ma non così cretini.»

Entrano due ragazzini a chiedere un prezzo; Pajuelo se ne libera con un grugnito. Vuole arrivare al punto e chiudere questa conversazione spinosa. Suona una canzone, a basso volume: «*Penas que arrastran mi alma me están matando. Mamacha de las Mercedes, qué es lo que pasa aquí? Unos a otros se matan sin compasión*».

«Non abbiamo motivo di non crederle», mento, usando un plurale ambiguo. «Stiamo solo cercando una traccia, una pista. Qualcosa che possa darci una direzione.»

«E io cosa c'entro?» chiede, facendo lo gnorri. Sa perfettamente a cosa mi riferisco.

«Credo che le sfugga ben poco di quello che succede a Villa Puntal», dico per lusingarlo. «Abbiamo intenzione di pagare una buona ricompensa in cambio di un'informazione utile.»

Ride, scoprendo i denti bianchissimi. Una risata strana, come se fosse sul punto di spararmi un colpo alla tempia.

«Può anche offrirmi l'oro di Cuzco, siamo col culo di fuori, signor poliziotto», afferma, facendo ridere anche i suoi guardaspalle.

Entrano altri tre ragazzini per vendergli cellulari rubati al Parque de la Costa. Pajuelo, seccato, controlla i dispositivi, senza smettere di studiarmi. Gli rivolgo un cenno di ringraziamento e torno fuori. Sono ancora davanti al negozio quando lui esce e si appoggia alla cornice della porta, svapando. Sento il suo sguardo addosso mentre attraverso la strada. Quando rientro a Belgrano mi regalo un bagno, metto dei tanghi di Pugliese e rileggo i rapporti confidenziali sulle diverse bande di narcos peruviani attive nell'area metropolitana. Se avessi l'ok dall'alto, organizzerei una mega operazione militare a Villa Puntal, metterei tutto sottosopra, sbatterei un po' di gente in carcere, interrogherei i boss in commissariato e scuoterei l'albero per vedere se cade qualcosa. Ma una cosa del genere è ancora fuori della nostra portata, men che meno vista la discrezione richiesta dai vertici ecclesiastici. In alternativa si potrebbe intervenire in alcuni dei processi contro i narcotrafficanti e patteggiare riduzioni di pena in cambio di informazioni. Comunque sia, è ben più in alto che vengono prese queste misure. E non faccio che chiedermi, con tutta la sincerità di cui sono capace, se i Pajuelo e i Requis non mi stiano mentendo. E se davvero non ne sanno niente? Cosa può essere successo a Mariela Lioni? La vodka solletica l'immaginazione, ma non arrivo molto lontano. Cerco di dormire, ma rimango insonne per ore. Penso alla delusione di Cálgaris, ed ecco il dolore alla gola, che brucia più che mai e mai se n'è andato, a volte sullo sfondo, altre in primo piano, un fuoco vivo. Ormai è un malessere cronico, con punte più acute. L'indomani sembro un sonnambulo, quasi crollo mentre ascolto le prove dell'orchestrina di Moretti, al centro sportivo. Pieni di buona volontà, i ragazzi eseguono brani di Bach, Schubert e Piazzolla. La cosa più interessante, tuttavia, è osservare il professore di musica in azione. Nel suo elemento, quell'uomo senza midollo si rivela meticoloso e carismatico; quasi viene voglia di seguirlo fino all'inferno. Che metamorfosi curiosa.

La sera cade una pioggia torrenziale, e ingoio un Valium per dormire sei ore di fila. In quel preciso istante mi suona il cellulare: è suor Fabiana, che mi prega di raggiungerla subito. La voce suona eccitata. Mi rivesto, prendo la Glock, mi lavo la faccia con l'acqua fredda e mi preparo un doppio ristretto per svegliarmi. Devo attraversare una spessa coltre d'acqua, un buio fitto come nebbia e più avanti una palude di fango assurda prima di raggiungere il regno della Vergine della Candelaria. Sulla strada non vedo anima viva, nemmeno per sbaglio: sono tutti al sicuro nelle loro case, e Villa Puntal sembra un villaggio fantasma. Busso alla porta, e la devota mi viene ad aprire con una torcia. Non indossa l'abito nero: gli eventi l'hanno sorpresa in borghese, con una camicia a fiori e una gonna stinta. Senza l'uniforme di Cristo sembra molto meno misericordiosa.

«Mi scusi per l'ora, ma mi sembrava urgente. È appena saltata la luce.»

La cappella, circondata dalle ombre, è illuminata dalle candele. Sulle panche in prima fila, una donna sta pregando in ginocchio; quando ci sente arrivare si alza e si fa il segno della croce. È minuta, viso cavallino, orecchini dai colori vivaci e una croce d'argento sul golf marrone. Cerco di immaginarli insieme: Manuel Pajuelo e sua moglie, Josefina. Non hanno niente in comune, ma ci sono coppie peggio assortite. Fabiana ci presenta senza perdersi in convenevoli e la donna mi porge una mano senza vita. Prendiamo posto tutti e tre vicino all'altare.

«Josefina ha saputo che lei sta cercando suor Mariela», inizia la suora, come se l'altra fosse muta.

«Aha», faccio, aspettando che la muta dica qualcosa.

Josefina non sembra sentirsi in dovere di rispondere. Si prende il suo tempo per tradurre in spagnolo i propri pensieri. Quando finalmente sembra sul punto di dare voce a un lungo discorso, dice soltanto: «Mio marito non l'ha toccata».

Io e Fabiana ci scambiamo un'occhiata. La suora sente di dover dare una spinta al carretto, così le accarezza affettuosamente una spalla e la incita a continuare. Josefina però rimane a fissarsi la punta dei piedi.

«Lei sa che non do retta ai pettegolezzi», interviene suor Fabiana, prendendo l'iniziativa. «Per questo finora non mi aveva mai parlato di quel suo lontano parente. È un nipote?»

Josefina fa segno di no.

«Quando è rimasta vedova, mia suocera si è risposata con un prozio di Manuel», dice all'improvviso. Non riesco a capire dove vogliano arrivare questi meandri della genealogia. «È Pajuelo da parte di madre.»

«Aha», ripeto, come se fosse una rivelazione.

Una folata di vento che si è insinuata attraverso il muro d'acqua colpisce porta e finestre. La fiamma delle candele tremola.

«Un attaccabrighe incosciente», aggiunge Josefina, e si bacia l'indice e il pollice messi a croce, come se le fosse passato per la mente un pensiero impuro. «Manuel gli ha affidato alcuni affari, ma quello ha mandato tutto all'aria. Ci sono state liti in famiglia, e abbiamo tagliato i ponti. Per quello che ci riguarda, è morto.»

«Ed è andato dai Requis?» chiedo.

«Sì, ma non si sono fidati», risponde, a occhi bassi. «Fa tutto da solo, e tutti i guai sono suoi.»

Si bacia di nuovo le dita a croce. Spero che arrivi alla fine della storia, invece rimane di nuovo zitta per un po'. Suor Fabiana, impaziente, riprende la parola.

«Lo conoscevamo di vista. Una volta ci ha gridato qualche sconcezza. Pare che se ne andasse in giro mezzo ubriaco dicendo di aver violentato una suora e di averla sotterrata alla discarica.»

«Quando uno è ubriaco dice qualunque cosa», puntualizzo.

Josefina solleva la testa e mi rivolge un'occhiata severa. Si è sentita sfidata dal mio scetticismo.

«Un tizio che raccoglie cartone lo ha visto all'alba con una pala, e quelli che vivono lì attorno vanno a portare fiori e a pregare dietro l'ultima montagnola. Quella a sinistra, vicino alla strada.»

«È un posto che fa paura», spiega Fabiana, inarcando le sopracciglia.

Tiro fuori il taccuino e prendo nota. Faccio quattro o cinque domande per essere sicuro di aver capito bene e per cercare di spremere fuori qualcos'altro, ma Fabiana è brusca e Josefina chiusa come un riccio. Si alza, e mi accorgo che ha stivali da pioggia e un ombrello. «Devo andare», annuncia con un filo di voce. Bacia la mano di suor Fabiana e si fa di nuovo il segno della croce. La suora l'accompagna e, quando torna, ha una domanda dipinta in faccia. «Vedremo», le rispondo.

I postumi dell'incontro dissolvono l'effetto del Valium, e passo un'altra notte in bianco. Al mattino vado a cercare il Salteño con la 4×4 e controlliamo le armi. Il temporale se n'è andato, ed è uscito il sole. Pranziamo in una *parrilla* e gli riferisco per sommi capi le mie disavventure napoletane con Jonás. Hanno combattuto insieme nella battaglia di Goose Green, uno in fanteria e l'altro in artiglieria, ma non potrebbero essere più diversi: Jonás è esuberante ed espansivo, il Salteño, al contrario, silenzioso e introverso. Non sa se ridere o piangere per la china imboccata dal centurione. Al momento del caffè rievoca la carneficina provocata dalla mitragliatrice pesante di Jonás all'istmo di Darwin. Nel pomeriggio lasciamo cadere qualche domanda discreta nella zona attorno alla discarica, individuiamo la casa e aspettiamo che sia notte fonda per avvicinarci. Pajuelo da parte di madre ha perso la moglie a causa di un venditore di bibite gassate, che vive con i suoi sei figli in una casa di Benavídez. Ci appostiamo a un centinaio di metri dalla casupola immersa nel buio. Il Salteño è armato fino ai denti, io ho solo la Glock alla cintura e una Smith & Wesson fissata alla caviglia. Ci soffiamo sulle mani, battendo i piedi sul fondo della macchina per non congelare. L'idiota si fa attendere qualche ora, prima di farsi vivo. Fa lo strafottente e oppone resistenza, ma ci metto poco a fargli abbassare la cresta e a gonfiarlo. Il risultato è una gita notturna: il Salteño va a prendere la 4×4 e ci avviamo tutti e tre al cimitero. Il bastardo scava con pala e piccone, versando sangue e lacrime, mentre aspettiamo l'arrivo del colonnello, che guido al telefono verso il teatro delle operazioni. Arriva con un autista fornito dalla Casita e una pattuglia della Federale. Scende, ha addosso impermeabile, sciarpa e cappello. Nemmeno mi saluta. Accende la pipa e lancia un'occhiata ai lavori in corso. Fa qualche passo indietro e si appoggia alla portiera della macchina, come se non volesse rischiare di infettarsi con il sudore. Lo aggiorno in breve sull'avanzamento delle indagini e sui miei sospetti, ma non batte ciglio, come se io non ci fossi. All'improvviso, il bastardo lancia un grido e riprende a frignare come una checca. Mi avvicino alla fossa e chiedo al Salteño di scendere. Prendo il suo fucile e il kalašnikov e lo guardo mentre fa luce sul terreno, tastandolo con la pala. Dopo alcuni secondi di apprensione, alza la testa. «Ci sono delle ossa», mi dice.

I poliziotti circondano la buca, agitati e sorridenti. Ordino a Pajuelo da parte di madre di uscire dalla buca; lui mi giura sui suoi sei figli che non l'ha uccisa. Gli uccelli della notte e quelli dei rifiuti strillano nel cielo. Il Salteño si toglie giubbotto, maglia e camicia e si mette a grattare sul fondo con foga e attenzione al tempo stesso. L'assassino è in ginocchio, lo ammanetto. La nebbia si spinge sulle montagne di rifiuti e Cálgaris rimane imperterrito, il gomito sulla portiera, il volto privo di emozione. Finalmente il Salteño smette di scavare e rimane immobile per un istante, mentre esamina le ossa alla luce della torcia. Ha le labbra strette. «Che c'è?» gli domando. Risolleva la faccia, e capisco cosa sta per fare. Non mi smentisce. Solleva una dopo l'altra le ossa calcinate e le posa delicatamente sul bordo della fossa, sotto la luce dei fari. Sembra un collezionista, se non un appassionato di puzzle. Pelvi, femore, tibia, metatarso e falangi, gigantesche. Ho la tachicardia. Inciampo di nuovo nello sguardo del Salteño. «È un cavallo», mi dice, forte e chiaro.

Il tempo si ferma. Come in un sogno, sento la risata soffocata di un poliziotto. Pajuelo da parte di madre ricomincia a piangere, ma di sollievo. Mi volto con la pesantezza di un sub e vedo Cálgaris che scuote la pipa, si infila in macchina e chiude rumorosamente la portiera. Un cavallo.

Le macchine spariscono nella nebbia.

4

Il condor spicca il volo

L'aeroambulanza è un Learjet 60 fiammante che non ha mai effettuato un volo sanitario: il governatore lo usa per le sue tournée e i capricci personali. I motori sono accesi e siamo tutti pronti al decollo, che tuttavia è stato rimandato in attesa della signorina Diana Galves, la quale ovviamente è in ritardo. Le dive hanno privilegi particolari. La squadra si distrae sul tablet, tranne il Grande Jack, che è un lettore vecchio stampo e sembra preso dalla nuova biografia di Hoover. Il suo vero nome è Miguel Marcial Romero ed è un ex commissario capo della Bonaerense. Forse ve lo ricordate: è finito molte volte sui giornali nell'arco dei suoi trent'anni di servizio; le sue dimissioni sono rimaste legate a uno scandalo di palazzo che ha fatto parecchio rumore. Sin da giovane aveva partecipato come investigatore capo a casi di grande copertura mediatica, era stato il mio insegnante in due o tre corsi di criminologia e i suoi titoli di testa mi sono sempre sembrati nostalgici, sebbene naif: «Ho fatto cose di cui non vado molto orgoglioso». È passato dalla Omicidi alla Delitti gravi, da Furti e rapine a Frodi e truffe, oltre a Droghe pesanti. Da quando si è ritirato, ormai molti anni fa, è stato a capo di società di sicurezza e ha svolto compiti di intelligence per agenzie private degli Stati Uniti, oltre a essere stato ingaggiato come free lance in alcune operazioni speciali della Casita. Cálgaris lo ha reclutato con la stessa qualifica per questa incursione di basso profilo. «Preferisco essere qui che sui campi di bocce della circonvallazione», dice; sogghigna e scrolla le spalle. Quella risata diabolica, in un'altra epoca, raggelava i genitali alle peggiori belve in divisa. Ha affrontato sparatorie e disarmato bande pericolose, e per anni ha dato la caccia a uno dei principali rapinatori di furgoni blindati. Lo ha arrestato tre volte, l'ultima delle quali per telefono. Un collega aveva fermato per caso quell'uomo nella confusione di una retata, e mentre inseriva i dati al computer era saltato fuori che i precedenti non quagliavano con l'M16 nuovo di zecca che portava con sé al momento dell'arresto. Sapendo che Romero era un esperto, il collega lo aveva chiamato, condividendo i propri dubbi. La vecchia volpe aveva capito subito che quel bastardo stava usando i documenti di un fesso qualunque. Aveva chiesto al collega di descrivergli l'aspetto del farabutto, e aveva avuto un'illuminazione. «Fammi sentire la voce», aveva insistito. Il collega era sceso con il cellulare nelle celle, e Romero lo aveva sentito mentre diceva al prigioniero: «Il mio capo ti vuole parlare». La voce dell'altro gli era arrivata forte e chiara: «Chi è?» Quando il poliziotto aveva nominato il commissario capo Miguel Marcial Romero, c'era stato un lungo silenzio all'altro capo della linea, quindi il tristemente noto rapinatore si era avvicinato il telefono alle labbra. «Sono nella merda, vero, Jack?» Il Grande Jack aveva confermato. «Ti chiedo solo di avvisare mia moglie.» Romero aveva chiamato la concubina e, dieci mesi più tardi, un giudice garantista che vedeva il Grande Jack come il fumo negli occhi a causa di vecchie ruggini aveva interrogato il delinquente, cercando di spingerlo a denunciare pressioni illegali. «Pensa che il commissario Romero mi abbia torturato?» aveva chiesto il rapinatore, quasi offeso. «Ma per piacere, Romero è un signore. Che non esca da quest'aula, signor giudice, ma tra noi c'è un rapporto sportivo. Io corro e lui mi insegue. E a volte mi prende.»

La carriera del commissario è piena di aneddoti divertenti, ricordi di un mondo ormai svanito. La penultima avventura non era andata benissimo: aveva trovato un carico di 950 chili di coca e arrestato quindici persone. Ma per qualche strana ragione i suoi superiori non avevano voluto informare la stampa né farsene un vanto, e un mese più tardi i narcos erano liberi come il vento. «Avevo scoperto il carico sbagliato», dice rassegnato, sdrammatizzando. Gli hanno dato una promozione per levarselo elegantemente di torno, dopodiché lo hanno fatto fuori, non perché fosse onesto oppure una canaglia, ma perché aveva abboccato a un'esca, ritrovandosi in mezzo a uno scontro tra fazioni politiche rivali. I politici sono più pericolosi dei ladri.

Era stato un redattore di *Crónica* a soprannominarlo il Grande Jack, per via della sua inquietante somiglianza con Jack Palance. Come lui, Romero ha un fisico asciutto, gli zigomi alti, un sorriso da cadavere e l'aspetto di un *hidalgo* peccatore e butterato. Indossa giacche scamosciate marroni, a volte un foulard al collo, che gli dà l'aria di un contadino. È vanitoso e anacronistico: un vecchio Longines con cinturino elastico placcato oro, ereditato dal padre, e portasigarette in metallo dello stesso colore. Fuma parecchio, e ha sempre le scarpe lucidissime; non ha mai abbandonato la Browning 9 mm. Sono felice che sia dei nostri.

Accanto a lui, assorta e strizzata nei suoi abiti rossi, Maca la Grassa. Che è astrologa dilettante e un'informatrice. Indossa maglia e gonna color carminio, occhiali dalla montatura in plastica, labbra e unghie della stessa tonalità di rosso. Come pure la stilografica con cui scrive. Sta leggendo in Internet un articolo sulla psicologia delle donne dei Pesci

(Diana rientra nella categoria) e dello Scorpione (Beatriz ne dimostra solo alcuni tratti caratteristici). Maca è ancora fidanzata a distanza con la nostra agente sotto copertura al parlamento spagnolo, ma sotto falso nome porta avanti una storia d'amore focosa e clandestina con una diplomatica cilena. Ho parlato con Palma, gli ho ordinato di intercettare le sue chat e le sue mail; so che fa parte dell'Armata Brancaleone allo scopo cruciale e segretissimo di tenermi sotto controllo. Il colonnello ha bisogno di una seconda voce affidabile e discreta sul campo. Diffida del mio giudizio dopo tutte le cazzate che ho fatto, e per l'occasione si è procurato una talpa di lusso, che è con noi per partecipare ufficialmente al *turnaround*, ma che non lascerà passare giorno senza mandargli un rapporto privato sulla mia condotta. Aspetto la mia condanna, e ho sempre mal di gola.

Non per sua scelta, Palma è seduto proprio accanto a Maca, stravaccato sulle poltrone di pelle beige, circondato di schermi grandi e piccoli, gli auricolari che suonano heavy metal. Si diletta, per variare, con una bottiglia di Coca-Cola, indossa un cappellino dei Lakers e una canotta di Machete. È ancora uno dei soci della Cueva, che appalta la nostra rete di hacker e fonici, ma per una somma vergognosa ha accettato di concentrarsi full time su questa rimpatriata. Ha preteso, questo sì, carta bianca sul budget per assoldare tecnici della zona e free lance specializzati nel piazzare cimici e microfoni ovunque. Il Learjet 60 trasporta una cassa di accessori ultratecnologici acquistati alla Siemens di Berlino. Palma ha il compito di proteggere le nostre comunicazioni e di bypassare gli scudi di Farrell e Jalil. Non è una cosa da niente: al dipartimento per la Sicurezza, il nostro Beria locale controlla tutte le comunicazioni private.

Alloggeremo tutti e quattro in una pensioncina a conduzione familiare che sembra una conigliera, ma che possiede la virtù di trovarsi a soli tre isolati dalla base, una villa che il governo provinciale ha affittato a BB perché possa installarci i propri uffici. La sociologa non si è fatta pregare: ha destinato gli spazi al pianterreno a sondaggisti, contabili e avvocati; al piano superiore ha fatto predisporre una sala riunioni, un locale svago con schermi al plasma, calcio balilla e tavoli da biliardo e, sul retro, con vista sul giardino, un piccolo appartamento con camera da letto, cucina e Jacuzzi dove potersi fermare se la notte si fa lunga. Di norma, però, occuperà la splendida suite presidenziale dell'Hotel Río Azul, che ha cinque stelle e si alza fino al cielo in mezzo al viale più importante della città. Un piano più in basso c'è la stanza riservata a tempo indeterminato alle visite intermittenti di Lady Di in persona, che ha già trasferito il suo incredibile guardaroba di quindici valigie. Una settimana fa ho preso la 4×4 carica di vestiti e accessori vari, l'ho lasciata in un parcheggio, ho pranzato con Beatriz alla Villa, ho verificato l'adeguatezza della Conigliera e ho girato per quella città circondata di boschi. Due giorni più tardi sono tornato in aereo, con un malessere profondo ma vago. La capitale provinciale è una striscia di terra accerchiata da un fiume pericoloso, da una periferia brutta e impoverita e da una zona di fattorie che dall'alto sembra un frutteto. Un amalgama di vallata, altopiano, strade scoscese e aree residenziali, case tutte uguali e assetto urbano irregolare, con inverni molto freddi ed estati caldissime. A ovest, la Provincia si estende fino alla zona dei parchi nazionali, ai laghi e alla cordigliera. Verso sud si allarga un deserto vuoto dove si estrae il petrolio; a est ci sono solo un pretenzioso centro balneare e un porto dalle acque profonde. Patagonia pura ai quattro punti cardinali.

Il pilota ci avvisa che la ritardataria salirà a bordo tra un attimo, e ci invita a prendere posto. Scorgo l'attrice sulla pista; cammina con movenze affettate, come su una passerella, stivali alti di vernice con i tacchi a spillo, jeans neri e giaccone in pelle con il collo in pelliccia, che le si incolla addosso sino ai fianchi. Ha solo una borsetta quadrata, e il cane in braccio. Sale con il fiato corto e rivolge a tutti un saluto collettivo e infantile. Juan Domingo se la fa addosso per l'emozione non appena la padrona prende posto e lo libera impunemente dal guinzaglio affinché corra e si goda il volo. Lei rimane in maglione verdastro in lana morbida dal collo alto, che sottolinea le sue curve e la pelle candida. «*Sorry, sorry*», si lascia sfuggire ancora; l'aereo si muove, si mette in posizione, rulla sulla pista e finalmente decolla. Quando raggiunge la velocità di crociera, Diana si volta e mi invita a presentarle gli altri. Non riesco a capire se è una manifestazione di rammarico, educazione o gentilezza, o se è sinceramente incuriosita da quelle facce da galera. Faccio le presentazioni e lei guarda tutti spalancando gli occhi. Maca si alza, si siede accanto a lei e sussurra qualcosa di divertente: la diva ride come se fosse davanti alle telecamere e si lancia in una conversazione sottovoce. Presumo che parlino di temi natali e oroscopo cinese. Il commissario, che non si è perso nemmeno un dettaglio, lascia da parte il libro su Hoover e osserva le nuvole. So che sta per dirmi qualcosa di importante, così aspetto, fissandomi la punta delle dita.

«Ho letto i rapporti che mi hai girato», dice infine, passandosi una mano sulla fronte. «L'ultimo è davvero fantastico.»

Rimaniamo cinque secondi in silenzio, ascoltando il rombo delle turbine. Finché il Grande Jack non scoppia a ridere, e gli vado dietro. Quasi piangiamo dalle risate, cercando di nasconderci, e Palma ci guarda allibito. Romero si asciuga gli occhi con un fazzoletto di carta.

«La storia delle ossa di cavallo mi ha ricordato la volta che ho messo dentro i fratelli Figueroa», dice, schiarendosi la voce. «Li hai conosciuti?»

«Non ho avuto il piacere.»

«Erano due farabutti da manuale, li avevamo beccati per una coincidenza e mi ero stupito che si fossero rassegnati alla cosa senza fare storie. Comunque, uno lo abbiamo mandato a Olmos e l'altro a Marcos Paz, per evitare che combinassero guai. Una sera un tizio telefona in commissariato e chiede di parlare con il poliziotto incaricato del caso. Prendo la linea e questo mi dice: 'Li avete arrestati per una cazzata: hanno fatto fuori uno, un anno fa, lo hanno seppellito nel cortile'. E mi chiude il telefono in faccia. I fratelli Figueroa affittavano una casa a San Justo, dove il maggiore viveva con una donna; il più giovane ogni tanto ci portava una fidanzata. Non potevo andare dal giudice con una telefonata come quella, ma nemmeno potevo fare finta di niente.»

«E così è andato là con la pala e il resto.»

«Una notte ho saltato il muretto e ho scavato per un po'. Ho trovato delle ossa.»

«Di un cane», dico sorridendo.

«Ho ricoperto tutto e me ne sono andato fischiettando sottovoce. L'indomani hanno chiamato di nuovo. Il tipo sapeva della mia visita notturna.»

«Un vicino?»

«Non l'ho mai saputo. Il punto è che mi fa: 'Il cadavere sta sotto il cane'. Non ci volevo credere, per poco non ho mandato al diavolo lui e tutta la storia. Però continuavo a pensarci e non ci dormivo la notte.»

«Ed è tornato là.»

«Ho dissotterrato il cane e ho continuato a scavare, e alla fine ho trovato il corpo. Non sai com'ero contento. Però ho ricoperto tutto e sono andato via: senza un mandato, l'avevo fatta grossa.»

«Ha convinto il giudice?»

«Era una donna, più stronza della polio. Ho detto che c'era stata una segnalazione anonima e che avevo un informatore che confermava la storia. Ho implorato per tre ore che mi firmasse l'autorizzazione. Ha ceduto a denti stretti, ma ha mandato un corvo e ha chiesto ai vigili del fuoco di provvedere agli scavi. Sapevo di avere un asso nella manica, così ho avvisato la stampa per mettermi in bella mostra. Peccato che i vigili del fuoco fossero dei rompicoglioni idioti. Si sono messi a scavare da un'altra parte, e mentre quelli ribaltavano tutto l'ufficiale mi teneva gli occhi inchiodati addosso. Non potevo dire quale fosse il punto preciso. Hanno scavato crateri dove non dovevano, e intanto io sudavo. Finché non hanno trovato le ossa, ma, siccome erano quelle di un animale, quei cretini mi hanno riso in faccia. Ho chiesto di scavare più a fondo. Per poco il corvo non ha fermato tutto, ma fuori c'erano giornalisti e fotografi da strapazzo, così ha stretto le chiappe. Era il cadavere di un uomo di altezza media. Abbiamo chiamato la Scientifica e abbiamo detto il meno possibile alla stampa, anche se gli abbiamo lasciato fotografare il corpo.»

«Chi era?»

«Tra poco ci arrivo. Mando uno dei miei a prendere la moglie del più grande dei fratelli e le do una bella torchiata. Il genere di femmina su cui tutti si erano fatti un giro. Le abbiamo dovuto far assaggiare un po' di carbone. Mi ha detto che il tipo la ammanettava alla branda e poi se la fotteva. Che era possessivo e geloso da far paura. E sospettava che, quando lui non era a casa, lei se la spassasse con un altro. Comunque, stanno scopando quando un ragazzino che passa lì davanti si avvicina alla finestra e li vede. Figueroa salta in piedi nudo come un verme, prende un fucile e lo costringe a entrare. Il ragazzino chiede pietà, giura che non ha mai toccato sua moglie. Ma a quanto pare Figueroa perde il controllo e nella confusione lo impallina in mezzo al petto. Il fratello più giovane, che stava dormendo al piano di sopra, scende in mutande e gli chiede: 'Che cazzo hai combinato?' Tra tutti e due scavano una fossa, e il loro cane nero continuava ad abbaiare. 'Sentiranno l'odore e qualche spione ci andrà a denunciare', dice il più grande, spaventato. 'Possiamo dire che ci è morto il cane', propone il più giovane. Fanno saltare la testa alla bestia e la seppelliscono quaranta centimetri sopra l'altro fesso, più vicino alla superficie. Nessuno dei vicini ha mai detto niente, ma sembra che qualcuno avesse sentito il chiasso e visto tutto. Evidentemente aveva paura: i Figueroa erano due carogne. Ho fatto prelevare il maggiore da Olmos e gli ho detto che il fratello più giovane ci aveva detto del cadavere. All'inizio non mi credeva, ma poi, quando gli ho descritto la scena nei dettagli, è impazzito di rabbia. 'Quello spione figlio di puttana vi ha detto questo? E allora perché non ha raccontato del tassista che ha fatto fuori a Pacheco?'»

«Due cerebrolesi», commento, con un sorriso un po' triste.

«Per fortuna non sono mai intelligenti come nei film. Quell'anno a dicembre mi hanno dato la medaglia di poliziotto dell'anno.»

«Stiamo ancora scavando nella discarica. Ma non siamo stati così fortunati», puntualizzo.

Il Grande Jack si è fatto serio, le dita tamburellano sul

portasigarette in metallo. Ha bisogno di fumare, e forse di bere qualcosa. Lo capisco perfettamente, vorrei farlo anch'io.

«Hai sentito tutti quelli che dovevi», mi dice, con un gran sospiro. «Non ci sono altri personaggi in quella storia, te lo assicuro. Uno di loro mente. Ma è uno di quei casi rognosi che richiedono tempo e molta pazienza, Remil. Molta.»

«Comunque sia mi hanno tolto l'indagine, per 'manifesta incompetenza'.»

«Sai quante cazzate ho fatto io, con i casi che dovevo seguire?» si vanta, sfiorandosi il foulard al collo. «E quante volte sono stato per anni su un fascicolo, portandomelo addirittura in vacanza, perché non riuscivo a venirne a capo? È la nostra croce, che ci vuoi fare?»

Per il resto del viaggio non diciamo altro, accompagnati dai mormorii animati delle comari e dai guaiti di Juan Domingo, al quale auguro la fine del cane ciarliero dei Figueroa. Atterriamo senza avvenimenti degni di nota in un clima gelido e ventoso. Ci aspettano una berlina imponente per la diva e un furgone bianco che porta il resto di noi alla Villa, dove scarichiamo le apparecchiature tecnologiche e qualche altra cassa. Riprendiamo la marcia e ci sistemiamo alla Conigliera. Alle cinque del pomeriggio io e il Grande Jack andiamo a sgranchire le gambe e a bere birra in un pub irlandese, dove c'è un pianoforte. Fumiamo, studiando punto dopo punto la sparizione di Mariela Lioni, quindi gli spiego quale sarà il suo compito in questa benedetta città. Cálgaris vuole che passi ai raggi X la polizia locale, con tanto di maneggi e scivoloni, che studi le modalità del delitto e il funzionamento del dipartimento per la Sicurezza. «Ho di che divertirmi», dice, stiracchiandosi. Alle sette di sera mi faccio una doccia e infilo l'abito scuro, camicia bianca e cravatta nera. Non mi porto la Glock né la cavigliera: è di cattivo gusto presentarsi armato a un galà.

Mi presento alla reception dell'Hotel Río Azul e BB mi ordina di salire nella suite. La diva la sta truccando con gesti attenti e professionali. «La celebre attrice argentina Diana Galves sfoggia un abito scuro che sfiora il pavimento, modello principessa con scollo tondo, in chiffon merletto e ricami di paillettes», recita, facendo il verso a una speaker. L'altra ride e mi guarda dallo specchio. «La brillante sociologa argentina Beatriz Belda indossa un vestito al ginocchio con un discreto scollo a V e un coprispalla con maniche a tre quarti color grigio topo che mette in risalto il collier di diamanti», rilancia, reggendo il gioco. Beatriz mi chiede di servirle un whisky. C'è una bottiglia di Talisker su un tavolino con le ruote. Belda lascia un vistoso marchio di rossetto sul bordo del bicchiere, e Galves la rimprovera di non riuscire a starsene tranquilla.

«Com'è arrivata la truppa?» chiede, brusca e sarcastica, per poi aggiungere, senza nemmeno aspettare la risposta: «Dagli ventiquattro ore per ambientarsi, dopodiché dovranno sgobbare dall'alba al tramonto. Siamo in lotta contro il tempo, e prima di tutto dobbiamo pensare a blindare la sottoscritta. Non per niente, sono un po' paranoica e credo che mi stiano controllando persino le mutande».

«Cominceremo domani stesso», dichiaro.

«Il Turco ti conosce bene?»

«Nel giro dell'intelligence ci conosciamo tutti, signora.»

«Quindi sa che Cálgaris ti ha appena esonerato dalla squadra?»

«La domanda non è se lo sa, ma se ci crede.»

«Dunque?» chiede, con la fronte aggrottata. «Ci crede?»

«Probabilmente conosce ogni dettaglio, ma è consapevole che il team è sbarcato qui in missione privata. Farrell ha già coinvolto le imprese edili del colonnello nel giro degli appalti, su sua richiesta, così per certi versi il fatto che siamo qui a offrire servizi in cambio di benefici chiude il cerchio. Palma e Romero sono esterni, con loro non ci sono problemi. Maca è in congedo per malattia e io sono stato accantonato per incompetenza sul campo. Abbiamo entrambi un alibi per il fatto che non siamo al vecchio posto di lavoro. Jalil non può denunciarci alla Secretaría. Penserà che Cálgaris stia tramando per mettersi in tasca qualcosa. Al tempo stesso però non deve abbassare la guardia, perché una squadra tecnica minaccia la sua posizione.»

«I mediocri hanno sempre paura di essere rimpiazzati.»

«La differenza è che quello è un mediocre molto pericoloso. Il Turco penserà che prima o poi lei vorrà la sua testa su un piatto d'argento, subentrando nella sua sfera.»

«Infatti è così.»

«Allora si è già fatta un nemico potente per un piatto piccolo.»

«Bah, sono abituata a scontrarmi con i nemici», ribatte lei, dando per terminata la sessione di trucco. «Sbrighiamoci, Di, ché ci aspettano.»

«È molto più chic arrivare tardi», le risponde la diva.

«Non rompere, è un'ora che ci aspettano.»

Il ricevimento a porte chiuse si tiene in sala conferenze, da dove si gode di una vista panoramica sulla città e sul fiume. C'è un cocktail su invito, in presenza di giornalisti e fotografi. La festeggiata è, ovviamente, la signorina Galves, che interpreta con orgoglio il ruolo di stella, accaparrandosi flash e lusinghe. Juan Domingo scorrazza in quel bosco di gambe, più isterico che mai. Il governatore posa con Diana, quasi fosse Perón con Gina Lollobrigida. Farrell è una palla di lardo strizzata nella giacca; i pantaloni gli stringono e la camicia tira sulla pancia e sulla pappagorgia. Si vede lontano chilometri che i pochi capelli e il pizzetto hanno subito la stessa tinta nero carbone, colore alquanto inverosimile alla sua età. E che si sente cronicamente a disagio nei vestiti e nel suo stesso corpo. Anziché trasmettere il contegno del potere, emana ansia, fastidio e pudore; si mangia le unghie, suda in abbondanza, sposta il peso da un piede all'altro, intreccia le mani sul ventre e adotta posture forzate per dissimulare il pancione. Presumo che mangi in modo esagerato e che la sera abbia un gran mal di schiena. La moglie, da parte sua, è minuta, e dev'essere stata molto attraente, da giovane. Non ha un fisico vistoso, tuttavia mantiene la linea; capelli sottili e dritti, piega rigida delle labbra e fronte severa, pelle traslucida e sciupata. Si chiama Delfina Maggi, e mentre tutti chiacchierano lei non toglie gli occhi di dosso al figlio più giovane, che beve champagne su una poltrona in disparte, lo sguardo perso nel vuoto. La donna sembra muta e afflitta; grazie al dossier riservato so che soffre di dipendenza dalle anfetamine. Schiude appena le labbra quando il marito ci presenta con fare ampolloso.

Flavio, il motivo apparente della sua angoscia, ha avuto la fortuna di ereditare la magrezza e i lineamenti della madre, oltre a una nota della sua aura sofferente. Ha studiato architettura, ma non ha mai esercitato. Nessuno sa bene che cosa faccia; forse vive e basta. Immagino che abbia successo con le donne: sono in molte a impazzire per gli uomini introspettivi e malinconici. Ha le basette lunghe e i capelli corti, e le scarpe che indossa camuffano una soletta molto più alta del normale: Flavio non è basso, ma ha qualche complesso legato alla statura. Indossa una giacca elegante sebbene informale e una camicia alla coreana; dal polsino sinistro spunta il tatuaggio di un simbolo giapponese. Solo quando Delfina Maggi richiama la sua attenzione lascia da parte il calice, si alza lentamente e si avvicina a noi con uno sguardo torbido, che in genere nasconde dietro un paio di lenti scure. L'agente della Casa che ha elaborato il suo profilo suppone che il vizio degli occhiali fumé sia dovuto alla sua dipendenza dalla cocaina, se non alla timidezza patologica del soggetto che gli rende necessaria quella maschera. La mano è piccola e decisa, non riesce a mostrare il minimo interesse per la diva, che ricambia il bacio sulla guancia con l'ego leggermente contrariato. Il fratello più grande, al contrario, trasuda entusiasmo e seduzione allo stato puro: è a un metro da Galves quando le rivolge un'avance, che lei ripaga con un sorriso da spot. Si chiama Alejandro Farrell e immagino che si consideri, a ragione, un vincitore nato. Con Flavio ha in comune la forma del naso e poco altro; è una versione proteica e atletica del padre: estensione toracica notevole e punto vita sottile; nel dossier è definito come un supersportivo dalle mani bucate; colleziona auto d'epoca da competizione, gareggia nei rally con una Chevrolet Agile MR e fa corse illegali sulla provinciale: è un amante delle trasgressioni e del rischio. Pratica paracadutismo, parapendio e kayak oltre a diverse arti marziali, tra cui il taekwondo. Indossa un abito Armani, sebbene in genere lo si veda nei corridoi ufficiali in espadrilles e canottiera. Gli hanno messo una scrivania accanto all'ufficio del governatore, e crede di essere il suo braccio destro. Rivolge a Beatriz qualche commento scherzoso ma banale, ai quali lei risponde con un sorriso condiscendente e pensoso. Ci sono personaggi che suscitano maggiormente il suo interesse, come Fernando Cerdá, tecnocrate delle opere pubbliche che riveste il doppio ruolo di assessore all'Economia e al Territorio. Un manager con un cervello fenomenale e una pelata lucidissima, circondata da arbusti neri. Dall'espressione sembra preoccupato e a disagio. Indossa occhiali dalla montatura metallica e ha gli occhi asciutti. Quando ascolta, lo fa con attenzione, aggrottando la fronte in modo strano mentre appoggia la testa alla mano sinistra, l'indice e il medio contro la guancia, che sfiorano gli zigomi, l'anulare e il mignolo sotto le labbra e il pollice a sostenere il mento. Alla Secretaría hanno decine di foto apparse sui giornali che lo ritraggono in contesti ufficiali: quasi sempre lo immortalano in quella posa da pensatore analitico, da cui è difficile capire cosa stia rimuginando. «Quello sarà un osso duro», mormora BB, afferrandomi un braccio e trascinandomi via dal gruppetto. La diva posa per i giornalisti e rilascia dichiarazioni davanti a tre o quattro microfoni e registratori, scortata da Lorenzo Muñoz, che cerca di farsi notare. È assessore alla Cultura, un incarico che gli sta un po' largo. Lolo Muñoz aveva un trio folk impegnato nel recupero dei canti tradizionali della Patagonia, finché non ha perso la voce. A quel punto ha scoperto che la politica era un impegno molto più redditizio. Robusto, scuro di carnagione, è ancora, prevalentemente, un chitarrista. «Non ha la più pallida idea di chi sia Diana, non avrà neanche pensato a cercare su Google», aggiunge Beatriz, che ha chiesto un altro whisky doppio. «Ti sembra che si possa ingaggiare una battaglia culturale con quel caprone?» Mi rendo conto che il gesto con cui solleva il bicchiere di Johnny Walker dal bancone è solo un escamotage per entrare in contatto con il farabutto che, con i gomiti sul ripiano, beve all'angolo del bancone e non ci ha mai levato gli occhi di dosso.

«Qui sì che c'è qualcuno di importante», dice, ironica, sollevando il bicchiere per brindare con lui, quindi guarda me. «Immagino che vi conosciate.»

«Remil», fa il Turco, come se si stesse rigirando in bocca il mio nome di battaglia. «Un vecchio camerata. Come stai?»

Jalil è alto, sopracciglia vistose, baffi che sembrano due sardine, capelli folti spolverati di grigio, pelle color cannella e sguardo penetrante. Indossa sempre abiti chiari con camicie e cravatte blu scuro. *Ha una faccia da gangster*, starà pensando Beatriz. Il Turco adora la caccia al cinghiale e al cervo rosso, ed è un collezionista di armi da fuoco. Un cacciatore che ti tiene sempre sotto tiro. Vengo definito il «responsabile della logistica» dell'agenzia di consulenza. Gli stringo la mano, ma non azzardo una sola parola. Beatriz estrae il bocchino dalla borsetta e ci infila una sigaretta nera. Il Turco le avvicina un accendino in platino. L'abboccamento non ha molto successo, poiché nessuno si azzarda a dire nulla. In quello stesso istante le luci si abbassano e si accendono i faretti potentissimi che illuminano un leggio; il pubblico chiede silenzio. Il governatore si mette al centro, improvvisa un discorso di benvenuto all'attrice pluripremiata e chiede di rivolgerle un applauso. Tutti obbediscono e la diva ringrazia, racconta un aneddoto piccante su Marilyn Monroe e cita una frase di Marlon Brando: «L'attore è un tizio che, se non stai parlando di lui, non ti ascolta», e un altro su Fidel Pintos: «Un attore è qualcuno che oggi si mangia un fagiano e domani le piume». Quando ha catturato il pubblico con il suo humour autoironico, ringrazia per l'invito e menziona Farrell, «uno statista che ha dimostrato una vocazione estrema per l'arte». L'audacia della farsa mi strappa un sorriso, e Jalil intuisce subito i miei pensieri.

Beatriz è richiesta dal nucleo del potere, verso il quale si dirige come se camminasse sull'acqua. Io e il Turco rimaniamo appoggiati al bancone, a guardare il cabaret. Senza poter scambiare una parola. Tutto è stato detto tra noi, in anticipo. Ci sarà battaglia.

Il ricevimento si protrae per un'altra ora; entro in bagno per lavarmi le mani e trovo il governatore in persona, il quale mi saluta dagli orinatoi e mi dice che serviranno il caffè in una sala più intima, al piano di sopra. È un ampio locale, con poltrone comode e decori da club inglese, dove Farrell offre sigari e bevande. Diana mi ruba una sigaretta, è in crisi di astinenza, ma rifiuta un calice di spumante chiedendo invece una tisana. Juan Domingo le si addormenta in grembo. Il grande statista della Patagonia ha disposto a semicerchio il suo stato maggiore: Cerdá, Muñoz, Jalil e Alejandro. Il figlio minore e la moglie hanno preferito accomiatarsi; questa è una riunione di lavoro. Le due signore siedono l'una accanto all'altra, io mi metto in secondo piano, armato di una vodka. L'unica cosa capace di anestetizzare minimamente il mio mal di gola.

«Come ti anticipavo, Diana ha visionato alcuni video e analizzato la tua performance», esordisce Beatriz, disinvolta. Dà del tu al governatore e lo tratta come un suo pari. «Le ho spiegato che sei disposto a lavorare con lei sulla gestualità e su alcune sfumature della dizione.»

«La cosa mi ha sorpreso non poco, signor governatore», si intromette la diva, abbandonando all'improvviso le smorfie sdolcinate. «La mia amica le avrà detto che ho lavorato con presidenti e quindi so per esperienza che non tutti sono disposti a un simile bagno di umiltà.»

«Sono a disposizione, umile e obbediente», scherza Farrell, dandosi qualche manata sulle cosce.

«Ne sono davvero felice, perché è un compito ingrato e a volte si corre il rischio di risultare offensivi.»

«Che cosa vorrebbe correggere?» chiede Alejandro, allegro. Sembra quasi sbeffeggiarla. «Mio padre è un disastro, glielo dico sempre.»

«Non è un disastro», dice Belda, come a sfidarlo. «Al giorno d'oggi però la politica è più che altro spettacolo, drammaturgia, capacità di modulare. Un leader efficace non è solo sincero: deve impersonare una sincerità predeterminata, e non è affatto la stessa cosa.»

«Un politico è un attore», rimarca Galves. «E le telecamere lo smascherano.»

«Spari, Diana», la incita Farrell, che sembra deliziato. «Quante cazzate faccio? Sia pure diretta.»

La diva spegne la sigaretta e beve due sorsi di tisana. Una pausa drammatica che tiene il pubblico in sospeso.

«Mi perdonerà, ma la gestualità mi sembra completamente sbagliata. Non riesce a trasmettere emozioni, e quando mente lo si capisce subito. Usa male le mani e la postura del corpo è scorretta. Recita i discorsi come se non ci credesse, senza interpretazione. Non usa il linguaggio facciale, a volte la voce è monocorde, ignora le differenze di tono. Difetti che si possono correggere con pazienza e molta pratica.»

«Fantastica!» esclama il figlio, sebbene il padre appaia un po' in imbarazzo. Gli altri osservano Diana Galves come se fosse un ologramma, o un vampiro. Jalil la incenerisce con lo sguardo.

«E se mi permette, cambierei completamente il suo look», rincara la diva, eloquente. «La barba e il colore dei capelli le danno un'aria impostata di cui non ha bisogno. Non so, hanno un che di artificiale, come se lei avesse qualcosa da nascondere che le impedisce di entrare in scena così, acqua e sapone. Come se non potesse metterci la faccia né reggere il ruolo con naturalezza. Se dipendesse da me, farei sparire la barba e cercherei di sottolineare, in modo graduale, i capelli bianchi e brillanti alle tempie, che agli uomini maturi dona un che di sensuale e suggerisce nobiltà di spirito. E poi ha bisogno di rifarsi il guardaroba, dieci o dodici vestiti nuovi e outfit informali. Lavoro con un sarto che veste i migliori, posso occuparmene io.»

«Uau, è come se mi avessero castrato», incassa Farrell, e scola il resto del whisky. «Immagino che mi metterebbe pure a dieta.»

«Visto che ha sollevato l'argomento, sul set l'estetica è fondamentale.» Coglie la palla al balzo, senza segni di cedimento. «Il pubblico è facile ai pregiudizi: se non riesce a tenere a bada grassi e colesterolo, come potrà governare una Provincia?»

Lolo Muñoz non riesce a trattenere le risate, ma se ne pente subito; tira dal suo avana ed esala boccate esagerate, come se sperasse di farsi inghiottire dal fumo, e non viceversa. L'unico che sembra ancora entusiasta è l'atletico Alex, che vuole mettere in difficoltà il padre e non riesce a distogliere lo sguardo dalla scollatura della maestra di gestualità. Un ragazzo frivolo, impulsivo e servile; un problema nel problema più grande.

L'audacia e la precisione di Lady Di li ha travolti come un treno. Di nuovo, la regina scema dimostra di essere tutt'altro che scema.

«Come ti ho detto gli scorsi giorni, i sondaggi stanno continuando, ma abbiamo già conclusioni sostanziali», dice BB, giocando con il collier. «Diana non seguirà un programma astratto, ma le mie direttive. Si tratta di tecniche ed esercizi di interpretazione e oratoria per dissimulare gli errori e mettere in evidenza i risultati, ma in questo caso saranno amalgamati in un copione più ampio.»

«Un copione?» chiede Farrell, stupito.

«Che si sposi con una concezione del tutto nuova», conferma lei. «Non serve a nulla acquisire capacità espressive se non ti scriviamo un buon testo per darti coerenza in modo che tu faccia un figurone.»

«A cosa pensavi?» Farrell si sporge in avanti, come se volesse sentirla meglio.

Beatriz si scuote la cenere dall'abito. Anche lei sa gestire la suspense.

«Abbiamo sentito alcuni tuoi parenti, ti ringrazio di avercene dato la possibilità», comincia lei, e all'improvviso sembra che ci siano solo loro due nella sala, come se il resto di noi stesse osservando al di là del vetro di una stanza per gli interrogatori. «Il tuo albero genealogico è piuttosto comune, salvo per quel nonno speciale.»

«Quello del petrolio?» domanda lui, incredulo.

«L'alpinista. Apolinario Farrell», lo corregge lei.

«Aveva cominciato alla YPF all'epoca della Década Infame, Beatriz.»

«In seguito, però, si è spostato nella zona dei laghi e si è innamorato della montagna. A quanto mi hanno detto ha scalato il Catedral, il Tronador, il Lanín e il Fitz Roy, uno dei più difficili e impegnativi del mondo.»

«Ho fatto appena in tempo a conoscerlo», ammette il governatore, allargando le braccia. «Mio padre non ci andava granché d'accordo, sembra che fosse cocciuto e scontroso, ma diceva che i nipoti avevano ereditato qualcosa da lui. Alex ha preso il suo amore per gli sport e Flavio il carattere chiuso.»

«La prego di prendere nota che io ho ereditato le doti e mio fratello i difetti», puntualizza l'altro, chiamato in causa, e si lancia in una risata oscena.

Il chiasso sveglia Juan Domingo, che solleva le palpebre e abbaia a pieni polmoni. La padrona cerca di mettergli la museruola.

«Apolinario Farrell ha preso parte a moltissimi salvataggi in montagna, portando in salvo più di cento persone», dice BB, come se si trattasse di imprese leggendarie. «Era a capo della Commissione di soccorso del Club Andino.»

Tace, affinché la notizia faccia presa sul pubblico, e affinché il governatore cerchi di completare il puzzle con la fantasia. Ma dal momento che Farrell non sembra capace di deduzioni rapide, Beatriz scopre tutte le carte con una sola frase: «Un eroe di famiglia ingiustamente dimenticato».

Il governatore raddrizza la schiena, si passa una mano sul pizzetto e incrocia lo sguardo di Cerdá, che si sfila gli occhiali di metallo e li pulisce con un fazzoletto.

«Non sono rimaste molte tracce della vera storia, né testimoni locali. Questo ci dà libertà sufficiente per ricrearla da zero e per costruirci una tradizione», dice Belda. Adesso è lei a sporgersi in avanti. «Senza un passato glorioso, senza un'epica a spalleggiarla, l'azione politica appare immancabilmente scarna e nuda, Farrell. Possiamo riscoprire un eroe, che è tuo ma anche di tutta la comunità, dal quale discende un uomo compassionevole e coraggioso. E, ovviamente, la montagna è una straordinaria metafora: il sacrificio, l'arrampicata graduale per raggiungere i propri obiettivi. L'immagine del condor delle Ande, poi, è perfetta. Spiccare il volo, non strisciare come i mediocri eccetera.»

Adesso Farrell si gratta la testa.

«Che cosa ha in mente?» chiede l'assessore all'Economia, con la voce strozzata. «Una telenovela in *prime time*? Un servizio del *National Geographic* su commissione?»

«Una campagna marketing che parta da una serie di articoli da noi forniti sulla stampa locale e nazionale, rinforzata da cerimonie e targhe commemorative. Dopodiché loghi, cancelleria, merchandising. L'immagine del condor con le ali spiegate, che si staglia su un cielo azzurro, sopra una cima innevata. La comunicazione dell'amministrazione dovrebbe adottare gli stessi colori, in modo da creare identità e far scattare un riconoscimento immediato. Farrell è la reincarnazione dell'eroe, la montagna è l'allegoria del progresso e il condor il suo simbolo per eccellenza. Ho reso l'idea? Vogliamo creare una stirpe e dare una mano di smalto all'amministrazione.»

«A naso, ci costerà un sacco di soldi», commenta Cerdá, e inforca nuovamente gli occhiali.

La piccoletta posa il bicchiere sul tavolino. D'un tratto incute timore: nel suo sguardo il ghiaccio si mescola alle fiamme.

«Per fare in modo che questa nave non affondi ci vorranno molti, molti, molti soldi, Cerdá», gli dice, graffiando l'aria. «Nessuna Provincia va incontro al fallimento per essere scappata in avanti, che è il modo in cui si muovono i disperati. Vuole sapere di quanto è crollato il gradimento del governatore e che cosa pensa la società della virtuosa amministrazione di cui lei è a capo? Tutti voi siete allo sbando, avete due anni per evitare il naufragio. Ed è già tardi adesso. Farrell, mi sembrava di avere capito che eri disposto a prendere il toro per le corna. In caso contrario tutto questo è un'enorme perdita di tempo...»

«No, no, sono convinto», la interrompe il governatore, e palpeggia il braccio di Cerdá. «Fernando è un contabile privo di prospettiva politica. Ho grande stima del suo approccio economicista, ma se dobbiamo sacrificare il rigore finanziario, lo faremo.»

«Non mi pare che possiate permettervi il lusso di pensare al futuro», concorda Beatriz, implacabile. «Se non sputate sangue adesso, siete condannati a una catastrofe elettorale. L'altro giorno te l'ho spiegato numeri alla mano.»

«Sono assolutamente d'accordo, Beatriz», le assicura lui, come se avesse paura di perderla. Sebbene sia un angelo caduto, Belda rimane il non plus ultra tra gli addetti ai lavori, e Farrell si ritiene molto fortunato. Alejandro, da parte sua, continua a inarcare le sopracciglia, facendo lo spiritoso. Jalil è rimasto imperturbabile. Cerdá è rosso in volto, come se lo avessero preso a schiaffi. Lolo Muñoz sembra spaesato. Non appena il Grande Capo dà l'okay, tutti ingoiano battutine, dubbi e obiezioni, incluso l'odio da copione contro quelli di Buenos Aires, che gli sta montando dentro come un vomito bollente.

«Anche i festival sono cari», s'intromette la diva, con la tazza davanti al naso.

«I festival?»

«Noi artisti siamo un po' come gli orfani, signor governatore», dichiara lei languida. «La nostra è una professione precaria e crudele. Un giorno suona il telefono, un altro smette di farlo per dieci mesi. Per questo siamo molto grati ai nostri mecenati.»

«Diana sta cercando di dire che abbiamo bisogno di sviluppare una strategia aggressiva in ambito culturale», spiega l'amica, che la guarda sempre con tenerezza. «Un festival del cinema e un altro di letteratura. Un premio per figure meritevoli del mondo dello spettacolo e finanziamenti per produrre film e serie tv. Ognuna di quelle pellicole avrà ampia visibilità ed echi. Garantirebbe un bel movimento entro i confini nazionali e un ottimo impatto all'estero. Ci sono attori e scrittori che sostengono posizioni ideologiche rigorose, ma ce ne sono molti altri che volano basso e sono molto sensibili alla sovvenzione, al contratto, al sussidio e all'elogio. E ci mangeranno in mano.»

«Lo trovo fantastico, dal punto di vista personale», si intromette Alex. «Ma a livello politico come ci aiuterebbe?»

«Sono idoli per il popolo», risponde BB, seccata. «Rilasciano dichiarazioni encomiastiche sulle riviste, sui quotidiani, alla radio e alla televisione. Viva Farrell! È meraviglioso, e le cose nella sua Provincia vanno benissimo. Propaganda diretta di massa. Prestigio. Allo stesso modo in cui non si può fare politica senza un'epica, non si può fare politica senza la sinistra.»

«La sinistra non ha voti», ridacchia il governatore.

«Non mi riferisco ai trotzkisti, Farrell, ma alla *crème de la gauche*, al progressismo romantico, all'aroma libertario e al mucchio di stronzate in cui sguazzano alcuni artisti. La sinistra non avrà voti, ma offre privilegi.»

«Ossia?» chiede Cerdá.

«Privilegi da riscuotere», ribatte lei, sempre più irritata. «E per sbagliare senza pagarne le conseguenze.»

Poiché il branco di maschi nuota in un silenzio pesante, pieno di domande che nessuno può porre ad alta voce, la femmina tiene una lezione magistrale con esempi universali. Tira in ballo fatti storici, opinioni di scienziati della politica e uscite sarcastiche di esperti di marketing ideologico. Un discorso intelligente, che li mantiene muti e attenti per un bel pezzo, mentre la diva sbadiglia. Il governatore ha lo sguardo perso molto prima che la stratega metta fine al proprio monologo. Eppure, torna tra i vivi al momento giusto, ringrazia Diana con un'occhiata allegra e propone a BB un pranzo in privato il martedì successivo: sta per partire per un giro della Provincia, e prima di quel giorno non avrà modo di sedersi per riordinare le priorità e dare inizio all'opera. La proposta evoca il bisogno di lasciar raffreddare la cosa, meditarci un attimo e ridiscuterne. Per Beatriz è perfetto, così ci scambiamo baci e strette di mano e ci dirigiamo verso gli ascensori. Le signore camminano a braccetto, una con il cagnolino nella sinistra e l'altra tenendo in alto il bocchino fumante. Ci infiliamo tutti e tre nell'unico ascensore che sale; gli altri due scendono. Quando si chiudono le porte, l'attrice si guarda allo specchio e sistema un ciuffo di capelli.

«È andata bene?» chiede.

«Sì, ma sai quante volte dovremo ripetere quella scena, finché non gli entrerà in testa? Molte, moltissime volte, Di», ribatte la socia.

«Certo che sono dei grezzi!»

«Non più della media», puntualizza l'altra, indulgente. «Più o meno è sempre così con tutti. Magari ci sono arrivati con la testa, ma ci vuole un po' prima che metabolizzino la cosa.»

Non è tardissimo e, seduta alla scrivania della suite, Beatriz non rinuncia a lasciarmi una serie di istruzioni, mentre la diva passeggia scalza sul tappeto, fa zapping e supervisiona il guardaroba dell'amica. Juan Domingo la segue saltellando. Quando, finalmente, BB mi lascia andare, scendo nella hall ed esco. È una serata gradevole; scorgo Jalil nello spiazzo di fronte, seduto su una panchina di pietra. Sta di nuovo fumando un avana e parla al telefono. Quando mi vede, chiude la chiamata e attraversa il viale in diagonale per intercettarmi. La manovra mi obbliga a rallentare il passo per non essere maleducato, ma non abbastanza da fermarmi: camminiamo l'uno accanto all'altro per una ventina di metri; girato l'angolo, una raffica di vento mi obbliga a sollevare il bavero del cappotto.

«Logistica», dice lui, mordendo il sigaro. «Così è questa, la tua missione, quando sparisci dalla faccia della terra? Immagino che sia sempre meglio del carcere, delle crociere o della figura di merda che hai rimediato in Italia, a quanto mi hanno detto. Quando sarò al capolinea, voglio dedicarmi anch'io alla logistica.»

Il tono non è allineato alle frasi mordaci; non suona irritante, quanto obiettivo. Se il testo suona crudele, la melodia è dolce. Mi fermo di proposito, per lasciare che porti avanti la sua linea di pensiero. Non c'è quasi nessuno, in giro; le luci di una vetrina gli colorano la faccia lunga e il vento gli spettina i capelli. Il Turco fissa le braci del sigaro, anziché il sottoscritto.

«Non ti è andata molto bene, con quella arrogante. Il colonnello ha tutto il mio rispetto, e poi ognuno ha le sue croci. Ma quella è una venditrice di fumo. Hai idea di quanti cialtroni del genere ci passano davanti? Non è la prima e non sarà l'ultima.»

«Vedo che il mio pensionamento ti preoccupa.»

Si stringe nelle spalle ed esala una colonna di fumo profumata, che una folata diagonale spezza e dissolve in un istante.

«Brutta cosa, quando una missione diventa una mansione», dice, ridendo, mentre si allontana. Un attimo dopo, solleva una mano in segno di scuse. «Senza offesa, Remil. Ci si vede.»

È un segugio fedele al padrone, ma lo sguardo non ha nulla a che fare con la devozione di un cane: ha la scintilla di una tigre del Bengala di duecento chili. Dal momento che non mi sta minacciando, devo pensare che la sua sia un'offerta commerciale.

«Qui al Sud c'è sempre bisogno di elementi validi», mi conferma infatti, di profilo, come in un dipinto egizio.

È un'apertura di re. Un reclutamento. L'esilio in Patagonia vendica chi è in fuga dal fallimento; non ho motivo di rassegnarmi alla logistica. Beatriz Belda è un fattore contingente; potrò rimanere qui quando lei sarà proiettata lontano dalla sconfitta. La sua influenza sarà transitoria, mentre Jalil rappresenta il potere permanente. Non male. Un agente doppio, e il futuro assicurato. Mai mettere tutte le uova nella stessa cesta, Remil.

Il Turco si gira per vedere l'effetto della sua proposta; poiché non trova altro che una certa indifferenza, sorride come un tennista che abbia perso una palla per un millimetro, lancia lontano il sigaro e mi dà una pacca su una spalla. Ci saranno altre palle e altri game. Estrae i guanti di pelle.

«Sei mai andato a caccia di cervi?» chiede all'improvviso.

«Mai.»

«Sei fortunato», dice, sistemandosi i guanti. «Non è stagione, ma un amico ci lascia a disposizione tutto l'anno la sua riserva privata. E qui godiamo dell'immunità. Non sai quanto rilassa passare qualche giorno sulle tracce della preda, a studiarne le orme e ascoltarne i versi. Gli appostamenti nelle notti di luna piena, ad aspettare vicino allo scannatoio, sottovento.»

Con la destra a pugno, infilata nel guanto, si colpisce piano il palmo della sinistra. Mi rivolge un'ultima occhiata.

«Sei invitato», dice, puntandomi l'indice addosso. La voce si perde appena nella notte.

E poi attraversa lentamente la strada.

5

L'Inglese

Beatriz Belda impone il proprio sigillo sin dal primo giorno: è iperattiva e dinamica; per lei la nostra è una corsa contro il tempo, come se ogni minuto valesse oro e ci stessimo giocando la pelle. È la logica dei presidenti neoeletti: approfitta della luna di miele per avanzare il più possibile, perché dopo non ci sarà più credito. Così la sua squadra di sondaggisti allunga il passo, disseziona umori e pregiudizi della gente, e intanto continuano le interviste faccia a faccia con funzionari, dirigenti e penalisti, civilisti e specialisti in diritto commerciale. Assolda immediatamente un ex procuratore generale di Buenos Aires, tale Marquís, che ha già svolto per lei un po' di lavoretti sporchi in diverse amministrazioni, e gli chiede di installarsi provvisoriamente in un ufficio al pianterreno, dove stanno preparando un organigramma alto dal soffitto al pavimento, con i nomi di membri della Corte d'Appello e dei giudici di tutti i tribunali. Nella stanza accanto, Palma sta montando una console; interagisce con la Cueva e con un pugno di hacker in remoto ed esperti audio presenti in carne e ossa che utilizzano apparecchiature supertecnologiche, predispone uno scudo di sicurezza per i nostri sistemi e tanto per cominciare attiva un Alien Spy per tenere sotto controllo la famiglia del governatore, l'assessore all'Economia e quello alla Cultura. Jalil, per ora, rimane fuori: non voglio che scopra così in fretta i nostri movimenti. «Le protezioni che ha predisposto per il suo capo sono di pessimo livello», annuncia Palma, dando una leccata maliziosa a un lecca-lecca scuro. «Se tutto quello che hanno è fuffa di quel genere, stanno nel Paleolitico.» In effetti, la tecnologia di Jalil dev'essere antiquata, e i suoi uomini piuttosto grezzi, eppure con quei pochi strumenti il Turco è riuscito a guadagnarsi un posto nel cuore del potere. Non bisogna sottovalutarlo.

Non passa neanche una settimana e arrivano manager inviati da Leandro Cálgaris. Sono gli amministratori delle sue imprese edili. Belda li accompagna nell'ufficio di Cerdá e organizza una cena con Farrell in un ristorante grazioso in riva al fiume: otterranno un maggior numero di appalti con clausole su misura e senza grossi investimenti anticipati. Non passano quindici giorni e Marquís organizza un incontro nello studio legale di una delle famiglie più antiche della città tra Belda e tre avvocati di Buenos Aires. Gli ospiti sono caduti in disgrazia e in cerca di riscatto; i padroni di casa hanno i contatti e un'ottima reputazione sul campo, tuttavia hanno raggiunto la quota di tangenza. La fame e la voglia di mangiare. BB vuole che entrino in società, che Marquís sia il tramite con il governatore. È una riunione esplorativa, un gioco di stime, ma l'idea è precisa: utilizzare quello studio allargato per intercettare le principali cause a favore e contro lo Stato, con la possibilità di avere informazioni privilegiate, amici da un lato e dall'altro del banco, oltre alla chance di associare studi esterni, con i quali dividere profitti da capogiro. Il piano è offrire soldi facili ai giudici, i cui fantocci vincerebbero processi in vista di un ricco pensionamento. Un vecchio trucco, che funziona sempre: i giudici ricambiano favori rallentando i procedimenti penali contro le forze al governo e accelerando quelli contro l'opposizione, pronunciandosi in modo conveniente. Se abboccano, possono salire nella gerarchia; se non lo fanno, la carriera si fa lenta e non arrivano molto lontano. «Il metodo di Farrell è piuttosto grezzo: la bustarella diretta», confessa Belda, di fronte a un bicchiere di Talisker. «Bisognerà convincerlo a modernizzarsi.» Di fronte ai nuovi arrivati, Marquís le pone una domanda di cui conosce perfettamente la risposta: «E con i dissidenti, che cosa si fa?» Beatriz solleva lo sguardo e fa un cenno nella mia direzione: «Per quelli c'è Remil».

L'accordo però è ancora in una fase preliminare. Beatriz insiste sul fatto che quel progetto ambizioso appartiene alla seconda tappa, quando Farrell avrà ottenuto risultati concreti e si sarà messo a novanta gradi; nella terza fase si prenderà il controllo del dipartimento per la Sicurezza, e questo scatenerà la terza guerra mondiale. Adesso la priorità è l'immagine, quindi è il momento di Diana Galves e dei suoi sinuosi addestramenti. La diva coglie l'attimo e ottiene tre ore al giorno con il suo allievo. La sera è già in preda allo sconforto. «È proprio scemo, santo cielo!» La stratega la sostiene e conforta, a volte l'accompagna alla residenza del governatore e segue le prove intensive in uno studio televisivo. Gli hanno suggerito una conversione estetica graduale, in modo che la metamorfosi non richiami l'attenzione. Il sarto di Buenos Aires però non perde tempo, espone il campionario e prende le misure. Fa tenerezza sapere che una nutrizionista sta massacrando Farrell e che suo figlio Alejandro si diverte nel ruolo di personal trainer: gli aneddoti sono imbarazzanti, poveretto.

Le signore non si accontentano di trasformare quel Neanderthal in un essere umano: fanno il lavaggio del cervello a Cerdá affinché tenda il piattino con gli appaltatori, e a Lolo Muñoz perché ingaggi un pianificatore di eventi di Buenos Aires. Nei fine settimana, Diana si sposta nella capitale per gli appuntamenti fissati dal pianificatore: la sua fama è garanzia che un festival cinematografico rispetti un alto livello professionale e che la Provincia non baderà a spese. È un lavoro di fino con società di distribuzione, registi, attori e sceneggiatori. Tre mesi più tardi c'è già una data, nomi che si sono impegnati e una struttura ricettiva assicurata.

Le due amiche conducono una vita rigorosa dal lunedì al venerdì. In genere cenano insieme al ristorante gourmet dell'Hotel Río Azul, commentando le chiacchiere della giornata. L'attrice sembra sempre annoiata e stanca. La stratega, da parte sua, ha un'energia inesauribile e un atteggiamento da guerriera. Per farla rimanere concentrata e sul pezzo, BB regala a Lady Di trattamenti estetici e un anello in oro bianco con granati arancioni, opale nero e diamanti Cartier. E cerca di portare sempre il discorso sul tema del cinema: sa che l'unica cosa in grado di entusiasmare la sua socia è essere corteggiata dai pope dell'industria della celluloide. Tutti abbiamo un prezzo. Nessuna delle due donne mostra segni di appetito sessuale nei confronti di nessuno, né dà confidenza a uno qualunque dei membri della Conigliera; Belda intrattiene con loro rapporti esclusivamente funzionali. Un paio di volte invitano Maca a bere qualcosa, per parlare di astrologia. La Grassa sta incollata ai sondaggisti e ha l'ordine di trarre conclusioni collaterali sulle analisi qualitative. Indipendentemente da quel compito, esamina le trascrizioni delle intercettazioni e stende profili psicologici del governatore, della moglie e dei figli. Ogni tre giorni il colonnello riceve un rapporto via mail sulle mie attività, che su richiesta di Belda si limitano per ora a funzioni di accompagnatore, controllo del territorio sul quale dovrò operare e incontri furtivi con nemici del Turco, che in cambio di mance sganciano dati sulla struttura dei servizi di intelligence. La mia messa a terra è, come sempre, l'attività fisica: tutto si concentra nel club sportivo Convergencia, la cui squadra è finita in cima alle classifiche due anni fa, patrocinato dai Farrell come se fosse roba loro. È l'orgoglio della Provincia, e nel corso della settimana si possono vedere il governatore e il suo primogenito nel palco presidenziale. È cosa nota che Farrell viaggi con gli amici in tutto il Paese sull'aereo sanitario, per non perdersi nemmeno una partita. Fino a poco tempo fa era una squadra discreta, ma all'improvviso ha assoldato calciatori di fama internazionale, ottenendo il miracolo. Accompagno le signore a vedere un incontro regionale, poiché Beatrice sembra molto interessata; Diana passa il tempo a firmare autografi e a dire sciocchezze. Il club dispone inoltre di una piscina olimpionica, sala pesi, piste per la corsa, ring per la boxe e sale in cui praticare le arti marziali, oltre a un campetto di calcio a cinque dove ogni tanto mi diverto. Incrocio spesso Alejandro Farrell, che arriva in Audi o con la Porsche, si ammazza di triathlon e sfoggia le sue abilità nel taekwondo.

Il mio principale compare è il commissario Romero, con il quale vado spesso a bere una vodka al pub irlandese, mentre ci scambiamo informazioni. Il Grande Jack presenta un rapporto crudo e veritiero sulla situazione all'interno delle forze di polizia. «Metà sono corrotti e l'altra metà fascisti», dice a BB, che lo ascolta con gli occhi socchiusi. «Quelli corrotti non sono fascisti. E viceversa. Per corruzione intendo le solite cose: zone franche, rapine arrangiate, sequestri occasionali e smantellamento di auto rubate. E com'è ovvio commercio di droga al dettaglio, ma in scala significativamente più bassa, in confronto ad altre province.» Belda apre il taccuino e scrive qualcosa: *Farrell può usare il pugno di ferro*. Il commissario batte il dito sul portasigarette in metallo e relativizza: «Perché la polizia non è sotto il controllo dei narcos? Perché qui non si paga pedaggio come altrove? È questo che mi interessa, soprattutto. Forse la protezione si paga sotto altre forme? Dobbiamo continuare a indagare, signora, perché il mare è profondo e sono sicuro che da quel canale passino tonnellate di roba. Insisto, però: non è una cosa che si faccia gratis. In qualche modo si paga. Ma come?»

Beatriz passa un intero sabato, dall'alba a mezzanotte, con Sinatra in sottofondo, mentre approfondisce e corregge a matita uno scritto redatto da uno dei suoi sociologi. Domenica chiede a Maca di rivederlo e nel pomeriggio apportano insieme nuove modifiche su un notebook. Il lunedì, di buon'ora, manda via mail l'allegato di cinquanta pagine a un giornalista di Buenos Aires, che vende la propria penna per operazioni di marketing su un quotidiano di economia, una testata prestigiosa ma di scarsa tiratura e in grave declino, il cui nome, tuttavia, ha ancora una certa influenza in Patagonia. L'acquisto di quello spazio è spaventosamente a buon mercato, viste le ripercussioni che avrà, gli echi e la successiva risonanza su giornali governativi, programmi radio e televisivi che vanno a braccetto con il nepotismo e la voce del potere. Prima che la bomba esploda sulla stampa, BB consegna di persona il dossier al governatore, e l'indomani mi chiede di accompagnarla in una città in mezzo al deserto. Il regno povero dell'oro nero, fondato dalla Standard Oil, accanto a una strada statale e una laguna. Nata come centro minerario, è una cittadina asfaltata a metà, con ventimila anime che vivono in un clima arido, venti fortissimi e una rilevante escursione termica. Nel viaggio, andata e ritorno, ascoltiamo *All Alone*, *Moonlight Sinatra* e l'antologia del 1980, vessati dalle raffiche e dalla sabbia che ci colpiscono riducendo la visibilità. Il sindaco ci aspetta in un edificio pacchiano, concepito nell'ambito di un progetto di edilizia federale. È un *caudillo* autoctono e subdolo dagli occhi a mandorla, che tutti chiamano il Cinese. Sfoggia una serie di ritratti di Alfonsín e una foto in tarda età di Yrigoyen. Ci offre un mate improbabile, che Belda rifiuta con diplomazia. È un'area no smoking, ma fumiamo tutti e tre serenamente. La porta è chiusa, possiamo andare subito al sodo. Beatriz apre il discorso e lo chiude lentamente attorno al collo del suo interlocutore. Comincia dalla situazione economica della Provincia e dalle incertezze sul fronte elettorale; affronta il quadro fiscale di quel Comune e le difficoltà del Cinese nel gestire persino l'elettorato di riferimento, che la stratega sembra conoscere molto bene. Il Cinese l'ascolta con il distacco e il sospetto di un gatto. Di tanto in tanto si oppone a un'affermazione della signora (mai niente di importante) e infila qualche interiezione, come a dimostrare che è ancora vivo, sebbene in generale resti in attesa di un'offerta. Che alla fine arriva. BB gli consegna la cartellina con il dossier e gli parla di Apolinario Farrell. Un uomo che si è distinto sui monti, sebbene fosse cresciuto nel deserto. Uno dei primi coloni di quelle terre, uno dei padri fondatori, che dovrebbe essere l'orgoglio della comunità locale. Al di là di qualunque affiliazione. Il Cinese sfoglia le pagine, serio come un malato terminale. Sorride appena quando lei finisce di raccontargli le peripezie mai vissute da Apolinario e gli illustra i vantaggi concreti che rappresenterebbe per la sua amministrazione (contributi straordinari e diretti), per la sua immagine pubblica (il plauso di entrambi gli schieramenti politici) e per le sue tasche (un pagamento in contanti alla fine di ogni mese). «Tutto questo per una targa?» chiede cinico. «Un decreto, una targa e un discorso», precisa Belda. «E un'accoglienza affettuosa al governatore in occasione di una cerimonia trasmessa in televisione.»

Al contrario di altri personaggi politici, il Cinese non

chiede tempo per pensarci: il gatto passa dalla circospezione alla contrattazione, e si concentra mezz'ora a prendere appunti al fine di evitare gaffe e mettersi in tasca i soldi. Ratifichiamo gli accordi con una stretta di mano e torniamo a casa.

La carambola ha inizio con la pubblicazione dell'articolo a tutta pagina sul quotidiano economico. La notizia rimbalza, com'è ovvio, su tutti i media della regione, che osservano una fedeltà rurale e dogmatica alla voce del governo. La catena prosegue, sorprendendoci con testimonianze spontanee: vecchi scalatori che davanti a telecamere e microfoni ricordano il paladino senza pari del Club Andino, o vecchi operai dell'industria petrolifera i quali, pur di ottenere un minuto di fama, raccontano imprese che è impossibile verificare.

Due o tre giorni più tardi, il Cinese annuncia la delibera e riceve elogi dal partito al governo. Lascia interdetti la velocità con la quale gli artigiani preparano la targa che farà bella mostra di sé nell'auditorium municipale. Farrell si presenta senza barba e con i riflessi argento sui capelli bianchi, circondato da comparse che applaudono e dai flash; ascolta soddisfatto il discorso del sindaco, annuisce come a confermare gli aneddoti temerari sul suo antenato, infine abbraccia quello che dovrebbe essere un avversario politico e ringrazia versando lacrime di coccodrillo. È una sagra del consenso e della grandiosità; Farrell usa per la prima volta la metafora del condor e si lancia in proclami su quella città «di brava gente». Sembra che tutto regga: la storia parte da un giornale di Buenos Aires, ed è uno dei capi dell'opposizione a rendere l'omaggio. Il cittadino medio è affascinato, e le prodezze di Apolinario crescono di bocca in bocca. Il giorno 30 carico sulla 4×4 una borsa con dieci mazzette e attraverso il deserto per saldare il favore, mentre ripasso diverse volte i venti brani di *Nostálgico*.

BB, tuttavia, non dorme sugli allori; questo è soltanto l'inizio. Scrive aneddoti e concepisce analogie, affinché in ogni suo discorso il governatore torni a battere sul nonno e sul condor, intercalando citazioni allusive e proverbi. «Non importa che la valle sia in ombra, se in montagna brilla il sole.» E analoghe sciocchezze demagogiche. Si concentra insieme ai collaboratori sulla campagna marketing, e tre volte a settimana si riunisce con il gabinetto di Farrell valutando le misure a breve termine. Vuole assolutamente dare buone notizie e indebolire i detrattori, per i quali raccomanda uno strangolamento finanziario e i trucchi diffamanti che ha imparato alla Casa Rosada.

Insieme alla stratega, alla diva, al cane di quest'ultima e a Farrell, accompagnato dal suo *petit comité*, raggiungo il principale centro turistico della cordigliera a bordo del Learjet 60. Per non sollevare sospetti, il Cinese e i suoi correligionari viaggiano per conto loro, in auto. Questa volta si tratta di un busto in municipio. Dietro richiesta di Belda, lo scultore ha lavorato sulla base di due fotografie, una seppiata di Apolinario e un'altra a colori di Julián, motivo per cui i lineamenti ricordano quelli del nipote, più che quelli del nonno. Farrell legge dal podio la poesia di Neruda: «*Io sono il condor, volo su di te che cammini e d'improvviso in un giro di vento, penna, artigli, ti assalto e ti innalzo in un ciclone sibilante di freddo tempestoso*». Commovente. Un gruppo di sinistrorsi cerca di rovinare la festa, ma i ragazzi di Jalil li cacciano a spintoni e bastonate. Niente di tutto ciò viene trasmesso in televisione. È un giorno di sole, e c'è neve sulle vette. Si festeggia con Dom Pérignon, tartufi, frutta e cioccolato in una casa nel bosco, di fronte al lago limpido come uno specchio. Jalil e Alex mi ripropongono una caccia al cervo rosso che li aspetta a trenta chilometri da lì, ma Beatriz li convince che non è il momento e che ha bisogno di me. Nel salone, mostra i diversi bozzetti che ha ricevuto. Si accordano sulla premessa iniziale: blu e bianco, ali marroni e montagne, frasi metaforiche e vicine, con un concetto che unisca la necessità di osare all'imperativo dello sforzo condiviso per arrivare in alto. Farrell, un po' alticcio, approva tutto, generoso di lodi. Beatriz gli appunta una spilla sul risvolto: ritrae un condor con le ali spiegate. Quindi distribuisce il souvenir, tra commenti scherzosi. Tutti noi, incluso il più scettico, l'accettiamo. C'è un brindisi, e un altro ancora. Juan Domingo abbaia e rompe. La diva risponde con malizia alle avance del primogenito, lo mantiene arrapato, ma a distanza con l'abilità di una vecchia baldracca.

Quella sera, di nuovo al pub irlandese, il Grande Jack mi indica la cliente solitaria che, seduta al piano, suona pezzi di Bill Evans. Una cinquantina d'anni portati bene, magrissima ma tonica, capelli lisci e corti, un naso augusteo che le dà un'aria forte. Occhi ambrati che tendono al giallo, senza traccia di trucco e vestita in modo sobrio: pantaloni di lana grigi, camicia di seta bianca, maglione verde scuro e stivaletti in pelle marrone. Riesco a vederne le mani sulla tastiera: unghie corte e perfette, senza smalto, un piccolo anello con sigillo sul mignolo. «Si chiama Silvia Miller», dice Romero, mentre la osserva raggiante. «Non la riconosci?» La guardo meglio, cerco di immaginarla senza quelle rughe armoniose che le sfiorano la fronte e gli zigomi, senza risultato. Portano a me una vodka e a lei un Lloyd George: una parte di jerez e tre di champagne brut. Silvia non tocca il cocktail che ha davanti; è concentrata sulla musica, che tuttavia interpreta quasi con noncuranza. «L'Inglese», dice il commissario, quasi gustandosi il soprannome, e apre il portasigarette. «Era una di noi.» Non riesco a crederci, non mi quadra. «Polizia?» chiedo. «Giornalista. Ma vecchio stampo», risponde.

Suona un altro pezzo, immagino che stia improvvisando un po' per chiudere e bere un primo sorso. Applaudiamo, e lei sorride schiva; si avvicina al nostro tavolo e abbraccia il Grande Jack senza troppo calore. I gesti sono ridotti al minimo indispensabile, quasi aristocratici. Magari è nata nella bambagia, ma poi qualcosa è andato male e ha dovuto farsi da sola e rischiare tutto, cerco di indovinare. Non ha mai perso, comunque, né la classe né lo stile. Prima che Romero abbia tempo di presentarmi, lei mi tende la mano e mi scruta con gli occhi ambrati, una radiografia lieve ma intensa. È una sopravvissuta, è abituata a nuotare con gli occhi bene aperti e a riconoscere con una sola occhiata i mostri degli abissi.

«Mi chiedo perché una sociologa abbia bisogno di due squali bianchi», butta lì, mentre prende posto.

«Si possono forse dare consigli, se non si conoscono i buoi con i quali stai arando il campo?» ribatte il Grande Jack scrollando le spalle. «Era un po' che non ti si vedeva. Come mai da queste parti?»

«Ho preso un po' di porte in faccia», fa lei, rifiutando l'offerta di una sigaretta. Il tono è austero, senza tristezza né rancore. «Succede, quando sei giovane, vuoi vincere il Pulitzer e credi di lavorare per il *Washington Post*.»

«La conosco da quand'era una ragazzina», mi spiega Jack, giocherellando con il bicchiere. «I vecchi segugi delle redazioni le davano corda perché era bella.»

«E pure i commissari», ribatte lei, accennando una risata.

«Solo all'inizio, perché poi facevi paura.»

«La cronaca nera era un'ottima gavetta», dice, alzando gli

occhi al cielo. «La migliore in assoluto. Sempre se te ne andavi in tempo. Io non l'ho fatto, ma non sono nemmeno rimasta. Volevo le prove che i fondi della polizia fossero legati alla politica. E non mi sono più liberata di quell'ossessione.»

«Brutta cosa, Silvia.»

«Davvero pessima.»

Un tizio ubriaco e la bionda che si trascina dietro si mettono al pianoforte e cercano di suonare *Feelings*, duettando in inglese e in spagnolo. Stonano con le dita, la bocca e il cervello. L'Inglese non si volta nemmeno a guardarli. Finisce il Lloyd George e si asciuga le labbra; incrocia gambe e braccia, come se avesse freddo.

«Ero disoccupata, e ho risposto a un annuncio. Un produttore di acciaio e laminati voleva dare vita a un giornale in Patagonia, presumo per ungere le relazioni con i politici e difendersi dalla corruzione. Non mi facevo illusioni, ma c'era l'aura romantica del Sud e tutte quelle cazzate, e io avevo una gran voglia di andarmene il più lontano possibile.»

«Non suona male.»

«Uno scenario di cartone. Volevano i comunicati ufficiali senza dare nulla in cambio, e pretendevano di vendere ai lettori indipendenti. Per fare una cosa del genere ci vogliono palle e perseveranza, ma non avevano né le une né l'altra. Tempo due anni e hanno cominciato a fare retromarcia e a correggermi i pezzi. Era una linea editoriale schizofrenica che non faceva contento nessuno.»

«E tu sei senza speranze.»

«È vero, Jack», ammette. «Mi fanno venire il latte alle ginocchia. Potrei prenderlo come un lavoro e trovarmi un marito, fare un figlio e passare il tempo a leggere Proust. Ma a quanto pare nemmeno quello fa per me.»

Mi guarda mentre pronuncia quelle ultime parole, e la

cosa mi sorprende. Ordino un altro Lloyd George per lei e una vodka per me. Lei prende il portasigarette di Romero e gioca con i riflessi della luce. Anche l'ambra dei suoi occhi brilla. Ha smesso di fumare due anni fa per ordine del medico, ma ne ha sempre una gran voglia.

«Avrai già capito com'è finita la storia», dice, quando il commissario la invita a continuare. «Articoli che finivano nel cestino dei rifiuti o uscivano tagliati, tensioni, crollo delle vendite. Una lunga agonia. Finché il vecchio *caudillo* non ha spedito uno dei suoi soci a comprare una quota del giornale, e mi hanno offerto una buonuscita. Non ho accettato con le buone e mi hanno cacciato con le cattive. Ho ottenuto un programma radio, e continuavano a minacciarmi. Ovunque. Finché non mi sono chiusa in casa e ho aperto un blog che ha più lettori del giornale e meno pubblicità di un obitorio. I potenziali inserzionisti hanno paura, Cerdá li chiama dal suo ufficio nella sede della Provincia e li minaccia. Farrell mi ha messo sulla lista nera.»

«E i soldi?» chiede il Grande Jack, sfregando l'indice e il pollice.

«Una borsa di studio che ho avuto grazie a un seguace di Alfonsín. Ma non mi sono mai interessati, lo sai. Non mi serve molto, per vivere; sono uno scarafaggio dalla pelle dura.»

Romero ride di gusto e fa un brindisi con lei. Mi sento a disagio, e non capisco il motivo. Non è perché stiamo fraternizzando con il nemico, ma per qualcosa di inafferrabile che emana dall'Inglese.

«Ricordo ancora il farmacista», dice, e scosta all'indietro i capelli corti, scoprendo il viso spigoloso, dalle linee verticali.

«Non so se conosci la storia», mi chiede il Grande Jack.

Faccio segno di no, e metto in bocca un pezzo di ghiaccio. L'ubriaco e la bionda ci riprovano con *Bésame mucho*, imitando due americani con una pessima pronuncia e un fraseggio insopportabile.

«Era il mio informatore, siamo diventati amici», dice l'Inglese all'improvviso, senza distogliere lo sguardo dal protagonista dei fatti che mi sta raccontando.

«Un giorno mi ha chiesto se avessi mai ucciso nessuno, e che cosa si provava», aggiunge il commissario, dandomi qualche colpetto sulla spalla con il portasigarette. «La piccolina era molto intelligente, e non ho avuto cuore di deluderla.»

«Non mi ha raccontato l'ultimo, ma il primo, se non altro», dice lei, osservandosi l'anello con il sigillo.

«Ero a capo di un commissariato nell'hinterland. Succede che, una sera, un figlio di puttana entra in una farmacia sparando, aggredisce brutalmente uno degli addetti e scappa con la cassa. Lo abbiamo preso due settimane dopo, e ho convinto il farmacista a un confronto all'americana. È difficile, perché per quanto ti trovi dietro un vetro e sai che non possono vederti, il tuo nome e gli estremi del tuo documento rimangono nel dossier della polizia, e tutto si viene a sapere. È finita che lo ha riconosciuto, e lo abbiamo sbattuto in gabbia. Non ci è rimasto molto, però, e quando è uscito è andato a cercare vendetta. Il farmacista lo ha visto arrivare e si è nascosto in bagno, ma il bastardo si è infilato nel retro con la pistola, ha preso per i capelli la moglie e la figlia di tre anni e gli ha gridato che, se non usciva, le faceva fuori. Lui è uscito tremando, lo stronzo lo ha costretto a inginocchiarsi e gli ha sparato davanti alla famiglia. Quando sono arrivato, la moglie avrebbe voluto uccidermi. 'Lei gli ha giurato che non correva rischi', mi accusava, piangendo come una Maddalena. Io ingoiavo bile, mi sentivo una merda. Abbiamo cercato quel delinquente casa per casa, un giorno dopo l'altro.

Quando l'ho trovato, gli ho sparato senza dargli il tempo di fiatare. Non so nemmeno se fosse armato. L'ho abbattuto su due piedi. 'E sai cos'ho provato, ragazzina?' ho chiesto all'Inglese, che a quel punto era bianca come un lenzuolo. 'Un grande sollievo e una grande gioia, questo, ho provato. Qualcosa da obiettare?'»

«Non ci ho dormito tutta la notte», ammette Miller, a testa bassa. «Ho sempre denunciato i grilletti facili, e adesso c'era quel commissario che mi piaceva e io non sapevo che cosa fare.»

«Poi ha mandato in galera molti suoi colleghi per saldare il debito», mi spiega Romero. «Ogni volta che denunciava un giornalista che aveva passato il segno, mi dicevo: 'L'Inglese li fa fuori tutti perché non ha voluto far fuori me'.»

«E avevi ragione.»

«Questa non è una guerra tra buoni e cattivi, ma tra migliori e peggiori», sentenzia il Grande Jack, sollevando il bicchiere, come se fosse una dichiarazione di principi o un altro brindisi. Vuota il bicchiere e guarda il quadrante del Longines. «Torno alla Conigliera, domani attacco presto.»

Sto per alzarmi per seguirlo, quando sento la mano di lei sul braccio.

«Non si lascia sola una signora all'ultimo sorso», mi dice. L'ambra dai riflessi gialli mi colpisce per la terza volta. O la va o la spacca.

Quando il commissario si allontana zoppicando, Miller torna al pianoforte, che è di nuovo libero. La seguo con la vodka e siedo accanto a lei. Suona un altro pezzo triste e cadenzato, e intanto mi chiede di Marquís.

«Un avvocato di successo», rispondo, cauto.

«Un tipo basso, barba da moschettiere e capelli fissati con il gel?»

«Proprio lui.»

Continua a suonare, assorta, ma non sono sicuro che stia cavillando sulle norme stilistiche di Bill Evans. È intelligente, carismatica, e devo stare in guardia, perché darle corda potrebbe rivelarsi più rischioso di abbassarsi a raccogliere una saponetta nei bagni di un carcere. Adesso ha gli occhi chiusi, le dita eseguono splendidamente la melodia che tanto mi mette a disagio e tanto piace a Leandro Cálgaris. Per qualche istante penso al colonnello e al mal di gola, ma poi la pianista riapre gli occhi e di nuovo mi sorprende.

«Bisogna ammettere che Beatriz ha talento. Quella cazzata del condor e del nonno eroico funziona.»

Smette di suonare per bere un altro sorso e squadrarmi dalla testa ai piedi.

«Se tutto si limitasse al marketing e a quella diva da varietà non darebbe tanto nell'occhio», dice, modulando la voce in modo strano. «Ma... Marquís, Romero e tu? Questa è una banda.»

«È meglio se parliamo di Farrell», suggerisco.

«È questo che pensi? Potrei diventare un problema?»

«Non direi.»

Suona qualche altra battuta, quindi abbassa il coperchio e si adagia sul piano come se ci volesse dormire. A modo suo è una donna sensuale.

«In una sera come questa, non c'era uomo capace di resistere, prima.»

Accendo un'altra sigaretta per digerire le sue parole.

«Se lei ti ordinasse di darmi un giro di vite, lo faresti?»

«Ovviamente.»

«So benissimo chi sei, Remil», mi dice, un po' brilla, senza sollevare la testa. «Ho le mie fonti.»

Non la interrompo.

«Se fossi costretto a liquidarmi, che cosa faresti?»

Vacillo per qualche istante, mi chiedo se sta registrando questa conversazione. E mi rendo conto di essere uno stupido. Abbiamo tutti bevuto un po' troppo, questa sera.

«Farei una cosa veloce, un colpo alla nuca. Per non farti soffrire.»

Raddrizza la schiena e per una volta si lascia andare a una risata sincera. Passo la notte con lei nella sua modesta casa tra le rocce, la cui padrona è una gatta persiana e dove ci sono più libri che vestiti. Ha seni minuscoli e le piace mantenere il controllo, eppure vuole stare al buio, come se si vergognasse dei propri difetti. Quando mi sveglio, mi chiede di vestirmi e andarmene.

6

Ultimi secondi del Minotauro

L'architetto sembra un animale in gabbia. Cammina avanti e indietro a lunghe falcate, una mano in tasca e il cellulare incollato all'orecchio. Indossa una camicia bianca, una cravatta verde muschio e occhiali dalla montatura dorata; compensa la calvizie precoce con una barba fintamente trascurata. Si produce in gesti goffi, come se stesse per starnutire o avesse rischiato di inciampare sul bordo del tappeto. Di tanto in tanto sfila la mano dalla tasca dei pantaloni per mangiarsi le unghie. Posso osservare ogni minimo gesto grazie al fatto che il suo ufficio è al terzo piano, rivolto sulla strada, ha grandi finestre e io dispongo di un binocolo Leica. Sono seduto sulla 4×4 e comunico con Palma con il viva voce, mentre controllo le mail sul tablet. La conversazione ruota attorno al giudice Donovan, che si è rivelato un bel grattacapo. Negli ultimi tre mesi, io e Palma ci siamo occupati in prevalenza del benemerito Potere Giudiziario. Come misura preventiva, abbiamo messo sotto controllo i telefoni del Tribunale Superiore e delle aule più importanti, e ci divertiamo a origliare di piccole mazzette, riciclaggi politici, infedeltà coniugali, dipendenze gravi e tratta delle bianche. Semplice routine. Allestiamo archivi digitali virtuali, ma Belda non chiede mai di leggere i rapporti; di tanto in tanto mi invita a giocare a calcio balilla al piano superiore della Villa e, per divertirsi, si interessa dei peccati più succosi. Dopo ride come una matta, ma la cosa finisce lì. Ciò significa che nessuno oppone troppa resistenza e che il commercio dei processi viaggia con il vento in poppa. Dal canto suo, Marquís segnala tre giudici e un procuratore: non collaborano e la loro carriera dovrebbe rallentare. Nessuno dei quattro, però, ha per le mani una causa interessante o è necessario per una qualche manovra.

Il primo vero ostacolo è stato Donovan, che ha ancora una causa in corso contro Cerdá per concorso in reato, e minaccia di intentarne un'altra per fare luce sui movimenti di denaro con cui stanno organizzando il festival del cinema. Marquís scova un avvocato che è stato compagno di università del giudice e che lavora in uno studio modesto; presume che sia socio di Donovan, ma non è sicuro. Forse sua signoria è un modello di virtù e non prova interesse per la grana o la pensione. Mettiamo sotto controllo entrambi, ma dopo trenta giorni non abbiamo ottenuto prove di concorso in reato né segreti compromettenti. Sono puliti. Marquís invita a pranzo i due amici e fa loro un'ottima proposta. La settimana successiva, i microfoni di Alien Spy ci informano che stanno discutendo sull'eticità della faccenda, e che il magistrato fa il difficile. Beatriz mi ha già mandato in due occasioni a casa di un funzionario provinciale, con una borsa piena di euro, ma Donovan non cede, né con l'intimidazione né con le bustarelle. «Cosa possiamo fare?» mi chiede Beatriz, limandosi le unghie. «Che se la faccia sotto», rispondo. Non mi dà mai l'ordine, che aleggia come un suggerimento, ma intuisco che si aspetta molto da me. Donovan ha due figlie di nove e sei anni: all'uscita da scuola anticipo la madre, rallentata dalla folla, e omaggio le piccole con due proiettili FAL. Sono davvero belli: cartucce con punta in ottone, calibro 7.62 come richiesto dalle Nazioni Unite. Le bambine corrono dalla madre per mostrarle il regalo, e quando la poveretta alza la testa, in preda all'orrore, sono già sparito. Le telefonate hanno toni isterici. Il giudice si chiede se rendere pubblica l'intimidazione, ricopre di insulti il governatore e tutti i suoi collaboratori, e ci sono perfino riunioni con alcuni colleghi di Buenos Aires. Alla fine, però, non si smuove di un centimetro.

Un pomeriggio che è uscito prima del solito e si avvia verso casa, gli passo accanto senza accelerare e lo saluto senza abbassare i vetri scuri, suonandogli il clacson come a sfotterlo. Rimane paralizzato sul marciapiedi e cerca di prendere nota del mio numero di targa, che è a nome di un idraulico di Ituzaingó. Riferisce le proprie ansie a un commissario; questi gli consiglia di chiedere un incontro con Farrell oltre che con il suo socio, il quale suggerisce una chiacchierata sincera con Marquís. Donovan rifiuta entrambe le opzioni. Oscilla tra vulnerabilità e sicurezza, e non esce dal dilemma. Si chiude in un silenzio ostinato, porta avanti le pratiche del processo a Cerdá ma alla fine rinuncia al procedimento sul festival, perché il reato non sussiste. «Ci sta facendo l'occhiolino», dice Marquís. «Resa incondizionata», corregge Belda. Le rivolgo uno sguardo sornione. «Posso sgonfiare una ruota della macchina della moglie, mettere sottosopra la casa del socio, minacciarli al telefono, spaventare le bambine alle giostre o al parco giochi, distruggere il suo notebook con un Trojan Horse o farlo nero di botte», elenco. «Ma così lo spingeremmo a una pubblica denuncia. Da quello che ho sentito nelle registrazioni, sembra stanco della situazione ed è in cerca di una rapida via d'uscita. Tante belle ciance da leguleio sull'etica eccetera, ma se la fa sotto: la responsabilità della famiglia gli pesa.» BB infila una sigaretta nel bocchino e chiede da accendere; Marquís provvede.

«Cosa suggerisci?» mi chiede lei.

«Un altro pranzo, durante il quale non si faccia parola

di questi incidenti e si migliorino le condizioni economiche con un altro processo vantaggioso. Potrei partecipare in qualità di uomo di Farrell, ma non aprirei bocca e non mi toglierei mai gli occhiali scuri.»

Beatriz annuisce, il mento in alto e uno sguardo sognante negli occhi.

«Aumentiamo il premio in palio e ci aggiungiamo stanchezza e paura.»

Marquís ride. «Portare Remil è come dire al cane che può azzannargli il culo. Il messaggio arriverebbe forte e chiaro.»

«Anche a noi. Se accetta, sapremo che il processo non verrà chiuso immediatamente, ma che non andrà nemmeno molto avanti. Se fossi al posto di Donovan, metterei a dormire il procedimento e terrei quella carta come assicurazione», aggiungo.

Beatriz ci riflette alcuni secondi. Marquís le dice che suona piuttosto logico, e che in ogni caso non c'è molto da perdere.

Il pranzo segue un copione preciso. Donovan è infastidito dalla mia presenza, ma non perde mai le staffe. Al momento del dessert, mi scuso e li lascio soli. Dal tavolo, il giudice mi osserva mentre me ne vado sulla 4×4 dalla targa apocrifa. Quando arrivano i caffè l'accordo è siglato, senza che ci sia stata la minima allusione a episodi sgradevoli.

Venti giorni più tardi, sto osservando con il binocolo l'architetto e ascolto le novità di Palma: Donovan ha parlato con il suo assistente, che gli suggeriva la necessità di imboccare una nuova linea di indagine. Il giudice si è rifiutato con argomentazioni più che solide e una discreta ostinazione; l'assistente ha tentato con ragionamenti e suppliche e alla fine, sconfitto, ha buttato lì un commento insidioso sulla buona stella di Cerdá. Donovan ha alzato la voce, e l'altro ha chiesto scusa. Con un collaboratore tanto veemente in zona non è il caso di insistere troppo: magari ci sarà un'accelerata per chiudere i processi, e il procedimento in questione seguirà lo stesso destino dell'indagine sul festival del cinema.

Ancora risuonano gli echi di quel sabba di lusso, nel quale Diana Galves ha recitato con talento inaudito. Alcuni dei suoi colleghi, per lo più militanti veraci di questa o quella ideologia, non hanno abboccato, ma molti altri amano quel genere di eventi. Fragili bisognosi di successo, sedotti da qualunque patrocinatore e da qualunque flash. Gli attori, i registi e gli sceneggiatori sono rimasti affascinati dal noto carisma di Farrell e, senza voler scavare troppo, dai suoi molteplici successi nell'ambito della giustizia sociale. Il grassone a dieta, che ne ha approfittato per radersi definitivamente i baffi, li ha accolti con tutti gli onori e un sorriso da pubblicità. Quelli, in cambio di tale galanteria, hanno tributato una standing ovation a un documentario messo insieme in fretta e furia dai pubblicisti di BB sulla storia del nonno scalatore; alcuni attori sembravano in lacrime di fronte alle telecamere, mentre nell'aria risuonava una versione aggressiva di *El cóndor pasa*.

Le celebrità alloggiano nei tre alberghi migliori e gettano scompiglio tra le strade della città, dove sono reclamati per autografi e foto. Con la spilla appuntata, vengono trasferiti allo stadio del Convergencia. Dal momento che la Provincia è lo sponsor ufficiale, la stratega si è assicurata che la squadra indossasse una nuova maglietta con un condor dalle ali spiegate, una cima innevata e il cielo azzurro. Ottengono un misero pareggio, ma la sera c'è un ricevimento al quale, insieme ai giocatori, si vedono attrici e ciarpame mediatico. Gli eventi cinematografici di ogni giornata sono la cosa meno importante, poiché il vero spettacolo è fuori, e su quelle piste comanda, con un potere assoluto, la diva eterna. La quale coordina la stampa, incentiva l'obbedienza, decora i dialoghi con aneddoti improbabili e presenta Beatriz al suo entourage, affinché possa dedicarsi sfacciatamente al proselitismo. Le osservo da lontano, cercando di decodificarle. Sono mesi ormai che lavoriamo gomito a gomito, con ritmi particolarmente densi e accelerati, eppure quelle due sono ancora un enigma, per me. La sociologa non riposa mai: non le bastano le ore del giorno per studiare, partecipare alle riunioni organizzative e dare ordini precisi. Quando gioca a golf, lo fa in compagnia di un assessore o di qualche deputato; i pasti sono impegnati da valutazioni e contatti, e ogni sera si porta a letto una pila di scartoffie tecniche. Nella sua vita non c'è spazio che per l'ambizione, e sembra avere sempre il pieno controllo delle proprie emozioni. Con la diva ho meno ore di volo, perché a volte si ferma a dormire a Buenos Aires, ma a quanto si vede o si intuisce non si separa mai dalla sua energia inesauribile o dalla proverbiale attitudine da Lady delle arti. Sono testa e croce di una stessa moneta, e quando si fanno immortalare a braccetto, una con il bocchino in alto e l'altra con il cane, sembrano una sola entità. Abbandonano i propri ruoli solo a porte chiuse, dove faccio le veci di un testimone muto: lì affiora una strana complicità, entrambe abbassano la guardia e giocano a bridge, Belda si concede di essere emotiva e banale, e Galves si rivela razionale e gelida.

La sera del penultimo cocktail, che si terrà nella residenza del governatore, assisto alle discussioni sull'abbigliamento. Sembra che Beatriz si ostini a mantenere lo stile urbano e sobrio di Donna Karan. Diana, da parte sua, ha già sfoggiato diversi abiti stretti e scollati di Azzedine Alaïa; vuole passare a Versace e convincere la socia a unirsi all'avventura. Riesce a ottenere soltanto che BB attraversi la soglia di Armani con un completo top e pantaloni ampi e neri e camicia di seta trasparente. Lady Di sceglie una tunica stampata, nero, oro, rosso e blu, che le lascia le spalle scoperte, e uno scollo stile Marilyn che mette in risalto il seno. Le due non sembrano farsi remore a discutere di questi temi fondamentali né a provarsi i vari abiti, mentre io memorizzo tutte le loro elucubrazioni come se avessero un'importanza enorme e dovessero rimanere registrate nel diario di bordo della missione. Mi stupisce, anche se a questo punto non dovrebbe, che pensino alla misura dei tacchi: trampoli di dodici centimetri dissimulati dall'orlo alto e ampio dei pantaloni di Beatriz; tacco medio in evidenza per Diana. Vogliono essere diverse ma complementari, e armonizzare le stature di entrambe.

L'evento unisce ignoti e gente famosa. Alejandro Farrell assedia una modella, ma si dà da fare lungo l'intera tavolata: vuole andarsene con una preda stasera e vantarsi del bottino l'indomani. Durante queste settimane l'ho visto su sei macchine diverse, impegnato in conversazioni politiche nelle quali non ha mai evitato di esprimere idiozie di ogni genere, e a esercitarsi nelle arti marziali con *sparring partner* fidati che non osano suonargliele seriamente.

Piccoli impresari edili circondano Cerdá, che li presenta a produttori e registi morti di fame. L'ultima volta che quei capitalisti d'accatto sono andati al cinema è stato per vedere la prima di *La Patagonia rebelde*. Adesso sono i padrini eruditi di questo festival prestigioso. Seguendo le indicazioni di Beatriz, Cerdá li sta obbligando, contestualmente, a finanziare nuovi cantieri, alcuni ubicati in zone grigie o addirittura nere, in cambio di un catalogo di appalti tra cui scegliere. Palma sta incollato all'assessore: gli sembra rilevante che stia preparando il settimo viaggio in Thailandia e riceva sulla mail personale materiale pedopornografico. Da Lolo Muñoz, che continua a rendersi ridicolo tra grossi nomi della cultura audiovisiva, non ha ottenuto altro che un accenno di alcolismo e una serie di infamie minori, tra cui il versamento di una decima da parte di alcuni gruppi folklorici per la partecipazione alle cerimonie ufficiali. Del Turco Jalil non si è riusciti a sapere granché tramite le intercettazioni e le fughe di notizie: è sempre valido l'ordine di non infastidirlo e di difendere l'Armata Brancaleone dai suoi poco brillanti hacker. Palma non cade in tentazione, sebbene raccolga informazioni incrociate da diverse intercettazioni: Jalil è sulla bocca di molti, quasi sempre insieme alla paura, o a informazioni fantasiose o difficili da verificare. Il caso Donovan lo ha toccato da vicino: chiacchierando con un cugino del Consiglio provinciale, Cerdá dice che Marquís potrebbe rimpiazzare il Turco al dipartimento per la Sicurezza, e che Farrell ha «mosso mari e monti». Il Grande Jack ha scoperto che Jalil gestisce a tutti gli effetti il Convergencia, che è intestato a un prestanome e a una società con sede alle Cayman. «Ogni volta che una squadra è promossa in Primera División, l'AFA, l'Asociación del Fútbol Argentino, organizza una festa per tutto il gruppo, mogli incluse», ha riferito Romero a Beatriz. «A quel punto scelgono sei o sette dei migliori e li mandano a Bariloche, *all inclusive*. In segno di benvenuto. Il Convergencia ha fatto le cose alla grande, mandando i ventidue ragazzi direttamente a Las Vegas. Una settimana completamente spesata, puttane incluse.» BB ha sbattuto le palpebre, quando ha scoperto quel risvolto. «L'ultima volta che ho sentito una cosa del genere c'era di mezzo il Cartello di Tijuana», ha aggiunto il commissario, battendo la sigaretta contro il Longines. «Investire nel calcio argentino è un buon modo di riciclare soldi sporchi. La nostra è una Terra Promessa, signora.»

Il Turco e il Grande Jack adesso chiacchierano in un angolo: due pistoleri navigati in giacca e cravatta, lontani dall'ostentazione hollywoodiana. In assenza di Cálgaris, che comunica soltanto con Belda sulla linea sicura e via mail con Maca, il commissario è stato il mio principale interlocutore, qualcuno con cui confrontarsi, analizzare dati e pensare a voce alta. Il nostro compito principale è stato delineare a Marquís un panorama dettagliato sul funzionamento dell'organismo che occuperà a breve, oltre a una proposta di riorganizzazione che preveda un nuovo servizio di intelligence e una Perestrojka all'interno della polizia. La faccenda rimane in sospeso, perché Belda aspetta l'occasione propizia per dare la zampata. Romero, da parte sua, si è dedicato a controllare il porto e le imprese legate alla pesca, e la sera, un po' come un piacevole rompicapo, a dibattere con me sulla sparizione di Mariela Lioni. Una volta mi ha svegliato all'alba per dirmi di accendere il televisore: TN trasmetteva in diretta un'incursione a Villa Puntal, con federali e polizia provinciale impegnati in perquisizioni e sequestri su ordine di un giudice. Ho riconosciuto subito, sebbene si muovessero con discrezione, il Salteño con il suo fucile d'assalto e altri tre agenti della Casita. Cálgaris stava scuotendo l'albero per vedere se ne cadeva qualcosa. Tuttavia, stando alle notizie dei giorni successivi e le informazioni classificate che la Cueva ha confermato a Palma, non era caduta nemmeno una foglia. Solo crimini minori e qualche ricercato dalla giustizia. I Requis e i Pajuelo se la ridono come pazzi di tutti noi.

*

Al cocktail sono stati espressamente convocati corrispondenti e inviati, che sembrano interessati ai canapè più che alle stelle del cinema. Non capisco come abbia fatto a infilarsi ma c'è anche l'Inglese, senza concessioni al trucco e agli abiti di gala, con il risultato che è più elegante di tutti gli altri buffoni. Mi si avvicina con un bicchiere di acqua minerale e una nota di sarcasmo negli occhi ambrati. «Signorina Miller», la saluto. Lei accenna un inchino e si ferma accanto a me, per avere la mia stessa prospettiva. «E un giorno tutti questi fantocci si lanceranno in difesa di Farrell, diranno che è un titano del cinema e che la stampa infame cerca di infangarlo», mormora, e beve un sorso d'acqua. «Tra l'altro, il governatore è vestito benissimo. Senza baffi è molto meglio, e ha fatto progressi con la dizione. Il condor non riposa.»

Siamo andati a letto tre o quattro volte, sempre quando aveva voglia lei. E non mi ha mai offerto la colazione: mi cacciava all'alba, senza darmi modo di protestare. L'ultima volta, però, eravamo talmente ubriachi che ci siamo addormentati senza nemmeno toglierci i vestiti. Mi sono svegliato da un incubo con un forte mal di gola. E non era la fedele spina invisibile che mi porto dietro da Roma, ma un dolore intollerabile. Silvia si è spaventata: ero cianotico. Non c'è stato verso di andarmene da solo: mi ha accompagnato fino all'ospedale e ha parlato con il medico di guardia. È riuscita a farmi fare le analisi del sangue e un'ecografia. A mezzogiorno il dolore ha ceduto, e il medico si è convinto che fosse stata una specie di attacco d'ansia. Molto divertente. Ho ingoiato le pastiglie con la gola in fiamme e ho sopportato stoicamente il pugno che l'Inglese mi ha sferrato sul petto. Aveva gli occhi lucidi, ferita nell'orgoglio per quel momento di debolezza nei miei confronti. Mi ha chiesto chi mi credessi di essere, mi ha detto che non aveva nessun bisogno di me e che andassi a farmi fottere. Non si è più fatta vedere al pub e non ha risposto alle mie chiamate.

Palma le ha hackerato il computer e ha rubato inchieste, atti giudiziari, menabò e note incomprensibili. Persino un *paper* interno del dipartimento per la Sicurezza, nel quale lei viene catalogata come «altamente pericolosa». Dalla posta ha recuperato diverse mail di un oncologo; dalla cronologia di Google alcune ricerche sui linfomi. Si è introdotto anche nel server dell'ospedale, recuperando una cartella clinica: un cancro mediamente aggressivo che aveva risposto bene alla chemioterapia.

È successo due anni fa, la prognosi era buona ma con l'obbligo di controlli costanti. «Le tue donne sbavano per quello stronzo», mi sta dicendo ora, divertita in mezzo alla mascherata di vanità. Si riferisce a un casanova da grande schermo, che le due stanno mettendo spalle al muro. «Ho sentito dire che fa cassetta perché il pubblico gli legge nella mente attraverso quegli occhi viola», aggiunge acida. «L'arte di occupare le poltrone.» Quella stessa sera, al termine del party, mi invita al pub, poi mi scopa con violenza e mi prepara la colazione, con grande stupore della sua gatta. Devo andarmene presto perché al teatro c'è la consegna dei premi, e Beatriz esige che noi si sia tutti presenti. Una lunga e noiosa sfilata di ego e ostacoli, nella quale emergono solo le battute dell'ineffabile Lady Di e i guai combinati da Juan Domingo.

Alle quattro del pomeriggio, la comitiva torna a Buenos Aires con un volo di linea. Tutti tranne uno, il belloccio dagli occhi viola. BB mi ordina di andare a prenderlo alla pensione dove alloggia e di portarlo al suo hotel. Salgo con lui fino alla suite, dove le due amiche lo aspettano con due bottiglie di Cristal. Strano che Beatriz abbia messo da parte il Talisker per questa veglia più intima. Mi accompagna all'ascensore e mi informa del programma: devo tornare a prendere il belloccio alle dieci di mattina, passare dalla pensione, caricare le sue valigie e lasciarlo alla pista speciale. Il governatore ha fatto preparare l'aereo sanitario. Non ci sono inflessioni particolari nella sua voce, come se fosse un'operazione politica per sostituire un deputato. Le rispondo con lo stesso tono neutrale ed eseguo alla lettera le istruzioni. La rivedo da solo alla Villa, tre sere dopo: sta giocando a pool con Romero, che beve un whisky come lei. Ha mandato via il resto della squadra; la casa è vuota e c'è Sinatra in sottofondo.

«Sono arrivati i risultati degli ultimi sondaggi», comincia, piegandosi per dare un effetto maggiore alla palla. «La popolarità di Farrell ha fatto un salto. Sono numeri molto al di sopra delle nostre più rosee aspettative. Mi sta baciando i piedi.»

Ha un tocco energico, improvviso, in linea con la sua personalità. Palle che colpiscono le sponde, una scivola in buca. Beatriz sposta lo sguardo da me a Romero.

«Le ricerche qualitative mostrano fino a che punto è stata efficace la nostra campagna marketing. C'era una forte percezione negativa che è scesa di molto, soprattutto tra le donne. Bisogna lavorarci ancora, ma siamo sulla buona strada. Lui è euforico, ovviamente. Anche se non gli ho portato chissà quali notizie.»

Fa il giro del tavolo per trovare l'angolazione migliore e si china sul tappeto. È destrorsa, e anziché curvare l'indice e il pollice preferisce far riposare la stecca tra le dita, con uno stile più diretto. Il tiro parte come una frustata, ma non va a segno, e lei sbuffa. Il commissario riprende il gioco con gesti misurati. È un grande giocatore di biliardo, un signore della vecchia scuola, ma questo è pool e cerca di adattarsi. Beatriz torna al proprio bicchiere e spiega. «Le principali resistenze hanno a che fare con alcuni pettegolezzi locali. C'è gente convinta che uno dei suoi figli abbia ucciso una ragazza e che abbiano insabbiato tutto.»

«Un omicidio? Il più grande o il più piccolo?»

«Flavio, il minore. Una sua vecchia amica è stata trovata morta in una casa di campagna, e si è diffusa la voce che si vedessero di nascosto dal marito di lei. Il giudice, a quanto ho visto, è sul libro paga di Farrell, ed è stato promosso alla Corte d'Appello. Deve aver fatto un favore a qualcuno.»

Osserva le evoluzioni dell'avversario e strofina distrattamente il gessetto sulla punta della stecca.

«Non so se è una leggenda metropolitana, una falsa voce uscita da qualche fabbrica di fango o se c'è qualcosa di vero.» Solleva lo sguardo su di me. «Sui giornali di governo non ci sono stati articoli veritieri, e il poco che ho trovato era in quel blog sensazionalista della tua ragazza.»

La definizione mi coglie impreparato, ma non batto ciglio, per non darle soddisfazione.

«Che sia vero o no, gran parte di quelli che lo detestano, e anche di quelli che lo appoggiano, sono convinti che suo figlio l'abbia fatta fuori e che lui lo abbia tolto dai guai», conclude, schiacciante. «È la frase di rito a qualunque *asado*. E produce discreti danni.»

«E Farrell, cosa dice?» chiedo.

«Che cosa vuoi che dica? Che loro non c'entrano niente e sono tutte stronzate.» Si stringe nelle spalle. «Gli ho detto di stare attento, perché il veleno si allarga sempre di più, e se non facciamo qualcosa il suo indice di gradimento andrà a sbattere contro un muro.»

«Quanto rischia?» chiede il Grande Jack, che ha avuto

la delicatezza di commettere un errore per cedere il gioco all'avversaria.

«Non riuscirà nemmeno a farsi rieleggere, con quei numeri», riflette lei, studiando la posizione delle palle. «Gli ho suggerito di studiare a fondo il caso, di individuare i punti deboli per neutralizzarli, eventualmente, e costruire una storia diversa. Come per il condor. Un racconto soddisfacente che lo metta al riparo dalle maldicenze.»

Il colpo esplode come una bomba. Né io né Romero vediamo le palle che schizzano via.

«Se c'è stato un complotto, Jalil era coinvolto», commenta il commissario.

«Farrell non è ancora convinto di sostituire Jalil con Marquís, ma si sta lavorando il Turco, tanto che gli ha ordinato di mandarmi i faldoni su Carla Jakov. Stamattina erano nel mio ufficio. Sono ventiquattro, e mancano gli atti del processo.»

«Carla Jakov», ripeto.

«Una maestra, era compagna di corso di Flavio alla facoltà di architettura. La tua ragazza ipotizza un triangolo amoroso e non so quali altre cazzate. Farrell giura che l'abbiano voluto incastrare per metterlo in difficoltà. C'è stata una marcia del silenzio, hanno fatto arrivare dalla capitale il CELS, le Madres de Dolor e qualche associazione impegnata nella lotta al femminicidio. C'è stato un principio di incendio, poi le fiamme sono diminuite e adesso rimangono solo le braci, ma bruciano come l'inferno. E sono pericolose.»

All'improvviso sembra che Beatriz Belda si sia stancata del pool: butta la stecca sul tavolo e prende il bicchiere per l'ultimo sorso.

«Voglio che ti concentri su questo punto, Remil», dice, con la voce che trema. «Il tempo stringe: usa Palma e Maca;

Romero ti aiuterà a ragionare. Quanto a lei, commissario, non si allontani troppo né dalla città né dagli affari di Jalil: bisogna andare a fondo e metterlo alle corde. Se non facciamo saltare quella porta, non entreremo mai. Mi seguite?»

La seguiamo perfettamente. Beatriz va a dormire; noi ordiniamo pizze e birre gelate e passiamo sei ore a studiare i rapporti di polizia e i quindici articoli scritti dall'Inglese. A prima vista, il dramma ha cinque personaggi. Il primo è il già citato Flavio Antonio Farrell. Alunno brillante che, diventato architetto, non ha mai esercitato; è risaputo che vive dei soldi di famiglia e passa il tempo da solo, disegnando e giocando a tennis. Ha cominciato a lavorare a un megaprogetto per il nuovo edificio della sede del governo, ma ha perso subito l'entusiasmo ed è stato un collega famoso a occuparsi della realizzazione. Ha conosciuto la vittima in facoltà: Carla Jakov, la Polacca, rockettara trasgressiva, hippie impegnata nel sociale e pittrice amatoriale. *Morocha* dai capelli lisci e fascia in fronte, treccia lunga fino al coccige, fisico armonioso, labbra carnose, seno extralarge naturale. Esplodono le galassie. I due vivono un idillio sessuale che lui dà per chiuso dopo un anno e mezzo. Hanno un amico comune, Ezequiel, Quelo per gli amici, studente di scarso talento ma di grande impegno, magrolino insignificante e irrequieto che pochi mesi dopo si mette con la Polacca. I tre si arrangiano per tenere incollata l'amicizia con lo sputo. Lei cambia facoltà e passa a Magistero, mentre si iscrive a corsi di arti figurative. Disegna con il carboncino, dipinge acquerelli su tela e con vernice spray su acrilico; sposa Quelo, che tradisce con alcuni artisti di passaggio e accetta che Flavio le trovi una galleria in cui esporre le sue idee geniali. A scuola è un'insegnante permissiva e complice; il pomeriggio dipinge nella casa di campagna che le ha costruito

Quelo e di tanto in tanto frequenta i bar dei bohémien. È indipendente, incostante e imprevedibile; ama infrangere le regole. Il quarto protagonista è il padre di lei: Luis Jakov, il Gringo, immigrato polacco, contadino ed ex proprietario di una piccola ferramenta. Diventato vedovo prematuramente, cresce come può la sua unica figlia. Più o meno benestante, è in pensione, in simbiosi con il proprio giardino. È un sempliciotto dalle guance rubizze, non ha mai toccato un'altra donna dopo la meticcia che aveva sposato. Si sposta ancora sulla Ford Falcon Rural acquistata nel 1981. Il quinto personaggio è marginale; una vicina di Quelo, il cui unico e disinteressato ruolo è quello di avere visto spesso il figlio del governatore da quelle parti: la sera del delitto era uscita nel portico e aveva scorto la Peugeot 308 bianca di Flavio Antonio Farrell sulla strada sterrata. Quando è rientrato, all'incirca alle nove di sera, Quelo ha trovato la moglie ormai morta. L'autopsia rivela che è deceduta in seguito a un colpo letale, un fortissimo pugno alla tempia che le ha spezzato anche il collo. Non è stato rubato nulla, lei non è stata violentata, non c'erano tracce evidenti né microscopiche. Un pezzo dei Led Zeppelin suonava da tempo. C'erano i segni degli pneumatici di diverse automobili, una delle quali è risultata essere una Peugeot. Flavio ha reso una dichiarazione scritta, nella quale dice che erano ancora molto legati e che il giorno precedente era stato a trovarla per fare due chiacchiere e parlare della mostra di un pittore d'avanguardia di prossima apertura che volevano andare a vedere insieme. L'introspettivo Flavio ha negato di aver avuto una storia con lei, ma non è riuscito a fornire un alibi di ferro per quel pomeriggio: dice di essere rimasto nel suo appartamento a guardare serie tv e nessuno può confermare né smentire. Il vedovo, invece, ha dalla sua un cliente che lo ha tenuto occupato fino a sera. Ha giurato di non essere mai stato geloso né di Flavio né di nessun altro, e che non c'era nessuna crisi tra lui e la moglie. L'Inglese descrive con precisione la quantità di negligenze, indugi e trucchi dispiegati dalla polizia («una macchina semina ostacoli») e la montagna di mezzi di prova che né il giudice né il procuratore hanno il coraggio di chiedere. Ha due colloqui con il Gringo Jakov, il quale parla di una «mano nera» e di un nuovo crimine dei «figli del potere». È un uomo ferito, dall'animo battagliero; Silvia Miller si schiera dalla sua parte, solidale al suo dolore, e ne diventa la paladina. Non ci sono inesattezze nei suoi articoli: ogni dato che pubblica sul blog trova riscontro nei faldoni di Jalil.

Dormiamo quattro ore e a mezzogiorno organizziamo una riunione con l'hacker e la psicologa. Ci passiamo il mate, ma Palma rifiuta con sdegno e si tiene il lecca-lecca alla Coca-Cola. Non riesce a stare fermo, muove una gamba senza sosta, l'occhio sempre su notebook e tablet. Maca è tranquilla, seduta come un Buddha; non vede l'ora di entrare in azione. Beatriz l'ha voluta nel gruppo di sociologia e analisi, ma l'ha tenuta lontana dalle operazioni riservate. La Grassa si è dedicata più che altro a intrattenere Diana con speculazioni astrologiche, lo studio delle trascrizioni delle intercettazioni e l'approfondimento del quadro psicologico dei Farrell. Palma, come un automa, continua a intercettare la sua posta: Maca tiene in piedi il doppio gioco virtuale con il suo amore in Spagna e l'amante in Cile, adoperandosi in mille cautele nel timore di essere scoperta da una delle due. Va una settimana in vacanza a Madrid e un'altra, qualche tempo dopo, a Valparaíso. Belda lascia correre poiché non la considera indispensabile. I rapporti di intelligence sul sottoscritto che ogni tre giorni manda a Cálgaris sono generosi di interpretazioni. In qualche modo ha scoperto (forse Palma ha parlato più del dovuto) che ho un mal di gola cronico e ipotizza che stia somatizzando un «trauma fantasma», un sorprendente sintomo di angoscia che in tutti questi anni non si era mai manifestato. Cálgaris non le risponde. Avrei voglia di colpire Maca con un fortissimo pugno alla tempia che le spezzi il collo. Invece le passo il mate e la esorto a illuminarci su Flavio.

«Tutti lo considerano un genio, giudizio che lo trova assolutamente concorde», inizia, consultando un file sul proprio tablet. «Ma non ha mai dato grandi prove in quel senso. È uno di quei ragazzi che hanno visto tutto senza essere stati da nessuna parte. La politica gli dà la nausea e, in generale, ha spregio delle convenzioni sociali. Non vuole essere 'normale'. Ha sempre ceduto questo ruolo al fratello, e in diverse telefonate ne parla come di un grezzo e di un violento.»

«Non posso dargli torto», interviene il Grande Jack con il suo sorriso spettrale. «Ma non credo che la madre sia senza colpe.»

«Non lo è affatto. Delfina se ne è appropriata sin da quand'era un neonato e lo ha trasformato in un adolescente di trenta e rotti anni con velleità artistiche, che disprezza il lusso ma vive nella bambagia, guardando il mondo dall'alto. Ignora il costo di qualunque cosa, il suo habitat naturale è un appartamento da capogiro in un quartiere di fronte al fiume, con tanto di palestra, sauna e Jacuzzi in camera, dove è accudito da una cuoca e una cameriera agli ordini della madre.»

«Questa sì che è vita!» esclama Palma, e ci mostra alcune foto della casa.

«Viaggia spesso?» chiedo, per tornare sul pezzo.

«Ha fatto il giro del mondo diverse volte», conferma l'hacker, che ha sottomano il registro delle entrate e uscite dal Paese del ragazzo. «Con donne o con amici. Mai con Carla ed Ezequiel. Mai con il fratello né con i genitori. Non sono andati insieme nemmeno a Disneyland.»

«Non sopporta questo 'ambiente provinciale', per citare le sue parole», riprende Maca, mordendo la penna rossa. «Ha provato a vivere a Buenos Aires, ma il tuffo nella realtà non gli è stato molto congeniale. Ha lavorato quindici mesi in uno studio, ed è stato coinvolto in un incidente davvero strano.»

«È quasi finito dentro», confermo, e cerco un link sul blog dell'Inglese. Lo trovo. «Si è picchiato con un collega in una discoteca della Costanera. Gliele ha suonate: lo ha mandato in ospedale con la milza spaccata, e per poco non lo ammazzava. Lesioni gravi, articolo 90 del Codice penale.»

«È intervenuto un amico di famiglia e ha sistemato le cose», azzarda il commissario, prendendo un bel sorso di mate. «Avrà distribuito soldi come se piovesse.»

«Evita la condanna, ma gli rimane un precedente per violenza», dice Palma, scuotendo la testa.

«Evita la condanna e torna a casa in provincia, tutt'altro che con la coda tra le gambe», interviene la Grassa, che accetta di nuovo il mate. Ogni volta che beve, poi pulisce il rossetto dalla *bombilla*. «Un dettaglio significativo, poiché dimostra che Flavio tace, ma dentro gli ribolle un vulcano, e non regge molto bene la frustrazione.»

«Dimostra che è capace di uccidere qualcuno sull'onda di un'emozione violenta», puntualizza il Grande Jack, guardandomi negli occhi. «L'Inglese lo ha fatto nero, o no?»

«Assolutamente.»

«Flavio non si spiega senza Delfina Maggi», dice Maca, aprendo un altro documento. «Passiamo alla madre?»

«Certo.»

«Figlia di due commercianti, ha frequentato la facoltà di storia.»

«Ha i tuoi stessi gusti», scherza Palma, snocciolando la lista dei titoli che la donna ha comprato in libreria con la sua carta di credito negli ultimi tre anni. Un elenco lunghissimo, con parecchio impero romano, Cina ed Egitto, e una predilezione per la Russia degli zar.

«Tito Flavio era un imperatore», confermo, e accendo una sigaretta. «Lo chiamavano Vespasiano. Ha iniziato la costruzione del Colosseo, aveva la vocazione dell'architetto. E Alessandro, un imperatore della dinastia dei Severi. Un fantoccio pusillanime nelle mani della madre e della nonna. Forse pensava ad Alessandro Magno.»

«Figli dai nomi altisonanti», riflette Maca ad alta voce, e strofina un fazzoletto sulle lenti degli occhiali rossi. «Deve avere visto in Farrell un uomo che avrebbe scritto la Storia, e la cosa l'ha attratta. Ovviamente anche per farci una famiglia. Non sembra che tra quei due ci sia mai stata passione tra le lenzuola. Lei ha sofferto di una lieve anoressia ed è rimasta subito incinta. I fratelli hanno due anni di differenza. Poi il capo mandria comincia a farsi strada, a mettersi in luce in questo paesotto dove tutti sanno tutto di tutti. Lei si chiude in sé stessa, diventa cupa, triste, apatica. E si rifugia principalmente nel figlio più giovane, facendone una sua proprietà.»

«Ed è normale, dottoressa? Sembra un amore un po' malato, no?» chiede Romero.

«No, commissario, è la droga della maternità: essere adorate per sempre», ride Maca, con sufficienza. «Il figlio è della madre. E lei è l'unica che possa riabilitare il padre, mi creda.»

«Farrell però si è preso il più grande», insiste Romero, al quale l'interpretazione psicanalitica non interessa.

«Ci arriviamo, ci arriviamo. Le attenzioni che Delfina ha dedicato a Flavio devono essere state totalizzanti; Alex probabilmente ne ha sofferto i danni collaterali e non gli è rimasto altro da fare che schierarsi dalla parte del padre, così da riaffermare la propria identità e trovare un suo posto al sole. In alcune famiglie succede che si verifichino questi accomodamenti.»

«Famiglie patologiche», ribatte il Grande Jack.

«Tutte le famiglie lo sono», rilancia Maca, che ci sguazza. «Flavio è l'opera maestra di Delfina Maggi. Alex ha bisogno di molti giocattoli perché ha un buco immenso in mezzo al petto. I due fratelli si sottovalutano, anche se per motivi diversi. Palma ha preparato la cartina farmacologica di tutti.»

«E cioè?» domando.

L'hacker si strofina la mano appiccicaticcia sulla canottiera dei Sex Pistols e apre un altro file con un gesto tremolante che vorrebbe essere umoristico.

«Ingoiano farmaci a quintali. Delfina è sotto Rivotril e a volte Dexedrina, oltre alle pastiglie per la pressione. Farrell si fa di Viagra e Atorvastatina per il colesterolo. Alex ha i suoi complessi vitaminici e l'Ecstasy, che gli procura Jalil. Flavio ha marijuana e Clonazepam.»

«L'unico che ci interessi è Flavio», lo rimprovero.

«Ci sono telefonate nelle quali Farrell si riferisce al figlio come a F.» L'hacker cerca un file audio sul desktop del notebook. Ci clicca sopra, e sentiamo la voce metallica del governatore: «Non lo so, non lo so, con F. non si può mai dire».

«Posso ritrovare tutte le volte che ne parla, Remil, ma ci vorrà qualche giorno.»

«Ho bisogno di tutte le registrazioni, le chat e le mail in cui nominano Carla Jakov e F. Tutte.»

Palma si afferra una ciocca di capelli e tira come se volesse strapparla.

«Dove sono finiti i commissari che hanno preso parte al caso?» chiede il Grande Jack, e li menziona uno per uno leggendo dal foglio che ha in mano.

Palma apre un formulario; la ricerca dura tre minuti esatti.

«Hanno avuto una promozione.» Romero batte le nocche sul portasigarette. «Tranne il disgraziato che hanno trasferito all'Unità cinofila. Deve aver giocato al bravo ragazzo. Potrei torchiarlo un po', ma rischiamo di sollevare un vespaio.»

«Meglio andarci coi piedi di piombo», freno.

Evidenziatore in mano, io e il Grande Jack ci chiudiamo in casa per cinque giorni a leggere i faldoni e tutti gli atti del processo, avuti grazie a Marquís. L'avvocato riesamina la relazione iniziale del pubblico ministero e l'arringa dell'avvocato di Luis Jakov. All'epoca dei fatti, l'Inglese ha rivelato che il legale del Gringo aveva ricevuto e rifiutato offerte di lavoro nelle istituzioni, minacce anonime e tentativi di corruzione allo scopo di farlo desistere. È un pavone dal profilo alto che si dà arie da grande magistrato. Anche quel verme ha un prezzo, come tutti, ma Farrell e Jalil non sono riusciti a comprarlo. Infine, Palma ci consegna i file che lo riguardano; io e Maca ascoltiamo e classifichiamo, giungendo alla conclusione che Flavio non è spaventato e si ritiene innocente, ma nessuno della sua famiglia gli crede. Il governo provinciale si è mosso fin dall'inizio come se il colpevole fosse lui, e questo non ha fatto che rafforzare la sua immagine di reo.

«Mah, il fatto che non sia preoccupato e che sembri al di sopra di tutto è coerente con la sua corazza di superbia», osserva Maca. Concordo.

Romero noleggia una Toyota Hilux per andare sulla costa, in cerca di informatori tra i marinai dei pescherecci. Compro alcuni dei libri scelti da Delfina e in quelle poche notti passo dai guerrieri dell'Impero dei medi agli incontri con l'Inglese, che mi trova particolarmente silenzioso. Mi tolgo dai guai parlandole dei codici segreti utilizzati dai soldati del re. L'oro del coraggio eccetera. Nel fine settimana, estendo le mie prime impressioni a Beatriz Belda, e le chiedo il permesso di passare dalla teoria alla pratica. Me lo concede, con l'avvertenza di usare cautela. Questa sera ne sto usando tanta; mentre con il binocolo osservo l'architetto e scambio qualche parola con Palma all'auricolare. Alle sette in punto chiudo la comunicazione: Quelo ha spento il cellulare, si sta infilando la giacca e abbassa le tapparelle. Un attimo dopo lo vedo al volante della sua Renault blu. Lo seguo fino in strada e mi tengo a discreta distanza. Il traffico scorre, è un crepuscolo autunnale ricco di gialli e arancioni; tra pochissimo spariranno gli ultimi raggi di sole e si abbasserà la temperatura. La casa è circondata da un vasto terreno in fondo a una stradina. Non c'è modo di arrivare al cancello senza essere visti dalla casetta con il tetto a due spioventi nel campo vicino. Prendo il binocolo e scruto il portico della signora Burgueño, la zitella che ha parlato delle visite di Flavio e della presenza della Peugeot bianca il giorno della disgrazia. Ha tre braccianti giornalieri, ma ormai è tardi, è sola, probabilmente è andata a letto presto, magari guarda la tv accanto alla stufa a legna o si sta preparando la cena: un filo di fumo sale dal camino sul retro; un cavallo baio pascola a un centinaio di metri dalla casa. Dalla trave del portico pendono nastri, croci e talismani. Una contadina superstiziosa. Scalo una marcia per dare tempo all'architetto di entrare in casa. L'abitazione è protetta dai pioppi, che la avvolgono nell'ombra. Non ha cani. Aspetto altri quindici minuti, suono il clacson, spengo il motore, cammino fino al cancello e batto le mani. Non si vede nessuno, quindi mi ritengo autorizzato a entrare e proseguire lungo il sentiero. I pitanghi stanno facendo un gran baccano. Presumo che Ezequiel mi stia aspettando con un fucile, invece appare a mani vuote. È magro, non molto equilibrato e con una faccia spiritata. Mi qualifico come ispettore di polizia e gli mostro perfino un tesserino falso.

«Stiamo riesaminando i fatti e avrei bisogno di farle alcune domande», inizio, con un tono piatto.

Lui si sfila gli occhiali dalla montatura dorata e si strofina le palpebre come se bruciassero. Non ha più la camicia bianca, la cravatta verde e le scarpe tirate a lucido. È vestito da casa, in tuta e ciabatte.

«Quante volte dovrò ripetere le stesse cose?» chiede, come se fosse una supplica. Un attimo dopo però si dà un contegno e mi tende la mano. È una persona educata. «Si accomodi. Le va un caffè?»

Mentre lo prepara, mi racconta per l'ennesima volta ciò che è successo quella sera. Fuori è già buio, e la stufa in ghisa non riesce a trasmettere calore a quel posto orfano. Non mi tolgo nemmeno il giaccone. Ascolto Ezequiel mentre guardo la vasca da bagno e mi fermo nel punto in cui ha trovato Carla Jakov. Non si vedono macchie né altri segni della tragedia; tutto è stato pulito con cura da mesi, ormai. È un salone enorme, con un soggiorno e una sala da pranzo piena di elementi *criollos*; sulla destra c'è una camera da letto e un'altra stanza a sinistra. Quelo torna dalla cucina e mi porge una tazza. Il caffè è nerissimo, nemmeno un pizzico di zucchero. Cerca un disco da un mobile e lo appoggia sul piatto. Suona *Whole Lotta Love*, ma il volume non è eccessivo. *You need coolin' baby, I'm not foolin' I'm gonna say it, yeah! Go back to schoolin' Way down inside honey, you need it, I'm gonna give you my love.* «Plant era un'iniezione di energia, per lei», dice il vedovo, senza note drammatiche. «Carla metteva il Repeat, era capace di ascoltarla per ore mentre dipingeva o ballava.»

«C'è qualcosa che mi sfugge», dico, sfogliando il taccuino. «Un problema con il cellulare di lei. C'è stato un gran chiasso in proposito.»

«Sono sparite alcune chiamate, inclusa qualche telefonata tra noi che ricordavamo o che abbiamo ricostruito», risponde, scaldandosi le mani attorno alla tazza. «La società telefonica ha prodotto una relazione, ma sembrava lacunosa. Ha letto la denuncia di mio suocero, no?»

«Era convinto che ci fosse lo zampino della polizia.» Il caffè è bollente. «E ha presentato denuncia contro l'operatore.»

«Flavio non era sull'elenco, poco ma sicuro», conferma lui con uno sguardo stremato, «ma io so perfettamente che si sentivano quasi tutti i giorni.»

Cerco di capire se quelle parole suggeriscano gelosia o risentimento, ma mi sembrano meramente informative. Ha un'aria insicura e fragile. Ripenso a una cosa che mi ha scritto Maca, dopo aver letto la sua dichiarazione ufficiale: sin dall'inizio, Quelo sapeva di essere stato un piano B per Carla, un'ultima spiaggia. Per questo aveva tollerato le civetterie e i sospiri che lei riservava al suo amante di un tempo. Era evidente che Quelo ammirava il talento del rivale quanto lei, e che entrambi lodavano la sua creatività, l'audacia e l'esotismo. Non è dato sapere se il figlio di Farrell avesse ancora rapporti carnali con la maestra, ma, se così era, il cornuto negava i fatti per debolezza.

È facile dedurre che il dipartimento per la Sicurezza si sia occupato del telefono e dell'operatore, e che la Scientifica abbia inquinato qualunque prova ci fosse stata nella casa della maestra. Il governatore e la sua famiglia sono in debito con Jalil. Confuso e disperato, nemmeno Quelo è stato di aiuto: ha sollevato il corpo di Carla, lo ha infilato sulla Renault e lo ha portato a un ambulatorio di campagna, come se lì potessero rianimarla, cosa ormai impossibile. I medici hanno chiamato la polizia, e l'architetto non è tornato sulla scena del crimine se non due giorni più tardi. Hanno trattenuto Quelo in centrale e lo hanno interrogato, in quanto sospettato di aver ucciso la moglie. Quarantotto ore nelle quali il Turco e i suoi ragazzi hanno ripulito ogni cosa. Facilissimo. Quelo era appena tornato a casa quando il risultato della autopsia è stato reso noto: all'ora incriminata, il marito era in un cantiere e parlava con un suo cliente. La polizia, tuttavia, non ha rinunciato a tenerlo in galera per un po', con il pretesto che poteva aver assoldato un killer professionista. L'Inglese ha scritto che un killer avrebbe utilizzato un'arma da fuoco, simulando un furto. Ma non mancava nemmeno una matita.

«Quello che conta è che suo suocero abbia sempre creduto nella sua innocenza», gli ricordo, avvicinando le mani alla stufa.

«È una brava persona», dice, incrociando le braccia. «Ma non riesce ad accettarlo e a elaborare il lutto. Ha letto *Siddharta*?»

«No», ammetto.

«'Il dolore è inevitabile, ma la sofferenza è facoltativa.'»

«Lei non sente il bisogno che sia fatta giustizia?»

«E a cosa servirebbe? Carla era un vulcano, aveva mille difetti deliziosi, combinava guai di ogni genere ma era così diversa, così originale e così affascinante… Non c'è stato un solo istante in cui non mi abbia colmato con la sua luce.»

«Ma quella luce si è spenta.»

«E non importa chi lo abbia fatto e perché. Si è spenta e non tornerà. È l'unica cosa che importi», conferma.

«E il vecchio Jakov come prende questa filosofia buddhista?»

«Come una pugnalata. Come altro potrebbe prenderla? Gli rimane soltanto la lotta. Lo tiene in vita, anche se è molto fragile.»

«Non sta bene?»

«Ha avuto tre infarti, due dei quali piuttosto gravi. Lo hanno anche operato, gli hanno messo un triplo bypass, ma è un testone e non segue né la dieta né i consigli del cardiologo. Credo che non prenda nemmeno le medicine. Forse vuole morire.»

Mi avvicino alla camera e infilo dentro la testa. Il letto è in disordine. Una libreria ricopre quell'ala del salone. Do un'occhiata ai dorsi: arte e orientalismo in parti uguali.

«Il vecchio non riesce a togliersi dalla testa che sia stato Flavio. Lei cosa pensa?» chiedo.

«Sarebbe come se morisse una seconda volta», dice, una frase così pomposa che mi giro a guardarlo per smascherare una possibile menzogna.

Quelo lo intuisce e stacca dalla parete una foto incorniciata. La osserva per qualche istante e me la porge. Flavio, Carla e lui, abbracciati nella neve. Giovani, felici, uniti.

«Ne ho un baule pieno, se vuole accomodarsi. Quindici anni di amicizia e di avventure. I tre moschettieri. I tre matti.»

«Un triangolo amoroso», dico, con malizia.

Fa segno di no, più volte, mi toglie dalle mani la foto incorniciata e la riappende al chiodo.

«E allora perché lei e Flavio non siete più così in buoni rapporti?»

«Come fate a dirlo? Ci controllate il telefono?» chiede, con mia sorpresa.

«Flavio non ha ricevuto una diffida ad avvicinarsi?»

«Sa dove se li mette, Flavio, i divieti...» Scoppia in una risatina gracile, ma un attimo dopo torna serio: «Flavio si rifiuta di compatire le persone, per lui è una grossa debolezza. Io lo conosco meglio di chiunque altro. È distrutto, sta elaborando la cosa a modo suo. Bisogna dargli tempo e avere pazienza».

«Perché lo Stato lo ha protetto, se non è colpevole?»

«Forse perché non ne erano tanto sicuri. Non lo so e nemmeno mi interessa.»

Entro nella stanza sulla sinistra e quasi vado a sbattere contro la scrivania nuda e il cavalletto vuoto. È una stanza dal soffitto alto che funge da atelier disordinato. Si intuisce che all'inizio era lo studio di entrambi, ma che con il tempo lei si è presa tutto lo spazio. Ci sono basi in acrilico ricoperte di smalti, disegni su lamina, numerosi acquerelli e alcuni oli. Gli stili sono mutevoli e capricciosi; molte composizioni sembrano incomplete, come se l'artista ci si fosse dedicata con foga per poi perdere entusiasmo. Cerco con lo sguardo l'ultimo quadro, quello che ha lasciato a metà prima di infilarsi nella vasca da bagno e fumarsi uno spinello. Lo trovo in un angolo, appoggiato sul pavimento. Lo sollevo per osservarlo: una sorta di creatura mitologica con un torso scolpito, triangolare, definito nei dettagli e completo, e un'enorme testa taurina, sebbene con alcuni tratti umani, abbozzata a matita e pennello.

«Una versione del Minotauro», spiega Quelo alle mie spalle. «Stava entrando in una fase in cui ricreava miti e leggende con un'impronta pop. Non la trovo la sua opera più convincente, ma ci si ostinava perché aveva venduto una variante simile di *Leda col cigno* a Buenos Aires. Si intende di pittura?»

«Pochissimo», confesso, e un vago ricordo di Villa Borghese mi si affaccia alla memoria.

«Il cigno è Zeus e sta copulando con la fanciulla. Il Minotauro è un mostro insaziabile. Carla ritraeva il desiderio.»

Guardiamo con la coda dell'occhio il Minotauro incompiuto. La finestra mostra la campagna immersa nel buio. Nell'atelier non arriva il calore della stufa in ghisa e non c'è nessun altro apparecchio acceso. Nel silenzio, il nostro fiato si condensa in nuvolette.

7

La caccia

Dal momento che è una battuta di caccia in campo aperto il Turco Jalil usa un Winchester 7 mm Short Magnum con mirino telescopico, mentre Alejandro Farrell ha un fucile semiautomatico .280 Remington. A me danno un .243, un ferro per novellini. Sto zitto. Con l'erba che ci arriva alle ginocchia, ci spostiamo da un sentiero all'altro, muti come sciacalli e vestiti con abiti mimetici. Una Land Rover ci ha portati dalla città dei laghi fino a questa tenuta da diecimila ettari, e un gaucho con pantaloni alla zuava e basco rosso ci ha consegnato attrezzatura e cavalli. Si è unito alla cavalcata, che è stata lenta e piacevole e ci ha impegnati per circa due ore. In lontananza, la cordigliera si mostra in tutto il suo splendore, e le chiacchiere accolgono aneddoti e lezioncine: la guida è Jalil, ma Alejandro vuole vantarsi di ciò che sa e non fa che raccontare di battute di caccia fantastiche. È un esperto dell'animale che stiamo inseguendo e mi parla della stagione dei bramiti, il mese e mezzo in cui il maschio lancia gridi minacciosi per marcare il territorio e conquistare la femmina. Non è questo il periodo, ma non è nemmeno un momento in cui la caccia è permessa. Siamo cacciatori di frodo, ma chi farebbe una multa al figlio del governatore e al capo del dipartimento per la Sicurezza? E a chi appartiene questa tenuta immensa? I due si sbellicano dalle risate.

Il sole tramonta in fretta, e raggiungiamo un casotto di caccia poco prima che faccia buio: una costruzione in mattoni, di fronte a un abbeveratoio per il bestiame. Leghiamo i cavalli ed entriamo in quel confortevole rifugio, con tanto di trofei e di gruppo elettrogeno. Il frigorifero è ben fornito; la guida si occupa dei cavalli, poi ci prepara un *asado* di cinghiale e serve un cabernet della zona di Mendoza. Mi spiegano che c'è una riserva di caccia verso sud, ma che loro preferiscono la sfida dei grandi spazi. «In modo che la battaglia sia giusta e la bestia abbia una possibilità», puntualizza Jalil, da uomo compassionevole qual è. Alejandro parla con entusiasmo delle teste dalle quattordici corna e dei cervi assassini, i cui palchi sembrano stiletti affilati, più che corone. È l'unico argomento, e mi limito ad ascoltare e a scambiare occhiate con il Turco. All'ultimo bicchiere, la guida stende la cartina sul tavolo pieghevole e indica un rettangolo. Dobbiamo continuare a piedi per due o tre ore, senza dimenticare alcuni elementi fondamentali: su un sentiero lontano da qui lui stesso, due giorni fa, ha visto l'orma di un maschio grosso e pesante. Segna il punto con una penna. Più a nord, vicino a una recinzione di filo spinato, ha trovato tracce del passaggio di un altro animale. Ci augura buona caccia e rimane ad aspettarci con i cavalli, lì sulle retrovie. «Domani te ne portiamo uno e ce lo cucini», si lancia Junior, che per l'ennesima volta si preoccupa di educarmi al rito: «Lo mangiamo perché lo rispettiamo. È un dovere».

Poi si infila gli auricolari e si addormenta, cullato dalla musica elettronica. Io e Jalil continuiamo a fumare al buio, senza una parola, cosa degna di nota, considerando la quantità di faccende in sospeso. Ho un sonno agitato, come se la mia vita fosse in pericolo, una sensazione che mi accompagna tuttora, mentre mi muovo in questo terreno inospitale in cui ogni sagoma sembra un cervo rosso. Nel nostro *métier* siamo in balia di una grossa contraddizione professionale: la paranoia ti può distruggere, ma raramente l'intuito sbaglia.

Per tutto il tempo non faccio che chiedermi se il .243 farà il suo dovere al momento della verità, e rimpiango di non aver portato né la Glock né la Smith & Wesson 36.

A un certo punto Jalil rimane indietro per vuotare la vescica e Alejandro mi offre l'acqua della sua borraccia. «Sai una cosa, Remil? Le cazzate che fa o può avere fatto mio fratello mi fregano un cazzo. L'unica cosa che mi interessa è il progetto politico», confida inaspettatamente. Mi inchioda con lo sguardo, ma capisco che non aspetta una risposta; sta elaborando la riflessione successiva. «La piccoletta dovrà inventarsi qualcosa di meglio del condor per guadagnare voti. Perché la gente è ingrata e stronza», conclude, sollevando un dito. «Comunque è meglio che non pestiate qualche merda: il progetto non deve finire a puttane.» Il discorsetto di Junior mi fa sorridere, forse perché nessuno minaccia chi sta per uccidere. Anche se un colpo può scappare a chiunque. Gli incidenti di caccia sono frequenti, e Jalil mi sta alle costole con il suo Winchester.

Stiamo stuzzicando un vespaio con la storia di Carla Jakov, quindi è logico che il Turco sia particolarmente nervoso: è stato lui a cancellare le prove e a cercare falsi colpevoli, e all'improvviso arriva questa gente da Buenos Aires a rivangare nel pasticcio che ha combinato e a salvare con una bella sceneggiata la fragile reputazione della famiglia al potere. Maca e il Grande Jack stanno esaminando uno per uno i presunti amanti abbandonati che compaiono tra i personaggi: sono sei o sette, tutti con ruoli assai dubbi. Gli uomini del Turco li hanno infilati nella trama generale con i trucchi più diversi, per buttare fumo negli occhi e intorbidare le acque, e per far sì che qualcuno cadesse in errore e si ritrovasse intrappolato nel corso del processo. Nel suo ruolo di paladina di Luis Jakov, l'Inglese si è presa il disturbo di smontare quelle montature e di illustrare con una logica poliziesca perché nessuno di loro poteva aver tirato il pugno alla tempia della vittima.

Dopo aver ispezionato la casa in campagna di Quelo, ho bussato alla porta della signora Burgueño, che mi ha invitato a mangiare uno stufato. È una matrona circondata di cani e gatti, una donna corpulenta che crede nei fantasmi. Mi descrive scene deliranti sugli spettri della zona, racconta di vecchie burle degli abitanti, e mi domando se supererebbe una perizia psichiatrica. Giura sulla Bibbia, tuttavia, che Flavio Farrell si vedeva spesso e che il pomeriggio in cui è arrivata la macchina della polizia lei ha visto «con quegli stessi occhi» la Peugeot 308, bianca come la forfora. Più tardi mi assicura che i suoi gatti sono la reincarnazione di una coppia di briganti, una storia romantica e dolceamara: la giustizia li raggiunge e li fucila su due piedi; accade nel Novecento, quando la Patagonia è ancora deserta. «Per questo i miei gatti tigrati non si mescolano agli altri e se ne vanno in giro sempre insieme.» Non ha la più pallida idea di essere una testimone chiave, e nemmeno sa che non l'hanno chiamata a deporre perché il giudice ha messo un piede sul freno e un po' di soldi in tasca per i servizi prestati.

L'incontro con il Gringo è più prosaico. Finge di essersi bevuto la storiella dell'ispettore incaricato di nuovi accertamenti e mi accompagna in giardino dove, inginocchiato a terra, cura il roseto. È rosso per davvero, ha una pancia da gravidanza in stato avanzato e due zampette da pavoncella del Cile. L'abbronzatura della Patagonia dissimula a malapena il pallore malaticcio del suo viso. Non gli dà fastidio se fumo, appoggiato alla capote della sua Ford Falcon Rural.

«L'unica speranza, ormai, è che la causa per occultamento di prove proceda e qualche topo esca dal buco», dice, distribuendo il concime. «Che so, uno che si è pentito, uno dei sicari di Farrell che abbia un minimo di sensi di colpa e di paura. Stiamo lottando contro la macchina dello Stato. Non sa gli sgambetti che mi hanno fatto, dottore. Mi hanno accusato di volere soldi per stare zitto, di voler montare un caso politico, mi hanno fatto passare per matto. Ma la gente del posto è sempre più solidale e mi sostiene ogni giorno. Venga a fare un giro in strada con me e vedrà. Loro lo sanno che hanno messo su questa comparsata per salvare uno importante. Nessuno può avere tanta influenza, comprare tutti quei funzionari, capovolgere le prove. Nessuno inventa tanti capri espiatori per confondere le acque, se non perché un alto papavero ci è dentro fino al collo.»

«Aveva mai visto Flavio?» lo interrompo.

Scrolla le spalle e prende una piccola zappa per strappare le erbacce.

«Non lo ha mai portato a casa», dice tra i denti. «Non sono stato un buon padre, mi creda. Troppe volte non trovavo le parole. E Carla non dava spiegazioni, era ribelle e una provocatrice, forse pensava che quella situazione poco chiara non mi sarebbe piaciuta, me l'ha risparmiata, e in questo è stata bravissima. Lo sanno tutti che era ancora legata a quel topo di fogna. Tutti tranne mio genero, che è un povero scemo.»

«Ma lei non ne ha mai parlato con sua figlia.»

«Mai.» Sospira, con le braccia lungo i fianchi. «Ma ero suo padre e dentro di me sapevo che si vedeva con il figlio di Farrell. Andava a letto con lui, che poi faceva l'amicone di Quelo, come se nulla fosse. Quindici anni con questi giochetti; per loro tre ormai era una cosa normale, ma io non posso accettarlo. Ci penso spesso, la notte, quando non riesco a dormire. Ricordo la mia povera moglie e quanto mi è mancata, e mi chiedo perché Carla sia venuta su così.»

«Ha mai chiamato Flavio per capirci qualcosa di più?»

«Mai.»

«E il governatore?»

«Dopo la marcia del silenzio mi ha chiesto di vederci nel suo studio. Sono andato con l'avvocato, ci ha fatto fare due ore di anticamera. Poi ci ha fatti andare al dipartimento per la Sicurezza, che si trova a un altro piano. È stato Jalil a ricevermi, faceva il cerimonioso. Mi ha offerto un aiuto economico per dare vita a una fondazione e ha suggerito di fare attenzione a non offendere nessuno, se non volevo perdere questa casa. Gli ho detto che era un giuda e che sarebbe bruciato all'inferno. Quella sera ho avuto un attacco di angina pectoris.»

Il Gringo parla a lungo mentre sistema piccoli difetti del giardino, ma non aggiunge molto a quello che già sappiamo. Lo aiuto diverse volte a rialzarsi. È nervoso. Me ne vado promettendogli che avrà presto mie notizie, e passo il pomeriggio a nuotare e a fare boxe al Convergencia. La sera salgo alla suite di Belda, dove trovo Marquís. Stanno bevendo Talisker e studiano quella che Beatriz chiama «guerriglia egemonica». Azioni divisioniste che, dietro suo consiglio, Farrell promuove in sindacati e associazioni di categoria. Patriottismo e antipatriottismo, ma in chiave provinciale: amici e nemici del progresso, uccelli in volo e rettili striscianti, difensori della causa federalista e abominevoli burattini del centralismo. Gli uni contro gli altri. La stratega allude anche alla necessità di trasferire il prima possibile Lolo Muñoz e di mettere al suo posto un esperto di Buenos Aires, capace di rendere spettacolare ogni mossa e organizzare grandi feste popolari. «Abbiamo bisogno di luci, schermi, fuochi artificiali e megalomania.» Sorride. E mi chiede di vuotare il sacco.

«Il processo è stato insabbiato, ma è ancora aperto», ricordo loro, accettando una birra dal frigobar. «Nel giro di due anni, a seconda delle dinamiche tra le forze politiche, potrebbero riunirlo a quello per l'occultamento e andare in giudizio. Il vantaggio principale? Probabilmente il vecchio non vivrà così a lungo. E lui è il vero e unico motore. Via il dente, via il dolore. Il vedovo non vede l'ora di voltare pagina e dimenticare quello schifo.»

«E il pavone? L'avvocato non potrebbe andare avanti da solo?» chiede BB.

«Marquís potrebbe trovargli un posto in una delle sue imprese milionarie», suggerisco, cauto. «Tra un po', quando rimarrà solo quel vedovo smidollato, magari gli passerà la voglia di litigare, soprattutto se per allora avrà un'altra posizione e gli si farà capire che perderebbe tutti i benefici. Dovrebbe essere un'operazione fatta con cura, perché le rozze offerte di Farrell non hanno funzionato. L'avvocato non deve sospettare nulla, in modo da poterlo intortare per bene, e a quel punto per lui sarà troppo tardi.»

«Ha una sua logica, bisogna solo saperlo fare», conferma Marquís, accarezzandosi il pizzetto. «E la vicina?»

«È una mezza matta. Se ci inventiamo qualcosa per obbligarla a presentare una denuncia assurda, potremmo farla apparire come una mitomane e silurare la sua testimonianza.»

«Tutte queste cose costeranno un po'», osserva Marquís, evocando le famose parole che Cerdá si è dovuto ingoiare.

«Quello che si aggiusta con i soldi è quello che costa meno», dice Beatriz, pensierosa. «C'è modo di mettere il ragazzo in una botte di ferro?»

«Potremmo cercargli un altro alibi», spiego. «Sarà difficile, e non sono nemmeno sicuro che si possa fare. Bisognerà cercare un caso dello stesso periodo che presenti punti in comune. Offrire soldi e uno sconto di pena alla persona sotto processo affinché aggiunga qualcosa alla dichiarazione, con un motivo plausibile, e lasci scritto che quella sera si è fermato a casa di Flavio per vendergli una cosa qualunque. Qualche riga in mezzo al testo, niente di più, perché il resto della dichiarazione deve rimanere convincente e solida. Con un giudice dalla nostra, quel processo seguirà il suo corso, ma quel particolare verrà messo agli atti, e l'avvocato difensore potrà disseppellirlo tra un paio d'anni, dire che Flavio si era dimenticato di aver visto quella persona e sfruttare il dubbio.»

«Abbiamo fatto ben di peggio, Betty», aggiunge Marquís. «Un assegno e un alleggerimento della pena per il plebeo, e una carta di credito per sua signoria. Non è un testimone chiave, ma rinforza l'arringa conclusiva.»

«Bisogna indirizzare, istruire e controllare da vicino il plebeo, altrimenti il rimedio sarà peggiore del male. Potrebbero chiamarlo a testimoniare, anche se non sempre succede», li avviso.

«È un metodo di Cálgaris?» chiede lei.

«Le poche volte che ci abbiamo provato ha funzionato. Ma, ovviamente, avevamo a che fare con giudici ragionevoli.»

«Anche qui ci sono persone molto assennate», conclude Marquís, che con un dito fa girare il ghiaccio nel bicchiere ormai vuoto.

Belda glielo riempie ancora, ma sembra pensierosa, cosa che ci obbliga a tenere la bocca chiusa per qualche minuto. Si avvicina alla finestra, scosta la tenda e guarda la strada e la piazza, senza vederle. Rimane lì per un po', e alla fine scuote la testa.

«Non ci infileremo in questo ginepraio finché non avremo scoperto che cos'è successo davvero con quella hippie, e non prima di avere il controllo del dipartimento per la Sicurezza», sentenzia, con voce roca. «Oltretutto, il problema non è quell'ipotetico processo, ma la sfiducia attuale, che mette a rischio la rielezione. Mi sono impegnata a scrivere una favoletta e a metterla in giro. Niente di più. E non è nemmeno così semplice, perché non ho abbastanza materiale.» Fa un gesto, come se stesse impastando, e mi inchioda con uno sguardo di rimprovero. Bevo un lungo sorso di birra.

«Il passo successivo è la famiglia reale», anticipo.

«Andando a fondo. Senza concessioni», riflette, sbattendo le palpebre.

«Potresti riferire a Farrell la nostra strategia processuale e usarla come esca per farlo sbavare un po'; a quel punto, zacchete: gli chiedi collaborazione da parte della famiglia, dicendo di non preoccuparsi se li rivoltiamo come calzini. Perché Jalil deve stargli addosso giorno e notte.»

«Romero se ne sta occupando», puntualizzo.

«Con molta calma», si lamenta Marquís, che non vede l'ora di entrare nella parte.

La ridefinizione della rotta rimane sospesa per una decina di giorni ancora. Mi occupo di alcuni pedinamenti, fotografo le proprietà delle persone coinvolte, ordino al Grande Jack di lasciar perdere definitivamente il caso Jakov e di stringere il cerchio attorno ai giri di Jalil e all'esportazione di cocaina. Convinto che il Turco sia il collegamento tra i due trafficoni, il commissario vola a Buenos Aires per passare un intero fine settimana a chiacchierare con Leandro Cálgaris: BB ha chiamato il colonnello per lamentarsi della lentezza di quell'indagine, e il padreterno della Casita ha convocato Romero per fargli da tutor. Quando, al ritorno, ci troviamo al pub irlandese, mi racconta che hanno promosso il Salteño, il quale ha preso il mio posto all'agenzia. Cálgaris parla con tutti, tranne che con me. Romero pontifica sull'acquisto di informatori: gli hanno fornito fondi riservati per procurarsi qualche talpa al porto, sulla costa; questo gli ricorda i tempi in cui si presentava nelle carceri di massima sicurezza con pacchi di cibo, faceva visita in una stanza riservata alle spie che lui stesso aveva messo in galera e passava il pomeriggio a raccogliere informazioni sulle bande da galera. «La vita è durissima, al fresco. A volte con due sacchetti di yerba mate e tre stecche di sigarette facevi un macello. Un giorno uno mi ha spiegato in dettaglio in che modo si stavano formando le bande dei sequestri di persona. E aveva ragione, bisognava ottenere dal servizio penitenziario la mappa dei padiglioni e tenerla aggiornata, perché le bande non si formavano tra specialisti, ma tra compagni di padiglione. Per questo un ladruncolo qualunque o un borseggiatore si ritrova a partecipare a un colpo importante. Noi pensavamo che si mettessero insieme tra migliori, come in *Quella sporca dozzina*. Invece no. Le bande nascono tra ladri e alleati dello stesso padiglione. Se sapessi quanto mi ha aiutato, questa cretinata! Abbiamo trovato il bandolo della matassa e neutralizzato diversi gruppi pericolosi.»

Quella stessa sera Silvia Miller suona alcuni pezzi di Tom Jobim e, a mo' di concessione, una versione docile e cadenzata della *Yumba*. Ci ritroviamo nella sua casa tra le rocce, ma prima di sfilarsi il maglione mi chiede, a bruciapelo: «Sei andato dal Gringo. Che succede? Farrell è nervoso?» È una donna che non si abbassa a fare una scenata, ed è l'unico motivo per cui non mi dà del figlio di puttana, ma ha l'insulto a fior di labbra. Ha gli zigomi arrossati e le pupille gialle. È arrivata alle conclusioni in fretta, e sono tutte corrette. Non mi ha portato qui per soddisfare la sua lussuria, ma per discutere a porte chiuse e farmi un interrogatorio approfondito. Mi gratto la nuca. Sono finito in un'imboscata.

«Sei troppo sicura. E per un giornalista non è un pregio», le dico.

«Non venire a dare lezioni di giornalismo a me!» grida, e la gatta persiana salta dal pavimento al davanzale. «Il solo fatto che ti abbiano coinvolto non fa che confermare che è colpevole. O mi sbaglio?»

«Quello che hai scritto non era male, ma è una strada senza uscita.»

«Solo perché hanno il coltello dalla parte del manico!»

Capisco che vorrebbe qualcosa di impossibile. Che io confessassi le mie intenzioni e diventassi la sua fonte, o almeno che mi degnassi di discutere con lei i dettagli dell'indagine. La guardo dispiaciuto; presto mi mancheranno la sua voce e il suo corpo. Mi avvicino alla porta trascinando i piedi.

«Se te ne vai, non torni mai più», rincara, senza desiderio né rabbia. Nessuno di noi due ha altra fede se non quella nelle regole del mestiere, prigionieri di quelle poche certezze. Un peccato.

Torno alla pensione e passo la notte insonne, facendomi domande su Cálgaris e il mio mal di gola. Al mattino ricevo l'ordine di andare a prendere Diana Galves e Juan Domingo in aeroporto. Ci troviamo sulla pista con Lolo Muñoz. Carico tutti e tre sulla 4×4. L'assessore alla Cultura è in ansia per il Festival delle Lettere. Arriveranno scrittori argentini importanti e penne famose da tutta l'America Latina; sono perfino riusciti a procurarsi un autore francese che ha vinto il Goncourt e che vuole solo fare il turista. Lolo non conosce nessuno di quei grandi nomi, non ha letto altro che il canzoniere popolare della Patagonia e vuole un minimo di infarinatura. Frizzante e di buon umore, la diva non risparmia cattiverie: «Sono dei morti di fame, Lolo, non ti agitare. Quelli che hanno accettato l'invito non li leggono nemmeno le loro madri. Arrivano al successo grazie a professori e critici che vivono di aria fritta, con l'aiuto di cricche che prosperano sugli scambi di favori. Si consolano pensando che non vendono perché sono troppo complessi per la massa. Gli rimane la fama postuma e, intanto, i viaggi e le fiere in giro per il mondo, dove mangiano come re e bevono come spugne, si fanno immortalare in pose da intellettuali e cercano di farsi tradurre. Qualcuno ci riesce pure, ma poi viene fuori che nemmeno i lettori europei sono in grado di comprendere il loro talento sconfinato. Per cui diventano matti per quello che gli stiamo offrendo: finanziamenti provinciali, laboratori ben pagati e il non plus ultra: un soggiorno di fronte a due laghi, dove possono scrivere sentendosi delle divinità.» Il sarcasmo di Lady Di non lenisce l'inquietudine dell'assessore, che si agita sul sedile come se avesse il pepe al culo. «Se Farrell gli tira un osso, lo difenderanno e giustificheranno come se fosse Lorenzo de' Medici», aggiunge lei. «I progressisti non sbagliano mai, su questo.» Lolo Muñoz probabilmente pensa che Lorenzo de' Medici sia un governatore di una provincia del Nordest. Non si calmerà finché l'ultimo genio delle lettere non sarà tornato al proprio cenacolo.

La regina della battaglia culturale si muove tra romanzieri e poeti con la stessa grazia impunita che sfoggia tra registi e attrici, sebbene le sue letture non vadano oltre i risvolti di copertina. Sembra però che, fra teatro e cinema, abbia interpretato diversi scrittori di fama universale, e nei circoli si difende grazie agli aneddoti sulla sua vita privata. Durante una delle cerimonie, si concede di leggere alcuni versi di Borges e di García Lorca, svelando che i due si detestavano a vicenda, a quanto pare. Cita un certo Barnes, che ha conosciuto nel Regno Unito, autore di una scultura in cui diversi insetti si soffocano a vicenda per arrivare più in alto. *Ambiente letterario londinese*, questo il titolo dell'opera. Alcuni tra gli invitati ridono e applaudono. Sento uno che, a bassa voce, la chiama pescivendola; nel gregge c'è un diffuso cinismo, ipocrita e discreto. Cerdá fa chiudere al pubblico il suo ristorante sul fiume e offre un banchetto. Beatriz e Diana sfoggiano il loro francese con il vincitore del Goncourt e ridono alle sue battute. Prima del previsto, il governatore saluta gli astanti e li lascia in buona compagnia. Vedendomi accanto alla porta si gira e mi chiama. Lo seguo fino alla macchina; mi chiede se posso accompagnarlo. Il tragitto è breve. Le signore non hanno bisogno di me, per cui accetto. Avrà perso dieci, dodici chili. Diana aveva ragione: viste da vicino, le tempie argentate gli danno un che di nobile. Ordina alla guardia di scendere e chiede all'autista di portarlo a casa. Vuole fare due chiacchiere da uomo a uomo, con la massima discrezione possibile.

«Non sa la fatica che faccio, Remil. Capisco quello che dice Beatriz, bisogna fare pulizia, altrimenti siamo fritti. È logico. Ma ho una paura fottuta, e lei capirà bene il perché.»

«Capisco. La famiglia.»

Allarga le braccia e guarda oltre il finestrino come se cercasse di connettersi ai propri pensieri.

«Soprattutto mia moglie. È sempre stata debole di salute, è molto apprensiva e non vuole saperne niente. È terrorizzata. Non le piace neanche un po' che si vada a riaprire quella ferita, nemmeno per curarla.»

Cerco di incrociare lo sguardo dell'autista nello specchietto retrovisore. L'uomo ha gli stessi anni di Farrell, è un impiegato di estrema fiducia: non mi concede neppure un grammo di complicità.

«La riceverà domani per il tè», dice a sorpresa il governatore, grattandosi la nuca. «È stata un'impresa, convincerla. Non si aspetti grande collaborazione, non è molto propensa.»

Non gli rispondo, quindi si gira verso di me con un sorriso stanco. Tocca la mia spilla con il condor e ci strofina il pollice.

«Secondo lei, tutti noi abbiamo una ferita. Non so dove abbia pescato quell'idiozia. 'La ferita dell'anima.' E dice che passiamo la vita a lottare contro quell'handicap, che qualcuno non è nemmeno in grado di riconoscere.» Lascia andare la spilla. «Dice che sono io la causa di tutti i suoi mali, e che la sfortuna di Flavio è una conseguenza di quella stessa ferita originaria.»

«Ci sarà anche suo figlio?»

«Non lo sa nemmeno lui! Non ha idea di quante volte mi ha disobbedito e ci ha bidonato. Mi manca di rispetto da quando era piccolo, immagino che sua madre me lo abbia messo contro. Non siamo mai riusciti a raddrizzare le cose.»

«Ma avrete pur parlato della morte della Polacca.»

«Una volta sola, perché Delfina lo ha obbligato», ammette, e stringe forte gli occhi, come per una fitta dolorosa. «Una lite terribile.»

«Gli ha creduto?» chiedo, e adesso l'autista non riesce a non guardare nello specchietto.

Farrell ci pensa per una ventina di secondi. «Jalil ha indagato seriamente, può chiedere a lui», dice con un sospiro. «È stato un complotto per affossare la mia amministrazione.»

Non abbandonerà mai quel copione. È inutile metterlo

alle corde facendo cenno alle manovre che il direttore del dipartimento per la Sicurezza ha orchestrato per levare il figlio dai guai. Se l'Inglese lo avesse a portata di microfono, lo stenderebbe con un solo colpo.

Un muro a prova di curiosi circonda la residenza di famiglia; impossibile sapere se ci sono ancora luci accese. Farrell ordina all'autista di riportarmi al ristorante; scende a fatica e si china verso di me.

«Guanti di velluto, Remil. La politica ci ha già fatto abbastanza danni. Guanti di velluto.»

Quando torno, vedo che la maggior parte degli scrittori se n'è andata; chi rimane sta vuotando la cantina e intona beffardamente *L'Internazionale*. Cerdá sopporta con fare stoico la confusione, anche se la riga perfetta tra i capelli non è più tale, e Lolo Muñoz se ne sta zitto e muto. BB mi chiede di riaccompagnarle all'Hotel Río Azul. Il francese, piuttosto su di giri, le segue. Sento che ordinano a gran voce due bottiglie di Cristal e chiedono di non essere disturbate fino all'indomani. Rifletto sui significati di quella nuova abitudine; chissà quali altri segreti mi nascondono le due signore.

Sono nella hall quando mi arriva una telefonata di Palma: ogni tre giorni un tecnico della Cueva controlla la suite di Belda, la stanza di Galves, la Conigliera, la Villa e ciascuno dei nostri veicoli, in cerca di microspie. «Questa volta il fumigatore ha trovato qualche coleottero», annuncia. Sin dall'inizio sono stati rilevati tentativi di infrangere il nostro scudo informatico e di controllare i nostri cellulari, ma è la prima volta che il Turco arriva a tanto, a dimostrare che la sua preoccupazione è pericolosamente aumentata. «I coleotteri sono stati schiacciati», aggiunge Palma, come se ce ne fosse bisogno. Chiudo la chiamata.

*

Mi presento per il tè con una puntualità britannica. Il portone automatico della residenza si apre e due guardie mi invitano a passare dal metal detector. Non suonano allarmi, ho lasciato gli attrezzi nel vano portaoggetti della macchina. Un maggiordomo, o qualcosa di simile, mi accompagna in una sala lunga una ventina di metri e mi invita a sedermi. Prendo dal tavolino una biografia sulle sorelle Romanov: a giudicare dal segnalibro, la proprietaria è molto avanti nella lettura.

«Poveretta», commenta lei, entrando nella sala.

«Chi, Anastasia?» chiedo, sorpreso.

«No, la zarina. Si è fatta in quattro per allevare i figli come persone normali e tenerli lontani dagli orrori del potere. Ma non ce l'ha fatta.»

Mi tende la mano e me la tiene per un po', mentre mi studia con gli occhi spenti. Delfina Maggi sembra più bassa e con più rughe rispetto al ricevimento di benvenuto al quale l'ho conosciuta. Indica la poltrona sulla quale devo sedermi e si accomoda a un lato del divano. Nella sala ci sono alcune opere d'arte, ma è un locale austero, diversamente da come immaginavo.

«È un appassionato di storia?» mi chiede, accavallando le gambe.

«Sto leggendo un romanzo su Amenemhat III», rispondo.

È acida persino quando sorride.

«Non credo nelle coincidenze», afferma, e solleva il mento guardando il maggiordomo. Il quale posa sulla tovaglietta del tavolino porcellane, *scones* e un tè in foglie scuro e profumato.

«Mio marito dice che lei è il Jalil di Belda.» Aggiunge una

zolletta di zucchero alla sua tazza. «E che vuole aiutare Flavio. Che tenero. Deve sapere una cosa: per aiutare mio figlio bisogna lasciarlo in pace. Ha sofferto molto per la morte di Carla e per tutte quelle calunnie.»

«Non abbiamo dubbi che sia stata commessa un'ingiustizia», mento. «Ma finché la gente ha in testa certe menzogne...»

«A Flavio non interessa quello che pensa 'la gente', come la chiama lei», mi interrompe, decisa. «Quello che non ci dorme è un altro ramo della famiglia, che vive delle opinioni e delle miserie della 'gente'.»

Beve un sorso di tè fumante mentre misura la mia reazione. Abbasso gli occhi per impedirle di guardarci dentro. Il tè mi piace con uno spruzzo di gin, ma non dico niente.

«Lei vedeva spesso Carla Jakov?»

«Quando erano fidanzati veniva sempre», puntualizza, cauta, trascinando le parole. «Poi l'ho vista a qualche compleanno di Flavio, già con suo marito. Che cosa vuole sapere? Se era una brava ragazza? Se andava a letto con mio figlio?»

«Ci andava a letto?»

Rimane con la tazza a mezz'aria, calcolando la portata della mia sfacciataggine. Poi, con gesti lenti e controllati, rimette la tazzina al suo posto.

«Perché non lo chiede a lui? Sta arrivando», mormora.

In un gesto simmetrico, poso anch'io la tazza sul tavolino. Provo a raggiungere la seconda base, ma lei mi blocca.

«Aspettiamo, non ci metterà molto.»

Valuto se tentare una conversazione forzata sui Romanov o sugli egizi, ma capisco subito che lei non aprirà bocca finché il figlio non sarà qui. Tiene la schiena dritta e mi sfida con lo sguardo. Fatico a reggerlo, sento il bisogno di una sigaretta. Che temperamento. Questa donna sarebbe capace di uccidere? Non ha la forza necessaria a sferrare un gancio mortale, ma per il resto, sì. Potrebbe uccidere, e non una sola volta. Sono un esperto, riconosco d'istinto quella vena oscura.

La teiera si fredda in quei lunghissimi minuti; in quel silenzio glaciale riesco addirittura a sentire il battito del mio cuore. Il maggiordomo ritira la merenda; l'unico movimento della statua è quello di scavallare le gambe e scuotersi dal grembo qualche briciola immaginaria. Il rumore della porta e i passi lungo il corridoio ci salvano da questa partita a scacchi passiva. Con mio sollievo, Flavio Farrell si è presentato all'appuntamento. Ha le basette più corte e i capelli più lunghi, ma indossa di nuovo scarpe da complessato e una camicia con il collo alla coreana, chiuso. Bacia la madre sulla fronte e non si disturba a stringermi la mano. Riconosco il tatuaggio sul polso sinistro, quello che secondo Maca è un *kanji* giapponese che significa «forte» o «forza». Flavio si lascia cadere all'estremo opposto del divano, ma non si toglie gli occhiali scuri.

«Cos'altro c'è?» sbuffa.

«Il signore mi stava chiedendo se andavi a letto con Carla», lo aggiorna la madre.

«Ovviamente. L'ho anche uccisa. C'è altro?» risponde, serio.

«Perché l'ha uccisa, se l'amava tanto?»

Infila le mani sotto le ascelle e solleva il naso, come se sentisse il profumo di lei in lontananza.

«Perché voleva lasciarmi?» improvvisa. «Perché Quelo ci aveva scoperti? Perché stavamo litigando? Perché sono uno psicopatico?»

«Questo umorismo le garantisce un certificato di innocenza?» ribatto, duro. La gentilezza non mi sta portando da nessuna parte. «Che cosa ci faceva la sua Peugeot a casa di Carla?»

«Quella vecchia non sa distinguere una Mercedes da una Fiat 600.»

«Perché il dipartimento per la Sicurezza si è dato tanto da fare per proteggerla?»

«Perché sono il figlio del capo? Perché sono più papisti del papa?»

«Perché suo padre pensa che l'abbia uccisa lei?»

«E questo chi l'ha detto?» scatta, si sfila gli occhiali e mi incenerisce con lo sguardo. «E comunque a chi cazzo interessa che cosa pensa mio padre?»

«Perché non ha mai chiamato né Quelo né Luis Jakov?»

«Mi sta facendo il processo? Che cos'avrei dovuto dire a Quelo? Fargli le condoglianze? 'Scusami, fratello, ma Carla non ha mai smesso di amarmi.' Non diciamo cazzate, per favore.»

Nella sala cade un silenzio denso e prolungato. L'ammissione del triangolo è solo verbale, il sospettato non lo ha mai messo nero su bianco. Ma, tolto Quelo, sembra che lo sapessero persino i sassi.

È la madre a intervenire: «L'amore è una cosa contorta e complicata, ma che io sappia non è citato nel Codice di procedura penale.»

Flavio le rivolge un'occhiata affettuosa e le accarezza una spalla.

«Io e mia madre condividiamo una passione per la cultura giapponese», dice, senza staccare lo sguardo da lei. «C'è un proverbio molto divertente che lei mi ripete sempre.»

Sposto lo sguardo dall'uno all'altra; ho capito che non intendono collaborare, è stata una commedia e me ne andrò a mani vuote.

«Al chiodo che spunta tocca sempre una martellata», recita Delfina, e il figlio ride di gusto.

«Per il signor governatore io sono sempre stato quel tipo di chiodo.»

Delfina si alza, obbligando me e Flavio a imitarla.

«Avete qualche idea?» azzardo.

«Nessuna», dice lei.

Non appena ho superato il metal detector mi accendo una sigaretta. Sono stanco e ho sete, come se avessi camminato giorni interi per steppe e savane. Guanti di velluto... Figli di puttana. A Belda non piacerà affatto il risultato di questo incontro. Mi sfogo nella piscina olimpionica del Deportivo Convergencia e vado a letto presto. Al mattino Beatriz è una furia, in effetti, ma non per la farsa della zarina, quanto per un articolo che l'Inglese ha postato sul suo blog, in cui denuncia un'operazione costosissima per riabilitare l'immagine in crisi di Farrell, cita numeri, nomi di finanziatori che sono fornitori dello Stato e dettagli su fondi per la sanità dirottati al marketing politico. In una nota, smentisce l'eroismo del nonno scalatore e descrive la creatrice del mito, un'esperta in operazioni sporche e in egemonia populista che ha perso il posto alla Casa Rosada e adesso vende in provincia i suoi servizi e le sue «tattiche della discordia». Promette di rivelare nei successivi articoli il programma dell'ex procuratore Marquís per colonizzare il sistema giudiziario e i «movimenti segreti» di alcuni agenti dell'intelligence per seppellire la causa per insabbiamento che pesa su diversi funzionari della Giustizia in seguito alla morte di Carla Jakov.

Gli habitué del blog in genere non superano i duemila, ma la bomba è diventata virale: ventimila persone hanno letto il pezzo e diecimila l'hanno condiviso su Facebook. Assisto, per la prima volta, a una crisi di frustrazione: Beatriz

Belda ingoia due aspirine, riunisce la squadra e ordina con voce alterata di elaborare un testo per confutare quelle dicerie infondate. Chiama Diana Galves, che è appena arrivata a Buenos Aires, affinché contatti di nuovo gli intellettuali più vicini spiegando loro la situazione: è in corso un attacco alla cultura, diretto da giornalisti al soldo del totalitarismo. Serve un comunicato schiacciante e un appoggio incondizionato. Non è necessario spiegare a Lady Di la metodologia, perché la diva l'ha messa in pratica un'infinità di volte. Deve informare prima di tutto un piccolo gruppo attivo, che riceverà la cattiva notizia con sdegno e si farà carico di cercare la solidarietà degli altri. Diana, in parallelo, farà proselitismo con i più significativi e cercherà di far cambiare posizione ai più difficili. Come posso non firmare se lo fanno i miei compagni, per di più per una ragione così nobile? Beatriz sa che alcuni si opporranno lucidamente, ma che molti tra i poeti, romanzieri, attori, registi e sceneggiatori acconsentiranno, e il ripudio apparirà per quello che non è: massiccio e compatto. Chiama Cerdá per accaparrarsi pagine sui quotidiani della domenica, ma lo avvisa di non informare le testate nazionali: non vuole attirare la loro attenzione, è sufficiente frenare i pettegolezzi di provincia. Ha bisogno che la gente del posto metta in dubbio le intenzioni e l'affidabilità di Silvia Miller. Ci saranno trentasei ore di veglia, nelle quali la Villa e le sedi distaccate di Buenos Aires saranno sotto torchio, senza un attimo di tregua, in allerta e mobilitate. A mezzanotte, la stratega mi chiede di salire nel suo ufficio e di chiudere la porta. È scalza e ha i piedi appoggiati alla scrivania.

«Non possiamo permettere che la tua ragazza stabilisca un precedente», spara.

Dal momento che non vale la pena spiegarle che non è

la mia ragazza e che la mia lealtà non è in discussione, lascio che esponga la sua teoria.

«Se quella ne esce serena, altri possono giungere alla conclusione che siamo deboli, e cominceranno a sfotterci come nel cortile della scuola. Ci vuole una misura disciplinare per la tua ragazza», dice, facendomi il sermone.

«Di che livello stiamo parlando?» indago.

«Diciamo un livello tre», risponde, ironica. «Niente sangue, non c'è bisogno di spaventarla a morte. Solo un pochino.»

«Palma potrebbe infettarle il computer con un virus e distruggere tutto, darle il tormento per mesi in modo che non possa aprire nemmeno una casella di posta su Gmail. E dare una lezione anche a quelli che potrebbero sostenerla pubblicamente. Può farla diventare una lebbrosa.»

«Una persecuzione informatica», commenta soddisfatta, lo sguardo al soffitto.

«Con il rischio che diventi un boomerang.»

«E dove pensa di accusarci, se i giornali sono nostri ed è una notizia che non merita nemmeno la copertura nazionale?»

«Associazioni di difesa della libertà di espressione. Organizzazioni per i diritti umani.»

«Magari! Così la categoria si renderebbe conto che mettersi contro di noi costa caro», esclama, di buon umore.

Estraggo il cellulare per attivare Palma, ma lei solleva una mano.

«Lunedì, dopo la pubblicazione del comunicato», puntualizza. «Un'altra cosa, Remil. Quella ragazza piace anche a me, è una femmina con una gran testa. Pensi che potrebbe cambiare parrocchia, prima o poi?»

«Nemmeno tra cento anni.»

«Quant'è complicato il cervello di voi maschi», si lamenta, ironica. «Vuoi scommettere?»

Il comunicato è schiacciante, i soldati della cultura non tradiscono mai, e l'attacco di Palma è devastante. Alejandro Farrell e il Turco Jalil si presentano alla Villa, un evento del tutto eccezionale, e si complimentano con Belda per come ha gestito la crisi. Mi invitano di nuovo a una partita di caccia nella zona dei laghi. «Sento puzza di bruciato», dico a Beatriz, non appena se ne sono andati. «Potrebbe essere un'ottima occasione per studiarli meglio», mi sprona lei. Ragione per cui alla fine imbraccio di nuovo il .243 di scarsa portata e mi muovo nel bosco della cordigliera con due compagni armati.

La camminata verso la traccia indicata dalla guida dura tre ore. Alejandro è il primo della fila, in ansia, aggrappato al Remington come se fosse un giocattolo e la nostra una missione pericolosa. Non sa cosa significhi camminare davvero in territorio comanche. Jalil approfitta della distanza per posarmi una mano sulla spalla. «Il commissario non ha idea del casino in cui si sta infilando», annuncia, lasciandomi di ghiaccio. Potrebbe sorpassarmi a destra, ma rallenta per tenermi davanti a sé, rimanendo alle mie spalle. «La tua capa pensa davvero che Jakov mi faccia uscire di testa?» La domanda è un sussurro che mi sfiora la nuca. «O che impazzisca per questo ruolo ridicolo? Per piacere, Remil, così mi offendete.» Risaliamo un altopiano. Il Turco sta mandando un messaggio inatteso. «Grattate il fondo del barile con la maestra e quell'impotente di suo marito, inventatevi il film che preferite», dice, senza mai ritrovarsi con il fiato corto. «Quel verme di Marquís prenda il timone, una buona volta, e Cálgaris si prenda la sua fetta di torta. Va benissimo. Ma Romero deve piantarla di rompere, perché ci sta prendendo un po' troppo gusto, e non so come andrà a finire.» Alejandro, duecento metri più avanti, avvisa con il walkie talkie e Jalil solleva il binocolo. «È il maschio. Muoviamoci.» Non vedo altra soluzione che seguirlo e aspettare qualcosa di più preciso, ma ho la sensazione che si tratti di una conversazione privata e non gli convenga coinvolgere il figlio del governatore. I due hanno alcuni interessi in comune, ma molti altri divergono completamente.

Nonostante il tempo trascorso, l'orma è ancora nitida. Discutono una strategia e decidono di proseguire verso nord, sempre controvento. I cervi sono in grado di fiutarti anche a quattrocento metri, e Junior è convinto che questo non si sia allontanato molto. Jalil, che è il suo maestro, non è così speranzoso, ma non vuole raffreddare i suoi entusiasmi. Il veterano mi cede nuovamente il passo, con una cortesia sospettosa, e Alejandro mi chiede perché preferisco la boxe alle arti marziali. Gli spiego che sono cintura nera di karate, che ho fatto judo e jujitsu e sono stato addestrato al combattimento corpo a corpo nelle Forze speciali, ma che mi sento sicuro solo se riesco a mandare al tappeto un campione dei pesi medi. «Una volta ho perso un incontro con un ranger che tirava di boxe ed era in un'altra categoria. Mi ha fatto nero, per poco non mi ha steso. Ma nessuno che pratichi arti marziali ci è mai riuscito. Forse faccio boxe per quella superstizione da vecchio soldato.» Junior guarda Jalil con malizia. «Remil non si è mai trovato davanti un vero ninja.» Il Turco gli rivolge un sorriso di approvazione, ma lo mette in guardia: «Io non sfiderei qualcuno che è stato infiltrato in un carcere ed è tornato per raccontarlo. E poi non credo che un karateka abbia mai impensierito Monzón. Tu sì?» Farrell si fa serio. «E chi si ricorda di Monzón? Siete due fossili!» borbotta.

Camminiamo in silenzio un'altra mezz'ora in quella policromia autunnale di rossi, ocra e gialli; passiamo accanto a una pineta e a tratti ci accovacciamo tra gli arbusti. In una zona di lievi alture, Jalil abbassa il binocolo e sfiora il gomito del discepolo. Alejandro solleva il Remington e lo punta, rastrellando il terreno. «Aspetta, è ancora troppo lontano!» lo frena il Turco, sussurrando, ma Alejandro è impetuoso: spara una, due, tre volte. E sbaglia. Fatico a individuare il maschio, non ho lo sguardo da cacciatore, ma alla fine mi sembra di scorgerlo in un avvallamento: è sempre rimasto al di fuori della nostra portata. Alex vuole seguirlo di corsa, Jalil lo convince che sarebbe inutile. Il ragazzo è irritato, ferito nel suo enorme orgoglio. Riposiamo per un po' al sole, sotto un concerto di avvoltoi e parrocchetti, poi Jalil propone di modificare il percorso e provare in un dirupo a ovest. «È il burrone fortunato», gli dice, come per tirarlo su di morale. «Ricordati dell'anno scorso.» L'altro però è di malumore, non vuole nemmeno sentire quella storia incredibile. Sotto le sopracciglia folte, il Turco mi lancia un'occhiata insolita, chiedendo aiuto. Per cambiare argomento, chiedo ad Alejandro Farrell perché, vista la sua abilità, non ha mai partecipato ai campionati internazionali di taekwondo. La prende male, mi guarda con rabbia. «Pensi che non abbia le palle per farlo? Mi vuoi mettere sotto esame?» Svio lo sguardo; Jalil si accarezza le acciughe di peli ispidi sopra il labbro superiore. Il rampollo si irrigidisce e mi domanda: «Vuoi mettermi alla prova adesso?» Che bella famiglia, mi dico: lo zar, la zarina e i loro deliziosi pargoli. «Scusa, non volevo offenderti», soggiungo, chinando la testa. «Oltretutto, sono un po' vecchio per te.» Le scuse non fanno che irritarlo ancora di più. Si mette in mezzo Jalil: «È quasi mezzogiorno, Alex. Se ci sbrighiamo, scommetto quanto vuoi che in quel burrone troviamo un altro maschio». Si è alzato anche lui e ha imbracciato il Winchester. Per un attimo, maestro e allievo sembrano due cowboy sul punto di uccidersi a vicenda. Non sono loro, ma le loro ombre, il loro subconscio. Non si accorgono di quanto sia assurda la situazione: agiscono di riflesso. Alejandro ammorbidisce i lineamenti e ride di nuovo: «Dai, stronzo, che siamo in ritardo».

Iniziamo una marcia forzata; per la prima volta mi danno le spalle, camminando l'uno accanto all'altro. Adesso so che non ci saranno incidenti di caccia: il messaggero deve tornare in città sano e salvo. Ma è un pomeriggio interminabile, perché nel burrone della fortuna non c'è nemmeno un mangia mais. Verso le quattro, spuntano altri due cacciatori: un albino e un mapuche con zaini e fucili calibro 12. Il senso di pace svanisce; riconosco immediatamente la postura e la faccia dei colleghi. Jalil me lo conferma: sono «ragazzi» del dipartimento per la Sicurezza, ci portano da mangiare. In uno degli zaini ci sono *empanadas* e birra in lattina; so che i gorilla del Turco avevano ordine di intercettarci se non fossimo rientrati per l'una. Se ne stanno per conto loro mentre noi mangiamo sotto un cipresso, quindi ci seguono in silenzio, prestando un'attenzione estrema a ciascuno dei miei movimenti. Alle cinque e mezzo, quando la luce comincia a scemare, Jalil trova altre tracce nel sottobosco, ma sono confuse. Va da sé che, se non fosse per l'impazienza del ragazzo, saremmo rientrati al casotto di caccia da un pezzo, ma chi può negare qualcosa a un bambino ricco?

In questo epilogo, accetto il mio ruolo di principiante e rimango incollato al Turco. Adesso ci muoviamo quasi accovacciati, scrutando il terreno scoperto, in un silenzio da chiesa vuota. Finché Alejandro, più avanti, non si alza, portandosi il fucile davanti agli occhi. «È una femmina», lo avvisa Jalil con il walkie talkie, dando per scontato che Junior abbasserà il Remington. Ma non lo fa. Il Turco abbassa il binocolo e ripete: «Lasciala andare, è una femmina giovane!» È il codice dei cacciatori del posto, un precetto accettato all'unanimità per non spezzare l'equilibrio del branco. Stabilita la norma, violarla sarebbe un'eresia. Spio l'albino e il mapuche, che rimangono leggermente indietro, impavidi, e torno a guardare Jalil, che ha un'aria incredula. «È una femmina, Alejandro», insiste per la terza volta, con un filo di voce.

Ma Alejandro preme il grilletto.

8

Cospirazione sulla *Aubrey*

A millecinquecentro metri dal porto c'è una colonia di foche. Io e Beatriz ci passiamo il cannocchiale per vedere i maschi in azione, mentre il Grande Jack ci parla della balena franca e ci istruisce sui pettegolezzi di questa minuscola città arida e industriale, che tra poco attraverseremo a bordo della sua Toyota Hilux bianca. Chilometri infiniti di spiagge di conchiglie e dune, un mare di un blu intenso, con alte percentuali di sale e iodio, infine i tristi quartieri con una bassa concentrazione di abitanti stabili e parecchia costa. Eppure, Romero mette in luce il centro storico e il piccolo museo, ci segnala due sale da bowling dove si mangia e si beve bene, e dove è facile far cantare qualcuno e pagare per un'informazione preziosa. «È un porto oceanico che ha molti vantaggi», disserta il commissario; indossa la giacca scamosciata e il foulard al collo; gli occhiali scuri rafforzano l'aria da sbirro. «Offre operatività a basso costo, maggiore velocità e migliori condizioni geografiche: le acque sono calme ed è al riparo dai venti.» Beatriz osserva tutto con scetticismo, rannicchiata sul sedile come se avesse freddo nonostante il riscaldamento. Indossa calze nere di lana, stivaletti di cuoio foderati in pelliccia, un maglione irlandese lungo e largo che le arriva alle ginocchia, e una sciarpa che le copre il naso.

«È demaniale o c'è una concessione?» chiede.

«Un po' e un po'. L'investitore privato è una società anonima nella quale entrano trenta imprese. Ortofrutticole, minerarie e alcune aziende fantasma, a mio parere.»

Il terminal portuale è uno stagno per navi di grande pescaggio. Ci sono camion e scaricatori annoiati, e alla darsena lavorano svogliatamente due gru di un cargo.

«Qual è il livello di controllo?» chiedo dal sedile posteriore.

Il commissario ride: «Qui gli scanner funzionano secondo criteri parecchio strani, Remil, si rompono ogni due per tre. Non usano cani, raramente gli ispettori salgono a bordo per un controllo e non ci sono squadre di sommozzatori».

«Uno smistamento doganale molto efficace», commenta BB, che non sembra stupita.

«Per i pescatori è una festa», puntualizza Romero. «La polizia fa le radiografie a quelli in regola, ma chiudono un occhio con gli irregolari. Non c'è bisogno di mettere calamite negli scafi, non lo fa più nessuno. I pescherecci si portano il container in magazzino e, lontano dagli occhi dei funzionari, aprono il pannello isolante, infilano i panetti nella lana di vetro e mettono nuovi rivetti. Oppure, direttamente sulla barca, scambiano le casse di frutta o di pesce con altre miste di mattoni purissimi. Il meccanismo è ben oliato, ma sono talmente tanti a mangiare quella torta che ormai non c'è nemmeno bisogno di ricorrere ai vecchi trucchi.»

«Destinazione?» chiede la sociologa, sbadigliando.

«Africa, e un po' meno in Europa.»

La Toyota esce dal porto e imbocca una strada che porta a sud.

«Non so se è vero o se è una leggenda, Remil, ma un informatore giura di aver visto un carico nascosto in un lotto di mele, e che i pacchi avevano un logo molto famoso», dice, cercando il mio sguardo nello specchietto. «Un altro drago.»

Sento un formicolio sottopelle. Belda si raddrizza contro lo schienale e si sfila la sciarpa, come se anche a lei fosse venuto caldo all'improvviso.

«L'Operazione Dama Bianca?» chiede, girandosi verso di me.

Annuisco, con lo sguardo verso l'orizzonte. Vedo i lineamenti nitidi di Nuria e l'odio viscerale di Belisario Ruiz Moreno. A volte, in questo mestiere, la storia si ripete.

In lontananza si vedono terrazzamenti e scogliere, ancora immersi nella bruma. Il sole crea strani fulgori che ci accecano. Romero gira a una rotonda e imbocca una strada asfaltata che costeggia spiagge vuote e poco alla volta si trasforma in una litoranea.

«Un centro balneare in espansione», dice il Grande Jack, come se lo dovesse vendere. «Con una movida immobiliare completamente in rosso.»

«C'è un casinò?» chiede lei, come se volesse giocarsi qualche fiche.

«Casinò, aeroporto e perfino un piccolo yacht club. Il colonnello è arrivato stamattina con il suo aereo. È in vacanza, un viaggio privato. È da un po' che voleva farsi un giro in queste acque, ma non aveva mai tempo. Uno skipper e un mozzo hanno portato qui l'*Aubrey* da Buenos Aires. Ci hanno messo sei giorni. Oggi però rimarranno a terra: a Cálgaris piace navigare solo o male accompagnato.»

«L'*Aubrey*?» domanda BB, girandosi di nuovo.

«Una barca a vela di quattordici metri di lunghezza e 4,4 di larghezza massima. Costruito in acciaio navale, con un motore diesel Perkins», spiego.

«Ci verrà a prendere al club e ci porterà a fare un giro», soggiunge il commissario. «Al largo saremo al sicuro da microfoni e interferenze. Quindi ci riporterà in porto e continuerà il suo fine settimana lungo. Lunedì lascerà l'*Aubrey* all'equipaggio e tornerà in aereo all'alba.»

«Mi piacciono, i sibariti.» BB sorride.

La città ci appare sulla destra. È tipicamente mediterranea, con alcuni edifici a torre, alberghi in costruzione, villette pittoresche, zone pedonali e viali alberati. Proseguiamo lungo scogliere con accessi al mare, aree di sosta incastonate nella roccia e, a sinistra, terrazzamenti sul mare. In basso ci sono distese infinite di sabbia, ma anche di scogli scivolosi a fior d'acqua. Di lì a poco abbandoniamo l'area urbana e scorgiamo una spianata, risultato dell'abbassamento del livello del mare, e più in là l'apertura di una baia. Corriamo controvento per un altro quarto d'ora. Lo yacht club è miserrimo e un po' deprimente, ed è pieno di pescatori. Con il binocolo individuo l'*Aubrey* che beccheggia lungo il molo. Quando la Toyota scende al livello del mare, vedo anche Cálgaris in coperta, che discute con la ciurma. A terra è di guardia il Salteño, avvolto in un poncho che nasconde il suo fucile d'assalto. Quando la Toyota si ferma, ci viene incontro con fare minaccioso, ma poi ci riconosce e si rilassa all'istante. Scendiamo con le gambe intorpidite e ci infiliamo i piumini. La mia Glock, la Smith & Wesson e la Browning del commissario sono rimaste nel vano portaoggetti, insieme ai nostri cellulari. Il vento non promette bene, gabbiani e cormorani ci assordano. A un cenno di Cálgaris, la ciurma scende e saliamo a bordo noi. Il Salteño mi sorride a malapena con gli occhi e ci segue come se fosse un lupo, o una balia. Il colonnello indossa il piumino imbottito e i guanti da timone, e un berretto da marinaio aristocratico. Saluta la socia con due baci sulle guance, e Romero con un abbraccio affettuoso. A me riserva una gelida occhiata di riconoscimento, a distanza. Offre caffè bollente da un thermos e lo versa nelle tazze di metallo, mentre commenta entusiasta le previsioni meteo e le caratteristiche di quel mare australe. È tutto pronto, il motore è acceso e fa le fusa, la ciurma scioglie gli ormeggi mentre la nostra conversazione accessoria si sviluppa alla mercé delle intemperie. Il Salteño ha messo il fucile al riparo e adesso si dedica ai compiti di mozzo; lo fa con un'abilità e una concentrazione di cui non sono mai stato capace in tutti questi anni da cane fedele. Non sono mai riuscito ad assimilare le passioni di Cálgaris: l'arte, il jazz e la nautica.

«Ho saputo che è stato in Spagna», dice Belda, abbracciando la tazza fumante.

«Ne ho approfittato per vedere la mostra di Ingres a Madrid», risponde il vecchio, lisciandosi i baffi giallastri. «*La grande odalisca*! Ricorderà quella rara sproporzione, che dona al corpo eleganza e sensualità.»

Belda fa un cenno affermativo, e il colonnello intuisce che non sappia chi diamine sia quell'Ingres, né che abbia dipinto quell'odalisca sproporzionata, quindi si produce in un salvataggio galante.

«Mi ha fatto pensare a lei, perché c'era il *Napoleone I sul trono imperiale*, che avevo visto al Musée de l'Armée di Parigi. So che lei è tutt'ora una devota del piccolo stronzo, Beatriz.»

«Leggo qualunque biografia venga pubblicata e studio massime e aforismi», ribatte lei, all'improvviso rianimata. «'In politica ci si deve muovere come in guerra: distrarre su un fianco per poter colpire l'altro'.»

Cálgaris fa una risata, come se avesse fatto centro. Ed è così. Si scambiano frasi e aneddoti napoleonici per qualche minuto, finché il Salteño, sull'attenti, non gli dice che è tutto pronto. Il colonnello si prende ancora un momento per puntualizzare la necessità di impiegare gli uomini per i loro vizi, più che per le loro virtù. Chiude con la sua frase preferita: «Chi è disposto a governare deve saper pagare con la propria vita, e lasciarsi uccidere se necessario». Una citazione ermetica e inquietante in tempo di democrazia; il vecchio lascia che la frase ci rimbalzi in testa mentre dice qualcosa alla radio dello yacht, controlla brevemente gli strumenti, si mette al timone e governa piano la barca. Il Salteño gli rimane accanto, come se dovesse prendere il suo posto da un momento all'altro, e noi osserviamo la costa passandoci il binocolo. Il sole è alto e la temperatura bassa, ma sopportabile. L'oceano ha un blu particolare; in lontananza, enormi cargo solcano le acque. A un ordine del colonnello, il Salteño spiega le vele e traffica con cime e nodi. A quel punto Cálgaris lascia fare al vento: puntiamo al largo, ma senza perdere di vista la linea della costa. Il colonnello si sta divertendo molto e non ha nessuna voglia di cedere il timone. Dopo un po' lo fa, per educazione, e lascia che il mozzo mantenga direzione e rotta, anche se lo tiene d'occhio di sguincio. Estrae la pipa e l'accende, nonostante il vento, e racconta al Grande Jack che ha visitato anche il Thyssen, dove si è imbattuto in una mostra sulle leggende del West. Romero si entusiasma: non ha mai visto un quadro di Remington, ma è un fanatico del *Cavaliere della valle solitaria* e di *L'uomo che uccise Liberty Valance*.

«Shane era omosessuale, in realtà, e Valance è stato ucciso da Pompey, il nero», butta lì Cálgaris, sorridendo. «Se non altro così dicono gli specialisti spagnoli.»

Scandalizzato, il commissario si lancia in una discussione in un linguaggio da iniziati, che lascia indifferenti Belda e il sottoscritto. Alla fine Cálgaris legge le maree, studia le carte, recupera il timone e modifica la rotta. Stiamo tornando verso le spiagge, ma non si vedono né lo yacht club, né gli stabilimenti balneari né il porto. Da poppa si scorgono solo altri scogli e pianure: il vento ha smesso di ruggire e siamo di fronte a una landa della Patagonia, nel centro esatto del nulla. Ammainano le vele e gettano l'ancora a prudente distanza. Scendiamo nel ventre dell'*Aubrey* e ci spogliamo di giacconi, guanti, berretti e sciarpe. Siamo troppi, lo spazio è piccolo e claustrofobico. Il Salteño stappa due Corona, prepara il tavolo e scarta i panini al salmone e formaggio, quindi torna in coperta, al suo posto di guardia. Belda esce dalla toilette e riceve un bicchiere di Talisker che le scalda l'anima. Anche il commissario si è tolto foulard e giacca scamosciata, e sta descrivendo al colonnello alcuni aspetti sconosciuti di Hoover. Fa ridere tutti con un'uscita cinica che gli era stata attribuita nei corridoi dell'FBI: «Tutti gli uomini sono uguali di fronte ai pesci». BB ha un'aria un po' stanca.

Il padreterno della Casita decide di mettere da parte le amenità e va dritto al sodo: «I miei complimenti, Beatriz, il chiasso su Farrell è aumentato di cento punti, alla Casa Rosada. Se prima era l'imbonitore, adesso è la star della Lega dei governatori. Si è messo in tasca il presidente».

«I governatori hanno rispetto soltanto per la polizia e le inchieste», interviene Belda, già più sveglia. «Abbiamo migliorato l'immagine pubblica e gli abbiamo fatto una flebo di autostima politica. È bastato quello.»

«Non sottovalutare mai l'efficacia di una moglie vendicativa», consiglia il colonnello al Grande Jack, che mangia senza perdere una parola. «Sono stati velocissimi a levarsi di dosso l'Hoover di Farrell!»

«Magari non è andato da nessuna parte», relativizza il commissario, con la bocca piena. «Marquís è a capo del Dipartimento, ma il Turco continua a muovere i fili dall'esterno. Il suo burattino è il vicecapo della polizia, che è irremovibile, oltre che l'anello di congiunzione con le altre forze.

E fa sempre capo a lui tutto quello che riguarda i porti, le strade e la sicurezza nello sport. La parte del leone.»

«Non ha voluto mollarlo», conferma la sociologa, rigirandosi il panino tra le mani. «Farrell mi ha confessato che non poteva dargli il benservito, dopo tutti questi anni. Sarà consigliere del governo provinciale, e alcuni funzionari continueranno a rispondere a lui durante la transizione, ma senza sollevare conflitti.»

«E Marquís, che cosa dice?»

«Sputa fuoco e fiamme.»

«Lo credo», conferma Cálgaris, che ha i baffi sporchi di formaggio. «Gli hanno concesso funzioni limitate. In ogni caso Palma è dentro, prima o poi riusciranno a fare leva e a prendere il controllo. Ho qualche novità su quella società calcistica che ti fa perdere il sonno, caro Romero.»

«Era ora!» esclama il Grande Jack, e vuota il bicchiere.

«Abbiamo fatto spionaggio finanziario», rivela il colonnello alla sua socia, pulendosi le labbra con un tovagliolo. «Il FinCEN ha dato una grossa mano.»

«L'unità antiriciclaggio del Tesoro degli Stati Uniti», chiarisce Romero. «Hanno accesso alla rete Egmont, un sistema di scambio di informazioni tra gli organismi del settore di tutto il mondo.»

«Aveva ragione il Grande Jack», spiega Cálgaris. «Una delle società che controllano la squadra, con sede alle Cayman, appare nel rapporto sulla Strategia di controllo del narcotraffico internazionale. Il dipartimento di Giustizia assicura che c'erano di mezzo i soldi dei cartelli del Golfo e di Sinaloa.»

«L'avevo detto!» grida Romero, e scoppia nella sua risata cavernosa. «L'avevo detto, cazzo!»

«Ma la DEA ha informazioni più dettagliate. Hanno scoperto vincoli, collegamenti e coincidenze con un altro fondo di imprese off shore controllate dai ragazzi.»

«Da chi?»

«Colombiani e messicani che si erano staccati dalle organizzazioni di origine», risponde, e nemmeno questa volta mi degna di uno sguardo. «I Dragones Mutantes di Tijuana e del Valle, che prima erano al comando di Ruiz Moreno. Questi ultimi non contano, perché sono rimasti inattivi. Ma la diaspora del Cartello di Tijuana è un'altra cosa.»

La storia si ripete. Il commissario e la signora mi puntano gli occhi addosso, come se dovessi dire qualcosa. Rimango impassibile.

«Importano ed esportano droga e godono di protezione da parte di politici, polizia e dogana», aggiunge infine Romero, che ha dimenticato il pranzo nel piatto. «E non pagano pedaggio in contanti né in merce, come in altre province, ma con azioni, dividendi suddivisi in opere pubbliche, opere fluviali, acquisto di terreni e altre forme di riciclaggio. La più creativa è quella del calcio.»

«Secondo Romero, Jalil è l'uomo che allunga le mazzette e assicura la pace», spiega il vecchio alla gran signora, posandole una mano sul braccio. «E sembra che Jalil non risponda nemmeno a Farrell.»

«Come sarebbe a dire?» chiede Belda, che si è svegliata del tutto.

«Dev'essere cominciata come una semplice raccolta di fondi per la politica, ma si è ingrandita tanto da diventare una speculazione personale», ipotizza Romero, che ha lo sguardo vacuo. «Farrell, come chiunque altro, non chiede da dove vengano i soldi. E nemmeno fin dove arrivano.»

«È sempre stato uno stronzo fortunato», riflette BB, rigirandosi tra le dita una ciocca dei capelli bianchi. «Ha sottomano tutti gli appalti.»

«Quasi tutti. Il Turco si è unito a Cerdá, che è il responsabile delle finanze del partito», dice il Grande Jack, esaltato. «Cerdá crede di essere un corsaro. Sovvenziona il progetto, ma si infila i soldi in tasca. Attenzione, però: il vero boss è Jalil. Mi hanno detto che i suoi padroni vivono all'estero e che lui si è comprato ville in Cile, Brasile e Venezuela.»

«Forse anche in Messico», conferma Cálgaris, bevendo un sorso di whisky. «Com'è andata con Cerdá?»

«Mi ha dato appuntamento al suo ristorante sul fiume, parlava a voce talmente bassa che quasi non lo sentivo. Non si è presentato come un tecnocrate, ma come un militante e un mediatore. Mi ha fatto capire che Alejandro Farrell mangia dalla stessa torta.»

«Ha una sua logica», commenta Belda, che abbandona il panino e chiede un altro whisky.

«Ci ha offerto mari e monti, tra le righe», dice Romero, serissimo. «Non è arrivato a minacciarmi perché è un manager educato, ma vi assicuro che è come se lo avesse fatto.»

Cálgaris versa un altro Talisker a Beatriz Belda e mi lancia una terza occhiata, rapida e sfuggente.

«Jalil ti sta mandando un messaggio, Cerdá cerca di riempirti le tasche. È un'escalation.»

«Ed è anche la conferma che ha i nervi scoperti», interviene lei.

«Ho letto il dossier che mi hai lasciato, Jack: un capolavoro. Il problema sarà dimostrare tutto quanto», dice Cálgaris.

«Non ci servono chissà quante prove», puntualizza Belda. «Ci bastano indizi sufficienti per metterli con le spalle al muro.»

Un piccolo versamento macchia l'occhio glauco del colonnello, che ricambia lo sguardo di quella donna aggressiva con un'occhiata enigmatica.

«Sto lavorando ai fianchi un informatore nella zona dei laghi, dove gli amici del Turco fanno business con gli alberghi», segnala il commissario, che ha finito la Corona.

È come se non l'avessero nemmeno sentito.

«E il giro di affari?» chiede Belda al colonnello, come se ci fossero solo loro due.

«Investimenti vantaggiosi e a basso rischio», ribatte Cálgaris, come a tranquillizzarla. «E non possono essere espropriati.»

Lei annuisce. Riesco quasi a sentire gli ingranaggi delle loro menti, ma non riesco a capire che cosa si stiano dicendo senza parole. Prendo una birra dalla ghiacciaia e salgo in coperta per respirare un po' d'aria fresca e fumare una sigaretta. Il Salteño beve la birra dalla bottiglia e si stringe addosso il poncho. L'*Aubrey* si fa cullare dalle onde, circondata dai gabbiani in volo e dai loro strilli. Con questa botta di ossigeno e di mutismo nordico cerco di adottare il punto di vista di BB. Non può credere davvero che Farrell ignori che il suo capo di gabinetto, il responsabile dell'intelligence e il primogenito stiano creando un impero con soldi sporchi. Nemmeno Cálgaris può bersi una cosa del genere. Sono troppo furbi. Sanno entrambi che Farrell sa, e che deve avere un'ottima motivazione politica: con questo cerchio perfetto di riciclaggio e protezione faccio sì che la droga sia solo di passaggio, e oltretutto attiro capitali nella comunità; evito il veleno e porto fondi per creare lavoro. Che cosa starà pensando Cálgaris? Sono impegnato in questa operazione per conto della Casita, ma adesso salta fuori che uno dei figli del nemico numero 1 della Casa Rosada è un assassino, e l'altro un mangia. Devo tradire la mia capa e guadagnarmi una promozione? Posso ancora salire nella gerarchia? Obiettivamente Beatriz Belda non ha nessun interesse a radunare prove contundenti, perché accrescerebbero al quadrato la tentazione di Cálgaris. L'indagine, quindi, dev'essere limitata e aperta. A BB non interessa la verità giuridica, ma il fatto di poter usare quei segreti ufficiosamente, perfezionare la sua operazione di salvataggio e intascare una bella cifra dai Farrell per quell'enorme favore. Così si rafforza il potere alle spalle del potere. Eppure, c'è qualcosa nel dialogo senza parole di poco fa che mi sfugge. Due ballerini imbroglioni che si muovono assieme e tramano possibili inganni. Che danza pericolosa. «Qualche passo avanti, con la suora?» chiedo al Salteño, per allontanare quella cappa scura.

Lui riflette alcuni secondi su cosa dirmi, o su quanto gli conviene rivelarmi. Alla fine dice il minimo indispensabile: «Il vecchio è sicuro che il papa non ne sappia niente. Ha scoperto che è una sorpresa che vuole fargli l'amico». Fumo ripensando a padre Pablo nella Stanza della Segnatura, con il suo taccuino nero, la matita, la pelata elegante, gli occhi astuti e scoraggiati. È una catena di interessi e favori: il sacerdote del Palazzo Apostolico e il padreterno della Casita vogliono la stessa cosa: un'offerta indimenticabile a un leader grato e molto potente. Lancio il mozzicone in mare e mi avvolgo la sciarpa alla testa. Il Salteño non è informato sulle vere novità. Tre settimane fa, a proposito di non so quale effemeride, padre Bustos ha postato sulla pagina Facebook del Collegio salesiano un panegirico ipocrita su Mariela Lioni. Il testo era corredato da alcune poesie di pugno della suora di Villa Puntal, noiosissimi versi d'amore a Dio. Quella notte ho sognato qualcosa che la riguardava e che poi ho dimenticato, ma mentre facevo colazione l'indomani ho avuto un'intuizione. E se quegli scarabocchi non fossero stati dedicati al Nazareno? C'era un'altra chiave di lettura? Certo, alcuni erano abbastanza ambigui da lasciare spazio ad altre interpretazioni. Ho chiamato Bustos e gli ho chiesto dove li avesse trovati: la fonte era Moretti, li aveva lui. Ho provato a contattare il professore, ma era in viaggio. Ho chiesto a BB l'autorizzazione ad andare a Buenos Aires in aereo e sono corso dritto alla parrocchia di suor Fabiana. Era un sabato plumbeo e variabile, e c'era una lunga fila di mamme che cercavano di fare vaccinare i propri figli. L'anfitriona e il suo arcangelo male in arnese avevano predisposto un mate con brioche, servito su assi di legno coperte da tovaglie di pizzo; un pugno di assistenti sociali cercava di dividere in gruppi le donne per impartire consigli e censirle su un registro. Quando si è accorta di me, Fabiana mi ha chiesto a gesti di aspettarla nel suo ufficio. Ho preso posto e ho studiato le foto che Lioni teneva sotto il vetro della scrivania: processioni nel fango, discorsi nelle mense delle scuole, frasi della Bibbia e una Vergine con il cuore trafitto da sette spade, la Dolorosa. Chiesa di Vera Cruz, Salamanca.

«Nostra Signora delle pene», ha detto suor Fabiana quando è riapparsa, china sul vetro mentre accarezzava l'immagine. «La Vergine del dolore, la Vergine della pietà, la Vergine delle angosce. Perseguitata dai sette dolori di Cristo. Mariela l'aveva studiata da vicino a Firenze, dove era nato il culto alla fine dell'XI secolo. Poi si è scoperto che è la patrona di Chancay e conta parecchi devoti in altre città del Perú, tra cui Lima, Tarma, Ayacucho e Cajamarca. E in questa parrocchia, in effetti, la sua raffigurazione è un salvacondotto.»

«Sono venuto a farle una domanda spiacevole», l'ho interrotta, e lei ha raddrizzato la schiena, sospettosa, accarezzando la croce di legno con le sue mani grassocce. Pensavo che mi avrebbe chiesto se avessimo trovato la sua amica, ma Fabiana non ha aperto bocca, a quel punto ho capito che anche lei aveva letto il panegirico su Facebook e sapeva esattamente perché fossi lì. Ho sostenuto il suo sguardo per un minuto intero.

«Le poesie d'amore», ha detto alla fine, incapace di reggere oltre, e ha abbassato gli occhi.

Ho lasciato che facesse il giro attorno alla scrivania e si sedesse. Lo ha fatto con un passo da calvario, crollando infine sulla sedia, sconfitta. Inaspettatamente si è tolta il velo, scoprendo i capelli corti spruzzati di grigio. Mi ha ricordato un generale di divisione che si toglieva le mostrine dal petto ogni volta che aveva bisogno di parlare in modo ufficioso, come un civile qualunque.

«Quando si era innamorata di Moretti?» ho chiesto diretto, senza vaselina.

La domanda l'ha colpita a un occhio, come se le fosse entrato un bruscolino. Lo ha strizzato, senza ironia, e se lo è strofinato con furia, lasciandolo rosso e offuscato.

«Non è successo da un giorno all'altro», ha ammesso, disarmata. «È cominciata come un'amicizia da trincea, ma poi la cosa si è fatta seria, perché a lui piaceva la pittura, e lei non aveva molte persone con cui parlare di Rubens e Raffaello. E poi Moretti rimaneva qui, la domenica sera, cenavamo e lui ci suonava pezzi allegri e malinconici. A volte ballavamo, io e lei.»

«E quando è degenerata?»

«Quando lei ha accettato di andare a casa sua per portargli le vecchie cartelline di quand'era in Italia e i quaderni della scuola. Alcune sere si fermava a cena là, e lui la riaccompagnava fino alla porta della parrocchia. Avevo capito che cosa stava succedendo. A me, che non sono nessuno, stava capitando più o meno la stessa cosa. È normale. La castità è difficile, mio caro, e può capitarti di conoscere qualcuno che ti fa tremare la terra sotto i piedi. Ma non è una cosa così grave, se rimane tutto a livello platonico.»

«Ma in questo caso è stato grave, o no?»

Ha sospirato, abbandonandosi contro lo schienale della sedia. Ha intrecciato le mani in grembo, mordendosi il labbro inferiore.

«Le ho giurato che non l'avrei detto a nessuno, mai», ha detto, con una lacrima che faceva capolino. «E sto malissimo a raccontarlo a lei, ma adesso non ho scelta. Una notte ho sentito dei rumori. Era tardi, e la luce della cappella era ancora accesa. Mariela era in ginocchio e singhiozzava disperata.»

«Il peccato della carne», ho detto, senz'ombra di ironia.

«Un cataclisma», ha ammesso, e si è sfregata di nuovo l'occhio arrossato. «Era distrutta dai sensi di colpa e dal rimorso, ma sapeva che sarebbe stato difficile chiudere con lui. Ha chiesto aiuto a Dio, gli ha promesso che avrebbe cercato di opporsi con tutte le sue forze. Ma i mesi passavano e non riusciva a staccarsene: gli scriveva poesie, gli telefonava, cercava scuse per vederlo di nascosto. 'Fabi, è una droga', mi diceva. Si è rifiutata di andare da uno psicologo, e a volte si giustificava dicendo che quell'amore era volontà di Gesù. Che Gesù, nella sua infinita saggezza, aveva unito due guerrieri per dare loro conforto e renderli più forti. Ma non reggeva a lungo: non se la beveva nemmeno lei.»

«E Moretti, che atteggiamento aveva?»

Fabiana si è raddrizzata sulla sedia, facendola scricchiolare; l'occhio ormai era gonfio.

«Mi sta chiedendo se l'amava? Certo che l'amava, anche se a modo suo. Più calmo, senza perdere la testa. Moretti era egoista ed enigmatico; Mariela era trasparente, ed era capace di dargli anche quello che non aveva.»

«Lui ha mai cercato di lasciarla?»

«Mai, che io sappia. Lei, mille volte. Ma poi ci ricadeva sempre.»

«Litigavano spesso?»

«Mai», ha detto, stupita. «A cosa pensa? A un crimine passionale?»

«Lei no?»

«Moretti non farebbe del male a una mosca. E poi l'aveva ai suoi piedi. Un pomeriggio l'ho trovato a scuola, e l'ho pregato di pensare seriamente al futuro. Era ovvio che Mariela non avrebbe appeso l'abito al chiodo e che quell'amore non poteva durare. Gli ho suggerito che, forse, sarebbe stato meglio per entrambi se lui l'avesse lasciata andare. Era lui ad avere il potere. Se le avesse chiuso la porta, il dilemma sarebbe passato a miglior vita.»

«Moretti però non voleva, o non poteva.»

«Allora, straniero, se lei pensa che Mariela sia scappata perché non era in grado di portare quella croce, le dico subito che è completamente fuori strada.»

Ha ritrovato la solita determinazione e si è infilata di nuovo il velo. La parentesi di slealtà si è chiusa. Ho passato la notte nell'appartamento di Belgrano e ho letto un nuovo libro sui Cesari: «In segreto, Nerone si era abbandonato all'ardore delle passioni. Arroganza, lussuria, avarizia e crudeltà, fatti passare inizialmente per errori di gioventù, che alla fine dovettero essere riconosciuti come tare del carattere». Ho sognato che ero di scorta a Belda al caffè di Villa Agrippina e al mattino ho ritirato una Nissan Versa dalla flotta ufficiale della base Chacabuco della Marina e ho aspettato l'arrivo dell'orchestrina al terminal dei traghetti.

Moretti e i suoi ragazzini sono tornati puntuali da Montevideo e hanno preso d'assalto uno scuolabus arancione. Li ho seguiti direttamente fino all'istituto, ho attraversato il cortile e mi sono acceso una sigaretta dietro uno degli archi. Gli allievi facevano chiasso nella sala musica, mentre il violinista discuteva con due maestre e un sacerdote. Quando mi ha visto, si è scusato e ha tagliato in diagonale il campo da gioco in mattonelle per venirmi a salutare. Il vecchio hippie, magro come uno stecco ma con la pancia da bevitore di birra, aveva la barba più corta, i capelli più folti e la fronte più aggrottata. Con diplomazia, gli ho spiegato che era meglio non parlare lì all'aperto. Mi ha accompagnato alla Nissan; gli ho proposto di andare a casa sua, un modesto appartamento nel quartiere di La Lucila. Ha accettato a monosillabi. Non appena si è seduto e si è messo la custodia dello strumento in grembo, gli ho detto che sapevo tutto della sua storia d'amore clandestina. «*Merde!*» ha esclamato, rovesciando indietro la testa. Respirava a fatica, ansimando, con gli occhi lucidi fissi sul tettuccio. Sono uscito dal vicolo, imboccando avenida Libertador. Gli ho raccontato dall'inizio alla fine la chiacchierata con suor Fabiana, rimproverandolo di averci mentito riguardo a una persona scomparsa.

«Non so se ti rendi conto del casino in cui ti sei infilato, professore», ho detto, tastando il terreno.

Ha annuito spostando il collo in avanti, come se lo stessero sgozzando, quindi ha chinato il viso e se l'è coperto con le mani delicate. «Dammi una buona ragione per non consegnarti al magistrato», gli ho detto. «*Merde!*» Di nuovo. Ho estratto la pistola che porto al polpaccio e gliel'ho puntata contro le costole, spingendo. È sussultato per il dolore e la paura, ma non è riuscito a mettere insieme tre parole in croce. «Hai un ferro da stiro, a casa? Perché sto per stirarti la lingua», gli ho detto. Alla rotonda ho svoltato a sinistra e mi sono fermato in una strada isolata, che finiva sulle rotaie del treno. Non avevo nessuna voglia di entrare nel centro di La Lucila, men che meno di sollevare uno scandalo per quel cacasotto incapace di fare del male a una mosca. Chiunque abbia fatto questo lavoro per trent'anni capisce subito se qualcuno ha le palle per uccidere o un istinto omicida, e quello straccione bohémien non aveva nemmeno un po' di presenza di spirito. Ho estratto le chiavi, ho rimesso la Smith & Wesson nella fondina, sono sceso dalla Nissan, ho chiuso la portiera con violenza e ho appoggiato i gomiti al tettuccio, accendendomi un'altra sigaretta. Poco dopo, Moretti è sceso a sua volta con gesti goffi e ha sollevato le braccia, come a dimostrarmi che non era armato. Le mani gli tremavano come due rami durante una bufera.

«Le giuro su Dio che quella storia non c'entra niente!» ha implorato, isterico.

«Lasci perdere il Vecchio barbuto, lei è ateo», l'ho ammonito.

«Avevamo chiuso tre o quattro mesi prima», si è difeso, mettendo il broncio. «Ci vedevamo ancora, ma non è più successo niente. Non gliel'ho detto perché era un segreto sacro tra noi due, e perché lei non me lo avrebbe mai perdonato.»

«Qui di sacro non c'è niente, professore. Andavate a letto, punto. Me lo ha nascosto, e adesso non posso più fidarmi.»

Moretti si è chinato sul tettuccio e si è arreso al pianto, dandosi per vinto. Con la sua esuberante fantasia, già si vedeva in una cella o, nel migliore dei casi, nel suo letto, a urlare di dolore mentre io gli arrostivo l'uccello strappandogli una falsa confessione. Ho valutato per qualche istante ancora se prendermi il disturbo di quella nobile impresa, ma poi mi sono convinto definitivamente che quella non era una storia d'amore con un epilogo tragico. Ho schiacciato il mozzicone, sono risalito sulla Nissan e ho fatto il giro della rotonda; quando sono stato di nuovo accanto a lui, ho buttato la custodia del violino fuori dal finestrino e gli ho detto: «Al diavolo la sua musica di merda, professore. La terrò d'occhio finché non commetterà un errore, e a quel punto mi dirà la verità. Ho molto, moltissimo tempo. Pensi a me tutti i santi giorni. E rifletta se vale la pena continuare a raccontarmi balle». Quindi ho accelerato e l'ho lasciato in mezzo alla strada, tremante e a bocca aperta, con la custodia a pezzi.

Un procedimento da manuale, anche se mancava di convinzione.

Sono tornato ai Cesari e ai sogni allusivi; ne ho approfittato per correre venti chilometri e scrollarmi di dosso la frustrazione. Una *runner* con una fede d'acciaio, afflitta dalle amarezze della miseria ma abituata alle delusioni; una santa tentata dal sesso, affascinata da un eroe sdentato che le parlava in francese e le suonava Schubert. C'erano nuove carte sul tavolo, ma, se sollevavo la prima appariva una figura, se muovevo la seconda si formava un paesaggio e se le capovolgevo vedevo un pagliaccio o un segno incomprensibile. Forse quel nuovo elemento era appetitoso, ma rimaneva irrilevante: diversamente da ciò che succede nei romanzi gialli, spesso, durante un'indagine vera, la scoperta di un segreto manda su di giri l'investigatore e non fa altro che metterlo per mesi sulla strada sbagliata.

Sotto la doccia, ho sentito il cellulare che vibrava. Sono corso a prenderlo, zuppo. Era Beatriz. Chiedeva se potevo approfittare del fatto che ero lì per fare un salto a casa di Diana, la quale stava avendo «una delle solite crisi». La definizione mi ha fatto sorridere, ma quando la signorina Galves mi ha aperto la porta mi sono reso conto che BB non aveva affatto esagerato, anzi. Lady Di era completamente nuda, imbottita di pasticche, con le guance macchiate di rimmel. Sembrava un procione e quasi non si reggeva in piedi. «Ah, Remil, non sai che cosa mi stanno facendo, quei figli di puttana», mi ha detto; non ho colto la solita sensualità impostata né le sferzate amare nella sua voce, quanto piuttosto paranoia e terrore. Mi sono chiuso la porta alle spalle e ho cercato di portarla in camera, ma si è divincolata dalla mia stretta e ha ciondolato nel living sorreggendo una bottiglia di champagne. Ho potuto osservare quel corpo leggendario e pallido, quasi senza rughe né grasso. Il corpo di una donna di trent'anni, il pube privo di peli. L'appartamento, non grandissimo, era colmo di oggetti d'arte astratta, e sul tappeto c'era una chiazza enorme di vomito.

«Mi rendono la vita impossibile. Impossibile», ha continuato, per poi prendere un lungo sorso dalla bottiglia.

«Ma chi? Cos'è successo?»

«Come, chi???» ha chiesto, con lo sguardo allucinato e il singhiozzo. «I soliti bastardi!»

«Si sieda e mi spieghi», le ho chiesto, con dolcezza.

«Quegli stronzi mi odiano perché ho avuto successo. La notte mi chiamano e poi mettono giù. A volte mi minacciano.»

«Si sieda», le ho ripetuto.

«Non mi siedo un cazzo!» Ha preso un altro sorso, ma poi le è venuto un capogiro e le gambe hanno ceduto.

Ne ho approfittato per spingerla sul divano e le ho strappato di mano la bottiglia. Teneva la schiena dritta, ma le spalle erano chine e le gambe le tremavano; due rivoli scuri le rigavano lenti le guance.

Mi sono seduto in poltrona, senza chiederle niente per

non darle altri motivi di ansia. Era avvolta da una nube che la invecchiava.

«Mi danno il tormento dal periodo dei militari», ha detto, tra un singhiozzo e l'altro, con una voce mai sentita prima, che doveva essere quella vera.

«Era fidanzata con un ammiraglio, no?»

Ha annuito; i capelli rossi erano appiccicaticci. Nel fascicolo che la riguardava c'erano rapporti dei servizi segreti e alcuni articoli sul settimanale dell'intelligence e su riviste sensazionaliste degli anni Ottanta.

«Un ammiraglio sposato», ho aggiunto. «E poi un generale alcolizzato.»

«Come una donnetta», ha ammesso, con l'aria smarrita. «Ma non dimenticare che ero famosa molto prima di quello schifo.»

«Ti accusavano di aver collaborato alle liste degli attori. Lo hai fatto davvero?»

Il procione ha sollevato lo sguardo e ha valutato se la mia domanda includeva un giudizio morale. La nuvola stava svanendo.

«Non mi interessa che cos'ha fatto o no. Sto cercando di aiutarla», ho chiarito.

«Ho recitato gratis centinaia di volte per le organizzazioni per i diritti umani. Le Abuelas de Plaza de Mayo mi hanno assegnato un premio.»

«Che emozione.»

La conversazione aveva risvegliato il suo orgoglio, oltre che lei stessa: era questione di secondi e si sarebbe resa conto di essere nuda, anche se sembrava avvezza a quel genere di esibizioni. E chi ero, io, per contraddirla?

«Beatriz militava nei Montoneros», ha detto, come se avesse bisogno di addurre prove.

«Lo so.»

«Ho rischiato grosso durante la dittatura, Remil. Potrei raccontarti tantissime cose.»

In Argentina hanno tutti un passato epico. Che Paese di eroi. Lady Di voleva fumare. Le ho passato una sigaretta e gliel'ho accesa con cautela; non volevo che mi vomitasse addosso. Ha preso una lunga boccata, senza conati. Non sembrava a disagio senza vestiti addosso, e quella mancanza totale di pudore mi disturbava.

«In quegli anni nessuno si è dato da fare quanto me per il rispetto degli attori e la continuità del lavoro», ha detto, come se fosse una vittima della repubblica e dell'irriconoscenza.

«Eppure non ti vogliono perdonare», l'ho rintuzzata. «Un'attrice che sta dalla parte del potere deve avere parecchi amici, ma suscita anche molti rancori.»

«C'è gente rabbiosa che si mette in testa cose di ogni genere. Per esempio che è colpa mia se i teatri ufficiali non li chiamano.»

«E hanno ragione?»

«Ma ti prego!»

«Non ci sono liste bianche?»

«Di raccomandati? Ovvio! Ci sono persone che si comportano bene e altre male. È naturale. Come dappertutto.»

«E la borsa di studio della Patagonia è stata la ciliegina sulla torta.»

Stava per rispondermi quando le è preso qualcosa, forse un attacco di nausea. La sigaretta è caduta a terra e lei è scivolata mentre cercava di alzarsi. L'ho afferrata prima che battesse la testa sul pavimento, l'ho sollevata di peso e l'ho portata in bagno. Si è inginocchiata davanti al wc, lo ha abbracciato ed è rimasta per un po' a vomitare il suo antico splendore. Vomitava e piangeva, e intanto le ho aperto l'acqua calda. Quando l'ho adagiata nella vasca era esangue, con le labbra e i capezzoli viola. Sono rimasto lì quaranta minuti, finché non mi è sembrato che avesse recuperato un po' di calore e di presenza di spirito. Non sembrava in imbarazzo, quando l'ho asciugata con il telo e l'ho portata in braccio fino al letto con baldacchino. L'ho messa sotto le coperte e ho abbassato la luce per lasciarla dormire qualche ora, e a quel punto mi ha afferrato un polso per bloccarmi.

«Quegli stronzi hanno passato il segno», mi ha detto con un filo di voce.

«Che cosa hanno fatto, questa volta?»

«Hanno rapito Juan Domingo.»

La terra ha smesso di girare per una decina di secondi.

«Mi sta prendendo in giro», ho azzardato.

«Non lo farei mai, se c'è di mezzo lui. Sai bene che per me è come un figlio.»

«Quando è successo?» ho chiesto, soffocando una risata. «Ne è sicura?»

«Beatriz non ti ha detto niente?» ha chiesto, furiosa, e di nuovo si è sentita la sferzata amara. «Pensavi di dover venire a farmi da supporto morale?»

«Dove lo ha perso?»

«Non l'ho perso, me lo hanno portato via giovedì», ha detto, senza energia. «Preparami un tè.»

Le ho portato una tazza di Earl Grey e le ho sistemato i cuscini dietro la schiena, in modo che potesse berlo con calma. Ancora non c'erano tracce della diva nazionale, ma se non altro cominciava a sembrare un essere umano.

«Ero andata a cambiare della lingerie qui all'angolo, mi sono distratta ed ecco, era sparito», ha raccontato, stringendo la tazza con fare teatrale. «Una commessa ha detto che le era sembrato di averlo visto uscire, ma mi stavano tutti attorno a blaterare e nessuno si è accorto di niente.»

«E lei ha tirato giù tutti i santi.»

«Volevo morire! Lo abbiamo cercato in tutto il quartiere, ho chiamato la polizia e i vigili del fuoco. Non mi era mai scappato, il cordone ombelicale che ci lega è troppo forte. Sono sicura che qualcuno mi stava seguendo e che me lo ha preso.»

«Hanno chiesto un riscatto?»

«Chiamano, ma poi riattaccano. Come sempre. Dio mio, spero che non lo abbiano torturato, povero piccolino! Lui non ha colpe, è innocente!»

Sul comodino c'era il biglietto da visita del commissario con cui aveva parlato. L'ho chiamato con il suo cellulare e gli ho detto che ero un agente della Casa. Il commissario è rimasto allibito dalle dimensioni assunte da un episodio così banale. «Per le persone in vista nessun incidente è irrilevante, commissario», l'ho ammonito, ma l'ultima cosa di cui quel pover'uomo stremato avesse bisogno era mettere due agenti a cercare un cane. Avevano interrogato di malavoglia la gente del quartiere e registrato la denuncia. Cos'altro potevano fare? Lanciare un allarme a livello nazionale? Ho chiuso la telefonata e ho guardato l'orologio alla parete: era tardi, ma potevo fare un giro per controllare la zona. Ho chiesto le chiavi a Diana e le ho suggerito di riposare. «Mi rendono la vita impossibile», ha ripetuto, con gli occhi che si chiudevano, come se stesse cedendo finalmente al sonno. Sono sceso con l'ascensore e una volta in strada ho chiamato Belda. Era a una cena d'affari, ma si è allontanata per chiedermi se l'amica stava meglio. «È stabile, ma il cane non si trova.» Speravo che mi sollevasse da quel compito umiliante, ma non ha ceduto. «Cercalo», ha detto, e ha chiuso la telefonata. Se Cálgaris mi avesse visto in quel frangente penoso, mi sono detto, avrebbe dato per assodata la mia caduta inesorabile: prima la foto del mio deretano a Napoli, poi la faccia da pesce lesso di fronte alle ossa del cavallo a Villa Puntal e, infine, la ricerca notturna del feroce cane bianco nelle strade del Barrio Norte. Il capitolo finale poteva intitolarsi *Decadenza e apice grottesco di una ex spia argentina.*

Il negozio di lingerie era chiuso, ma ho parlato con un fioraio. Sono entrato in un bar e mi sono fatto lucidare le scarpe. Ho regalato un pacchetto di sigarette a un barbone che dormiva in strada e ho scoperto che due dog-sitter si dividevano il mercato. Uno viveva dieci isolati più in là, in una «pensione familiare». Ho detto all'impiegata che c'era un'emergenza con un cliente, chiedendo di svegliarlo. Non ce n'è stato bisogno: stava guardando la tv ed è uscito in cortile spaventato. Gli ho mostrato un santino da ispettore e l'ho accusato di rubare cani. Mi ha giurato che non faceva nulla del genere e gli ho messo le manette. Strillava talmente tanto che alcuni degli ospiti hanno acceso le luci e si sono affacciati sul cortile. L'ho preso per un braccio, l'ho trascinato in strada e l'ho fatto salire sulla Nissan obbligandolo ad abbassare la testa. Ho fatto un bel po' di strada mentre lui si sperticava in giustificazioni e piagnistei di ogni genere, ho accostato lungo un tratto buio e gli ho puntato la Glock all'orecchio sinistro. Aveva fatto qualche «goliardata», ma da due anni aveva un giro di clienti stabile e fedele, e aveva smesso di spaventare le vecchie riccone. Non sapeva niente del cagnolino, ma se qualcuno aveva chiesto un riscatto poteva essere il suo collega, che era molto più in difficoltà: perdeva un sacco di soldi alle scommesse. Suonava sincero. Gli ho tolto i braccialetti e l'ho lasciato andare. Il giocatore incallito viveva a San Cristóbal, in una casa occupata. L'ho trovato all'ingresso, che faceva casino con altri due. Ho dovuto spaccare due denti al più ribelle per evitare che la cosa trascendesse. Con il dog-sitter ho ripetuto la procedura della Nissan e della Glock. Se l'è fatta addosso e mi ha descritto tre rapimenti nei minimi dettagli, ma dello stronzo cagnolino bianco, niente. Alla fine era un agnellino, mi ha spiegato addirittura le caratteristiche comportamentali delle razze e mi ha dato consigli e trucchi per trovarlo. C'è gente davvero gentile, in questa città. Sono tornato al negozio di lingerie di pessimo umore e ho fatto un giro nelle strade attorno. Camminavo e fumavo, controllando sotto le macchine parcheggiate, negli angoli e nei tombini. Una notte lunga e infruttuosa. Sono tornato con la coda tra le gambe all'appartamento della diva, che dormiva un sonno agitato nel letto a baldacchino. Mi sono messo a curiosare nell'appartamento, ho ripulito il tappeto dal vomito, mi sono versato una vodka e mi sono messo a controllare i venticinque album di foto che documentavano la turbolenta vita di Juan Domingo. Ho guardato con particolare attenzione quelle scattate nel quartiere, ma non mi è venuta nemmeno un'idea. Proseguendo, ho scoperto che una delle prime e una delle ultime foto erano state fatte nello stesso posto: l'ambulatorio veterinario in cui era nato e dove qualche mese prima era stato celebrato il suo compleanno. La festicciola era finita addirittura sulla rivista *Hola*: per l'occasione, la diva era accompagnata dai colleghi di teatro, che festeggiavano Juan Domingo come se fosse Laurence Olivier. Ho cercato l'indirizzo dell'ambulatorio su Internet. Che cos'avevo da perdere? Ho preso la Nissan e sono andato verso Retiro, chiedendomi se un veterinario avrebbe riconosciuto un cagnolino identico a mille altri: portava un collare normalissimo, Lady Di gli metteva quello con i brillanti solo quando andava a un ricevimento o concedeva un'intervista. In strada e senza la padrona, Juan Domingo diventava un randagio qualunque. Chissà se quel veterinario sarebbe stato così premuroso e intraprendente da chiamare la proprietaria, o se si sarebbe limitato a dargli asilo in attesa che qualcuno si facesse vivo. Ormai c'era luce e non mancava molto all'apertura: facevano servizio toeletta e vendevano cibo per animali bilanciato dalle otto di mattina. Ho parcheggiato di fronte e mi sono avvicinato alla vetrina, protetta dalle inferriate. All'interno, alcuni cuccioli dormivano nei box di vetro. Ho cercato di vedere meglio nelle gabbie più indietro, ma al buio era impossibile. Ho fatto colazione in un baretto umido e ho letto i giornali, mentre aspettavo. Il veterinario era un tizio allampanato con i baffetti alla Hitler che si è agitato tantissimo quando gli ho comunicato la brutta notizia. Nelle ultime due settimane non aveva accolto nessun cagnolino sperduto; ha chiamato il canile municipale, ha controllato i blog sulle adozioni e i siti specializzati in adozioni e segnalazioni di emergenze. C'erano alcuni cagnolini, ma l'allampanato era sicuro che Juan Domingo non fosse tra quelli. Alla parete, incorniciata, c'era una copertina della rivista *Caras*, che immortalava Diana Galves con il suo «grande amore». Avrebbe riconosciuto quel cane tra mille, e ne faceva un motivo di orgoglio professionale. Ha proposto di lanciare un appello in rete, ma non volevo che quell'episodio diventasse una catastrofe mediatica, oltre che un boccone succulento per i giornali scandalistici. Mi ha raccontato almeno tre storie di cani smarriti nel labirinto della città che avevano ritrovato la strada di casa. Per compensare, aveva altre storie tragiche e numerosi misteri che sarebbero rimasti irrisolti: cani finiti sotto una macchina o sbranati da altri cani, cuccioli smarriti per sempre. Sono tornato alla Nissan camminando piano:

guardavo i marciapiedi su entrambi i lati della carreggiata, mi fermavo davanti ai cantieri e facevo domande a caso, parlando con altri dog-sitter. Stavo entrando nel negozio di lingerie, che ormai aveva aperto, quando mi è sembrato di scorgere una macchia bianca sul marmo nero: era a una cinquantina di metri da me, all'ingresso del palazzo della diva, ma avevo la visuale coperta da una campana della raccolta rifiuti. Doveva essere un effetto ottico, mi sono detto. Stavo per entrare nel negozio per parlare con le commesse, ma quando ho messo il piede sullo zerbino ho sentito il cuore che partiva a mille e ho attraversato la strada. Se la vista non mi ingannava, c'era davvero una palla bianca all'ingresso, simile a un berretto o un sacchetto del supermercato. Ho fatto una corsa per raggiungerlo, senza dar credito a quello che vedevo e cercando di convincermi che era un miraggio. Ma era proprio Juan Domingo. Era esausto, sporco, sanguinante e stravolto; respirava affannato, con la lingua di fuori, raggomitolato davanti al portone, proprio sotto il citofono. Non aveva nemmeno la forza di scappare. Mi ha dato un mezzo morso quando me lo sono stretto al petto, mentre ringraziavo la Vergine della Candelaria, la Dolorosa e tutti i santi del paradiso. Quando mi ha visto entrare, la diva ha fatto un salto per lo spavento e la gioia, colmando l'appartamento di strilli isterici. Abbiamo posato quella palla sporca sul tavolo della cucina e l'abbiamo esaminata sotto la forte luce del lampadario: le macchie di sangue non erano né fresche né sue, ma era spaventato e privo di forze, al limite di un collasso canino. Bisognava andare subito dal veterinario. La diva, ancora nuda, è corsa verso il guardaroba, ma poi è tornata indietro per darmi un bacio a bocca aperta. «Quei bastardi non ci hanno sconfitto, Remil», ha sussurrato, e si è vestita con una velocità insolita per qualcuno che in genere impiegava due ore a prepararsi. L'allampanato ci ha ricevuti come se fosse il medico del presidente che curava uno statista ferito, e dopo una visita generale gli ha fatto qualche iniezione, lo ha obbligato a ingoiare qualche pillola e lo ha messo in osservazione. «Stia tranquilla, mia cara. Juan Domingo è sotto shock e particolarmente stressato, ma non è in pericolo di vita.» La diva lo ha abbracciato ed è scoppiata a piangere. Non sono tenere, queste star così sensibili?

Un attimo dopo si è dimenticata di noi e ha chiamato Beatriz per informarla dei lieti sviluppi di quel giorno meraviglioso. Ha parlato con BB per quaranta minuti, durante i quali l'allampanato pendeva dalle sue labbra e io mi annoiavo a guardare le capriole dei cuccioli nelle gabbie di vetro. «A volte cerchiamo chissà dove ciò che è vicino», ha detto il veterinario, che non imbroccava nemmeno i proverbi. Quel luogo comune, tuttavia, mi ha fatto pensare per un attimo a Mariela Lioni. È stato un piccolo, strano lampo nella nebbia, un'idea che si è affacciata alla mente per una frazione di secondo e si è di nuovo inabissata. È successo tutto troppo in fretta, e da allora cerco di riprodurre quella scintilla per sapere che cosa illuminasse, invano. Non ci riesco nemmeno adesso, sulla coperta dell'*Aubrey*, mentre guardo senza vedere il paesaggio di scogli e spiagge rocciose, con i gabbiani che ci girano attorno come se volessero divorarci. Cálgaris risale la scaletta, seguito dai suoi compari, studia il vento e la grammatica delle onde. Romero sta difendendo l'Inglese con le unghie e con i denti. Il colonnello ordina al Salteño di levare l'ancora e sciolgono insieme le vele. Cálgaris prende il timone e segue la strumentazione, accende il motore per prendere il via e piega appena la barca a destra. La manovra dura quindici minuti; Belda la segue distrattamente da poppa stringendomi un braccio; una manifestazione di intimità che finora non si era permessa. «Voglio che impari le regole del bridge, mi annoio un po', il fine settimana», mi dice a bassa voce, senza smettere di fissare la lavagna di nubi gonfie e il sole che tramonta. Siamo così vicini che riesco a sentire il Talisker nel suo fiato.

Romero ci raggiunge. Dice che il colonnello gli ha raccontato una storia incredibile sull'Inglese. Negli anni Novanta, Silvia Miller lavorava per una rivista che faceva venire la gastrite al ministro degli Interni. Cálgaris aveva infiltrato un agente, e ogni giovedì riceveva la fotocopia della copertina in uscita e gli articoli principali. In quel modo, il governo era in grado di bloccare le loro mosse prima che i fatti diventassero di dominio pubblico, e di neutralizzarli nel miglior modo possibile. L'Inglese se ne è accorta, e ha convinto il direttore a preparare due bozze di copertina parallele, lasciando girare in redazione quella apocrifa. E ha architettato un modo per ridurre i sospettati a tre cronisti e un grafico. Quando ha scoperto chi fosse la talpa, lo ha fatto seguire e fotografare, ha ottenuto che fosse licenziato, quindi lo ha fatto a pezzi con un servizio di sei pagine: *Ecco come l'intelligence della Casa Rosada spia questa redazione*. Cálgaris si era mosso in modo illegale, ma avrebbe comunque potuto sporgere denuncia contro il direttore responsabile e la redattrice impertinente per violazione della legge sui servizi segreti. Non lo aveva fatto per due ragioni: la prima, lo scandalo sarebbe esploso, anziché spegnersi, la seconda, ammirava quella giornalista che aveva più palle di un samurai. «Mi stupisce che siamo d'accordo su questo punto», gli dice Beatriz, con il bocchino tra i denti, e ne approfitta per accendersi la sigaretta. «Ma l'avviso che non avrei pietà di lei, se si mettesse di nuovo in mezzo.» Senza lasciare il timone, il colonnello si gira per risponderle. «'Ho bisogno di una cosa soltanto', diceva Bonaparte.» BB annuisce, avvolta dal fumo, e completa la citazione: «'Di trionfare'». Il Grande Jack preferisce lasciare nel vago quell'idea cupa, e porta il discorso sui quadri di Carla Jakov: qualche giorno fa abbiamo mandato le foto a Cálgaris via mail.

«Non era originale e nemmeno brava», sentenzia il vecchio, sotto il cappello da nobiluomo. «Non si può fare una cosa del genere a Zeus, e nemmeno alla fanciulla. Meritava quella fine.»

9

Un ballo a tre

Il Club Convergencia ha una sede distaccata fuori città, con un poligono di tiro all'aperto. Due o tre volte, in questa stagione densa di emozioni, ci sono andato con Romero, per distrarmi e tenermi allenato. Il commissario vuotava il caricatore della sua vecchia Browning con polso fermo e una mira imprecisa, e mi faceva ridere con i suoi aneddoti su cantonate e sparatorie. In questi giorni è in giro per laghi, a pesca di trote e informatori, e sono la diva e la stratega ad accompagnarmi. Con mio grande sconforto. Si incapricciano dell'idea la mattina, quando Galves arriva alla Villa tra saluti e cerimonie, dicendo che non ha portato Juan Domingo perché è ricoverato in una clinica a cinque stelle per la riabilitazione. La diva si sottomette a tre riunioni di analisi dell'immagine pubblica di Farrell, e Belda la premia concedendole il pomeriggio libero per «fare qualcosa di divertente». Non so bene come siano arrivate a parlare del poligono: BB allude a Romero, Maca racconta qualcosa sul trauma dell'uso delle armi da fuoco ed entrambe si entusiasmano come ragazzine all'idea di vedere com'è e capire che cosa si prova. Cerco di dissuaderle, ma l'attrice mette su il broncio e la sociologa mi ordina di non perdere altro tempo. Telefono al responsabile del poligono, che risponde direttamente ad Alejandro Farrell, gli spiego che cosa stiamo per fare e come ci muoveremo. Se mi prendo io la responsabilità posso fare da supervisore; per gli amici di Farrell le formalità vengono accantonate.

Le porto sulla 4×4 fino al poligono, circondato di pini, e scarico le due casse di munizioni che avevo messo nel baule. Le signore mi tartassano di domande tecniche e mi fanno il terzo grado su questioni più personali. Chiedono quali sono i vantaggi e gli svantaggi di revolver e pistole, l'impatto dei diversi proiettili, ma indagano anche su cos'è successo a Mount Longdon e sulle zuffe dei miei trent'anni di servizio. Per evitare una confessione, mostro loro la Glock e ne parlo come se fossi un teorico o un maestro d'armi; tolgo il caricatore perché possano sentire quanto pesa. La toccano come se fosse un gadget sessuale, e Beatriz mi parla di una Bersa calibro 22 che suo padre nascondeva in soffitta. «Non ha potere d'arresto, ma a distanza ravvicinata è letale. Il proiettile rimbalza all'interno del corpo e fa uno scempio. Le agenzie di intelligence e alcune squadre speciali usano quel calibro con cariche subsoniche e silenziatori.» Rimetto il caricatore alla Glock, infilo gli occhiali protettivi e tengo una breve lezione: posizione dita, mani, braccia, corpo, torace, bacino e gambe. Postura di fronte al bersaglio, tecnica per prendere la mira e sfiorare il grilletto. Quindi abbasso il paraorecchie e faccio una dimostrazione al rallentatore, un tiro dopo l'altro, in modo che osservino l'intera sequenza. Premo un pulsante per avvicinare la sagoma di cartone bucherellata e riempio di nuovo il caricatore. Loro si sprecano in esclamazioni estasiate e perplessità assurde. Per illustrare i rudimenti pratici sono costretto ad abbracciarle da dietro. «Ho i brividi», commenta l'attrice. «Sono un calibro 22, Remil, piccola ma letale», dice la stratega. Fanno a turno, eccitate dalla polvere da sparo e da questa pratica violenta e rapace. La Glock scotta. Provo con la Smith & Wesson 36. Sono estasiate dalla piccola Chief's Special color argento. Insegno loro a sparare armando il cane con il pollice sinistro. A forza di provare, a Galves salta un'unghia scolpita, e muoiono dalle risate. Sto finendo le munizioni, così suggerisco di andare. Mi seguono appese alle mie braccia, una per lato, mentre insistono perché riveli i segreti più scabrosi del mestiere. Arrivati all'albergo, BB guarda l'orologio e mi chiede di tornare per cena in giacca e cravatta. Scende dalla macchina per prima e non si accorge che la diva mi saluta mordendomi le labbra. Mi faccio una doccia alla Conigliera, mi vesto e arrivo puntuale alla suite di Belda, convinto che si tratti di una riunione di lavoro. Ma il tavolo è apparecchiato per tre e c'è una bottiglia di Cristal.

Navigo sul tablet per un quarto d'ora, finché non compaiono, uscendo insieme dalla stanza. Beatriz Belda, più informale ma elegante, indossa un vestito di seta color petrolio che le arriva appena sotto il ginocchio; ha un paio di orecchini di perle, ma c'è un dettaglio insolito: i capelli bianchi sono tirati all'indietro e fissati con il gel. Diana Galves è perfetta per il red carpet, con un abito nero attillato che arriva a metà coscia, ampia scollatura a cuore e un collier di diamanti di Bulgari a forma di serpente. Il mio pensiero va agli uomini che mi hanno preceduto: il belloccio dagli occhi viola e poi il francese, il vincitore del Goncourt. Nemmeno un veterano di mille battaglie, segreti e inganni smette mai di stupirsi.

«Suggerisco il merluzzo nero alla griglia su letto di finocchi e pomodorini confit», dice Belda, leggendo il menu. «O la pernice con frutta candita e uovo al tartufo nero. Copiano la cucina di La Bourgogne. Abbastanza bene, direi.»

«Pernice per me, merluzzo per il soldato», decide Lady Di, e mi dà una forchettata. «Bette mi ha raccontato che abbiamo un'intercettazione del mio illustre collega.»

Belda ordina la cena al telefono, ma i suoi occhi non si

staccano da me nemmeno per un istante. Uno sguardo nuovo, per certi versi, privo della distanza professionale che mi dedicava fino a poche ore fa. Cerco di capire di che pasta è fatta, ma non vado oltre una sorta di inesplicabile diffidenza animale. Grazie ad Alien Spy, Palma ha registrato una conversazione sconveniente dell'assessore alla Cultura. Stappo la bottiglia e verso lo champagne.

«Voglio sentirla, Bette», la implora Diana, come una bambina.

«Al custode delle signore nei guai!» propone Beatriz, sollevando il calice.

«Ho un debole per gli eroi», rincara l'amica, facendo tintinnare il calice.

«Gli eroi scellerati. E i detective dei cani», sottolinea Belda, maliziosa.

Cerco il file audio sul tablet. La voce rude di Lolo Muñoz infrange l'atmosfera allusiva della serata. È chiaramente ubriaco e suona la chitarra, stonando. Il materiale è già stato ripulito, quindi salto i prolegomeni e faccio un sunto dei contenuti essenziali: l'assessore alla Cultura illustra a uno dei suoi fratelli la brillante idea di «avere a disposizione un po' di contanti per togliersi dai guai e ungere la polizia». In caso di emergenza, rompere il vetro. Glielo ha raccomandato il governatore, che la sa lunga, e gli ha addirittura facilitato la trafila per comprare una tomba monumentale al cimitero. Comunque a Muñoz quello scherzo è costato più caro che una villa di lusso sul lago. Quando finalmente ha avuto i permessi, due muratori di fiducia gli hanno costruito una cripta in cemento dissimulata dall'ultimo gradone del terreno, nella quale ha trasferito i resti dei quattro familiari più vicini, precedentemente sepolti in un altro cimitero. Lolo sembrava felice del supporto ricevuto. «Due bastoni per frenare la bestia e per dormire meglio», diceva. Due milioni di dollari. Niente male, per un incapace cronico. Ma il meglio arriva adesso. Lolo strimpella con furia e intona *La zamba del canuto*, che chiude con un termine poco legato al folklore: termosigillato.

Le mie ospiti scoppiano in una gran risata, fino a piangere e tossire, e la diva mi chiede di riascoltarla. Il capriccio è frustrato dall'arrivo del cameriere con il vassoio della cena. Quando si ritira, Diana attacca la pernice e chiede a Belda che cos'ha fatto di quelle informazioni compromettenti. Beatriz assaggia svogliata il pesce.

«Palma ha controllato le liste del comune e ha scoperto che anche Farrell e Cerdá hanno una loro tomba. E che Jalil ha disposto che un'autopattuglia con tre agenti sorvegli il cimitero con turni permanenti.»

«Il cimitero sarà pieno di soldi! Come fanno a essere così volgari?» chiede Lady Di, scandalizzata.

«Succede, quando fai denaro a palate, *dear*», le spiega BB. Il pesce non la entusiasma, a quanto vedo. «All'inizio ingaggi finanzieri di prim'ordine e metti in piedi circuiti sofisticati; poi cerchi contabili di seconda classe e, alla fine, prendi chi c'è, perché la produzione ha un ritmo tale che non hai tempo di andare per il sottile. E poi è vero, devi sempre avere dei soldi a portata di mano per frenare una perquisizione o comprare un po' di tempo, se devi sparire. Non hanno inventato niente.»

Riascoltiamo la zamba, che riporta un po' di calore all'atmosfera. Galves mi chiede di Palma; non riesce a decifrarlo. Le spiego il funzionamento della Cueva, che offre assistenza tecnologica di primo livello al miglior offerente. Non do voce a quello che penso da sempre. Ossia che Cálgaris è un azionista segreto di quell'impresa di hacker sedentari e invisibili tecnici del suono. Racconto, poiché non ho scelta, la triste storia familiare di Palma, sul quale a un certo punto abbiamo dovuto indagare a fondo per capire con chi avessimo a che fare. La madre del ragazzo dei lecca-lecca ha avuto un'emorragia cerebrale quando lui non aveva nemmeno otto anni, e il padre ha mollato tutto per starle vicino. Tutto, compreso lavoro e famiglia. Palma è cresciuto da solo, un orfano isolato dall'universo, indissolubilmente legato alla sua unica finestra sul mondo esterno, il suo ciuccio e il suo biberon: Internet. Parola di Maca. Un nerd senza vita analogica, una spia informatica estremamente efficace.

«Non fa esercizio, mangia schifezze e non ingrassa mai. Lo odio!» si lamenta Diana.

Sono interessate anche alla psichiatra, che è entrata nelle loro grazie.

«Mi sembra intelligente e delicata», la loda BB.

«Il tema natale che mi ha fatto era preciso!» Lady Di sospira. «Mi ha detto che è fidanzata con una spagnola, ma che l'amore a distanza spegne i suoi entusiasmi.»

«Amore a distanza non ha sostanza, *dear*.»

Non è una spagnola, ma un'agente argentina di stanza a Madrid su incarico della Casita, tuttavia evito di puntualizzare. Mi stupisce che Maca abbia confessato il suo *affaire* parallelo con una cilena. Quante altre indiscrezioni avrà scatenato questo allegro cameratismo femminile? L'enigma sta per essere svelato.

«È una diplomatica, sposata e con cinque figli», spiega la sociologa, abbandonando definitivamente il merluzzo. «Una dell'Opus che Maca ha conosciuto a un cocktail al ministero degli Esteri. Proprio lì, nel bagno, si sono abbandonate a uno slancio di passione. Hanno passato una settimana a Buenos Aires senza farsi mancare nulla, e un'altra a

Valparaíso, dove la diplomatica va di tanto in tanto con la scusa di un simposio.»

«Ma è amore o sono solo ormoni?» chiede Galves, stupendomi con la sua ingenuità. Se ne rende conto, e fa un passo indietro: «Di solito è la stessa cosa, ma non si sa mai».

«Pensa un po'. Maca è molto flessibile e l'altra è rigidissima. Per adesso se la stanno godendo.»

«Per adesso!»

Con il telecomando, Beatriz fa partire un cd di Sinatra. «*All or nothing at all*», canticchia Diana, pulendosi le labbra con il tovagliolo. «O tutto o niente, la metà dell'amore non è mai stata con me», traduce Belda, osservando l'amica. Poi mi fa cenno di stappare la seconda bottiglia di Cristal. La musica è dolce, e le due donne stanno in silenzio per non rompere l'incantesimo. «*I'll never smile again*», annuncia BB; Diana chiude gli occhi e si muove al ritmo della ballata. Poi, all'improvviso, li riapre, e ciò che dice mi lascia di ghiaccio: «Maca ci ha parlato di Nuria».

Estraggo il tappo con un botto, sembra quasi lo sparo di un fucile. Lei sbatte le palpebre, ma non sussulta.

«'La sindrome della guardia del corpo e l'inaspettata fine di una storia'», dice, facendo il verso alla grassona senza vergogna. Una buona imitazione. «'Un amore tra persone crudeli con un finale tragico, che ha l'effetto della kryptonite: lo trasforma in un uomo incostante, fallibile, vulnerabile'.»

«Basta, Di», la rimprovera con dolcezza la capa.

«E la conseguenza peggiore in assoluto», aggiunge la diva, raggiante nella sua interpretazione, «'la delusione del padre, che non è mai riuscito ad annientare'.»

Mi alzo per andarmene. Diana mi sfiora una guancia e io tiro indietro la testa, in un riflesso da ex pugile. «*I'll never smi-*

le again», dice rivolta a BB. «*Again.*» Belda abbassa lo sguardo e l'accontenta. La canzone di Sinatra riparte dall'inizio.

Diana Galves è in piedi e mi tira per le braccia.

«No», le dico.

«Bette?» fa lei, in una richiesta d'aiuto.

Belda infila una sigaretta nel bocchino ed evita di guardarci.

«Gli ordini non si discutono, soldato.»

Guardo la scollatura profonda di Diana e le cingo la vita, per spezzarla in due o per prenderla: è un miscuglio di emozioni, il collier di Bulgari splende. Il sangue mi martella alle tempie e sento che mi sto eccitando; lei se ne accorge e risponde con un lieve sorriso. Anche Beatriz adesso è in piedi: alza il volume come per costringerci a ballare e continua a fumare. Stiamo seguendo un rituale che forse ha creato lei stessa, nel quale io sono il burattino di turno. Fatico a stare al passo con la sua socia, che sembra avere le vertigini; mi scosta e mi lascia andare, si gira verso l'amica e si sfila le scarpe con un movimento svelto ed elegante. Beatriz lascia il bocchino sul posacenere e risponde all'invito. Ballano come un uomo e una donna. BB ha messo in Repeat il pezzo di Sinatra, che arriva alla fine e riparte. Mi destabilizza la scioltezza con cui si sincronizzano, l'immagine disturbante di due donne avvinghiate e voluttuose. Così diverse. Ripenso agli amanti che mi hanno preceduto e cerco di immaginare come hanno reagito loro di fronte a quello spettacolo così intimo e audace.

Sto per avvicinarmi alla porta e andarmene, quando la diva sembra indovinare le mie intenzioni: all'improvviso si scosta dalla partner e mi reclama, mettendo il broncio. Belda reagisce male, ma indietreggia verso il posacenere. Quando ne prendo il posto, Diana mi accarezza la testa e in un sussurro mi chiede perché non ho capelli bianchi e ancora sfoggio quelle ciocche nere e robuste. Una domanda inopportuna che rovina tutto, ma quando le rispondo che non è tinta, bensì una caratteristica genetica, mi preme addosso seno e fianchi e mi afferra la nuca per baciarmi senza pudore. Non riesco ad abbandonarmi, mi sento vulnerabile sotto lo sguardo irritato di Beatriz Belda. Cos'è, questo accordo?

Di nuovo, l'attrice intuisce qualcosa, si volta verso la stratega e lancia un ordine diretto: «Bette?» BB sostiene il suo sguardo, gelida, scioglie le braccia che aveva incrociato, schiaccia il mozzicone, attraversa la sala e svanisce verso camera e bagno. Si sente la porta che sbatte. Il comando è passato di mano: questa sera obbediamo tutti a Lady Di, che adesso si porta un indice alle labbra, chiedendo silenzio, divertita, quindi torna a baciarmi, vogliosa. La situazione è tuttora ambigua e non riesco a lasciarmi andare: il cervello è più vicino al grado di massima allerta che al centro del godimento. Diana mi dà uno schiaffo e ride. Quando cerca di darmene un altro, la sollevo da terra, più furioso di prima, la bacio sul collo e nell'incavo dei seni, le sollevo l'abito, le accarezzo le cosce e le stringo la vulva. Ai suoi gemiti seguono una serie di manovre comiche e disperate: ormai Diana ha addosso solo il collier di Bulgari; io sono eccitato e in collera, forse depresso. Andiamo in camera e lei mi dà un altro schiaffo; le lecco i capezzoli e la penetro con violenza, per punirla. Se questo corpo famoso ha subito interventi estetici, non si notano, e se anche fosse non avrebbe importanza. È una battaglia notturna senza distrazioni né tregue, lei vuole tutto di me, senza darmi nulla in cambio: non c'è mai fine, e chiede sempre qualcosa di nuovo. Vuole che la soffochi e che la prenda da dietro. Un attimo dopo pretende che torni agli affondi tradizionali, per arrivare al limite ma senza oltrepassarlo. Nonostante il chiasso che facciamo, mi accorgo che la porta del bagno si è aperta e che la luce squarcia il buio della stanza. Alzo lo sguardo e vedo il corpo minuto di Beatriz Belda. Nuda, aggrappata agli stipiti. In controluce sembra una farfalla dalle ali spiegate. Ignoro se abbia rughe, ma so che a modo suo è bella e desiderabile. «Bette», la implora Diana Galves, con un filo di voce. Beatriz si fa desiderare un minuto intero, quindi abbassa le braccia e si avvicina, nel buio. Ignoro le leggi di questo regno, do per scontato che sia un triangolo e faccio per baciarla, ma Bette mi schiva avvicinandosi all'attrice. Si dedica a lei con una delicatezza infinita, puro minimalismo: strofina, lecca, accarezza teneramente, facendola fremere. Una raffinatezza che contrasta con la fiera virilità che offro a Diana e che lei vuole da me. Sembra lo stesso gioco, eppure sono sport diversissimi. Ci arrangiamo per praticarli a catena. A tratti la diva mi cavalca mentre riceve le attenzioni delicate dell'amica; in altri momenti la prendo da dietro mentre lei premia Beatriz con la lingua. Ma non succede mai, poiché non lo permettono, che tra il suo schiavo e la stratega ci sia lo stesso contatto. E ben presto mi rendo conto che il mio ruolo è quello di mero conduttore: l'obiettivo finale è sempre stata quell'unione erotica, conflittuale e ambigua che unisce le due donne e si prende ogni volta più spazio, sempre più bollente. Mi sposto su una sedia quando mi rendo conto di essere di troppo: come il belloccio dagli occhi viola e il vincitore del Goncourt, sono stato attirato qui con l'unico proposito di abilitare quello strano vincolo che non si consuma mai per via diretta. Non riesco a pensare ad altro mentre le guardo strofinarsi con ardore. È una scena irreale, per certi versi: Beatriz Belda e Diana Galves che si rotolano nel letto, strappandosi gli orgasmi che mi hanno negato. Adesso che ho recuperato il fiato e la lucidità, adesso che sono più freddo del merluzzo, rifletto a lungo su quelle due donne: Di è sempre stata una seduttrice compulsiva ma decisamente eterosessuale; Bette è innamorata di lei sin dall'adolescenza. Aggirano l'ostacolo grazie a queste finestre, nelle quali un estraneo fa da anello di congiunzione. Maca sarebbe in grado di spiegarlo molto meglio, ma non le darò in pasto alle fiere: credo che mi porterò il segreto nella tomba. Torno in sala e mi rivesto in silenzio; Sinatra sta ancora galoppando con la sua canzone eterna. Sembra addirittura stanco. Esco dalla suite, mi guardo allo specchio mentre scendo in ascensore e fumo due sigarette seduto su una panchina di pietra nel piazzale di fronte. Quando mi incammino verso la Conigliera, con i risvolti sollevati e le mani in tasca, sento vibrare il cellulare. Saranno le signore che mi chiedono di tornare, se non vogliono prendermi in giro o chiedermi scusa, quindi lo ignoro. La terza volta rispondo, piuttosto seccato. Non sono loro, ma Palma. Il Grande Jack è scomparso.

10

La zona d'ombra

Palma aveva l'ordine di tenersi costantemente in contatto con Romero, e il commissario era consapevole delle misure di sicurezza adottate: lo aveva informato di quale fosse il paesino dei laghi in cui stava andando e la pensione dove avrebbe alloggiato, giurando che per nulla al mondo sarebbe uscito dall'area di copertura, ossia che non si sarebbe avventurato verso le colline o la cordigliera senza avvisare; ogni otto ore aveva fatto la telefonata di controllo. Da sedici ore però è in silenzio radio e il cellulare sembra fuori campo. Palma ha cercato di rintracciarlo con tutti i mezzi tecnologici a disposizione, senza risultato. «È un dispositivo modificato, gli abbiamo aggiunto un trasmettitore ausiliario», dice Palma, con la voce che trema. «Si attivava ogni cinquanta minuti per segnalare la posizione GPS e tornava a ibernarsi, senza bisogno di attivare il display. Qualcuno ha staccato la batteria, e la carica si è esaurita.»

Gli chiedo se la Hilux aveva un trasmettitore; in genere lo fissiamo con una calamita all'interno del parafanghi sinistro, in modo che ci si possa arrivare solo dal bagagliaio. Romero però non lo aveva voluto, per pigrizia, e Palma ha lasciato passare i giorni. Quando se n'è ricordato, il commissario era già in viaggio. Lo ricopro di insulti. Palma si difende dicendo che nemmeno la mia 4×4 ha un trasmettitore, per mia negligenza. Ovviamente ha chiamato la pensione; gli ha risposto una donna molto poco loquace: Romero ha pagato in contanti in anticipo, è andato a letto la sera precedente, non ha idea di dove fosse diretto ma lui parlava tantissimo della pesca, si è addirittura comprato una canna in un negozio del paese. Mentre parlavano, Palma ha cercato di crackare il computer della pensione per verificare la versione della donna, ma ha scoperto che non avevano pc. «Per le tasse, sa», ha confessato lei, senza alcuna ironia. Palma ha riagganciato e ha cercato l'emporio in Internet: ha scoperto che è un emporio di attrezzature sportive e ha trovato la fattura senza difficoltà, una canna al carbonio numero 6 a nome di Miguel M. Romero, il quale ha pagato con una Visa del Banco Francés. Ha cercato il numero della stazione di polizia più vicina, che gli ha passato il numero privato del capo Rosas, responsabile della zona, un mastino che all'inizio non ricordava nemmeno di chi gli stesse parlando. Quando gli ha nominato la Hilux si è svegliato, ma non è stato in grado di fornire elementi utili. «Continua a cercare, ma senza dire niente a nessuno», ordino a Palma, e salgo sulla 4×4. In situazioni come quella, prevenire è meglio che curare. Faccio il pieno lungo la strada e pesto sull'acceleratore. Non c'è nessuno, a quest'ora, e calcolo che ci metterò al massimo tre ore. Penso al Grande Jack, ai suoi faldoni e ai suoi documenti, che ho letto con pazienza e interesse in queste settimane. In quelle pagine non diceva nulla su chi fosse il suo contatto in quel paesino turistico; Romero è molto puntiglioso con le informazioni confidenziali, non mi ha mai dato indizi sull'identità del suo informatore. Cerco di pensare che, come condizione per l'incontro segreto, lo sconosciuto gli abbia chiesto di fare a meno del cellulare per evitare che potessero localizzarlo. Ma non riesco a convincermi: il Grande Jack sapeva che in quel caso si sarebbero attivati i nostri allarmi e ci avrebbe avvisati prima. Non avrebbe mai lasciato morire la batteria del telefono; non è uno sbadato, tutto il contrario. La spiegazione più plausibile è che qualcuno lo abbia obbligato a uscire dallo spazio radar, e questo non preannuncia niente di buono.

A metà mattina lascio un messaggio a BB e chiamo Cálgaris, che è a Londra. Sta assistendo a un simposio, Narcoterrorismo e intelligence finanziaria, mormora, e mi mette in guardia: «Ti ritengo responsabile di quello che succede a Romero. Chiama solo quando lo avrai trovato». Trenta minuti più tardi si fa viva Beatriz, che sembra in ansia: «Quanto è esteso l'ematoma?» chiede, distaccata, come se la stessero registrando. «Medio-grande», rispondo. Aspetta notizie, vuole essere informata prima di chiunque altro. C'è sempre una lieve vibrazione nell'aria quando la faccenda passa da castano a nero, e quando le parole lasciano il posto ai fatti.

Quando mancano pochi chilometri alla destinazione finale, chiamo Palma e gli chiedo una descrizione generale del paese. Metto in viva voce, e il timbro del ragazzo privo di vita propria colma l'abitacolo, diventa all'improvviso didattico e si sovrappone al paesaggio, che fa parte di un parco nazionale. Non ha più di cinquecento abitanti, in gran parte raccolti attorno al centro commerciale. Proseguo lungo una sterrata che mi sembra in buono stato, e vedo un innesto tra steppa e bosco, pieno di ginestre e cipressi, un torrente dalle acque tumultuose e formazioni rocciose vulcaniche. Sullo sfondo si stagliano cime spruzzate di neve e un attimo dopo appaiono la circonvallazione e il lago blu, sessanta chilometri quadrati di superficie. Do a Palma il nome e le coordinate della tenuta di diecimila ettari dove siamo andati a caccia di cervi rossi. Rimane abbastanza vicino, tanto che una strada secondaria sale in diagonale dal paese e sfiora la cancellata sud, il punto d'accesso più estremo, quello nei pressi del casotto di caccia raggiunto dopo la lunga cavalcata all'interno della tenuta: quella volta arrivavamo dalla cittadina a capo del distretto, non da questo ingresso sulle retrovie. Il fatto di essere così vicino mi fa venire la pelle d'oca, ma non voglio saltare alle conclusioni né precludermi possibilità. Ordino a Palma di studiare la storia della città, di piantare le tende nelle biblioteche; ho bisogno di sapere tutto il possibile. Di colpo mi appare il paese, incastonato nella valle glaciale dove crescono le araucarie, il porticciolo, le case pittoresche in stile alpino e un rumore di sega elettrica. Siamo in bassa stagione, quindi non c'è molta gente a passeggio e i negozi sembrano vuoti. Vado all'ufficio del turismo, chiedo una cartina e mostro una foto di Romero. La ragazza nega di averlo visto e si stringe nelle spalle. Chiedo dove si trova la pensione; «sulla punta», mi risponde. Un alberghetto per poveracci che ha una vista da re: la terrazza in pietra è proprio sul lago. Le camere sono tutte libere e la proprietaria mi spia da dietro, come se volesse aggredirmi alle spalle. D'istinto porto la mano alla Glock, ma non la estraggo. Lo spettro è inespressivo, osserva la foto e annuisce; mi ripete quello che ha già spiegato a Palma. Non una parola di più né una di meno. Mi mostra il registro delle presenze: osservo la calligrafia precisa di Romero e la sua firma vecchio stile. Chiedo la stessa stanza che occupava lui, la donna mi porge la chiave con sdegno, mi invita a seguirla lungo il corridoio senza luce; la camera è spartana, ma dalla finestra si vede una pineta. C'è odore di disinfettante. Rimasto solo, controllo la stanza con cura professionale: non trovo il minimo indizio di presenza umana. Lascio la borsa con i vestiti dentro l'armadio a muro ed esco a fare un giro a piedi. Mi fermo sul molo per guardare le evoluzioni di un kayak e per mostrare la foto a un pescatore, che fa segno di no. Vedrò lo stesso gesto molte volte, durante la camminata, negli alberghi, ai chioschi, agli incroci. L'emporio è grande e offre prodotti sofisticati, attrezzature per gli sport nautici e per le immersioni. Romero si è presentato come un veterano dell'arte della pesca e ha fatto quattro chiacchiere con una delle commesse. Hanno parlato di un bacino idrico lontano da qui dove si possono vedere arcobaleni e pesci pagliaccio grossi e poco combattivi, anche se gli hanno suggerito posti più vicini. Li segno tutti sulla cartina con l'idea di andarci in seguito, cosa che faccio nel pomeriggio, dopo una birra in un bar tedesco deserto. Il ragazzo alla cassa riconosce la foto: Romero cenava solo, chino sul tavolo, gli piaceva la zuppa di cavoli della casa e la carne affumicata; leggeva un libro sulla guerra di Corea. Non lo hanno mai visto in compagnia di qualcuno.

Armato di binocolo Leica, passo tre ore a visitare i paradisi della trota e del salmone, rivolgendo domande ai turisti e alla gente del posto, mentre cerco di immaginare il commissario durante un irresponsabile giorno di licenza. Ne approfitto per riflettere su questo posto, un territorio immenso che è impossibile setacciare senza l'ordine di un magistrato o l'autorizzazione dei proprietari. «Stiamo cercando un cadavere?» chiede Palma, senza anestesia. «Credo di sì», ammetto. «Ne ho uno», mi dice. Ha trovato per caso un riferimento in un diario sulla Patagonia e ha seguito la traccia sino a una monografia forense, trovata nella biblioteca virtuale di un'università della zona. Un famoso caso del 1974: uomo geloso uccide la moglie, la infila in macchina e spinge giù il veicolo dall'alto di un punto panoramico. Quindi dice a tutti che lei lo ha abbandonato, passa dieci anni senza il minimo problema, addirittura si risposa e ha figli, finché un barcaiolo non trova la carrozzeria dell'auto e lo scheletro della donna, che, stranamente, non erano nel punto in cui erano affondati, ma in mezzo al lago, a cinquecento metri di profondità. Gli esperti delle correnti fluviali e marine (il lago è alimentato anche dalle acque del Pacifico) si scatenano con le loro opinioni, che a volte suonano contraddittorie. Poiché lo scandalo scoppia poco dopo il crollo del regime militare, si scatena una psicosi collettiva: quello specchio d'acqua dev'essere pieno di cadaveri. Un giudice accoglie la denuncia di un'organizzazione per i diritti umani e ordina ai vigili del fuoco e alla polizia provinciale di mettere a disposizione i sommozzatori e di organizzare immersioni per controllare se quelle voci hanno una base. Ovviamente l'operazione è un flop. «Lo scritto non si basa sui rapporti ufficiali né su vecchi ritagli di giornale», puntualizza Palma. «L'autore menziona costantemente un giornalino locale pubblicato dal 1965. All'inizio era bimestrale, ma sembra che ora esca ogni sei mesi. E non è stato digitalizzato.» La pubblicazione è passata da un editore all'altro, ora, però, a stamparlo ogni volta che può, è un avvocato in pensione, tesoriere della Pro loco. Adesso è in viaggio, ma la moglie mi fa entrare nei sotterranei della loro villetta e mi apre il lucchetto del magazzino. Le copie ricoprono tre pareti, ordinate per anno, impilate e un po' umide. Palma mi fa da guida con le date. La storia del crimine a puntate, interviste al pubblico ministero e l'opinione dei penalisti, denunce di guerriglieri svaniti nel nulla e persino avvistamenti di mostri. Si parla della «zona d'ombra», un triangolo tra il belvedere, il punto in cui è stata trovata la macchina e una spiaggia che degrada in un bosco sommerso. Segno sulla cartina quei punti di riferimento e mi accendo una sigaretta. Quella che il lago inghiotta qualunque cosa dev'essere la leggenda di questo paesino funestato dalla noia e dalla superstizione. Ci sono montagne, distese di terra infinite e boschi fitti, ma la prima immagine che passa per la testa di un abitante del posto è quella del «lago traditore». Di conseguenza è anche la nostra prima pista, sebbene dopo la figuraccia di Villa Puntal non sia più così fiducioso nelle mie intuizioni.

All'ora del tramonto vado alla stazione di polizia e mi presento come un amico di Miguel Marcial Romero. «Eravamo d'accordo di vederci qui, ma è sparito e il cellulare non è raggiungibile», spiego. Sosa è un poliziotto sveglio e diffidente, e sono sicuro che non se l'è bevuta. Con un gesto meccanico si accarezza la spilla con il condor fissata alla camicia della divisa e mi scruta dalla testa ai piedi. «Eh... qui la gente si perde, non lo sa? E noi dobbiamo sempre correre a cercarli nel bosco o sulle colline, con i cani e le guide. Non lo so, capo, forse il suo amico se l'è svignata in Cile dal passo di montagna. È una passeggiata bellissima.» Grazie a Palma so che non c'è traccia di Romero sul registro della polizia di frontiera, e Sosa sembra leggermi nel pensiero: «Ci sono tanti stratagemmi per passare dall'altra parte. Con la jeep e il resto». Rimaniamo a fissarci in silenzio per qualche altro secondo, quindi lo ringrazio e mi alzo. «Guidi con prudenza, capo. Non vorrà perdersi anche lei, no?» chiede, mordace. Potrei chiamare Marquís, chiedergli di mandare una squadra che appenda per le palle questo bastardo, ma si alzerebbe un gran polverone, Belda andrebbe su tutte le furie e, come se non bastasse, il nuovo capo della Sicurezza non ha ancora una presa salda sulla sua truppa: chi ci garantisce che la polizia starebbe dalla nostra parte?

Riesco ad arrivare all'emporio un attimo prima che chiudano. Sulla 4×4 ho la tuta in neoprene, le pinne e la maschera, ma ho bisogno di due bombole piene; le provo e le noleggio. Mi fanno mille raccomandazioni per godere al meglio dell'uscita. Quando arrivo alla pensione, cerco nel doppio fondo della valigia i guanti, il pugnale da sommozzatore dell'esercito e la GoPro. Metto tutto da parte, apro una birra, mi butto sul letto e chiamo Beatriz, che è sempre in ansia. Non ho argomenti né la forza per tranquillizzarla; mi addormento guardando *Thrilla in Manila* in tv. So che non me la farete passare, ma Frazier rimane il mio preferito; sogno quella risata infernale e il messaggio in segreteria: «Sono furbo come una volpe. Sì, volo come una farfalla e pungo come un'ape. Sono l'uomo che lo ha fatto, sai di cosa parlo». Mi sveglia una frenata sull'asfalto, così strana e insolita che prendo la Glock e tengo il dito sul grilletto. La reception è deserta, immersa nel buio, e quando esco nel freddo della notte è tutto talmente nero che devo usare la torcia per scoprire che mi hanno tagliato due gomme. La scarsa originalità mi fa pensare a un paesano dilettante, ma un attimo dopo mi rendo conto che Romero non può essere stato fatto sparire da un pivellino. Che strana contraddizione.

Faccio colazione all'alba, sveglio un gommista e a suon di banconote riesco a farmi sistemare il danno. Nel pomeriggio faccio un giro attorno al lago, soffermandomi su alcune particolarità geografiche e annotando sulla cartina i posti più adatti dai quali spingere una Toyota Hilux in modo che si pianti con il muso sul fondale. Prendo in considerazione alcune particolarità: dev'essere riparato (nessuno vuole avere testimoni), l'altezza necessaria (possibilmente una scogliera accessibile dalla strada) e la cartografia idrogeologica, che Palma si è procurato da un «bollettino lacustre» della Sovrintendenza. A ciò si aggiunge la necessità di scartare qualunque area all'interno del circuito delle scuole di sub: Palma mi manda gli opuscoli digitali sul cellulare. Le condizioni sono talmente restrittive che al termine del primo giro riesco a malapena a tracciare cinque croci, una delle quali all'interno della «zona d'ombra». Lascio quel triangolo per ultimo, mi fermo tra gli alberi, indosso la muta, faccio un giro e mi immergo accanto a un'altissima parete di roccia, piena di fessure. Un'immersione tutt'altro che rischiosa per uno che è stato obbligato a seguire il corso di sommozzatori alla base di Mar del Plata e che gioca alla roulette russa con il fiume. Queste acque, al contrario, sono calme e limpide, e se non fosse che sto cercando un morto sarebbe un piacevole svago. La parete prosegue sotto la superficie; trovo solo pesci color argento. Mi rendo conto in fretta che le correnti non possono aver fatto in tempo a trascinare una Hilux in fondo al lago, così riemergo per non sprecare ossigeno e torno alla macchina. Ripeto il tuffo due chilometri più avanti, in una losanga di caverne e tronchi giganti crollati secoli fa. Lo rifaccio in altri due punti, con identico risultato. Il sole sta tramontando quando mi immergo nel posto perfetto, quello che io stesso avrei scelto per nascondere il corpo del reato: una zona isolata, protetta da una curva e sovrastata da una terrazza di granito imponente. Quando ispeziono il fondale, però, mi rendo conto che non è abbastanza profondo e torno a galla più pessimista che mai. Sto perdendo tempo, e ogni minuto che passa diminuiscono le chance di trovare il Grande Jack. Poi mi consolo penando che, nonostante i fallimenti di questa giornata, devo essere sulla strada giusta, altrimenti non mi avrebbero minacciato in modo così grossolano. Palma mi suggerisce altri due punti di cui non mi ero accorto, che ovviamente ha localizzato grazie alle immagini satellitari hackerate a un collega del Mossad. La sera mangio una zuppa di cavoli allo stesso tavolo al quale cenava Romero e guardo sul tablet le immagini che ho ripreso con la GoPro. Il locale tedesco è pieno di gente, e sebbene ci siano molti stranieri la gente del posto e i camerieri non mi tolgono gli occhi di dosso. Una cosa è un turista, un'altra un forestiero che va in giro a fare domande. Immagino che le gomme tagliate siano il pettegolezzo della settimana, e che la mia ricerca darà di che parlare per tutto l'inverno, davanti al camino. Tre idioti – un nano pelle e ossa e due rugbisti – giocano a freccette, ridono a squarciagola e bevono birra scura; è chiaro che sono già ubriachi. Il più furbo mi si avvicina. «Non so se è legale quello che fa nel lago, eh», mi dice all'orecchio. Non aggiunge altro; torna alla partita, alla birra e alle battute. I tre fannulloni del villaggio. Come da copione.

Passo la notte sveglio, guardo la tv senza vederla, navigo in Internet e valuto approfonditamente la situazione e le implicazioni. All'alba risento Beatriz: «Mi servono altre quarantotto ore, dopodiché dovremo rivalutare il nostro silenzio e prendere una decisione». Belda non risponde: sta soppesando gli effetti che la notizia avrebbe sul fronte interno; non le passa nemmeno per la testa la possibilità di rendere pubblica la cosa. «Ventiquattro ore», dice alla fine, e chiude la chiamata. Chiedo all'emporio come posso noleggiare una barca o una lancia. Il mondo è un fazzoletto: il proprietario della barca è il nano di ieri sera. Avrà al massimo vent'anni e mi guarda attraverso un ciuffo di capelli biondi. Non rifiuta, ma accetta malvolentieri, come se la mia offerta fosse avvelenata. Conduce la piccola lancia con il motore fuoribordo. Gli mostro sulla carta il punto al quale siamo diretti. «La zona d'ombra», mormora, e scrolla le spalle. Non scambiamo nemmeno un aggettivo mentre attraversiamo questo mattino congelato. Si avvicina il più possibile al belvedere e mi aspetta. Nuoto in quegli abissi e capisco perché la macchina di quella donna sia rimasta invisibile per dieci anni: è un fosso grande quanto un oceano che percorro in diagonale, filmando i punti più angusti e augurandomi con tutto il cuore il contrario di ciò che voglio, ossia di scoprire che lì riposa per sempre quell'adorabile vecchio che tante cose mi ha insegnato. Non vedo l'ora di mettere fine a questa incertezza, ma una parte di me spera che le teorie catastrofiche si dimostrino del tutto sbagliate, e che un giorno io e Romero ci ritroveremo a ridere come matti di questa storia.

Dopo un po', la lancia approda sulla spiaggia minuscola e io mi immergo nel bosco sommerso. È un labirinto di alberi che arrivano fino a trenta metri, le cui cime frondose ispeziono torcia alla mano. È un po' come volare al di sopra di una collina di cipressi, circondato da branchi di pesci dai riflessi blu. È un mistero il motivo per cui questo bosco non rientri nei percorsi ufficiali; forse ce ne sono di migliori, e la maledizione del lago pesa sulla gente del posto come un cattivo presagio. Comunque stiano le cose, nemmeno qui c'è qualcosa di nuovo; riemergo e chiedo al nanetto di portarmi cinquecento metri più avanti, in mezzo al lago, dove il barcaiolo ha scoperto l'auto e il cadavere della donna. Il nano esegue gli ordini senza obiettare, più serio di un pagliaccio a una veglia funebre. Quando torno a immergermi mi sembra di cogliere un lampo metallico, come se un raggio di sole avesse colpito un oggetto seppellito nella sabbia. Mi giro e torno indietro, più lentamente, finché all'improvviso non vedo di nuovo quel lampo. Mi avvicino con il cuore a mille e sfioro la sporgenza. Dio mio. È l'angolo di una mostrina, o qualcosa che ci somiglia. Estraggo il pugnale e comincio a smuovere la sabbia. Rimpiango di non aver portato un attrezzo, ma scavo con la mano aperta e la lama. Ci metto un po' a capire che non è una macchina, ma una moto gialla. Inutile continuare; qualche furbo avrà denunciato il furto per incassare l'assicurazione. Come ho detto, nella «zona d'ombra» può finire di tutto, in dieci anni. In preda allo sconforto e stanco per l'opera di scavo, risalgo, e rimango sconcertato: la barca non c'è più. Né qui attorno né più lontano, fin dove riesco a vedere. Bestemmio in tutte le lingue mentre mi tengo a galla, poi decido di non sprecare nemmeno un grammo di energia, mordo di nuovo il boccaglio e nuoto verso la costa, a un ritmo lento e faticoso. A tratti, esasperato, valuto se liberarmi delle bombole per muovermi con maggiore libertà, ma prendo il sacrificio come una sfida personale e una punizione per la mia stupidità, proseguo senza esagerare con l'ossigeno, pensando che probabilmente uno scherzo del genere avrebbe fatto annegare un sub inesperto in mare aperto. Tocco terra su una spiaggia vergine e mi prendo qualche minuto per recuperare il fiato e le forze, quindi mi sfilo le pinne e cammino scalzo tra i cespugli. In breve raggiungo una radura e poco dopo un sentiero che mi porta ai piedi di una collina. La risalgo con difficoltà e sbuco su un sentiero, che mi porta poi alla strada litoranea del lago. Cammino per due ore senza incrociare uno schifo di macchina, e quando infine faccio l'autostop mi passano accanto come frecce, senza nemmeno abbassare il finestrino. In un avvallamento trovo un taglialegna che ha pietà di me. Lo seguo in fila indiana lungo un sentiero pieno di ortiche; quando arriviamo alla sua casa modesta, mi offre acqua ossigenata, cotone e un telefono. Disinfetto i piedi, che sono conciati piuttosto male, e chiamo un taxi, che impiega quaranta minuti ad arrivare e mi riporta alla pensione. La proprietaria mi vede arrivare con la muta in neoprene addosso, ma nemmeno questo la smuove. Do una banconota al tassista, vado a farmi una doccia, mi stendo sul letto e crollo: la siesta è talmente lunga che quando mi sveglio sta facendo buio. Chiamo Palma, che si stava preoccupando; mi vesto, ordino un tagliere di salumi affumicati e una vodka con ghiaccio e limone al locale tedesco. Muoio di fame. Chiedo al ragazzo alla cassa notizie dei tre imbecilli. Mi serve la seconda vodka con uno sguardo arcigno. Indietreggia fino alla cassa e riprende a fare il barman, ma un attimo dopo si riavvicina e mi offre un consiglio fraterno. Meglio se giro al largo da quei segaioli, hanno precedenti penali. Cerco di cavargli fuori qualcos'altro, ma non cade in tentazione; torna di nuovo dov'era e si chiude nel suo mondo.

Gli imbecilli non mi deludono e alle dieci arrivano per giocare a freccette. Entrano allegri, spintonandosi a vicenda, ma si irrigidiscono quando mi vedono in piedi al bancone. Il nanetto è pallido, e sembra nascondersi istintivamente dietro i bestioni da rugby. Gli sorrido come faceva Joe Frazier alla fine. Il capo, che deve dare l'esempio, si riscuote e mi affronta. «Allora?» sputa, per poi aggiungere: «Allora sei un demonio?» In effetti ha la voce di un segaiolo, e mi rivolge il fianco per offrire meno bersaglio e preparare l'attacco. «Un demone dell'inferno», gli dico, guardandolo negli occhi. «Un demone crudele.» Un perdigiorno che si è messo nei guai e ha avuto fortuna nelle risse di strada, assistito da due aspiranti gangster con tante arie e poche palle. Davvero questi sfigati hanno stirato il Grande Jack? Mi sembra impossibile. «Ti aspetto fuori», aggiungo, lentamente, e gli do le spalle per provocarlo. Ho bisogno che esca, ma non si presenta solo né a mani nude: sfila dalla cintura un coltello Magnum e senza perdere un istante si lancia in un affondo. È talmente goffo che non faccio molta fatica: gli spingo via il braccio con la sinistra e lo colpisco alla gola con la destra di taglio. Lo scossone lo fa girare come un segnavento; lo accompagno in quella mezza orbita bloccandogli il braccio opposto, lascio che il corpo si sciolga dall'avvitamento e crolli a terra. A quel punto non gli do tregua: gli metto un piede sulla spalla e forzo la mossa di judo, finché non sento le ossa che scricchiolano e un grido soffocato. Un procedimento di base perfezionato dalle forze speciali russe. Adesso lo stronzo ha il braccio rotto, piange dal male e non oppone resistenza; gli tolgo la lama e la lancio al compare. Il bestione numero 2 però è talmente galvanizzato dallo spavento che la lascia volare e se la svigna. Il nano cerca di fare la stessa cosa, ma si ritrova contro il muro e un attimo dopo lo stringo per il collo. Gli premo le dita sulla parte posteriore della mandibola, appena sotto il lobo dell'orecchio: il dolore è così forte che in genere impedisce persino di parlare, così quando vedo le lacrime sotto il ciuffo biondo mollo appena la presa per evitare che collassi. Chi, come e perché? Riesce a malapena a pronunciare il nome di Sosa. Adesso stringo tra la clavicola e la scapola. Cade in ginocchio, mi giura su Dio che non sa che cosa sia successo a Romero. Dealer e scassinatori da paese protetti dal nobilotto locale. «Non mi piace quel ficcanaso, fate in modo che se ne vada in fretta», gli ha detto. O qualcosa del genere. Adesso mi chiedo se Sosa è un degno avversario del Grande Jack; neanche questo mi quadra, ma quando salgo in macchina chiamo Palma e gli chiedo di cercare notizie sul mastino. L'hacker è travolto da un'idea abbagliante: «Pensi che sia lui l'informatore di Romero e che fosse solo una trappola?» No, nemmeno questa trama mi convince. Alle due di notte, la Cueva ha ottenuto il dossier: Sosa ha fatto una carriera mediocre, e due anni fa è finito sotto indagine con gli Affari interni per un legame d'affari con uno sfasciacarrozze. Ho due alternative: cercare Sosa e dargli una stirata alle palle, oppure tentare con i suggerimenti del satellite. Scelgo le immersioni, e comincio dal punto più lontano e improbabile. Un promontorio scosceso, difficile da raggiungere e con una parete a picco, ma che a una trentina di metri presenta alcuni gradoni di roccia preistorica che affondano nel lago e mi permettono un avvicinamento diagonale. Mi inquieta un mulinello torbido in cui mi immergo lentamente, muovendo la torcia attorno a me. Mi sto consolando al pensiero che ho un'altra possibilità venti chilometri a ovest, lungo la strada litoranea, quando all'improvviso la Toyota Hilux mi si materializza davanti. Una visione fantastica e orribile, che sorge dal buio come un enorme squalo bianco, gelandomi cuore e genitali. Per quanto sembri assurdo, mi ritrovo con il pugnale in mano e mi allontano un po', come se temessi di essere divorato da quel pescecane metallico che riposa ai piedi della roccia, con il muso infilato in una fessura, inclinato a sinistra e con le portiere chiuse. Butto fuori fiotti di bollicine di terrore e mordo il boccaglio finché i denti non mi fanno male. Mi guardo di nuovo attorno, come se ci fosse un nemico accovacciato qui attorno, pronto ad assalirmi, ma sono più solo che mai in questo sarcofago gelido. Sistemo la GoPro e mi spingo solo con le pinne, in ansiosa attesa dei dettagli, mentre anticipo con la fantasia ciò che tra pochi secondi riuscirò a vedere. La realtà non mi smentisce. Quando incollo la torcia al finestrino, vedo il Grande Jack seduto al volante, con la cintura ancora agganciata. Il viso è integro, bianco come l'avorio, e le palpebre chiuse. L'abitacolo è pieno d'acqua, ma i pesci non l'hanno ancora toccato. Mi aggrappo alla maniglia e tiro con forza, ma la portiera non cede, così spacco il vetro con un gomito, come se volessi liberare il prima possibile Miguel Marcial Romero da quella prigione indegna. Il vetro si crepa e do qualche altro colpo per aprire un buco decente. Non riesco a non abbassare lo sguardo, mentre ricordo il Grande Jack che beveva il suo gin al pub irlandese, poi mi riscuoto e illumino la sua tomba: non ci sono segni di violenza, tolte le escoriazioni che ha in bocca e il fatto che gli manca un mignolo, strappato con una tenaglia. Per il resto, Romero riposa con dignità, nella sua giacca marrone scamosciata e il foulard da proprietario di un ranch. Un quadro sereno e lugubre al tempo stesso. Gli tocco una spalla, come se potessi svegliarlo, quindi controllo le tasche interne e la cintura: non ha i documenti né la 9 millimetri, ma trovo il portasigarette in metallo dorato; mi sembra doveroso risparmiare dall'affondamento il Longines con cinturino elastico placcato oro che ha ereditato dal padre. Metto via quei due cimeli personali e mi concentro sul vano portaoggetti e sui sedili posteriori. Rimango a testa china, aggrappato alla maniglia, muovendo le pinne, mentre cerco di trovare un filo logico in quanto è successo. Non voglio che il Grande Jack rimanga un minuto di più in questa catacomba, alla mercé dei pesci, ma devo controllarmi, poiché non sono io quello che decide, alla fine. «Tranquillo, Remil, non ho più fretta», gli sento dire, mentre ride di me. «Meglio questo che le bocciofile sulla circonvallazione di Buenos Aires.» Gli do un'ultima carezza e salgo lentamente, in testa il suo addio di sempre, come un'eco di bollicine: «Ho fatto cose di cui non vado molto orgoglioso». A terra, ci metto un po' a riprendere fiato e forze, come se fossi rimasto senza ossigeno né determinazione. La morte non mi disturba, è una deformazione professionale, e non capisco gli agenti segreti dei film che agiscono spinti dal desiderio di vendetta. Io e il commissario sapevamo fin dall'inizio quale fosse la posta in gioco, come pure che in questa partita avremmo potuto sia vincere che perdere. Non conviene mai essere così stupidi da odiare i propri nemici. Nella partita a scacchi della vita bisogna saper sacrificare il re e passare la mano. Oppure schiacciare il rivale senza il minimo scrupolo.

Quando torno alla pensione, per prima cosa controllo il video dell'immersione, lo salvo in una cartella sul desktop e lo mando per email a Palma, con l'ordine di proteggerlo con mille password. Mi cambio, dico alla proprietaria che me ne vado, le chiedo di prepararmi il conto e carico i bagagli sulla 4×4. Torno alla reception, ma non trovo nessuno. Mi accendo una sigaretta, esco in terrazza e guardo le cime innevate e la pioggia sottile all'orizzonte; mi chiedo che consiglio potrò dare a Beatriz Belda e come reagirà Leandro Cálgaris. L'esecuzione del Grande Jack cambia tutti i programmi, ed è necessario riflettere a fondo su significati e conseguenze dell'accaduto. Sento il rombo di un motore e vedo una Land Rover che si ferma sul piazzale. Il mapuche scende lentamente, si strofina la schiena all'altezza dei reni e, quando mi vede appoggiato alla ringhiera, solleva una mano. Un saluto breve e sgradevole. Scende anche l'albino, ma non si disturba a rivolgermi un cenno: entra alla reception, l'attraversa ed esce in terrazza. Le palpebre sono blu e rosse. Sul risvolto ha una spilla con il condor e un cappello a tesa larga sopra i capelli bianchi. Durante la battuta di caccia ha usato la precauzione di tenere la bocca chiusa. Se avesse parlato, mi sarei accorto che è straniero, sebbene ancora non riesca a individuare il Paese latinoamericano in cui è cresciuto. Comunque sia, la sua frase è troppo breve per un'analisi in quel senso: «Il signor Jalil l'aspetta nella sua tenuta», dice, a un ritmo telegrafico. «Le chiede la gentilezza di consegnarci le chiavi della macchina, il cellulare e la Glock.» Trovo davvero comico l'accenno alla gentilezza. Di sicuro lui non è cileno. Forse messicano, di Tijuana o Sinaloa. Gli porgo la Glock, le chiavi e il cellulare senza batteria, affinché veda quanto sono gentile e docile questa mattina. «Io e il signor Jalil chiacchieriamo sempre volentieri», dico. Raggiungiamo insieme il parcheggio, e l'albino cede le chiavi al mapuche. Ci muoviamo in carovana: la jeep davanti e la 4×4 dietro. L'albino guida in un silenzio luttuoso; seduto accanto a lui, osservo la strada secondaria, stretta e ombreggiata da un numero sempre maggiore di pini e cipressi. Il cielo diventa nero e la pioggerella si trasforma in una pioggia fitta. L'albino accende i fari e fa partire i tergicristalli, procede senza musica né parole lungo la strada che porta alla cancellata sud. La quale si apre su un sentiero di fango fresco e a un bosco ancora più fitto. Quando scorgiamo il casotto di caccia sta ormai spiovendo, e l'odore di terra bagnata è un balsamo di energia. Jalil esce dall'edificio in mattoni, di fronte all'abbeveratoio, e scende lungo il terrapieno in tenuta da lavoro. Il mapuche si avvicina con una Bersa Thunder mentre l'albino si attarda frugando nel baule della Land Rover. Noto due cose: una fossa a una ventina di metri e la carcassa di un animale che qualcuno ha abbandonato lì accanto. «Un funerale», dico, per alleggerire l'atmosfera. Il Turco sorride, ma non mi abbraccia; mi offre un sigaro. Lo ringrazio, declinando. Non è un cervo, ma un cinghiale, mi accorgo ora. C'è una pala piantata sul monticello di terra; una tomba a metà dell'opera. L'albino si avvicina con il Winchester di Jalil e si mette in posizione strategica, da dove può spararmi comodamente. Il modo in cui tiene il fucile mi conferma che è un esperto e che a quella distanza non avrà bisogno di un secondo colpo. Nonostante tutto, il Turco dà inizio a un discorso di cortesia.

«Volevo sistemare questa storia con le buone», spiega, e si accarezza i baffi ad acciuga sopra il labbro spesso. «Tu avresti lavorato per noi e il commissario avrebbe avuto il suo contrattino. Siamo colleghi, e io sono un uomo d'onore.»

Accende il sigaro e dà una boccata, si toglie un pelucco dalla lingua e aggiunge, rammaricato: «Questa è una gran porcata. Un'emerita porcata».

Si passa le dita tra i capelli grigi e folti, incapace di guardarmi negli occhi. Quando un soggetto così pericoloso ti fa un discorso tanto lungo e non riesce a reggere il tuo sguardo, la conclusione è una soltanto: sta per ucciderti. La novità è che non fa sfoggio della posizione di superiorità né del suo sangue freddo. Anzi sembra davvero rammaricato per questo imprevisto fatale.

«Romero mi era simpatico, sul serio: era uno di noi e le sue storielle erano divertenti», dice, come se ne sentisse la mancanza. «Mi ha raccontato lui del trucco di sotterrare un cadavere e di metterci sopra una carcassa per ingannare i cani e sviare le ricerche. Davvero ingegnoso.»

Guardo di nuovo la fossa, il monticello di terra, la pala e il cinghiale.

«Ma ha fatto un passo falso, fratello», si dispiace, e tossisce come se stesse per sputare un polmone. «Una cosa sono le scartoffie, un'altra procurarsi un testimone eccellente. E i miei capi su questo non transigono.»

Ci cade addosso una raffica di goccioloni lenti che colpiscono svogliati, uno qui, l'altro là. Pallottole gelate e pungenti. Il Turco solleva lo sguardo e studia le nuvole.

«Farrell e Cerdá?» chiedo.

«Farrell non è una cima», dice, e fa schioccare la lingua. «Dorme, e così deve continuare a fare. Il capo dev'essere protetto, non viene informato di tutti i problemi.»

Annuisco. Jalil e Cerdá procuravano i finanziamenti e si sono messi in tasca molto più del dovuto. Come spesso succede quando ci sono di mezzo troppi soldi. Per questo non hanno allertato Farrell riguardo alle indagini del Grande

Jack. Se avessero parlato con il governatore, quell'idiota se ne sarebbe lamentato con Belda. Ma questo non è successo, per una ragione molto semplice: avrebbe significato confessare al capo che lo avevano ingannato.

«La scelta di queste misure non dipende né da Cerdá né dal sottoscritto», spiega il Turco, e per la prima volta mi rivolge uno sguardo sincero. «Questa storia è il mondo al contrario: cominci come socio e ti ritrovi a fare l'impiegato.»

Inspiro l'aroma del sigaro e osservo l'aria affranta del Turco. In lui non c'è la minima traccia di sarcasmo; sembra quasi che stia cercando di convincere sé stesso o di giustificarsi al cospetto di Dio o della Storia. Sono sicuro che ha dovuto liquidare diversa gente in questi anni di potere e intrighi, quindi mi stupisce che sia così turbato e loquace.

«Per me è un errore madornale», spiega, asciutto, strofinando la manica della mimetica sulla spilla. «Ma loro sono lontani, e in fondo non capiscono niente di politica. Si può sempre impedire una guerra, non c'è bisogno di fare i catastrofisti a tutti i costi. Ma hanno una cultura fondata sul castigo, sono impulsivi e molto poco flessibili. E poi pensano che Beatriz non spezzerà nemmeno una lancia per voi. Per forza, il suo cliente rimarrebbe coinvolto. E una cosa sono le questioni interne, un'altra sgozzare la gallina dalle uova d'oro. No?»

Osserva con curiosità le braci del sigaro e si gratta un sopracciglio, come per una fitta improvvisa.

«Anche se con quella strega non si può mai sapere.» Sospira e dà un'ultima boccata al sigaro. «È da un po' che lavoro al mio pensionamento anticipato, Remil, ma una cosa è programmarlo sulla carta, un'altra, concretizzarlo. Sparire», dice, e tace come se riflettesse sul vero significato di quella parola. «Chissà se potrò mai cambiare le cose.»

È triste, rimpiange in anticipo il proprio esilio. È la fine di un'era, e quasi mi fa pena. Lascia cadere l'avana e lo schiaccia scrupolosamente sotto lo stivale, si avvicina e mi tende la mano. Con la coda dell'occhio vedo l'albino che si porta il Winchester davanti al naso e lo punta su di me.

«Siamo soldati, Remil. E alla fine della battaglia non rimane molto, a parte questo», dice il Turco.

«L'onore?» chiedo ridendo.

«La correttezza.»

Gli stringo la mano, ha una presa salda. Al minimo strattone, il suo cecchino mi farebbe saltare il cervello. Jalil tira indietro la mano e sente il bisogno di chiarire un'ultima questione.

«Nel tuo caso, però, c'è qualcosa di più, ed è importante che tu lo sappia. Vogliono fare un regalo a Belisario, che è ancora in carcere ed è parecchio depresso.» Jalil sbatte più volte le palpebre. «Una porcata, come ho detto.»

Le nuvole ruggiscono, ma non si sentono tuoni e la pioggia è ancora lieve. Il Turco si sposta alla mia sinistra per togliersi dalla linea di tiro del mapuche, che fa dondolare il braccio armato, quindi rivolge un cenno all'albino, che abbassa il ferro e gli lancia le chiavi della jeep. Jalil le afferra al volo e continua a scendere lungo il terrapieno. Presumo che salirà sulla Land Rover e poi su un aereo per Santiago, si perderà nella nebbia, i suoi veri capi lo proteggeranno per un po' e gli affideranno nuovi compiti in altre coordinate geografiche. Jalil è manodopera qualificata, il lavoro non gli dovrebbe mancare. Eppure... questo epilogo verrà preso come un cauto ripiego o una sconfitta? Nel secondo caso, sarà mai perdonata? Se fossi in lui non dormirei tranquillo, prima di aver visto quale accoglienza mi aspetta nel mio esilio dorato.

Sento ancora la sua voce, sebbene più lontana; dice che la

guida ha ordine di girare al largo e non disturbare, e avverte di non dimenticare di ripulire la mia 4×4: l'ha promessa a Sosa, che ha fatto una scenata per la fine della Hilux. Torna il silenzio; c'è soltanto la pioggia che cade, a un ritmo sempre più sostenuto. E mi sembra di sentire il rombo del motore della jeep, anche se più ovattato. Adesso sta tuonando davvero, il mapuche mi si avvicina alle spalle e mi colpisce alla testa con il calcio del fucile. Cado in ginocchio; lui continua a camminare e si blocca a dieci metri dalla fossa. Una botta per ammorbidirmi. Non vedo ancora le stelle, ma il dolore mi ha stordito. L'albino sposta il fucile seguendo i miei movimenti, mentre mi rimetto in piedi a fatica e mi avvicino alla fossa. La pioggia è forte; è triste dover morire in questo angolo di terra alla fine del mondo. Il mapuche prende la mira da sinistra con la Bersa Thunder; l'albino si avvicina al monticello di terra da destra e impugna la pala con una sola mano. Pesa troppo, però, e lui si vede obbligato a mettersi il fucile in spalla per un attimo. Mi lancia la pala, come qualche minuto fa ha gettato a Jalil le chiavi della Land Rover, ma non riesco a prenderla al volo. Non dimentichiamo che sono rintronato dal colpo a tradimento. Mi abbasso a raccogliere l'attrezzo e mi gioco l'ultima carta. L'asso pigliatutto, signori e signore. La Smith & Wesson esce senza fatica dalla cavigliera; non sono mai stato così veloce durante gli addestramenti, mai. La velocità del terrore. Sparo due volte verso la sagoma, senza prendere la mira; il bersaglio sobbalza e inizia a cadere. Non sto a controllare l'efficacia dei colpi: mi volto in fretta e premo di nuovo il grilletto. Neanche questa volta so dove sia finito il proiettile, magari sul calcio della sua 7 millimetri, ma, per l'impatto o per la paura, l'albino inciampa. Quando sollevo la mia 36 per finirlo, capisco che il tamburo si è inceppato, evenienza rarissima per un ferro relativamente nuovo e ben tenuto. Porca puttana. Afferro la pala, pronto a spaccare la testa al padrone del Winchester, ma mi rendo conto che non farei in tempo. Ci separano venti passi, e l'albino si sta rimettendo in piedi; questione di secondi e, puntellando un ginocchio a terra, mi infilerà una pallottola nella pancia. Ho abbastanza esperienza in materia per sapere che è più opportuno mettermi a correre a zig-zag lungo il terrapieno e affidarmi alla Vergine della Candelaria.

Corro come un pazzo, inciampo, rotolo e riprendo a correre, mentre sento il fischio delle pallottole inframmezzato al fragore della pioggia e dei tuoni. Su un lato del terrapieno c'è un'altra discesa coperta di fango, un breve toboga che mi toglie dal mirino telescopico e mi infila tra le frasche. L'albino mi segue e mi spara dall'alto, ma trovo rifugio dietro alcuni tronchi e cambio bruscamente direzione per confonderlo. Si sono invertiti i ruoli: non sono più il cacciatore, ma il cervo. Evito una radura e mi infilo tra i rami fitti, dove il terreno è scivoloso, tappezzato di foglie. Mi muovo acquattato, cercando di confondermi tra la vegetazione, nascosto dove il bosco è più fitto. Stringo ancora la pala, che potrei usare come arma bianca, ma pesa una tonnellata ed è una zavorra notevole. Resisto alla tentazione di liberarmene e striscio a terra, i muscoli in tensione, il cuore a mille e le orecchie tese. La pioggia è un concerto che protegge il mio nemico: potrebbe essere alla mia destra o a sinistra, magari mi tiene sotto tiro. Non lo saprò finché non si muoverà, non farà un rumore o non mi pianterà una pallottola in corpo. Mi trascino con gomiti e gambe, riempiendomi di fango da capo a piedi, e raggiungo le radici di un albero gigantesco. Rimango lì qualche minuto, calcolando i rischi, alla fine mi rimetto in piedi e mi precipito lungo il crinale di una gola. Sento di nuovo i fischi del piombo, che mi manca di pochi centimetri, morde una corteccia e rimbalza nel bosco. È una lotteria, un tunnel di panico. Batto il record dei cento metri piani e mi tuffo di testa sul fondo aggrovigliato, che mi graffia le braccia e ferisce uno zigomo. Sono fradicio, sanguinante e senza fiato, e nonostante l'adrenalina ho i brividi.

Il cielo ormai è completamente nero, come se il sole stesse tramontando. Cambio direzione, trottando a testa china, a tratti mi accovaccio e procedo come un'anatra. Cinquecento metri più avanti scorgo una fessura nella montagna e presumo che sia un torrente. Quando mi avvicino ho la conferma che l'intuizione era corretta, e mi accovaccio in una tana improvvisata tra gli arbusti. Ormai sarà un'ora e mezzo che giochiamo al gatto e al topo, ho la bocca secca e una sete insopportabile. Sento l'acqua che scorre abbondante nel suo letto, e rifletto che l'albino non ha avuto tempo di portarsi dietro una borraccia né uno zaino. Ripenso al mio vecchio istruttore di Campo de Mayo, al suo malumore, alla sua mente brillante e al suo sadismo, e mi guardo attorno in cerca di un ramo robusto. Ce n'è sempre uno, ma non posso rischiare di fare rumore, così rimango dove sono. Immagino che il cecchino non sappia esattamente dove mi trovo, ma deve avere la certezza che mi terrò vicino al torrente. Presumo che sia appostato a uno dei vertici del rettangolo, in attesa che la sua preda faccia un errore e si renda visibile. Forse si nasconde più vicino di quanto immagini: in questa zona il bosco è talmente fitto che potremmo essere sdraiati come due imbecilli a venti metri l'uno dall'altro senza nemmeno rendercene conto.

Passano quaranta minuti senza che nessuno faccia la sua mossa, e a quel punto il cielo mi viene in aiuto: una serie di lampi seguiti da tuoni fortissimi, assordanti, l'uno dietro l'altro come una salva di cannonate. Colgo l'occasione celestiale per spezzare il ramo che ho scelto e appuntirlo con il filo della pala. «Fai ciò che puoi, con ciò che hai, dove sei», dicono i marine. Riprende a diluviare, apro la bocca per sentire quelle gocce gelide sulla lingua riarsa. È una tortura non potersene saziare, ma bastano quegli schizzi a fare il pieno di energia. So che è un temporale e che smetterà presto: è uno di quei giorni capricciosi di pioggia forte ma intermittente. Ho bisogno che torni il silenzio e un minimo di visibilità. È una tattica rischiosa, ma se anche va male non starò molto peggio rispetto a ora. In questa giornata orribile non rischio granché, se non la pelle.

La mitragliata del temporale non supera i quindici minuti, ma si trasforma in una pioggia chiassosa. Trascorro quell'intervallo di tempo calcolando spostamenti e possibilità; sembra così facile sui manuali di fanteria e nelle manovre di combattimento notturno, quant'è rischioso e difficile invece in pieno giorno e nella cruda realtà.

Quando infine smette, il bosco sprofonda in una strana calma. Ricordo i momenti prima della battaglia di Mount Longdon, la quiete prima della tempesta. Corro accovacciato per una cinquantina di metri, prendo la rincorsa e lancio la pala come se fosse una gara di lancio del giavellotto. Descrive una curva perfetta e rimbalza con grande strepito sulle rocce della riva opposta. Questa volta non mi prendo il disturbo di abbassarmi, ma controllo il folto della vegetazione per individuare il punto esatto dal quale partiranno gli spari, che infine risuonano, tre o quattro, diretti al lato opposto della gola, come se io fossi ancora nascosto nella striscia di alberi e arbusti spinosi che ho di fronte. L'albino è fermo alla mia sinistra, un'ottantina di metri più in alto. È talmente assorto che all'inizio non mi sente né mi vede arrivare, finché l'istinto animale non lo avvisa della trappola e del pericolo: si gira a metà, lascia cadere il Winchester ed estrae la mia Glock. Non sono un bersaglio fisso, così spara come un isterico in più direzioni, in preda al panico. Preme il grilletto senza vedere altro che piante e sagome indistinte. «Non c'è niente di così eccitante di quando ti sparano e sbagliano la mira», recita un adagio delle truppe speciali. Conto gli spari come un arbitro durante un knockout, e quando finisce i confetti non gli permetto di ricaricare: esco dall'ombra, gli blocco il collo con un braccio e gli premo addosso la punta del ramo. «'Ho chiesto a Dio una cosa soltanto, una sciocchezza', dicono i ranger. 'Signore, metti in ridicolo i miei nemici. E Dio mi ha ascoltato'.» Il ramo appuntito che il mio vecchio istruttore mi ha insegnato a preparare attraversa la gola dell'albino senza spezzarsi, e lui rimane a boccheggiare senza un grido né un conato di sangue, con gli occhi spalancati. Lo lascio andare e mi scosto. È ancora in piedi, incapace di credere a tanta sfortuna, e fa persino qualche passo instabile. Un attimo dopo però cade in ginocchio, finendo faccia a terra. Nel Winchester c'è ancora un colpo; lo finisco per evitare che soffra o resusciti.

Al solito, sento addosso l'euforia dei sopravvissuti, ma non perdo un secondo a dormire sugli allori, a pensare al significato finale dell'esistenza o a qualche altra cazzata a tema: recupero la Glock ormai scarica e perquisisco il cadavere sperando che abbia addosso la sua pistola, ma non trovo nulla di utile a parte il portafogli: ha un documento argentino e una tessera sudicia del Club de Fútbol Monterrey. Gli tolgo la giacca per mettermela, prendo ciò che serve e tutti i bossoli che trovo, infilo il fucile a tracolla e scendo verso il torrente, dove bevo con le mani a coppa, mi lavo la faccia e recupero la pala. Pioviggina ancora e io sono scosso dai brividi. Ho un ottimo senso dell'orientamento, così torno sui miei passi e, raggiunto un punto più elevato, riesco a vedere dove sono il casotto di caccia e il torrente: riesco a farmi una mappa mentale e a individuare le scorciatoie. Il bosco è muto e privo di colori, e il cadavere del mapuche non ha nulla di nuovo, tranne il fatto che, a quanto sembra, si deve essere trascinato per qualche metro prima di agonizzare a faccia in giù. Guardo la Smith & Wesson con rabbia; in condizioni normali quell'arma perfetta avrebbe fatto centro. Nell'edificio in mattoni trovo un paio di guanti di cuoio per sport violenti; me li infilo per ridare un po' di calore alle dita, oltre che per non lasciare tracce. Mi scaldo una zuppa istantanea, resisto alla tentazione di una birra del minifrigo e riempio un thermos di caffè americano, che mi fa recuperare i segni vitali. Nel freezer ci sono diversi tagli di carne; sul retro trovo una tuta da lavoro e qualcosa ancora più importante: la carriola. Ridiscendo il terrapieno e la carico sulla 4×4. Dal vano portaoggetti prendo il cellulare e la batteria, che non rimetto al suo posto, e un caricatore pieno, che infilo nella Glock. Non sento più il freddo né l'angoscia. Guido con calma lungo i sentieri, fino a dove il bosco me lo permette; proseguo a piedi, tirandomi dietro la carriola; ci metto più del previsto ad arrivare al torrente. L'albino è pesantissimo ed è uno strazio trascinarlo in salita e in discesa sul fondo irregolare. Mi scivola due volte, e rido: la situazione è abbastanza comica. Lo carico in macchina, lo porto fino al casotto di caccia e lo depongo amorevolmente accanto al compare. La pioggia ha smesso e sembra quasi che potrebbe uscire il sole da un momento all'altro. Mi infilo la tuta da lavoro, raccolgo in un secchio l'acqua che si è accumulata nella fossa, quindi mi metto a scavare per allargare il buco; sento le mosche e le api che ronzano attorno alla carcassa del cinghiale. Scavare un buco capace di contenere due uomini adulti e un grosso animale non è uno scherzo. Mi ricorda la penitenza di scavare le trincee in serie nella terra dura che circondava Puerto Argentino. Sudo come un maiale mentre affronto questo compito ingrato, fermandomi solo tre volte per raccogliere le forze. Un sole tardivo mi castiga quando meno ne ho bisogno, ma la droga dell'adrenalina è potente, e continuo come un automa. Solo quando il bordo della fossa è al di sopra della mia testa mi fermo, mi arrampico fuori ed esco. Sollevo a mani nude il cadavere dell'albino e lo getto sul fondo; ripeto l'operazione con il corpo del mapuche. Con uno straccio pulisco il fucile dalle impronte e lancio anche quello nel buco scuro. Lo copro con una quarantina di palate di terra, quindi aggiungo il cinghiale: pesa più del messicano e cade di schiena senza un lamento. Continuo finché non ho portato a termine il compito, riempiendo sei volte la carriola per spargere la terra sui quattro lati della fossa. Quando ho finito, cerco di guardare la scena con distacco; faccio qualche ritocco e raccolgo tutti i bossoli. Nessuno sospetterebbe che lì sotto giacciono tre creature di Dio e, se i cani dovessero fiutare l'odore della morte, chiunque si sia messo a scavare per disseppellirli si fermerà al ritrovamento della prima carcassa, quella di un animale che, per qualche ragione sanitaria o superstiziosa, i cacciatori non hanno voluto scuoiare né macellare per il freezer o per omaggiare qualcuno. Nient'altro. Ovviamente, se venisse consultato, Jalil indicherebbe subito le coordinate, e lo farà di certo quando scoprirà che i suoi soci sono spariti, o se un compare lo dovesse avvisare che qualcosa è andato storto. La vicenda può svolgersi con mille varianti; in una di queste potrebbero decidere di non fare nulla: denunciare il doppio omicidio dei due loschi figuri sarebbe molto più problematico che ricoprire la fossa e fare i finti tonti. Comunque vada, continuo a ripulire tutto, mettendo da parte i cavilli mentali. Riporto la tuta da lavoro e la carriola nel casotto, metto in ordine e rubo un sapone. Mi spoglio e mi lavo all'abbeveratoio, risalgo in macchina, alzo il riscaldamento al massimo, tiro a lucido gli stivali, vuoto la borsa e mi infilo il cambio, che è umido di sudore ma se non altro fa un'altra figura, a debita distanza. Gli abiti che avevo addosso durante l'operazione sono laceri, ricoperti di fango e sporcizia. Quando mi guardo nello specchietto quasi non mi riconosco: sono un uomo dall'aria torva e dura, senz'anima né fantasia, con una cicatrice rossa sullo zigomo sinistro. Innesto la retromarcia, un attimo dopo sono fuori dal cancello sud e imbocco la strada. Farò un giro assurdo per non passare dal maledetto paese sul lago ed evitare il radar di Sosa. Guido per due ore prima di rimontare la batteria del cellulare e chiamare Palma, che aveva già allertato Cálgaris. È degno di nota che il colonnello abbia rifiutato di mandare una squadra di ricerca e recupero. L'hacker era l'unica persona al mondo preoccupata per me. Non l'ho voluto chiamare dalla tenuta, nel timore che potessero collegare il mio cellulare alla scena del crimine, nel caso di un'ipotetica indagine. Di nuovo: forse non si arriverà mai a tanto, ma sono addestrato a non lasciare tracce. In un punto isolato, preparo un falò e brucio i vestiti; quando mi trovo a passare su una diga, lancio la pistola e i bossoli nell'acqua, e quando il caffè finisce butto thermos e guanti in un cassonetto. Mi riprometto, una volta alla Conigliera, di spedire un paio di bombole all'emporio sportivo e di pagare il mio debito via web. Mi fermo in due stazioni di servizio per fare il pieno e lavarmi la faccia, ma non parlo con nessuno e non faccio altre soste. Vado direttamente all'Hotel Río Azul, per fare rapporto e procurarmi con urgenza un biglietto per Buenos Aires. Fumo una sigaretta dietro l'altra mentre schiaccio sull'acceleratore, sempre più stanco. Quando l'adrenalina è svanita, non sono in grado di accenderne altre, tanto sono debole e intossicato. Sento i lividi, le abrasioni e la tristezza. Commissario Miguel Marcial Romero (ufficialmente in pensione). Il portasigarette, il Longines, il mal di gola che non mi lascia respirare.

11

Sorprese

Come ringraziamento per chissà quale prestazione, il ministro della Difesa non ha avuto idee migliori che chiedere a un pittore sconosciuto di copiare un quadro di Cándido López, *Dopo la battaglia di Curupaytí*. Profondamente irritato da quella trovata di pessimo gusto, Cálgaris ha ricevuto il regalo di un metro e mezzo fingendosi grato e adesso nicchia per rimandare il momento in cui dovrà appenderlo davanti a tutti, in sala d'attesa. Le segretarie ridono sotto i baffi quando chiedo a cosa è dovuta questa goffaggine. Sto aspettando da mezz'ora che il colonnello concluda la conferenza via Skype con un collega francese. So che appena entrerò nel suo ufficio Troia inizierà a bruciare, per cui apprezzo che la cosa vada per le lunghe. Su consiglio del colonnello, Marquís ha sollevato Sosa, mandando al suo posto una squadra di quattro poliziotti più il Salteño, che ha preso alloggio alla pensione con l'incarico di controllare che nessuno tocchi il cadavere sulla Hilux. Il colonnello non sembra preoccuparsi della fossa al casotto di caccia. È saltato fuori che l'albino aveva un ordine di arresto sulla testa ed era troppo conosciuto per poter rimanere in Messico. I Dragones Mutantes lo hanno trasferito prima in Cile e poi nel Sud dell'Argentina. Uomo di fiducia di uomini potenti; un osservatore nella tenuta più che un guardaspalle di Jalil; uno che teneva d'occhio gli affari, un secondo parere in prima linea. Quando mi ha consegnato all'albino, il Turco mi stava consegnando ai suoi capi, affrancandosi dalla responsabilità finale. Jalil sapeva della piccola 36 assicurata alla caviglia? Rifletto su quella possibilità, che adesso mi pare altamente improbabile. Se lo sapeva, perché non me l'ha tolta? Una cortesia a un collega? O si è trattato semplicemente di una distrazione, come tante volte succede nella vita reale, ben lontana dalla «perfezione» di qualche film del cavolo? Se non si è trattato di una negligenza, bisognerebbe rivedere quanto è successo da un'altra prospettiva: Jalil ha chiesto la Glock e il cellulare perché doveva sembrare un tranquillo incontro diplomatico, che alla tenuta si sarebbe trasformato in una fucilazione, quindi era inutile perquisirmi. Non appena è salito sulla Land Rover ha mandato un messaggio ai suoi capi: l'albino ha preso il piccione. Se qualcosa fosse andato male, il Turco avrebbe scritto un altro WhatsApp: l'albino ha combinato un guaio. E sarebbe stato giustificato per la gaffe. Ma perché correre tutti quei rischi? «Remil non ha nessun merito, signora», ha abbaiato Cálgaris a BB. «Ha soltanto più culo che cervello.» Sentivo le urla da dietro la porta in quegli istanti cruciali del nostro rapporto. Piove sempre sul bagnato, e non ha smesso di farlo da quello scivolone nelle catacombe di Napoli.

Finalmente la chiamata con il francese si conclude e una segretaria apre e chiude la porta alle mie spalle. Filtra la musica di Thelonious Monk; il colonnello sta firmando alcuni documenti. Mi siedo in poltrona, vedo che indossa camicia bianca, cravatta rossa, bretelle e gemelli. Il disco è una registrazione dal vivo, e di tanto in tanto si sentono gli applausi del pubblico al pianista. Penso per un attimo all'Inglese e sento un'emozione a metà tra la simpatia e la nostalgia. Cálgaris chiude la cartellina e con gesti misurati infila il cappuccio alla Mont Blanc. Non ha la minima fretta. Inarca la schiena e incrocia le mani sul ventre. Mi guarda negli occhi e cincischia i pollici. È un silenzio imbarazzante, e non so bene come mettermi perché la legnata faccia meno male. Passa un minuto intero, mi schiarisco la voce e mi agito sulla sedia, come se qualcosa mi avesse punto. Esasperato da questo vuoto, mi viene un'idea: sfilo dalle tasche interne il portasigarette in metallo e il Longines, posandoli l'uno sull'altro sul ripiano della scrivania. Questo mi permette di concentrarmi su quel piccolo monumento alla malinconia anziché sul colonnello. Il quale intuisce la strategia, prende una pipa e l'accende.

«Ti ascolto», dice infine, e gioca con l'accendino.

«I Dragones», inizio.

«No, no, i fatti dopo. Adesso voglio sentire te», mi blocca.

Mi ha mandato in confusione, e cerco di non balbettare un'idiozia. Muovo le mani, non so da dove cominciare né cosa dovrei dire.

Cálgaris perde la pazienza e riprende la parola. «Sai di chi è la colpa?» Rimane zitto.

Provo a difendermi, ma mi blocca subito: «Non hai avuto un minimo di buonsenso, non sei stato in grado di proteggere Romero. Era il tuo sottoposto, e l'hai perso. Dovrai affrontare un processo interno, ti è chiaro?»

Solleva l'indice, io annuisco, con le orecchie basse.

Infine esplode. «Sei insopportabile! Un coglione insopportabile!»

Per la seconda volta in pochi mesi gli vedo spaccare una pipa, questa volta contro il bordo della scrivania. Il legno si scheggia e parte una scintilla. Il colonnello la butta nel cestino e riprende a inveire. Respira affannato e si passa una mano tra i capelli, spettinandosi. Apre un cassetto, estrae la bottiglia di Johnny Walker e si serve un doppio in un bicchiere quadrato. Ne beve un sorso per calmarsi e fa schioccare la lingua.

«Che cosa vuoi? Che ti faccia le congratulazioni perché sei sopravvissuto?» mi chiede, con un tono carico di alcol e di minaccia. «Tutti gli anni arrivano ragazzini dalle accademie e si formano squadre d'élite. Non mi servono muscoli, ma materia grigia. Tu sei vecchio per fare il martello e il bisturi non è cosa. Bisogna farsene una ragione. Non sei adatto.»

Le due ultime frasi si ripetono come un sussurro, come l'inizio di una litania. Beve per dimenticare la verità che forse ferisce più lui che me, sospira e inarca di nuovo la schiena, le mani intrecciate al bicchiere. Gli occhi azzurri percorrono la biblioteca senza vederla. Adesso c'è il sax di Charlie Rouse. Il colonnello ripete spesso che ai funerali di Monk, nel 1982, Rouse suonava accanto al feretro.

«Ci eravamo conosciuti in un cinema», dice dopo un po'. «Era una retrospettiva di Peckinpah, davano *Sfida nell'Alta Sierra*. Abbiamo scambiato due chiacchiere in bagno, ci piacevano gli stessi western. Eravamo colleghi, ci siamo riconosciuti subito e siamo diventati amici. Quando lo hanno sbattuto fuori dalla polizia, gli ho cercato un lavoro. Era bravo. L'indagine sui Dragones è stato un lavoro brillante. Parlavamo sempre di quel primo film, di quanto sia triste diventare vecchi e patetici. Abbiamo giurato di non ridurci mai così. A modo mio ci sono riuscito, il Grande Jack faceva quello che poteva. Guardati *Sfida nell'Alta Sierra* e capirai.»

Non so se è per effetto del whisky, per il sax di Rouse o per la tristezza della perdita, ma la sua furia roca si è trasformata in un tono rassegnato. Non saprei dire che cosa sia peggio.

«Marquís ha un posto per te», dice un attimo dopo, guardando il fondo del bicchiere. «Rimarrai lì, lasci la Casita. Stanno ridisegnando l'intelligence dello Stato, sembra che vogliano fondare un'agenzia federale e mi chiedono un parere. Non ho più bisogno della forza bruta.»

Si versa un altro whisky doppio con polso fermo; si gratta i baffi giallastri. Ho la stessa sensazione di straniamento di quando ho visto il cadavere del commissario Romero sul fondo di quel lago gelido.

«Resta in Patagonia. È la cosa migliore per tutti. Se la collaborazione con Belda dovesse finire, ti sistemo in un'agenzia di sicurezza. Non morirai di fame.»

«Mi sta chiedendo di riconsegnare la Glock e di firmare il modulo G?» chiedo.

«Senza fretta. Quando esci, o dieci minuti più tardi.»

Decido di non raccogliere la provocazione.

«Farrell non ne sa niente, ha parlato questa mattina con Beatriz», gli dico. «Ufficialmente il Turco ha chiesto una licenza a tempo indeterminato per un viaggio all'estero, e Marquís ha preso il suo posto, con pieni poteri.»

«Saranno sempre relativi», osserva Cálgaris.

«Farrell ha chiesto per l'ennesima volta che il vicecapo della polizia rimanga agli ordini di Cerdá», gli confermo. «Non pensavo che ci fosse un collegamento diretto tra i Dragones e il governo provinciale.»

«I Dragones hanno il *know how*, sono un'organizzazione mutante», mi spiega, infastidito. «Belisario era uno dei soci fondatori. Operano su scala regionale, ma hanno alcuni affari in Europa e in Africa. Adesso i cartelli appaltano a terzi alcuni servizi, tra cui logistica e riciclaggio. Non riuscivano a stare dietro a tutto e commettevano troppi errori.»

«Siamo sulla lista nera», aggiungo, cercando la sua complicità.

Scuote la testa spettinata. «Non funziona così.»

Ho bisogno di riempire gli spazi vuoti e, dal momento

che tutto è perduto, mi decido a fargli la domanda inopportuna: «Nuria è ancora viva?»

Cálgaris sceglie un'altra delle sue pipe, la carica di tabacco e fuma. Non riesco a evitare che l'aroma dello sherry mi ricordi la Gioconda.

«La tua parabola discendente non è iniziata a Napoli, ma il giorno in cui hai disobbedito agli ordini e ti sei innamorato di lei», dice, senza cenno di rabbia e quasi con affetto. «Da allora sei un vaso rotto: abbiamo incollato i pezzi, ma si vedono le crepe. Dimentica Nuria, come lei si è dimenticata di te.»

«Lo prendo come un sì, colonnello», dico, e mi alzo. «È stato un onore servire ai suoi ordini.»

Estraggo la Glock e i caricatori e li poso accanto al Longines e al portasigarette. Il monumento alla malinconia assume un altro significato. Monk sta improvvisando sui tasti; i suoi musicisti sono in silenzio. Le segretarie mi aspettano con il modulo G e una cartellina che non perdo tempo a guardare. Questa volta non è una simulazione, ma una separazione a tutti gli effetti. Firmo cinque volte i fogli che mi mettono davanti, arrivo fino a calle Chacabuco e cammino mezz'ora con la mente vuota. Mi siedo in plaza San Martín, accendo una sigaretta e penso a Nuria. La parola «innamorato» mi umilia e mi ripugna. Al massimo si potrebbe dire che sono stato male per la dama bianca. Molto male. Cerco di guardare in prospettiva quell'avvocata spagnola che era venuta a impiantare una holding e che, come si è poi scoperto, era l'amante di uno dei capi; una superiore insolente e isterica da domare tra le lenzuola. Alla fine, la frittata si è rovesciata: Belisario estradato negli Stati Uniti e lei in galera a Madrid, distrutta e irriconoscibile, a trastullarsi con l'idea di tagliarsi le vene. La DEA non ha mai dato notizie sullo stato del processo, forse perché lei era diventata una collaboratrice clandestina. È rimasta nel limbo, e Cálgaris non ha mai voluto che tornassi a frugare in quei cassetti. Da allora non è passato giorno in cui non abbia pensato a lei. Attraverso avenida Alem e salgo su un treno a Retiro. A quest'ora i vagoni viaggiano semivuoti verso nord, così mi siedo di spalle alla locomotiva per vedere il paesaggio che fugge alla mia sinistra. Non sto andando da nessuna parte, scivolo via. Faccio un confronto ozioso tra Nuria e l'Inglese. Sono stato addestrato per vivere nel lato oscuro, e Nuria faceva parte di quel mondo, non cercava di cambiarmi né mi scocciava con i buoni propositi. L'Inglese, da parte sua, si sforzava di tirarmi fuori dalle latrine, come se vedesse chissà quale virtù occulta nell'eroe indegno. Sbagliava: non c'è nessuna virtù, e la sua visione delle cose mi è sempre sembrata ingenua e presuntuosa.

Anche quella volta, se ho dovuto consegnare la Glock è stato per colpa di Nuria Menéndez Lugo. Immagino che la mia reputazione fosse già spacciata allora, ma ho risalito la china del disastro con un certo volontarismo. Anche se, col senno di poi, immagino che sia stato quasi esclusivamente merito di Cálgaris, il quale si era fatto in quattro per rianimare il morto; mi ha portato addirittura all'Unità antimafia del quartiere Prati, a Roma, per lavare via le macchie e rimettermi in corsa. È arrivato persino a convincersi che non fossi un elemento violento e vecchio, con un retaggio simile al mio corpo, ricoperto di cicatrici, suture e tatuaggi compromettenti. Un sicario di Stato, un rifiuto in un'epoca progressista in cui l'opinione pubblica fa pressioni notte e giorno per «democratizzare» i servizi segreti. Evidentemente il colonnello vuole diventare parte di questa modernizzazione, per cui io sono diventato un gran problema. Ho troppe cause pendenti e sanzioni, vado eliminato.

A Tigre cambio posto per guardare il paesaggio dal lato destro, e provo a immaginare come sarebbe stabilirmi definitivamente in Patagonia. Quanto ci metteranno i capi di Cerdá a ordinare una spedizione punitiva? Magari, come dice il vecchio, le cose non funzionano così, i Dragones potrebbero riconsiderare la cosa. A volte non conviene buttare altra benzina sul fuoco, soprattutto quando conviene di più patteggiare un prezzo. Quanto resisterà Farrell in sella? Abbastanza perché io a Marquís possiamo impadronirci dell'intera organizzazione? Sarà possibile rimpiazzare Jalil diventando insostituibili e stabili? Rifletto per un minuto su Beatriz Belda. Qualcosa ci lega, siamo entrambi due sconfitti dal sistema e proscritti della politica, che cercano di sopravvivere nel cortile sul retro. Nonostante la routine del lavoro e il segreto svelato della sua intimità, ho la certezza viscerale di non conoscerla ancora e che nei meandri della sua mente conservi obiettivi inimmaginabili. Obiettivi che ovviamente Cálgaris ha già intuito.

Scendo qualche fermata prima e cammino fino al mio appartamento di Belgrano. Ho bisogno di stendermi, mi sento forte come una vecchia di novant'anni. Ma non riesco a dormire né ad alzarmi, così mi trascino dietro una bottiglia di vodka e mi preparo a ubriacarmi fino alla morte. Sogno di premere il grilletto della Chief's Special, convinto che farà cilecca, ma il proiettile parte e trapassa il cuore del colonnello. Mentre agonizza, capisco che vuole dirmi qualcosa sulla pratica del suicidio in Giappone. Mi parla di samurai e kamikaze, e mi sento soffocare. Mi sveglio, l'asfissia è concreta e reale, e per la prima volta sento un dolore al petto. Mi vado a specchiare nell'ascensore: sono cianotico, ho la nausea e un formicolio alle mani. Scendo in strada, terrorizzato all'idea di perdere il controllo e i sensi, e salgo su un taxi. Come la notte in cui ho fatto spaventare l'Inglese, sono al pronto soccorso, mi fanno un elettrocardiogramma, mi misurano la pressione, mi fanno un prelievo di sangue e mi lasciano a riposare sulla barella. Quattro ore più tardi i sintomi sono svaniti, tranne lo stronzo mal di gola. L'internista studia i risultati, mi fa più domande di quante siano opportune e mi prescrive alcune pillole e una terapia psicanalitica. Non lo mando a cagare perché so che ha ragione. La prima pastiglia mi stende, passo quasi un giorno a dormicchiare e a guardare History Channel, dove passano una maratona di documentari su Stalin e Mussolini. Sogno ancora, questa volta il salone dei Satiri e la Casina delle Civette, con i pipistrelli in gesso che mi passano sopra per cavarmi il sangue. Ritrovo lucidità ed energia solo trentasei ore dopo aver detto addio alla Casita. Piove di nuovo, ma non è un problema: faccio colazione, con una fame da lupo, e vado a correre per quindici chilometri, per essere sicuro di essere ancora io. Mi faccio la doccia, accendo telefono e tablet e comincio a rispondere a mail e chiamate. La più insistente ed enigmatica è di Maca: vuole vedermi il prima possibile; le confermo che stasera salirò sull'ultimo volo di Aerolíneas e un attimo dopo mi manda un WhatsApp per dirmi che verrà a prendermi all'aeroporto. Mi viene in mente una sola ragione per tutta questa premura: Cálgaris deve averle chiesto di assistermi psicologicamente in questa nuova fase. Vorrei uccidere entrambi. Vuoto il flacone delle pasticche nel wc e preparo il bagaglio a mano.

Maca è fedele alla promessa: è nell'atrio che mi aspetta, vestita di rosso, e mi accompagna fino al parcheggio in cui alcune ore fa ho lasciato la 4×4. È coperta di polvere, c'è stata una tempesta di vento. Metto in moto e lascio scaldare il motore; scendo, mi sdraio a terra e allungo il braccio sotto la carrozzeria, verso un contenitore nascosto che si apre a pressione. La piccola Walther P99 di emergenza, la seconda possibilità dei cavalieri temerari, è ancora al suo posto. Mi sento molto meglio quando la infilo nella cintura. Non appena partiamo, la Grassa mi informa che Palma è alla Villa. «Che cosa succede?» le chiedo, guardando l'orologio. «Credo di avere trovato una cosa molto importante», mi dice, con mia sorpresa, agganciando la cintura di sicurezza. «Ma ho bisogno che tu lo veda con i tuoi occhi.» Le lancio uno sguardo assassino, ma Beatriz la salva. Metto in viva voce. La stratega ha parlato a lungo con Cálgaris e ha preso alcune decisioni riguardo al caso Romero. Ecco a cosa si è ridotto il Grande Jack, a un caso. «Maca mi ha anticipato che avete nuovo materiale da analizzare. Ci vediamo domattina alle otto in punto.» Evito di suicidarmi contraddicendola, le do corda come se sapessi a quale materiale allude e confermo l'appuntamento. Quando chiudo la chiamata, ricopro Maca di accuse, ma lei non batte ciglio: ha una mano vincente. «Beatriz non sa di cosa si tratta», dice unicamente in sua difesa, e si sfila gli occhiali dalla montatura rossa. È così sicura delle carte che ha in mano che continua a fare la misteriosa, senza petulanza né compiacimento, ma con freddezza scientifica. Si strofina gli occhi, come se fosse stanca, e mi chiede se è vero che sono stato punito. Scaltra. Vorrei poterla insultare, o almeno essere capace di non risponderle, ma in qualche modo devo chiudere questa conversazione. «Qualcosa di più», le dico, ringhiando, e metto un cd di Pugliese. Suona *La mariposa*. Il vento ha strappato alberi e antenne, ricoprendo di terra le strade. C'è poco traffico e arriviamo in fretta alla Villa, le cui siepi sono distrutte. Il gruppo di assistenti e sociologi se n'è andato, c'è luce soltanto nelle stanze al pianterreno, dove sono gli uffici della psicologa e del ragazzo che non ha una vita. Eppure Palma ha trasferito provvisoriamente nell'ufficio della collega un notebook e due tablet, e sta giocando con uno di questi ultimi. Sulla scrivania della Grassa ci sono fotografie e pile di carte. Palma mi offre un lecca-lecca alla Coca-Cola, Maca un espresso. Accetto un doppio ristretto, presumo che la notte sarà lunga. Nella Villa non sembra esserci anima viva, così il rumore della caffettiera esplode come la scarica di un mitra in un atrio deserto. Prendo il ristretto e accavallo le gambe.

«Bene. Allora, chi ha ucciso Kennedy?» chiedo.

«Alejandro», risponde l'hacker, e Maca lo fulmina con lo sguardo. Appoggia una natica sulla propria scrivania, reggendo a sua volta una tazza fumante, e inizia con un avvertimento: «So che non credete nell'astrologia, ma lasciatemi dire che se non avessi fatto il tema natale di tutta la famiglia non avremmo mai saputo cos'è successo davvero a Carla.»

«Quindi cosa le è successo?» chiedo sorridendo.

Prende uno dei fogli di una pila ordinata e lo tiene sollevato con la sinistra.

«In questi mesi non ho fatto solo le carte, ma ho completato il dossier. E ti confesso che il risultato non era soddisfacente, c'era qualcosa che non tornava nel profilo astrologico di Flavio. Mi riferisco all'idea che quella personalità avesse un movente e fosse capace di uccidere la Polacca. Ieri riprendo in mano il dossier e aggiungo nuovi dati, lo rileggo dall'inizio, ed ecco che tutto quadra. Tutto. Com'era possibile? E allora, Remil, mi sono resa conto di quanto sono stata scema, perché avevo preso il dossier sbagliato.»

Maca prende altri fogli e li sostiene in aria con la destra. Sembra un prestigiatore sul punto di fare un gioco di prestigio. Incrocia le mani e i fogli, torna nella posizione iniziale con gesti teatrali, quindi li posa ordinatamente sulla scrivania. Solleva la tazza e prende un altro sorso del ristretto.

«A un miscredente cinico come te, quei fogli non diranno niente, non ti disturbare a leggerli», avvisa.

«Fanno impressione», mi assicura l'hacker, che per seguire lo spettacolo si è distratto dagli schermi.

«L'incidente mi ha dato uno scossone: non avevamo mai preso in considerazione la possibilità che a uccidere Carla fosse stato Alejandro Farrell. Non ci è passato nemmeno per l'anticamera del cervello! Flavio era il sospettato perfetto, aveva una relazione con lei e addirittura un precedente di violenza. Una testimone nella tenuta accanto aveva visto la sua macchina quello stesso pomeriggio, persino suo padre era convinto che fosse colpevole e Jalil aveva insabbiato tutto con i soldi, giudici e polizia. Alejandro era fuori dallo scenario. Che cavolo c'entrava, lui, in questa storia?»

«E che cavolo c'entrava?» chiedo.

Maca posa la tazza e siede al tavolo. I suoi seni si allargano sul ripiano e usa le dita per enumerare i fatti. All'improvviso ha smesso di nascondere l'entusiasmo.

«Quando ho riletto il profilo psicologico di Alejandro avrei voluto morire. Era tutto piuttosto ovvio, se uno sapeva dove cercare, certo. E noi non ne siamo stati capaci. Proviamo a riavvolgere il nastro: la madre viene abbandonata in fretta dal marito e si rifugia nel figlio minore, fagocitandolo, il maggiore ne soffre e si mette dalla parte del padre. E si lancia in una corsa folle per accumulare giocattoli, potere, macchine, sport, donne, e per dimostrare a tutti che è lui il migliore dei due.»

«Siamo così infantili, noi esseri umani?»

«Bambini gelosi e tanti studi inutili. Perché molte volte quelle madri scelgono di preferire uno dei figli al di là dei risultati, e ci si aggrappano al di là delle accuse e delle prove, Remil. Hai idea di quanto dev'essere stato frustrante per Junior vedere che tutti i suoi successi lasciavano Delfina indifferente e che Flavio addirittura lo disprezzava? Una cosa terribile. Ma qui sta il nocciolo: il maggiore ha strappato tutto al minore, per anni. Ha lavorato dall'alba al tramonto per batterlo in ogni campo, e alla fine ha voluto farlo anche a letto.»

«La Polacca si era innamorata di Alejandro?» chiedo, anche se rimango scettico.

«Non credo», dice lei, e mordicchia il cappuccio della penna rossa. «A Carla piaceva giocare e superare i limiti. Aveva avuto un amante sotto gli occhi di tutti, per moltissimo tempo. Una trasgressione che, a un certo punto, dev'essersi intiepidita. Immagino che abbia avuto un flirt con Alejandro, dev'esserle sembrata un'avventura irresistibile.»

«Si scopava tutti e due i fratelli alle spalle del marito», dice Palma.

«E perché l'avrebbe uccisa?»

«Credo che a entrambi piacesse vivere sul filo del rasoio, e che la cosa sia sfuggita di mano a lei. Magari, chissà, in uno di quei tira e molla tra amanti, lo ha minacciato di dire tutto a Flavio. O peggio ancora, direttamente al governatore. Pensa: scoparti la ragazza di tuo fratello è quasi peggio che uccidere la tua donna.»

«Un sacrilegio», aggiunge Palma.

«Un gancio destro alla tempia, ricordi?» mi chiede la Grassa. «Un colpo letale. Il colpo di un esperto in arti marziali che ci è andato un po' troppo pesante. Il gesto tipico di un impulsivo.»

Mi vedo la scena, l'espressione terrorizzata di Carla Jakov, il pezzo dei Led Zeppelin che suona all'infinito. E ho subito davanti Alejandro Farrell che solleva il fucile e se lo porta davanti al naso, prende di mira la giovane femmina di cervo e preme il grilletto. «Una voragine al posto del cuore», ha detto Maca una volta. Niente poteva bastargli.

«Ottima teoria, ma rimane tale», sentenzio, per farle abbassare la cresta. «E ricorda che la signora Burgueño ha visto la Peugeot di Flavio.»

«Non era la Peugeot di Flavio», ribatte Maca, trionfale, e fa un cenno a Palma.

L'hacker gira verso di me un tablet e mi mostra una serie di fotografie.

«Le abbiamo fatte nel garage di Alex», mi spiega.

Ha una flotta di quaranta macchine: auto d'epoca da collezione, sportive e da competizione, top di gamma e alcuni modelli da quattro soldi. Palma fa uno zoom su un'immagine: una Peugeot 308 bianca.

«È identica», dice, e clicca su una finestra per mostrarmi quella di Flavio. «Guarda le targhe.»

Le leggo, stupito.

«Targhe consecutive», dice Palma. «Sono entrato nella rete della concessionaria. È un acquisto da parte di un impresario edile. Un regalo per i due figli del governatore Farrell.»

Accendo una sigaretta e rifletto sul dettaglio.

«Lo so, non può essere presentata come prova, signor giudice», scherza Maca. «Spero almeno che la veda come un indizio importante.»

«Cos'altro avete?» chiedo, asciutto.

«Il quadro.»

Palma fa apparire sullo schermo l'opera che Carla Jakov ha lasciato incompiuta sul cavalletto. La creatura mitologica dal corpo cesellato, triangolare, e un'enorme testa taurina dai tratti umani, abbozzati appena a matita e pennello. Palma clicca su una cartella: contiene una galleria di foto di Alejandro Farrell che immortalano le sue conquiste sportive. Quasi tutte apparse su riviste specializzate e pubblicazioni locali. Ne sceglie due o tre che esporta e mette accanto all'immagine del quadro. Il torso nudo mentre fa i pesi, i tratti spigolosi alla premiazione di un torneo. Palma le sovrappone e le separa di nuovo. Coincidono perfettamente. Alejandro è il Minotauro.

Al termine di una conferenza telefonica di quarantacinque minuti con Leandro Cálgaris, la gran dama esce dal proprio ufficio con un'espressione pensosa e accetta un ristretto macchiato. Maca ha trasferito la macchina del caffè al piano superiore, Palma ha piazzato la console sul divano e io mi sono messo a giocare a carambola al tavolo da pool. BB non si è mostrata sorpresa quando la Grassa le ha esposto la propria teoria: è rimasta cupa e meditabonda, una sigaretta dietro l'altra nel bocchino, mentre si passava meccanicamente la mano su un ciuffo dei capelli bianchi. Ha mantenuto una presenza di spirito e un sangue freddo ammirevoli, considerato che il Grande Jack era stato ritrovato morto e la stavano informando che il figlio maggiore del suo cliente era un assassino. Al termine dell'esposizione mi ha guardato, in cerca di una parola. Ho solo detto, a mo' di risposta, che il colonnello non era ancora stato informato.

«Il tuo capo crede che il Turco sapesse e ne approfittasse», mi dice.

«Può darsi.» Sembra che Cálgaris sia ossessionato da Jalil.

«Flavio è uno stupido presuntuoso», interviene Maca. «Era talmente offeso dai sospetti su di lui che all'inizio non si è nemmeno difeso. E dopo, anche se giurava di essere innocente, sempre altezzoso e con la puzza sotto il naso, nessuno gli credeva più. Tranne la madre.»

Mi torna in mente Flavio che mi cita il proverbio giapponese di Delfina Maggi: «Al chiodo che spunta tocca sempre una martellata».

Belda scuote la testa, come a negare quell'assurdità. «Quello scimmione non ha avuto vita facile», riflette a voce alta per la prima volta, riferendosi ad Alejandro. «Non ha negato le voci né le supposizioni. Nemmeno un *no comment*. Si è piegato a insabbiare tutto per 'salvare' il fratello e ha consolato il padre. Emerito bastardo. Sottospecie di rifiuto umano.»

«Non so che cos'abbia in mente, dottoressa. Ma se pensa che Farrell sia preparato alla verità, le dico subito che non potrà reggere una cosa del genere», l'avviso.

«Prova circostanziale», dice Palma, come se fosse l'avvocato di una serie tv.

«Remil ha ragione», aggiunge la Grassa. La cosa ha del miracoloso. «Il governatore è cieco, quando si tratta di Alex. È il suo erede e il suo *enfant prodige*. Bisogna andarci piano, potrebbe reagire malissimo.»

«Cálgaris mi consiglia di andare a fondo», insiste Belda, e di nuovo alza lo sguardo verso di me. «Un ricatto, una telecamera nascosta.»

Mi stringo nelle spalle, vorrei evitare di esprimermi.

«Si può fare?» insiste lei.

«Lo abbiamo fatto molte volte», risponde Palma, entusiasta. «Mi servono due giorni, devo far arrivare un tecnico da Buenos Aires con un'attrezzatura particolare.»

«Non sempre funziona», lo ammonisco.

«Ha suggerito perfino che sia io a farlo», dice Belda, puntando il bocchino verso la mia gola. «Ma sono una vigliacca, per queste cose. E poi è più credibile che sia tu a volerne approfittare.»

«Non credo che il colonnello sarebbe d'accordo», ribatto.

«Il colonnello consiglia, ma le decisioni sono mie.»

Belda torna nel proprio ufficio come un gatto nel suo cesto, Palma scrive al tecnico dandogli tutti i dettagli del caso. Quando chiude la chat, mi chiede dove. Maca suggerisce un posto in cui Junior si senta a proprio agio, che conosce bene; non deve stare per tutto il tempo sul chi vive. La palestra del club, la sala boxe e delle arti marziali, dove io mi alleno a fare a pugni e lui pratica il taekwondo; in un momento in cui la palestra è chiusa, per evitare curiosi che origliano. «E sarai mezzo nudo. Così non penserà che hai dei microfoni addosso.»

Maca disegna fiori rossi sul quaderno mentre pensa a voce alta. Raccomanda tranelli psicologici, descrive i tratti narcisistici che gli fanno perdere la lucidità. Io e Palma andiamo al Club Convergencia, gli faccio vedere le attrezzature e chiedo a un personal trainer che lavoro dovrebbe fare quel rammollito per abbandonare una volta per tutte la vita sedentaria; rimaniamo per un po' a guardare il maestro di arti marziali che insegna mosse e prese a due ragazzini di prima elementare, un militare che si sfoga sul punching ball e una finta rossa con la treccia che suda a più non posso tirando deboli colpi al sacco. Palma scatta foto con il tablet da tutte le angolazioni possibili, come se fosse un turista entusiasta o un atleta in fieri. Poi le manda al tecnico affinché studi l'ambiente e compri telecamere e microfoni ambientali wireless che si mimetizzino nella palestra. Non ha margine di errore, quindi utilizzerà diversi dispositivi contemporaneamente, piazzati in punti diversi: lampade, prese della corrente, rilevatori di fumo, artefatti minuscoli e adesivi superpotenti.

«C'è un problema», mi dice, quando torniamo alla macchina. «All'interno non ci sono telecamere di sicurezza, ma ce ne sono all'ingresso e nei corridoi esterni.»

«Puoi entrare nel sistema e scollegarle?» chiedo.

«Se non posso, che cosa succede?»

«Abbandoniamo la missione. La messa è finita.»

«Non facciamo gli estremisti», scherza. «Conosciamo il nome della società di sicurezza. Quanto ci potrò mettere a entrare nel loro server e a trovare i punti di osservazione?»

«Questa non è una banca, è un club di imbecilli.»

Nelle ore che seguono non mi allontano da Palma nemmeno per un minuto. Non gli è così facile oltrepassare gli scudi che proteggono la società di sicurezza, né trovare quello che cerca. Alle sei del pomeriggio ottiene finalmente le informazioni che cercava, e a quel punto verifichiamo la fattibilità del piano. Potremmo accedere al club da uno degli ingressi laterali, che è bloccato, e muoverci di notte, senza entrare nelle inquadrature. Tuttavia mi sembra troppo rischioso, così torno al club con la tenuta da corsa, portando un po' di birre per i ragazzi del gabbiotto. Mi fermo per un bel po' a fumare con loro, parlando di calcio e di motori; chiedo se hanno mai pensato di farsi assumere dal dipartimento per la Sicurezza, e racconto alcuni aneddoti divertenti su quel mestiere. Lavoro per il governatore, quindi gli sto simpatico. E poi siamo tutti camerati. Mi fanno vedere la sala controllo, piuttosto spartana, e morendo dalle risate mi dicono che molte telecamere non funzionano: questa non è Londra e nemmeno Parigi, ragazzi, è l'Argentina. Mi dicono anche che sono in sei con turni alternati e si annoiano da morire perché «non succede mai nulla». Sulla strada del ritorno mi fermo davanti alla porta bloccata; serve solo un palanchino decente. Adesso mi sembra tutto meno pericoloso, anche se è sempre meglio non fidarsi. Riferisco puntigliosamente a Palma sull'incursione e vado a dormire. Il ragazzo senza una vita preparerà una mappa e un nuovo percorso, poi andrà a prendere il tecnico alla stazione dei pullman. Il club chiude alle dieci in punto, quindi entreremo a notte fonda, quando una delle guardie starà dormendo e l'altra avrà la testa che ciondola davanti allo schermo. Belda mi invita a pranzo nel suo ufficio: ci sono sandwich di pollo, e lei si serve un bicchiere di Talisker. Mi rendo conto che è più nervosa di me in questa attesa insolita.

«So che stimavi molto Romero», dice, e gli occhi verdi si fissano nei miei. «E che la Casita ti ritiene responsabile. Non sono d'accordo.»

Cerco di affondare i denti nel sandwich, ma per l'ennesima volta non ho fame. Lei finisce il whisky e se ne serve un altro.

«Ci fidiamo di te», aggiunge.

«Se va a buon fine, che cosa ci potremo aspettare da Farrell?» chiedo, per allontanarla da quel terreno spinoso.

«La politica è l'arte dell'inganno.» Mi rivolge un sorriso forzato.

La conversazione è finita, perché lei non vuole proseguire oltre e io non voglio mettere in discussione Machiavelli. Il tecnico è un batrace dalla voce sottile, con la faccia da serial killer. All'ora stabilita, scendiamo dalla macchina con tre valigie e una borsa. La strada è buia e deserta, e la porta resiste al palanchino: impiego quindici minuti ad aprirla senza spaccarla, e mi ritrovo sudato marcio. Palma fa strada lungo il suo percorso segreto e ci obbliga a proseguire accovacciati per altri venti metri. Il lucchetto della palestra è arrugginito, ma non oppone molta resistenza. La sala per pugili e karateka non ha finestre verso l'esterno, per cui lavoriamo con l'aiuto delle torce. Il tecnico va sul sicuro: lui e Palma hanno deciso in precedenza dove piazzare i dispositivi. Impiegano due ore a predisporre tutto e a fare qualche prova con immagini e audio. Due o tre volte mi sembra di sentire dei passi, spegniamo tutto restando al buio e in silenzio, ma è sempre un falso allarme, paranoia allo stato puro. Per uscire impieghiamo molto meno tempo: l'ingresso laterale era solo accostato. In macchina provano ancora i dispositivi e verificano la ricezione: Palma è euforico e mi giura che ci sembrerà di guardare la tv. Il batrace incassa con distacco il fatto che la sua attrezzatura è andata persa per sempre: non torneremo a riprenderla quando avremo portato a termine il compito, rimarrà sul campo. A letto, leggo un testo sull'invasione persiana della Grecia nel V secolo a.C. Il passo delle Termopili, gli spartani che tengono in scacco l'imperatore. È storia militare, ma mi rilassa, dopo le incertezze della giornata. L'uomo impavido deve essere sempre gentile e suscitare rispetto piuttosto che timore, diceva Chilone di Sparta. Dormo otto ore senza interruzioni e faccio una colazione leggera ma nutriente. Dopo le sette chiamo Marquís e gli chiedo di Junior. «L'ho visto stamattina negli uffici della Provincia, mi dicono che adesso è in una sezione del partito», risponde, preciso: ha saputo da Beatriz che è una domanda importante. Alle otto di sera mando un WhatsApp al delfino: «Ho bisogno di vederti, argomento delicato». Mezz'ora più tardi mi risponde sullo stesso canale: «Cos'è successo?» Gli scrivo in fretta: «Vieni al club alle dieci e mezzo, sarò là ad allenarmi». Passano due o tre minuti. «Okay», risponde. Esco in anticipo, non posso permettermi il lusso di arrivare tardi. Avviso i miei amici del gabbiotto che mi fermerò oltre l'ora di chiusura e che il figlio del capo mi raggiungerà tra poco per fare due chiacchiere e allenarsi con me. Nessun problema, socio. Corro per un po', mi sfilo la canotta bagnata e mi concentro sui pesi. C'è poca gente, l'attività in palestra rallenta verso l'ora di chiusura. La sala del ring e del tatami è vuota. Salto alla corda e mi scarico con piacere sul punching ball, fissando con ansia l'enorme orologio alla parete. Venti minuti prima dell'ora stabilita il Minotauro si presenta in tuta e scarpe da ginnastica, ma per sua fortuna mi trova al centro tattico: il sacco da cinquanta chili.

«È arrivato il momento del mio esame, maestro?» mi sfida, allegro; nel suo tono non manca mai l'insolenza da teppista privo di freni inibitori.

«Volevo dirti una cosa», rispondo, abbassando le braccia.

«Riguardo al Turco?»

«No, riguardo a te.»

Ha le mani sui fianchi; alza le spalle e le labbra si curvano in un'espressione che potrebbe significare: Ma guarda quant'è sfacciato, questo insetto. Nella sala deserta non c'è il minimo rumore. Il silenzio è così assoluto che riesco perfino a sentire che digrigna i denti.

«Allora?» sbotta, impaziente.

Sistemo i guanti, lasciandolo ancora un attimo nel suo brodo.

«Te la scopavi e l'hai uccisa.»

Tengo gli occhi a terra per tre o quattro secondi, ma quando li alzo vedo che sbatte le palpebre, senza rinunciare allo sguardo ironico e alla sua smorfia di superiorità. Poi si guarda attorno, lentamente, e senza la minima voglia di scherzare mi chiede: «Di che parli, idiota?»

«È stato un incidente, tranquillo. Può capitare a tutti», dico, serio.

Ha spostato le mani: adesso ricadono lungo i fianchi, si aprono e si chiudono a pugno.

«Di che parli? È uno scherzo?» urla.

Ci fissiamo. Ha uno sguardo allucinato. È incredibile quanto gli occhi possano cambiare i tratti del volto: un attimo fa era la faccia di un ragazzino abituato a vincere, adesso è quella di un vecchio fulminato. Non ho bisogno di nominare Carla Jakov, devo solo recuperare. Questo sport è una variante della pesca d'altura.

«E chi lo dice?» mi sfida, guardandosi di nuovo attorno. Ha il respiro affannato, come se avesse risalito cento gradini con una mucca in braccio.

«La tua macchina, il quadro, il testimone e moltissime altre cose.»

Mi mostra i denti, ma nemmeno questa volta è una risata sincera e serena.

«Sì, me lo immagino. Il giudice sarà felicissimo di tutte queste prove. No?»

«Il giudice, no», lo correggo. «Ma tuo padre, sì. Quando il Polacco sporgerà denuncia diventerà la notizia del secolo. Tuo padre, Alex. Pensaci bene.»

All'improvviso scatta in avanti e sferra tre pugni al sacco, facendolo volare. Un movimento talmente rapido che mi metto in guardia, ma la scarica mi sfiora soltanto.

«Che cos'è? Stiamo giocando a vero o falso? Un'estorsione?» grida, a cinque centimetri da me, spruzzandomi di saliva rabbiosa.

Non perdo la calma. Il sacco dondola come se fosse vivo. Il ragazzo non riesce a credere alla mia sfacciataggine. Chiude il pugno e si trattiene, si gira di nuovo per vedere se c'è qualcuno che ci può sentire. Ci riflette ancora un attimo: è così trasparente che riesco a leggere all'interno della sua zucca vuota. D'un tratto ride ancora, una risata falsa, senza fiato.

«Vaffanculo», dice, come se stesse lanciando una lattina di birra o tirasse un sasso a un cane.

«Voglio mettere radici, ragazzino», gli spiego, con gentilezza. «Ormai sono un veterano, ed è ovvio che qui c'è bisogno di qualcuno come me, adesso che avete perso il Turco. Qualcuno che sia informato, e che sappia usare le armi.»

Per la prima volta mi ascolta, è un argomento pratico e ha a che fare con la brama di soldi. Non stiamo parlando di sentimenti, ma di semplici affari. Le mani tornano sui fianchi. Strano quanto un minuto possa allungarsi, e quante cose possano passarti in testa in quell'intervallo. Per la quarta volta controlla che nessuno lo stia ascoltando, appoggia un piede su una panca e puntella un gomito sulla coscia. Sembra *Il pensatore* di Rodin. Peccato che i suoi pensieri siano più sottili e fragili del capello di un angelo.

«Era una puttana e una spia.»

«Lo so.»

«E la tua capa?»

«Non ne sa niente», gli assicuro.

Si passa una mano sulla fronte.

«Potresti lavorare per noi», dice, per guadagnare tempo. «Non lo so, devo parlarne con Cerdá. Non lo so.»

«Non ti confondere, Alex. Il business è con te», chiarisco.

«E questo che cosa vorrebbe dire?» Non capisce, la ruga sulla fronte ormai sembra un taglio profondo.

«Voglio un premio per entrare.»

«Un premio?» chiede, scandalizzato.

«Centomila.»

«Dai, ti prego. Sei ubriaco.» Scuote la testa.

«Avete due conti correnti a Miami e una off shore alle Bahamas per cinque milioni, Alex. Devo dirti i codici e il pin?»

Le raccomandazioni di Maca e l'intelligenza bovina di Junior sono una formula vincente: siamo entrati in un'altra fase del dialogo, in un'altra logica. Dovrei strappargli una dichiarazione schiacciante, ma non posso forzargli la mano; l'uccellino è sensibile e potrebbe volare via al minimo sospetto.

«A nessuno conviene gettare fango. Tuo padre non può perdere la poltrona. Non c'è nessun bisogno di mandare tutto a puttane. Men che meno per un fuoco di paglia.»

«Esatto, è stato proprio quello», conferma, soddisfatto, per quanto amareggiato.

Su, sorridi, sei su tutti gli schermi, penso. Dillo una buona volta, alla ragazza piaceva giocare pesante e farmi ingelosire, mi minacciava di raccontare tutto a Flavio, mi dipingeva nudo per umiliare Quelo, o come se fosse uno scherzo tra noi; fumava canne tutto il giorno e non era capace di stare zitta, mi faceva perdere le staffe; le ho mollato un ceffone, non volevo ucciderla, sono vittima della mia stessa forza. Ma l'atleta non possiede il dono dell'eloquenza né tantomeno quello della sincerità, quindi rimane pensoso, sconvolto. Riesce appena a ripetere la stessa frase che ha detto durante la caccia, l'autogiustificazione nazionale di tutti i colpevoli: «L'unica cosa che mi interessa è il progetto politico». Non posso chiedergli che cos'è successo quel giorno, a casa di Carla Jakov, perché dovrei sapere già tutto. E mi sento sopraffare dal senso di impotenza, perché non posso spingerlo a sfogarsi. Ultimamente sono in preda al disfattismo, quindi penso di avere fallito. La rabbia è doppia, quando uno che si crede sveglio fallisce con uno stupido.

«Adesso sono pronto per quell'esame», gli dico, d'istinto.

Junior si è perso in chissà quali universi; non saprebbe dire che ore sono né come si chiama. Gli do una mano.

«Abbiamo un accordo, ragazzino. Meglio se la rabbia non te la porti a casa.»

Mi sposto verso il tatami, lo aspetto saltellando per riscaldarmi, battendo i pugni l'uno contro l'altro, chiamandolo nell'arena per uno scontro amichevole. Se giocassimo a pallacanestro o semplicemente a tennis, la cosa sarebbe molto meno pericolosa e più innocente: un po' di pratica prima della doccia. Ma si tratta di un duello tra un ragazzo dalla testa calda e un pugile navigato, tra un assassino e il suo ricattatore.

Alex abbandona la posa da falso pensatore: è livido e sotto shock. Mi guarda come se fossi un marziano e impiega un po' a mettere a fuoco la realtà e ad accettare la sfida. Alla fine, la reazione mi diverte: per la rabbia sferra un calcio alla panca, facendola volare. Sento che va in pezzi quando tocca terra, dieci metri più in là. La fine che rischiano di fare le ossa di un incauto che si mette nei guai con la persona sbagliata. Per non perdere un round con un leone delle arti marziali è importante coprire la zona al di sotto della cintura e proporre uno scontro sulle corte distanze: di solito sono pericolosissimi con le gambe e i gomiti, ma hanno una mandibola fragilissima. E questo ragazzo non è mai stato castigato né dagli sparring partner né dai rivali; è un lottatore da salotto che presto sentirà la mancanza dell'immunità politica e del paradenti. Si toglie le scarpe, ancora confuso, e si avvicina deciso a tentare la sorte, ma abbassa subito le braccia. «È stato un incidente», ripete come un disco rotto, e per un attimo penso che si tirerà indietro. Invece è un bluff: mi tira un calcio frontale che riesco a malapena a bloccare e che mi colpisce al petto, anche se debolmente. Anziché arretrare, come suggerisce l'istinto, mi sposto in avanti per non facilitargli le cose e sferro tre pugni al torso, nei punti più vulnerabili. Indietreggia senza accusare il colpo e prepara un calcio a parabola, ma gli vado addosso e lo colpisco al mento. Un gancio sinistro che gli fa male, seguito da un diretto allo zigomo destro. Non gli permetto nemmeno di vacillare e lo afferro con entrambe le mani, come se stessi guadagnando tempo sul ring, incollandomi a lui, tanto che sento il suo fiato. Non resisto e gli do una testata sul naso: bisogna insegnargli due cose sulla boxe da strada; ne avrà bisogno, se mai finirà in carcere.

Dal suo sguardo capisco che gli ho fatto male, così lo lascio andare e indietreggio, ma lo faccio scuotendogli il mento con altri due o tre pugni. Non sto facendo sul serio, così Alex riesce a darmi un calcio laterale che mi prende dritto in mezzo al petto, seguito da un altro colpo a parabola che blocco a fatica incrociando le braccia. Mi sono allontanato troppo e su questa strada sono vulnerabile. Con l'ultimo calcio è riuscito a farmi davvero male, un veterano non dovrebbe esporsi a questo genere di rischi. Soprattutto se può utilizzare trucchi proibiti dal regolamento. Ormai siamo passati alla boxe sporca, così chiudo la guardia e lo colpisco al fegato, al diaframma e alle costole più basse. Quando cerca di colpirmi al collo, con la mano di taglio, mi abbasso e lo schivo, lo colpisco sul fianco e alla schiena, prima ai polmoni e poi alle reni. Adesso sì che mi scosto, l'ho sentito gemere e so che è alla frutta, che posso ballargli attorno e sferrare colpi eleganti. Sfoggio tutto il mio repertorio con relativo agio: diretto, cross, swing e uppercut. L'esibizione non dura molto, non crediate, poco più di trenta secondi, ma il grugno del Minotauro è sempre più viola e gonfio. Ovviamente crolla, non è un avversario di peso. Non lo è mai stato, per di più l'ho fregato. È la prerogativa dei vecchi. Junior ha un ginocchio a terra, è confuso e respira a fatica; mi chiedo se avrà le palle per rimettersi in piedi e attaccarmi con le poche forze che gli rimangono. Un attimo dopo scopro che non c'è altro. A quel punto mi sfilo i guantoni e gli do una pacca sulla spalla. «Ho un kit di pronto soccorso in macchina. Lo vado a prendere?» gli chiedo. Perde sangue dal naso e dalla bocca e non riesce a mettere insieme una parola: rifiuta l'offerta scuotendo la testa. Gli strofino la schiena in un gesto affettuoso: «Potrei anche allenarti come pugile. Pensa ai vantaggi che ne avresti. Alla fine sarà un affare, pagarmi lo stipendio».

È cosa nota che la tecnologia possa trasformare un modesto fallimento in un successo relativo, se non eccezionale. Beatriz raccoglie tutto il materiale grezzo, prende appunti e parla con Marquís; chiama Palma e gli impartisce istruzioni precise. L'hacker si concentra per qualche ora sul montaggio e procede a unire i vari segmenti, a collegare concetti remoti, a smorzare dialoghi inopportuni, a tagliare certi eccessi nello scambio di colpi, ad alterare la mia voce e a rendere confusa la mia figura, a sottolineare frasi compromettenti, come «è stato un incidente» o «era una puttana e una spia». Più tardi batte al computer una parte della storia, con i ritratti dei personaggi principali e una descrizione succinta della scena del ricatto, quindi scrive alcune brevi didascalie alle foto della vicina e della Peugeot bianca, al Minotauro e all'immagine ricalcata di Alejandro Farrell nudo. Il risultato non ha nessun valore dal punto di vista giuridico, ma è una sottile parodia di un reportage televisivo, e proprio per questo è uno sparo in fronte: il governatore ne rimarrà sconvolto. Intanto, io e Maca stendiamo una relazione asettica che riassume la storia e fa luce sulle recenti scoperte. Il video e il documento finiscono su tre chiavette, che BB ritira nel corso della mattina. Dopo mezzogiorno, convoca tutti quanti nel suo ufficio, inclusi gli assistenti, i sociologi e i sondaggisti. La squadra completa della Villa assiste al risultato del lavoro finale dell'hacker, che la capa mostra di nuovo sul suo schermo da 40 pollici. Quando lo spegne con il telecomando, il silenzio copre ogni cosa. Osservo le facce lunghe e cupe e mi accendo una sigaretta, a disagio in quell'assemblea. E adesso? mi chiedo, in attesa di quello che succederà. Beatriz Belda ci scruta uno per uno senza dire una parola, come se leggesse le nostre elucubrazioni e fosse in grado di dipanarle per giungere a un'unica conclusione. Poi spinge indietro la poltrona, si sporge leggermente in avanti e appoggia i pugni sulla scrivania. Gli occhi sono asciutti, e nonostante la bassa statura sembra una bambola imponente e maligna. Quando infine parla, lo fa con calma e autorità, senza la minima incertezza.

«Ce ne andiamo, ragazzi, leviamo le tende. Dobbiamo muoverci in fretta e con la massima discrezione. Che nessuno ne faccia parola per telefono, via mail o su una chat. Nessun cenno con le famiglie, nessun addio. Questa notte saremo già a Buenos Aires. Non c'è tempo per distruggere i documenti, li imballiamo negli scatoloni e portiamo via tutto. Vuotiamo gli uffici e le camere, senza lasciare nemmeno un pettine. Voglio un camion dei traslochi con casse e quattro operai che usino l'ingresso di servizio. E noleggiamo un pullman. Voglio tutti fuori per le dieci di sera. Remil farà da supervisore al trasferimento e la logistica. Il resto del team della Casita viene con me e si porta dietro l'attrezzatura. Dobbiamo noleggiare un aereo che decolli un po' prima, non oltre le otto. Tutto chiaro?»

I presenti sono talmente confusi che annuiscono come alunni obbedienti delle elementari. Quasi tutti hanno preso appunti, inclusi quelli che non avevano nessun bisogno di farlo. L'aria è carica di elettricità, siamo al culmine del nostro operato. Beatriz mi fissa e si toglie la spilla dal risvolto della giacca. Il condor cade e rimbalza tintinnando nel suo enorme posacenere vuoto e trasparente. Così è questa, la grande verità, penso. Ma faccio subito quello che mi è stato chiesto da quello sguardo acuminato: mi alzo, mi strappo il condor e lo butto nel posacenere. Come in un rito funebre, tutti sfilano davanti alla scrivania, buttano la spilla ed escono velocemente dall'ufficio. Qualcuno penserà che questa brusca ritirata in piena notte sia dovuta alla ripugnanza per il delitto. Altri, meno ingenui, capiranno che gli scrupoli non sono il punto forte di Beatriz Belda e faranno due più due. Nessuno, però, solleverà obiezioni, né dirà una sola parola: stiamo scappando, e la cosa migliore è farlo a tutto gas e a bocca cucita.

«Ti costringeranno a lasciare, resisti finché puoi», ordina Belda a Marquís, senza particolare enfasi, e al telefono chiede a una segretaria di metterla in contatto con il direttore dell'Hotel Río Azul. Risponde a una chiamata di Cerdá al cellulare con un tono affabile e diplomatico. «Signor assessore, che piacere. Ci vediamo a cena domani, così ne parliamo? A che ora? Perfetto, ci vediamo lì, allora. Stia bene.»

«Posso mettere una o due macchine a farvi da scorta», dice Marquís.

«Non mi sembra opportuno. I poliziotti non hanno il dono della discrezione», osservo io.

«Qualcuno dipende da me, ragazzo», ribatte, di buon umore. «Al lago è tutto sotto controllo.»

Il lago in cui riposa il Grande Jack non è sorvegliato dalla polizia, ma dal Salteño, un segugio capace di rimanere sveglio ventiquattr'ore di fila.

«Remil basta e avanza», interviene Beatriz, dando per

chiusa la questione. Si risiede e parla con il direttore dell'albergo a cinque stelle: gli dice che la sua amica parteciperà a un festival cinematografico internazionale, in occasione del quale riceverà sicuramente un premio, e che ha bisogno di portare via l'intero guardaroba stanotte stessa. Il direttore le mette a disposizione due facchini fidati per smantellare la suite di Diana, oltre che la sua, perché la sociologa vuole fare una sorpresa alla diva: l'accompagnerà in quel viaggio indimenticabile. Un viaggio immaginario di quattro giorni. Il direttore, ovviamente, promette discrezione assoluta; è felicissimo di partecipare all'allegro backstage del mondo dello spettacolo. Quando Marquís se ne va, BB comincia a vuotare i cassetti più vicini.

«Posso fare una domanda?» chiedo.

«Una sola.»

«Quanto sapeva Cálgaris?»

«Dall'inizio?» chiede, e sorride languida. «Tutto.»

Per qualche istante rimaniamo stregati da quella rivelazione, ciascuno perso nelle proprie elucubrazioni. Belda si riscuote e mi chiede di allungare il passo. Mi riunisco con i suoi assistenti e verifico l'avanzamento dei lavori. Hanno già noleggiato il camion, ma ancora discutono sull'assicurazione; stanno cercando un furgoncino che possa fare il lavoro di notte, ed emergono alcuni problemi con il noleggio dell'aereo: potrebbe essere disponibile un aerotaxi, ma non è detto che arrivi in tempo dal Sud. Accompagno Beatriz, che si porta dietro tre valigette e un notebook, all'Hotel Río Azul, quindi vado a prendere la mia, di valigia, infilo in alcune borse gli effetti personali di Romero e carico tutto in macchina. Aiuto Maca, Palma e gli altri ospiti della Conigliera a trasportare i bagagli alla Villa, e supervisiono il lavoro dei traslocatori e degli impiegati di Belda. È una maratona di ceste, fagotti e casse, una corsa silenziosa e solerte. Sono tutti seri e nervosi: un trasloco è come due incendi, dicono i cinesi. Sembra che in strada non ci sia nessuno a tenerci d'occhio. A metà pomeriggio ci confermano l'aereo e il furgoncino, e ordiniamo dei tramezzini. Cerdá mi chiama per invitarmi a colazione sabato, ha parlato con Alex e ha una proposta interessante. Belda telefona alle sei per sapere come sta andando la ritirata e se faremo in tempo. «Partiamo appena possiamo, ma non credo che sarà prima delle undici. Si sta accumulando un bel po' di immondizia», la informo. Alle sei, Maca, Palma e il batrace delle telecamere nascoste partono per l'aeroporto con le attrezzature informatiche più delicate e l'armamentario da spionaggio. Alle sette passo a prendere la gran dama e la vasta collezione di valigie. Sulla 4×4 non ci stanno, così siamo obbligati a perdere qualche minuto per chiamare due taxi. BB sta per salire a bordo, quando mi prende da parte e mi consegna due chiavette USB piccole come un'unghia. Contengono le prove di due omicidi: sulla prima ci sono le imprese di Junior, sulla seconda i rapporti e il video subacqueo sul Grande Jack.

«Dalli alla tua fidanzata», mi ordina, e sorride di nuovo. «Ha le palle, tutti sanno che è seria ed è una brava giornalista. Saprà che uso farne.»

Mi dà un bacio su una guancia e si avvia verso il bancone del check-in. Si gira solo per ricordarmi una cosa: «Uomo di poca fede. Te l'avevo detto, che l'Inglese sarebbe passata dalla nostra parte». Ma siamo noi, che lo stiamo facendo. Sin dall'inizio, il nostro proposito è stato quello di dare fuoco al regno di Farrell, sebbene in apparenza sembrasse che lavorassimo per rafforzare il suo potere e innalzargli attorno una palizzata. La grande stratega non è mai stata cacciata dal paradiso, è stata solo una montatura mediatica affinché riuscisse a entrare nel castello per demolire dall'interno il *primus inter pares* dell'associazione dei governatori, il nemico numero 1 del signor presidente. Un'operazione punitiva insidiosa. La politica argentina è un noir: festeggiano il giorno della lealtà, ma gli altri 364 si ingannano allegramente l'un l'altro.

Al pub irlandese Silvia Miller suona o improvvisa una melodia, con il Lloyd George sul pianoforte. Ancora non ci sono avventori né attaccabrighe; non appena comincerà la confusione, l'Inglese vuoterà il bicchiere e tornerà a rifugiarsi tra i libri nella sua casa tra le rocce, con la gatta persiana. Non solleva la testa per salutarmi, lascia che mi avvicini e mi sieda accanto a lei, come se fosse completamente assorbita da Bill Evans. Veste più o meno come sempre: i soliti pantaloni di lana grigi, camicia di seta bianca, cardigan verde e stivaletti in cuoio marrone. Poso sul piano una busta chiusa con le chiavette, mentre mi servono la vodka. Lei si prende il suo tempo per portare il pezzo alla fine, sfila da una tasca l'anello con il sigillo e se lo infila al mignolo. Gli occhi color ambra si sollevano solo per fermarsi, privi di espressione, su quel misterioso regalo di carta. Non sembra intenzionata a toccarlo, prende un sorso dal cocktail e alza la busta, la studia, la tocca e la soppesa, e la lancia lontano. Forse con l'intenzione di centrare il cestino nell'angolo. Sbaglia, il volo è troppo breve; per riuscirci ci voleva forza e la precisione di un giocatore di pallacanestro.

«Mi va il sangue alla testa se penso a quanto sono stata debole con te», dice con il suo tono duro, basso e, nonostante tutto, insinuante.

Il cameriere, che ci sta spiando, cammina verso l'angolo

come se temesse di essere lapidato, raccoglie la busta con un gesto elegante e la rimette dov'era.

«Due vecchi. Ai quali tieni molto», spiego.

Alla fine, l'ambra si fissa sul mio petto; una stoccata d'acciaio che mi trapassa da parte a parte.

«Mi stai usando? Dovrei anche diventare uno strumento nelle sue mani?» chiede, aggressiva.

«Tutti siamo lo strumento di qualcuno.»

«Dov'è il Grande Jack?» mi pungola, sbattendo le palpebre. I suoi neuroni corrono e fanno scintille. «Qualcuno mi ha detto che ha avuto un incidente nella zona dei laghi. È vero?»

La vodka mi sta mandando a fuoco. Adesso la signorina Miller non si perde uno solo dei miei gesti, che riduco al minimo. Non stacca le mani dalla tastiera, ma l'accarezza soprappensiero con i polpastrelli, senza produrre suono.

«Ci mancherà», confermo, e stringo i denti mentre lei sgrana gli occhi, nei quali scintilla il giallo. Un lampo di orrore e incredulità. L'ego professionale, però, le impedisce di fare una scenata, costringendola a rimanere impassibile. Una concessione del genere sarebbe una vergogna.

«L'indagine del Grande Jack dimostra chi fosse», le dico, in una sorta di omaggio postumo. «La potrai leggere dall'inizio alla fine e verificare la bontà dei dati. Quanto al Gringo...»

«Che cosa c'entra, lui, con questa merda?»

«Perché siamo stati tutti ingannati. Il Polacco, tu e noi.»

«Certo, come no. Il figlio di Farrell è innocente.» Sorride, beffarda.

«Non ti darei mai aria fritta.»

«Altro che, Remil. Faresti ben di peggio», ribatte, serissima.

«Non è una dichiarazione d'amore. Anche se non ci credi, è una questione di stima professionale e di autodifesa.»

«Autodifesa?» Inarca le sopracciglia.

«Chiunque altro forse sì, ma tu non sei una che abbocca. Capiresti subito che è una montatura e ci denunceresti. Ti stiamo dando un boccone succoso. Sta a te decidere come muoverti. Se non farai niente, troveremo di sicuro un altro imbrattacarte.»

L'Inglese sfiora la busta, pensierosa; una lacrima che ha mille ragioni circonda l'ambra furiosa.

«E questa che cosa sarebbe, una chiacchierata privata, un fuori onda o una dichiarazione ufficiale?» chiede, con tono piatto.

«So che non vendi mai le tue fonti, anche se si tratta di un figlio di mille puttane.»

Finisco la vodka, e quando mi alzo non so bene dove mettere le mani. Ancora una volta, Silvia Miller non mi guarda, è china sul piano e su questo presente avvelenato che detesta e prevede. È triste l'idea che forse non la vedrò mai più. Raggiungo l'uscita, salgo in macchina e telefono a Marquís, chiedendogli di proteggerla in qualche modo: non appena pubblicherà il primo pezzo si ritroverà in balia dei fanatici. Manca un'ora e mezzo prima che il convoglio (camion e pullmino) sia pronto. Lasciamo tutte le luci accese e chiudiamo a chiave la Villa vuota. Guido la carovana lungo stradine minori, superiamo il ponte senza incidenti e imbocchiamo la statale sotto le stelle. È una notte serena, e Pugliese con *Gallo ciego* fa da colonna sonora alla fuga. La Patagonia è un minaccioso buco nero che si allontana alle nostre spalle.

12

La battaglia

L'Inglese impiega quindici giorni esatti a valutare le informazioni, controllare i punti fondamentali e preparare la strategia di pubblicazione. È molto scrupolosa riguardo alle indagini di Romero, si mette addirittura in contatto con un conoscente alla DEA per verificare se il commissario aveva compreso correttamente le triangolazioni dei soldi sporchi e i movimenti delle off shore. Grazie allo spyware, Palma ne segue le ricerche in rete, le mail e persino ciò che fa sul desktop; con un Trojan e un monitor telefonico registra le chiamate dal cellulare e dal fisso. Nessuna riguarda la morte di Carla Jakov. Su di lei ci sono solo appunti frammentari su un solitario documento di Word, più che altro frasi che terminano con un punto interrogativo o spezzate a metà. È ovvio che Silvia preferisce rimandare a un secondo momento il segreto di Alejandro Farrell, forse perché è il più debole e controverso tra i due scoop. Ci sono troppe ipotesi per poter sostenere il caso della Polacca, la confessione è d'impatto, ma potrebbe essere smontata: diranno che sono solo speculazioni e trucchi tecnologici. L'Inglese punta prima di tutto a infangare l'immagine del governatore con l'*affaire* Jalil e, in seguito, quando la sua credibilità sarà crollata, batterà il ferro finché è caldo e lancerà la seconda bomba. Niente male.

Belda e Galves sono andate a fare shopping a New York; Marquís è stato liquidato una settimana più tardi e Palma riferisce soltanto a Leandro Cálgaris, che ha mandato sul campo alcuni sondaggisti con i loro trucchi e i bauli magici. In separata sede, l'hacker mi passa ogni novità: nessuno gli ha detto che sono fuori dal gioco, e abusa di quella distrazione. Senza lavori all'orizzonte ma con qualche soldo da parte, mi dedico in modo ossessivo ad allenarmi e alla lettura. Passo cinque ore al giorno in palestra, a nuotare nel fiume o a correre maratone al tramonto, leggo libri usati sui conflitti mondiali. Comincio da *La bellezza e l'orrore*, di Peter Englund, continuo con i mattoni di John Toland e Anthony Beevor. Nonostante la stanchezza fisica e mentale e i postumi delle sbornie serali, non riesco a dormire per più di tre ore. Seguo con interesse le vicende patagoniche, mi diverte ascoltare le voci di Farrell e dell'assessore all'Economia, preoccupati da situazioni di cui non parlano ma che sono direttamente collegate al precedente capo della Sicurezza. Sogno spesso e mi sveglio nel bel mezzo di incubi angoscianti legati al Turco e al Grande Jack; sogno Beatriz in controluce, le braccia aperte come le ali di una farfalla, Diana che mi spara alla testa, furiosa, con la mia Glock. Ma non sogno mai l'Inglese. Che insonne, nella sua casa tra le rocce, si morde il labbro inferiore. A volte cerco su YouTube un concerto di Bill Evans e lo metto in sottofondo, per ricordarla meglio, per rimanere in quel palcoscenico proibito che non potrò più calcare.

Il primo articolo scatena un terremoto. È un pezzo piuttosto breve, che denuncia due delitti contemporaneamente: l'omicidio di un poliziotto in pensione e i traffici del riciclaggio, coordinati nientemeno che dal gabinetto provinciale. Il testo non rivela molti dettagli, l'Inglese vuole centellinarli, ma aggiunge che, in seguito a quel crimine, il Beria di Farrell ha chiesto una licenza e ha lasciato il Paese. Palma le dà una mano e rende virale la denuncia. I media locali ovviamente ammutoliscono, ma in rete c'è agitazione. L'indomani, Silvia Miller rilascia altri due comunicati: su uno pubblica nomi, conti, cifre e metodi, e per la prima volta prende di mira Cerdá; l'altro è un ritratto di Miguel Marcial Romero. Pubblica nuovi dati sul commissario: lavorava per un'agenzia di consulenza esterna ingaggiata da Farrell ed è stato assassinato nella zona dei laghi, sul cui fondo giace ancora il cadavere, a bordo della Toyota Hilux. La gravità dell'argomento moltiplica le reazioni, e sui giornali della Provincia appaiono piccoli riquadri, nei quali le fonti ufficiali assicurano che le notizie in circolazione sono assolutamente false. Ma, di nuovo, la terza mossa è vincente: Silvia pubblica il video del cadavere, che all'improvviso diventa trending topic a livello mondiale, su tutti i canali, nei programmi di politica, nei notiziari delle tv in chiaro e nei dibattiti del pomeriggio e della sera. I giornali nazionali ne parlano in prima pagina e gli danno ampia copertura: Silvia si occupa di tutti, riceve una comitiva di novellini della capitale e si lascia interrogare sui particolari della tragedia. Nella sede del governo provinciale regna un ermetismo totale; la stampa asservita china la testa e guarda di nuovo dall'altra parte nel bel mezzo dell'incendio. L'Inglese ha tempo di aggiungere ogni giorno un nuovo elemento, con ripercussioni tali che ormai conta ottocentomila follower. Il terzo giorno si intromette d'ufficio una vecchia conoscenza di tutti noi: il giudice Donovan. Il quale la convoca in tribunale alle otto del mattino e manda immediatamente una commissione di indagine nella zona dei laghi. L'Inglese non ha reso pubbliche le coordinate poiché non aveva modo di verificarle, ma nella dichiarazione ha aggiunto la cartina che le avevamo preparato. Il Salteño assicura che in queste settimane si è vista solo gente che si avvicinava a curiosare: nessuno ha osato mettere in piedi un'operazione di recupero. C'era il rischio che glielo impedissero o che il mio ex camerata li riprendesse in flagrante: mai tornare sulla scena del crimine.

L'Inglese ha stretto un'alleanza tattica con i colleghi, e li avvisa su quello che sta per succedere. Si sente più sicura, se non è da sola. Una piccola truppa di inviati speciali trasmette in diretta dal teatro delle operazioni. Mentre mangio un *bife* in una *parrilla* di Saavedra, vedo i poliziotti, al buio, i sommozzatori che si immergono, i funzionari che si chiudono nel *no comment* e infine la gru che tira fuori dall'acqua la Toyota Hilux, dopo due ore di «attesa febbrile». Il locale è pieno, ci sono applausi e fischi. Alle tre di notte, quando torno a casa, faccio zapping, la diretta continua e si moltiplica su dieci canali diversi. La trovo persino sulla CNN. A mezzogiorno, Julián Farrell si presenta davanti al leggio, spettinato, con le occhiaie e una cravatta stropicciata che Diana avrebbe aborrito. Non riesce nemmeno a fingersi calmo; incespica con le sillabe e commette diversi errori. La sua difesa è ovvia: siamo costernati, non abbiamo nulla a che vedere con questa terribile scoperta, indagheremo sino in fondo. Quando si allontana, sbaglia lato e inciampa. Un penoso passo di ballo che le televisioni ritrasmetteranno al rallentatore.

Donovan convoca immediatamente una conferenza stampa, comunica i risultati dell'autopsia, conferma l'identità di Romero, giura di aver ricevuto telefonate dalla Corte Suprema in cui gli è stato offerto tutto il sostegno possibile e descrive i provvedimenti d'urgenza che sta per richiedere. Irradia onestà, e quasi mi rammarico di aver regalato alle sue adorabili figlie quei confetti 7.62 con mantello in ottone. Sua signoria ha mancato a sé stesso, il terrore lo ha spinto a insabbiare due indagini che coinvolgevano gli uomini del governatore, e adesso vuole rifarsi, con gli interessi. È protetto dalla fama, nuota con la corrente a favore e si lecca i baffi alla prospettiva di veder grufolare il signore feudale. È il problema dei giudici addomesticati: quando cambia il vento, non solo assumono un comportamento da manuale, ma cercano anche di cancellare la macchia della propria vergogna. La vendetta giudiziale è una droga pesante.

Comunque, lo scandalo politico è talmente spettacolare che ne parlano una decina di giornali stranieri, e la Casa Rosada convoca Farrell per avere spiegazioni. Su un altro fronte, trapela che vari membri della Lega dei governatori hanno chiesto riunioni informali con esponenti del gabinetto nazionale. Alcuni portavoce parlano di «pulcini bagnati» e di «tregua»; gli analisti, dal canto loro, si lasciano sfuggire che stanno minacciando il presidente di negargli la fiducia al Congresso. Intanto, l'Unità di informazione finanziaria si è attivata e alcuni esperti americani hanno reso note le ramificazioni e il modus operandi dei Dragones Mutantes. Non svelano nemmeno l'un per centro di ciò che sanno, ma basta perché si parli dell'infiltrazione del narcotraffico nella democrazia argentina anziché della morte di un signor nessuno. Farrell ingaggia un'agenzia internazionale e inizia la guerra sporca: le indagini del Grande Jack non hanno fondamento (è un coacervo di assurdità), Romero era un poliziotto violento e godeva di pessima fama (un fascista e un alcolizzato) e Silvia Miller è una serva dei poteri forti. Dicono perfino che ha un linfoma, che era piena di debiti e che tutta questa «montatura» ha origine dalla disperazione: non ha i soldi per pagarsi le costose cure. Ancora non osano scagliarsi contro Beatriz Belda, sarebbe piuttosto complicato, e adesso urge sbobba da dare in pasto ai media per screditare in fretta l'attacco e insinuare dubbi persino sulla morte del Grande

Jack. Uccidere il morto. Un avvocato si spinge a dichiarare che è finito nel lago perché guidava in stato di ebbrezza. L'incidente di un irresponsabile, strumentalizzato in modo perverso dai nemici della «patria federale». I dibattiti in televisione sono feroci: Farrell ha comprato diversi professionisti della menzogna, tramite i quali sta dando battaglia a beneficio dell'opinione pubblica. Donovan passa ai giornali parte del dossier, e lo minacciano di sollevarlo dall'incarico e di processarlo. L'Inglese risponde dal blog: scherza sulla propria malattia, assicura che Romero era sul libro paga del governo provinciale ed era impegnato in uno studio sulla criminalità, chiede ogni giorno dov'è Jalil (qualcuno si appelli all'Habeas corpus) e si lancia sulle opere pubbliche e gli affari calcistici del Club Convergencia. Lady Di, che è tornata, premia la sua discrezione e accorre in suo aiuto: attori e scrittori si mobilitano dichiarandosi pieni di vergogna di fronte alle ultime rivelazioni; alcuni si fanno in quattro in radio, dove danno voce alla loro profonda delusione e puntano il dito contro gli sfarzi sospetti dell'amministrazione Farrell. Visto che ci sono, annunciano la prossima uscita di un loro film, le opere in cantiere e quelle che il pubblico non può assolutamente perdere. Tutto fa brodo.

Un martedì uggioso, Silvia Miller irrompe con un altro scoop a livello nazionale: Luis Jakov ha appena presentato al giudice un nuovo esposto che dà alla sua denuncia una svolta inaspettata. È a conoscenza di nuove prove e chiede che si indaghi sulla possibile responsabilità di Alejandro Farrell nella morte di sua figlia. L'Inglese guadagna nuovi lettori, e passa tre giorni a presentare i fatti, come un romanzo d'appendice, mentre sul fronte ufficiale tutto tace. Il trucco sta nel fatto che parla dei documenti in mano alla giustizia; in questo modo prende le distanze dai fatti e dà alla storia un carattere istituzionale. È il Potere Giudiziario a indagare, non lei, che sta solo facendo la cronaca. Con quella scusa, può postare quello che ormai è di dominio pubblico: il figlio maggiore del governatore cede a un ricatto e ammette in un filmato che la morte di Carla è stato «un incidente» e che lei era «una puttana e una spiona». Per la seconda volta si scatena un maremoto, con un treno di sorprese ripugnanti per il grande pubblico. Lo tsunami porta alle luci della ribalta Carla Jakov e il di lei vedovo: l'architetto apre mansueto la porta di casa, racconta la vita e la morte di Carla, mostra i suoi quadri e il Minotauro incompiuto sul cavalletto. Quelo mantiene costantemente il tono fatalista e meticoloso. Sulle ultime scoperte si limita a dire, sobrio: «Lo deve scoprire la Giustizia. Posso solo ripetere quello che ho sempre detto: non ho mai pensato che Flavio potesse averla uccisa, e i fatti mi stanno dando ragione».

Il governatore impiega qualche ora a reagire, e lo fa con un comunicato su Facebook, nel quale afferma che Alejandro è innocente, che è tutta una cospirazione per destituirlo, la sua famiglia è distrutta dal dolore e lui adirà alle vie legali contro chi continuerà con queste calunnie e ingiurie. Nonostante le minacce, il tono è lacrimogeno: gli avvocati gli hanno raccomandato di suscitare compassione. In questo Paese chiunque si sente una vittima, e chi finge di esserlo fa scattare l'identificazione. Oltre al fatto che a tutti piace compatire le disgrazie altrui per sentirsi benedetto dalla fortuna. Un meccanismo infallibile, che tuttavia, nella fattispecie, si scontra con un grave ostacolo: Luis Jakov non è solo un abile oratore, ma una vittima suprema, un martire del sistema. Come non identificarsi con quel padre solo e ferito, che ha bussato a mille porte ed è stato preso a bastonate dai potenti? Farrell commette paradossalmente un errore immane: mai replicare alle accuse del passato. I suoi sgherri mediatici dicono che il vecchio vuole mettere in piedi una carriera politica sulla tomba della figlia, che non è lucido (presentano analisi sulle sue capacità cognitive trafugate in un ospedale), infine parlano di ipotetici incontri nei quali avrebbe chiesto soldi in cambio del silenzio. Il Gringo non fa una piega: apre il suo umile giardino delle rose e mostra la Ford Falcon del 1981, quindi puntualizza con una memoria da elefante le sottigliezze dell'insabbiamento operato dalle istituzioni. L'attacco è stato un boomerang e la credibilità del governatore è crollata. Gli inviati speciali si lanciano su Alejandro, ma vengono succintamente informati che si trova a Berlino grazie a una borsa di studio sportiva. Quindi seguono Flavio, giorno e notte. Riescono a braccarlo all'uscita da uno studio medico. Indossa una camicia con il colletto alla coreana e gli occhiali scuri, ma mi sembra di cogliere che abbia perso i toni da snob. Spaventato dall'assedio, cammina pallido in volto verso la macchina e riesce a salirci, ma gli impediscono di chiudere la portiera e lui lotta per farlo. «Andate a chiederlo a mio fratello, io non c'entro niente», dice alla fine. Riesce a chiudere e a scappare. La sua breve dichiarazione, tuttavia, si guadagna le prime pagine e scatena l'ira del progenitore, che convoca la moglie per accusarla di mancanza di solidarietà. Palma mi manda le registrazioni della discussione. «Anche Alex è tuo figlio!» grida, perdendo il controllo. La principessa Romanov gli risponde glaciale: «La politica si occupi dei problemi della politica». Non sembra affranta, quanto stranamente serena e animata da uno spirito di rivalsa. Come se la conferma della sua teoria familiare fosse più importante della libertà del figlio traviato, e la sofferenza di Farrell fosse diventata il suo trionfo. Sei stato tu a generare quel mostro, non hai ascoltato i miei vaticini, adesso affronta le conseguenze e accetta il peso della maledizione. Nel confronto nessuno pronuncia queste frasi ad alta voce, ma si percepiscono. Delfina Maggi non è più muta né dolente. Farrell ha un ragno velenoso nel letto.

I media sono inarrestabili, entrambe le storie sono sensazionali e si sovrappongono. I riflettori non sono più puntati sull'Inglese, che adesso sembra godere di un protagonismo onorario. È il capo spirituale dei giornalisti, la loro fonte, anfitrione e guida nelle terre della Patagonia. Ma quelli avanzano come cavallette: è una pioggia costante di articoli in qualunque formato sul Turco Jalil, nella sua doppia condizione di narcotrafficante e insabbiatore di crimini; su Cerdá e i suoi riciclaggi amministrativi; sulla mafia del calcio, sulle affollate marce del silenzio e sulla famiglia reale, che appare in foto d'archivio sulle copertine di *Gente* e persino nell'edizione argentina di *Hola*. Ed emerge con forza, perché non smette mai di rilasciare dichiarazioni e pronunciare discorsi altisonanti, il subdolo sindaco della cittadina petrolifera che abbiamo pagato in contanti per dare lustro al patriarca dei Farrell, confermando la leggenda del condor. Riconvertito in capo dell'opposizione e procuratore della repubblica, citando in continuazione il padre della patria Yrigoyen, il Cinese è la stella delle inchieste. Non vive più nel deserto, ma negli studi di TN. Esorta il presidente a mettere Farrell sotto inchiesta, proponendosi umilmente come l'accusatore naturale. Le telecamere lo amano. E Silvia Miller gli perdona tutto: sul suo notebook tiene nota di tutti gli imbrogli commessi dal sindaco nei suoi due mandati consecutivi, ma tace per non ingolfare il tritacarne. Che continua a macinare con esagerazioni, caricature e frottole tipiche dei casi mediatici. Ma trova il tempo, in una breve pausa dell'uragano dei media, di raccontare la storia di una consulente politica che stava lavorando per migliorare l'immagine di Farrell ed è scappata in preda al terrore. Anche in questo caso, l'Inglese è condiscendente: non conviene confermare apertamente l'idea di una congiura, perché il governatore è in famelica attesa di un accenno di salvezza. Ma Silvia non può smettere di chiedersi se la sociologa era un cavallo di Troia alla corte del re o se davvero se n'è andata in preda alla nausea. Molti redattori cercano di assicurarsi un'esclusiva con Belda, senza riuscirci. Scopro però che Beatriz sta rilasciando qualche *off the record* ad alcune penne influenti, che la descrivono all'unanimità come «un collaboratore vicino alla stratega»: la versione è sempre la stessa e ruota attorno alla crisi di fronte alle scoperte della squadra di collaboratori. La moralità è una cosa davvero straordinaria. Farrell crede che sia un passo falso e presenta una denuncia direttamente alla Casa Rosada. Sebbene Donovan non abbia ancora dato inizio all'indagine ufficiale, il ministro degli Esteri interviene ottenendo, in accordo con il tribunale, che l'Interpol lanci un allarme rosso per Jalil il Turco. Quella stessa mattina, Belda mi scrive in chat, chiedendomi di andare da lei. In abiti formali, si tratta di un party.

La festa si svolge in un raffinato edificio in stile francese ex sede di un'ambasciata, nel quale sta aprendo un centro culturale. Diana Galves è appena stata nominata vicepresidente, e si muove tra sospiri, baci e risate di attori, cineasti, scrittori e grandi nomi delle arti plastiche. Tiene in braccio il cagnolino redivivo, che per l'occasione indossa il collare con i brillanti; lei sfoggia un vestito di raso color carne dalle bretelle sottilissime, talmente corto e attillato che la fa sembrare quasi nuda. Nel giro di un minuto, Belda mi dirà che l'impressionante orologio Cartier con la testa di drago in rubini e smeraldi è un regalo suo. La sociologa ha un look più sobrio: un abito bianco luminoso, ma gli ampi pantaloni che le coprono completamente i piedi mettono in risalto la sua bassa statura, cosa che non le dona mai. C'è però un dettaglio insolitamente sexy: una camicia in voile abbottonata fino al collo e ai gomiti, semitrasparente, che lascia intravedere la biancheria in pizzo. Quando mi rivede, a un lato della pista, si diverte mostrandomi un nuovo anello, un cristallo di rocca incastonato su un supporto di platino, sostenuto da quattro miniature in oro rosa che replicano le sculture della fontana di piazza Navona. È serena e vivace, come se nulla di quanto succede la toccasse più di tanto. Hanno ammesso all'evento solo i giornalisti culturali, così nessuno la importuna, ma in sala ci sono molte facce note: gli adoratori di Farrell sono passati a idolatrare Galves.

Beatriz mi abbandona per occuparsi degli organizzatori; mi sento un pesce fuor d'acqua, in questo posto, così rimango da parte, osservando una volta di più il festival dell'ipocrisia, mentre bevo una vodka tagliata da schifo. Solo Marquís capisce il mio disagio. Si è rasato i baffi e la barba da moschettiere e mi si avvicina vestito di tutto punto, con un calice di Dom Pérignon e un sorriso appena accennato. Mi racconta tra i denti la confusione esplosa nel *petit comité* quando si sono resi conto di quello che stava succedendo. Tace per qualche istante, tocca il mio calice con il suo in un brindisi unilaterale. «Siamo leggenda», sussurra, e gli occhi corrono tra la gente, senza soffermarsi su nessuno in particolare. Un attimo dopo riappaiono la diva e la stratega; alle loro spalle, Juan Domingo non smette di abbaiare, quasi a volermi rinfacciare di aver preso ingiustamente il merito del suo ritrovamento. Lady Di è radiosa, addirittura mi sfiora le labbra e scherza con l'amica: «È vero che siamo rimaste colpite dalla sua lezione al poligono, Bette? Dovremmo ripetere, uno di questi giorni». Belda ride forzatamente e guarda Marquís. Il quale si affretta a sfilare dall'interno della giacca una chiavetta minuscola. Beatriz la prende e me la infila nel taschino del fazzoletto, sfiorandomi a propria volta la bocca. Poi mi dice, all'orecchio: «Dallo alla tua fidanzata, e dille che alla fine vincerà il Pulitzer». Le due donne se ne vanno a braccetto, come una sola cosa, e Marquís si mette a chiacchierare con un impresario teatrale. Solo Juan Domingo rimane e mi segue, braccandomi con i suoi latrati.

A casa, guardo il contenuto della chiavetta: i grandi successi di Lolo Muñoz. «Un po' di contanti per togliersi dai guai e ungere la polizia.» Il nascondiglio dei due milioni di dollari dissimulato nella tomba di famiglia; la canzone folk e la rima con «termosigillato», e la piantina tracciata da Palma, nella quale appaiono i pantheon di Farrell e Cerdá. Lo spettacolo si chiude con una domanda: «Ci saranno biglietti sotterrati in tutto il cimitero?» Rido di gusto, e immagino il finale: è un «frutto proibito» poiché è stato registrato illegalmente, ma, dal momento che Silvia Miller si muove in tandem con Donovan, se pubblica questa storia come «proveniente da fonti attendibili» il magistrato potrà aggrapparsi al suo articolo per muovere mari e monti. Si muoverà convinto di essere di fronte a un crimine consumato. Quando avrà trovato il tesoro, l'Inglese potrà diffondere la conversazione proibita e la canzone poiché, una volta di più, si tratterebbe di un documento pubblico nelle mani del Tribunale. Questo gioco protegge il giudice e gli imbrattacarte, mentre un'indignazione ridicola fa strage tra il pubblico. Forse gli avvocati di Muñoz e Farrell riusciranno a far annullare le prove, alla fine, ma ormai il danno sarà fatto. Un danno irreversibile.

Chiamo Palma per farmi dire dell'Inglese, e visto che ci sono lo rimprovero perché non mi ha più aggiornato: sono giorni che non mi passa niente sulle registrazioni delle cimici.

«Cálgaris mi ha chiesto di tenerti fuori», risponde. Prima o poi succederà anche con la carta di credito e altre cose fondamentali.

«Ho bisogno di vederla. Verrà a Buenos Aires?» insisto.

«La stanno portando qui per le interviste e tutto il resto. Domenica è invitata al programma politico di Canal 13. Viaggia sul suo vecchio trabiccolo e c'è qualcuno con lei.»

«Chi?»

«Jakov. Il vecchio ha il terrore di volare.»

Accendo l'ultima sigaretta della sera. Immagino l'Inglese che cerca di convincerlo a prendere il pullman, poi la lunga marcia innaffiata da mate e confessioni su quel catorcio agricolo del secolo passato.

«Maca riceverà un'onorificenza, lo sapevi?» chiede Palma all'improvviso,

«Se la merita.»

«E ci sarà una medaglia post mortem per il Grande Jack», dice. Sento le sue dita che battono sulla tastiera. «Adesso devo lasciarti, Remil. Mi stanno chiamando. Stammi bene.»

Quindici minuti più tardi mi manda un regalo di addio. È una lunga chiacchierata di riavvicinamento tra il vedovo di Carla e il figlio innocente del governatore. Flavio dà per scontato, anche se non lo dice mai, che l'assassino sia Alejandro, e parla del potere come della scabbia. Si vanta di non essere mai entrato in quella spirale di tentazioni e marciume, e si lascia lodare da Quelo, che sembra immensamente felice per la sua comprovata innocenza e spera che torneranno amici come prima. Quelo non ha mai voluto credere che

Flavio andasse a letto con sua moglie, sebbene fosse sulla bocca di tutti, e il tono mi risulta così melenso che sembra la voce di un amante. Un amante represso.

La domenica inizia con la pioggia, ma verso sera c'è solo qualche gocciolone. Con un badge falso accedo al parcheggio della rete televisiva, parcheggio la macchina in un angolo e sento qualche tango di Pugliese. Il Ford Falcon del 1981 è a venticinque metri, fermo in diagonale, ricoperto di fango fresco. Mentre aspetto, la pioggia aumenta, ma quando, prima di mezzogiorno, si presentano il Gringo e l'Inglese, non hanno più bisogno dell'ombrello, perché c'è di nuovo una pioggerellina inoffensiva. Faccio lampeggiare i fari e accendo la luce dell'abitacolo in modo che Silvia mi riconosca. Indossa un impermeabile grigio, stivali da pioggia e cappello impermeabile. Vacilla per un attimo, poi dice qualcosa al vecchio contadino. Il quale annuisce e si rifugia nella propria auto. Silvia cammina con le mani in tasca e il bavero sollevato. Senza mai staccare gli occhi dai miei. Le apro la portiera sul lato passeggero e quando sale spengo le luci, per parlare al buio.

«Qualcuno mi ha detto che ti hanno sbattuto fuori.» Mi lancia un'occhiata ma rimane distante, contro il finestrino, come se fossi contagioso.

«Ti hanno detto bene», rispondo, abbassando la musica.

«Non pensare che non mi metterò contro Belda e Cálgaris», minaccia. «Non appena si saranno calmate le acque.»

«È un tuo diritto. Questo è un Paese libero.»

I tergicristalli sono spenti, il parabrezza si copre d'acqua e ci rende invisibili. Silvia si toglie il cappello e si sistema i capelli con un gesto pratico, senza alcuna civetteria.

«Gran figlia di puttana, la tua capa», soffia, e nel buio dell'abitacolo seguo il profilo del suo naso romano.

«Il senso di colpa ti sta logorando.»

«Non posso accettare che ne esca pulita.»

«E che per qualche capriola del destino ti tocchi fare la sua volontà. Continui a farti i gargarismi con la sua acqua benedetta.»

«E tu hai ancora mal di gola.»

«Sempre. Ma non ha nulla a che vedere con l'etica né con i rimorsi.»

«Sì, so fin troppo bene che non sai cosa siano.» Sorride.

«Anche il Grande Jack lavorava per loro», le ricordo.

«Non ho mai pensato che fosse un santo.» Si stringe nelle spalle, e per un attimo l'ambra sembra incupirsi. «Ma che indagine, che investigatore con i fiocchi. Il migliore tra tutti quelli che ho conosciuto.»

Le passo la terza chiavetta, e rimane a fissarla per qualche istante.

«Dovrei esserti riconoscente e venire a letto con te?» chiede, sollevandola. «Non sei migliore di loro.»

«E tu lo sei? Guarda che le eroine civiche non fanno arrapare nessuno.»

«Spero che un giorno dovrò denunciare anche te», mormora. Questa volta l'ambra mi ferisce.

«E come?»

Ci riflette.

«Farei in fretta. Una pallottola alla nuca. Per evitarti di soffrire.»

Aziono i tergicristalli e vedo che il Gringo ha acceso il motore e gli abbaglianti.

«Potresti fermarti per qualche giorno», dico, senza guardarla.

«No.» Sorride. «No, ormai no. Il vecchio ha bisogno di una figlia.»

«E tutti abbiamo bisogno di un padre, no?»

Il sorriso perde la durezza, ho quasi la sensazione che stia per accarezzarmi una guancia, ma è un falso allarme. Sospira e si mette di nuovo il cappello impermeabile.

«Il viaggio è lungo», mi dice, e scende.

Cammina sotto la pioggia, dandomi le spalle. Se ne va per sempre.

13

Due funerali

Sono passati più di sei mesi da quella lontana e umida domenica, quando finalmente un titolo mi colpisce: lo circoletto con l'evidenziatore arancione, sottolineo i nomi propri e alcuni paragrafi. Non sono più un agente dei servizi, ma continuo a leggere ogni mattina i giornali, come se lo fossi. Oggi risulto «assunto a tempo determinato» da un'agenzia di sicurezza specializzata in banche e portavalori, ma su richiesta di un amico della Casa collaboro saltuariamente con l'unità Sorveglianze speciali. Tutto e niente, in breve: niente. Briciole di uno fuori dal giro, un modo per pagare le spese e vivere come un parassita. Oggi è il penultimo sabato di ottobre, e il giornale informa che martedì sera c'è stato un «sanguinoso regolamento di conti» a Villa Puntal. Manuel Pajuelo Ibarra e uno dei suoi luogotenenti sono stati raggiunti da colpi d'arma da fuoco nel loro negozio di cellulari usati. Il secondo è in coma con prognosi riservata, ma il capo del territorio, colpito da sette pallottole, è morto sul colpo. Tra gli abitanti si mormora che gli aggressori fossero sicari del principale concorrente, Requis El Grande, il quale al momento in cui il giornale andava in stampa veniva interrogato dal magistrato. Una fonte anonima della Bonaerense sminuisce l'attendibilità delle voci: «Requis è un uomo razionale, e tra i clan c'era equilibrio. Non sembra una vendetta, quanto uno scontro a caldo. Stiamo indagando anche sulla famiglia di Pajuelo, diversi suoi parenti gli contendevano il comando». Non è difficile immaginare il commissario della PlayStation dietro l'anonimato: si starà guadagnando lo stipendio; il suo obiettivo è quello di allontanare i sospetti dal suo principale cliente. Il giudice è nuovo di quel tribunale, ma ha esperienza. Prima delle sei di sera ordina l'arresto di Requis e il suo trasferimento immediato in un carcere di massima sicurezza. La televisione amplifica la notizia: guerre tra bande di narcos nella periferia più umile; sia l'omicida sia la vittima avevano un passato tra le file di Sendero Luminoso.

Infilo un paio di vecchi jeans, l'impermeabile nero, un berretto di panno e le scarpe da corsa. Provo la Walther P99, metto nelle tasche tre caricatori pieni e guido fino al confine di Villa Puntal. Sta facendo buio; diversi furgoni di canali televisivi trasmettono in diretta dalla strada principale, con due auto di pattuglia che li proteggono e al tempo stesso gli impediscono di oltrepassare il perimetro. Lascio la 4×4 su un terreno incolto illuminato, custodito da parcheggiatori abusivi, e mi infilo in un lungo vicolo tenendo il dito sul grilletto. Sbuco su una sterrata trafficata e rumorosa e avanzo a marce forzate verso ovest: so che dietro il campo da calcio c'è il negozio e, più o meno a un isolato di distanza, la casa a tre piani dei Pajuelo. Due tizi armati di bastoni mi si parano davanti, e sono costretto a puntargli una pistola alla testa per farli scostare. Se attorno al suo buco di negozio c'è parecchia gente, la scatola di scarpe in cui il *cacique* alloggiava la prole, una costruzione senza intonaco e dalla struttura temeraria, è circondata dalla folla. Mi fermo a un centinaio di metri; è un andirivieni di persone che si accampano, armate di candele; risuonano *cumbias* peruviane: *Questa notte ti piangerò, ma per l'ultima volta.* Scorrono fiumi di pisco e di birra, e di tanto in tanto qualcuno spara in aria una raffica di mitra. Entrare in casa è impossibile, quindi retrocedo da un vicolo laterale, diretto alla parrocchia. Un'ottima decisione: la polizia ha riconsegnato il cadavere e la veglia è blindata, sotto l'egida della Vergine della Candelaria. Chiesa e gradini sono pieni di gente, ma l'arcangelo male in arnese mi vede e mi guida fino all'ufficio di suor Fabiana. Mi tolgo berretto e impermeabile e mi preparo un mate mentre guardo le foto di Mariela, le immagini della Mater Dolorosa e la strana preghiera: «Tu mi hai insegnato che l'uomo è Dio, un povero Dio crocifisso come te. E quello alla tua sinistra, sul Golgota, il ladrone cattivo, è un Dio anche lui». Sento il brusio delle preghiere e i pianti, al di là del muro, e di nuovo mi chiedo se questo santuario personale non custodisca una traccia della verità, qualcosa di ovvio, sotto lo sguardo di tutti. Comunque sia, sento che, se quella pista esistesse davvero, il Grande Jack l'avrebbe scoperta.

Fabiana, che è stata avvisata, mi raggiunge, furiosa, mi strappa il mate dalle mani e ci aggiunge lo zucchero. «Tira una brutta aria, e lei non è il benvenuto», mi dice, livida. «C'è rabbia, tanta, verso Requis El Grande, e verso i forestieri; Villa Puntal è piena di traditori. Manuel era più amato di quanto si potesse pensare, aiutava molta gente, ridistribuiva ricchezza.» Ripenso alla sua andatura da imperatore inca, la sigaretta elettronica, la cintura spessa e lo sguardo leggermente strabico; i capelli lunghi, senza un filo bianco, pettinati all'indietro con la riga in mezzo. Il modo in cui aborriva il gergo peruviano; l'aspirazione di diventare, un giorno, argentino e onesto.

«Sa qual è la nostra preoccupazione più grande?» mi chiede, in piedi, mentre beve tre mate di fila, e non capisco l'uso del plurale. Me lo chiarisce subito: «Noi donne stiamo cercando di evitare le rappresaglie, di tener buoni amici e soci. Vogliono andare al chiosco a fare un bagno di sangue».

Temo che l'incursione costerà cara: il locale dei Requis sarà circondato da decine di uomini armati, ormai. Il clan che ha subito l'affronto è una piccola banda; quello nemico un esercito regolare.

«Cos'è successo?»

«Vecchie frizioni, e qualche parola di troppo», risponde Fabiana, che prende da uno schedario sei o sette rosari di plastica. «Le guerre mondiali sono cominciate così.»

Si ferma e mi fissa, ma il suo sguardo è lontano.

«È in questi momenti difficili che Mariela mi manca di più. Aveva molto più polso di me, e Dio le aveva concesso il dono della persuasione. La gente la ascoltava», ammette.

«Sono sicuro che lei non se la cava affatto male.»

Sorride, tenera. Adesso mi guarda davvero. «Può darci una mano?»

«Non è la mia guerra, sorella.»

«Lo so, ma non è nemmeno un pacifista», dice, senza traccia di tenerezza. «È venuto qui perché le acque sono molto agitate e perché sta ancora cercando di pescare il suo pesce fantasma. Non è così?»

«Se Mariela Lioni è ancora tra noi e ha letto il giornale potrebbe farsi viva, non crede? Non è una notizia abbastanza tragica e spettacolare da stanarla?»

«Forse Mariela è in un posto in cui non ci sono giornali, Remil.»

Annuisco. Rimane la possibilità più ovvia, ma devo comunque metterla sull'avviso: «Se dovesse tornare verrò comunque a saperlo, sorella, anche se lei non mi dice nulla. Mi ha già nascosto qualcosa una volta, non provi a rifarlo».

La suora scandisce con lo sguardo la credibilità di quella minaccia cortese; chiude lo schedario. «Deve andarsene. Tira una brutta aria e lei non è il benvenuto», ripete.

Torno sui miei passi, attraverso l'agglomerato di baracche e fossati, in sottofondo i versi di canzoni tristi. *Lo so, ho sbagliato, e sto pagando caro il tradimento.* Le strade sono una festa di dolore e musica, come in un gigantesco funerale collettivo: si canta per esorcizzare la morte. A mano a mano che mi allontano dalla zona dei Pajuelo, gli spari si spengono, e un silenzio buio da trappola e trincea si impossessa della zona nord-est di Villa Puntal. Il regno dei Requis. Non so bene che cosa ci faccio, in mezzo a queste ombre pericolose, né chi penso di trovare. In effetti, non arrivo molto lontano. Scopro cecchini appostati alle finestre, dietro le barricate e i falò in mezzo alla strada. Impossibile proseguire. Mi fermo e accendo una sigaretta, appoggiato a un lampione circondato di falene e farfalline. Decido di chiamare Marquís per chiedergli del giudice che tiene per le palle il generale di queste brigate. L'avvocato non mi delude: lo conosce dai tribunali per i minorenni, è stato denunciato per una bustarella; un senatore lo ha tolto dai guai evitandogli il processo. Ma ha il vizio del gioco, ha sempre bisogno di prestiti e continua a fare cazzate. Nel suo dossier della Casa ci sono pedinamenti, contatti e intrallazzi. È più molle di un budino. Chiudo con Marquís e chiamo un vecchio collega che ora lavora all'Ufficio precedenti della Casita: può cercarmi il fascicolo, se serve, ma ha bisogno di qualche ora. La terza sigaretta mi convince che stanotte non succederà nulla di troppo grave né di significativo, così torno al prato stringendo la Walther nella tasca, e torno a casa sveglio come un grillo. Quando aprono i negozi, vicino alla rotonda di Belgrano compro dei sigari speciali e un whisky canadese, e in una gastronomia un cestino con paté, caviale, pastrami, tacchino, lombata ripiena. Prelevo dal mio asfittico conto del Banco Francés diecimila pesos e passo dalla Secretaría in cerca del dossier che mi hanno promesso. Ci mettono altre due ore a prepararmi una versione rilegata ad anelli con copertina plastificata, e non mi prendo il disturbo di leggerla. Torno nella zona nord a vado a trovare il commissario dei Bloody Mary. Si è ripreso dall'incidente, ma cammina con il bastone. Gli spiego che il Santo Uffizio vuole approfittare delle lamentevoli circostanze per riprendere il dialogo con il suo capo. Non ha nulla in contrario a mettere una buona parola per me con il segretario del tribunale di San Isidro e con il direttore del carcere. È sicuro che il suo cliente sia estraneo alla sparatoria e alla sparizione di Mariela Lioni; soprattutto, vuole rimanere in ottimi rapporti con la Chiesa. Con il segretario prendo un caffè in un corridoio e gli regalo i diecimila pesos; per il direttore mi rimangono solo sorrisi: non vede l'ora di fare un favore ai miei benefattori, così mi dà libero accesso alle celle. Il carcere è sporco e cadente, come quasi sempre succede; abbondano prebende e traffici loschi. Requis El Grande, però, paga guardaspalle e servitori, e già comanda le guardie. Sta in una cella spaziosa che chiamano «la suite» e ha a disposizione un lavorante che è stato chef di un grande albergo a Paraná de las Palmas. Le guardie controllano con mezzo occhio i regali che gli ho portato, seguendo il consiglio del Grande Jack: «La vita è durissima al fresco. A volte con due sacchetti di yerba mate e tre stecche di sigarette facevi un macello». Tuttavia, per ammorbidire uno stronzo come questo non bastano mate e sigarette, ci vogliono *delicatessen* in un cestino di lusso per un monarca di un altro livello.

Il Grande mi riceve in un parlatorio vuoto e spazioso; non si prende il disturbo di stringermi la mano. Esamina il cestino con indifferenza e un accenno di ironia, accarezza la bottiglia di whisky e apre la scatola dei sigari. Annusa a lungo il primo, gli toglie il sigillo, morde la punta e la sputa e mi chiede con un gesto che glielo accenda. Obbedisco con un fiammifero, lascio che lo aspiri e se lo goda in silenzio. Il fumo lo avvolge, allargandogli il sorriso. Nei mesi passati non è ingrassato di un grammo: è ancora l'uomo magro dalla fronte scoperta e il pomo d'Adamo prominente. Siedo all'estremo del lungo tavolo, osservando un silenzio rispettoso. Lascio persino che si stanchi di guardarmi e di osservare la brace, che estragga un mazzo di carte e si metta a giocare al solitario. Lo interrompo, avvicinandogli il dossier rilegato, che osserva con la coda dell'occhio.

«Queste informazioni torneranno utili ai suoi avvocati. Il primo è un caso chiuso, ma il secondo è molto istruttivo», gli spiego.

«Ah, sì?» risponde, senza entusiasmo. «E che cosa insegna?»

«Che il suo boia ha un tallone d'Achille.»

Adesso accarezza la copertina e con le dita nodose sfoglia le pagine senza leggerle.

«Fa sempre comodo sapere con quali buoi stai arando il campo», concorda; il pomo d'Adamo va su e giù. «A cosa si devono queste cortesie?»

«Lo sa fin troppo bene.»

«Sta ancora cercando quella morta di fame?»

Con il sigaro tra i denti, si gratta una mano, appoggia i gomiti sul tavolo. Ha la testa girata verso sinistra, come se non volesse farmi decifrare il crittogramma della fronte. Si sentono gli insulti e le risate in cortile, il fischio di un arbitro improvvisato. Finalmente, El Grande gira la testa, si alza flemmatico e con una smorfia ordina alla guardia che gli porti il cesto in cella. Il dossier sul giudice lo tiene lui, infilato sotto un braccio. Sta per uscire dal parlatorio e dalla mia vita, quando si gira a metà e dice, con una voce cavernosa: «Il violinista è amico nostro». Nient'altro. E sorride di nuovo. «Mandi i miei saluti a Sua Santità, socio.»

Cerco Moretti alla scuola, ma mi dicono che è in malattia. Lo trovo con una mezza influenza nel suo appartamento di La Lucila. Lo spingo dentro e sprango la porta. È in pigiama e balbetta scuse, lo butto per terra con un ceffone e lo trascino per un orecchio, come se fosse un alunno ribelle. Sta facendo un gran chiasso, così gli do un calmante più forte e lo butto sul letto disfatto. Strappo i cordoncini delle tende e gli lego le mani a croce, gli infilo dei calzini in bocca e improvviso un bavaglio artigianale con i suoi slip. A forza di sberle sta tornando in sé, e cerca di dirmi qualcosa nonostante il bavaglio. Disperato, smania per farsi ascoltare e perdonare.

Faccio schioccare la lingua. «Mi sono sbagliato con te, Moretti. Avrei dovuto scavare a fondo sin dall'inizio, ma ti ho addirittura lasciato perdere. Sono un coglione, e tu hai preso per il culo tutti, in particolare me.»

Scuote la testa per negare, con le lacrime agli occhi. Nello sgabuzzino trovo un ferro a vapore della Atma, con piastra in acciaio inossidabile. Glielo faccio vedere e lo metto a scaldare. Lo guarda in preda al panico.

«Farò un lavoro pulito, professore, voglio essere sincero. L'unico modo in cui puoi evitare che ti stiri uccello e palle è una confessione: sono stato io, adesso pago i miei debiti e ti racconto come e dove.»

Continua a negare e a implorare misericordia; spacco lo stendino con un paio di tenaglie e gli lego anche i piedi, gli strappo via i pantaloni e applico la piastra d'acciaio su una coscia e poi direttamente sull'ombelico: mai cominciare dal centro, è sempre meglio bruciare prima i sobborghi. Tutto il suo corpo si tende, sembra sul punto di avere un infarto: quelli come Moretti hanno sempre una soglia del dolore molto bassa.

«Ti sei stancato di fare la fame e chiedere l'elemosina e ti sei venduto ai Requis. Il fine giustifica i mezzi. L'orchestrina degli orfanelli, il Nobel per la pace. Hai spezzato il cuore della monachella?»

Annuisce frenetico, dandomi ragione per la prima volta. Gli brucio un capezzolo e si inarca come se lo avesse infilzato un arpione.

«Ha minacciato di denunciarti e l'hai tolta di mezzo», incalzo.

Di nuovo annuisce, ammettendo le sue colpe. Lo fa con tale enfasi e velocità che mi viene un sospetto. Gli stiro i testicoli e l'inguine. Lancia un grido muto e piange, indifeso. Gli tolgo il bavaglio e gli metto la punta del ferro a tre centimetri dall'occhio sinistro.

«Se alzi la voce ti vuoto un'orbita, coglione. Hai capito?»

Capisce perfettamente, abbiamo stretto un accordo. Per non sbagliare, però, non scosto la prua della piastra dalla sua faccia pallida e bagnata, punteggiata di peli sudati.

«Tu non hai le palle per ucciderla. Ma l'hai consegnata», ragiono a voce alta.

Mi risponde a fatica, deglutisce, prende fiato, si schiarisce la gola.

«Era arrabbiata con me, ma non ha mai pensato di denunciarmi», afferma, con un tono flautato. «Non è mai stata una minaccia, per me, e nemmeno per El Grande.»

«L'amore, l'amore e il cazzo. E allora?»

«Dopo qualche mese, le cose si sono complicate.»

«Perché?»

«Perché ci chiedevano sempre di più», risponde, recuperando un po' di autocontrollo. «All'inizio non sono altro che benefattori del quartiere, ma poi diventano tiranni.»

Abbasso con lentezza il ferro; finalmente è sincero. Sembra l'eco del Turco Jalil. Si è chiuso nei suoi pensieri.

«Allora? Continua.»

«Ci hanno procurato ingaggi a Montevideo e a Colonia, e anche a Punta del Este. Siamo spesso in giro con l'orchestra.»

Questa volta poso il ferro da stiro sul pavimento e accendo una sigaretta. All'improvviso è tutto chiarissimo.

«Pensavo che ancora vi guadagnaste da vivere con il sistema delle *cholas*, le donne che attraversano la frontiera settentrionale con chili di banconote da riciclare ad Asunción e a Lima.»

«Ormai noi siamo le *cholas* uruguayane», risponde, e non c'è traccia di umorismo nella sua affermazione caustica.

«Usate il traghetto. I doganieri chiudono un occhio con chi fa beneficenza e con gli idealisti delle ONG», completo io.

«Non immagina nemmeno quanto.»

«E poi dev'esserci qualcuno che vi copre in dogana.»

«Infatti.»

«I ragazzi non sono stupidi e capiscono quello che c'è nei loro zaini. E lo capisce pure Lioni.»

«Sembrava impazzita», si lamenta il professore, guardando il cielo limpido. «Mi ha detto cose orribili. Stai allevando degli altri Rojitas, traffichi con la speranza, hai fatto un patto con il diavolo.»

«Rojitas», ripeto. L'esperimento fallito di suor Mariela, un esempio vivente salvato dall'inferno, finito morto in uno squallido vicolo.

«Le ho spiegato che a volte non si può tornare indietro»,

aggiunge professor Tradimento. «Ma era sconvolta, non la riconoscevo più. Se n'è andata e non l'ho mai più vista. Lo so, non ho diritto di giurare su Dio, ma le assicuro che è così. Potrei dirle quello che vuole pur di farla smettere con quel ferro, ma è così. Due giorni più tardi ha abbandonato la scuola ed è fuggita.»

«'Anche la fede ha un limite', recito senza alcuna enfasi, scandendo ogni parola.

«Ho parlato con Requis El Grande, ma non si è preoccupato più di tanto, a dire il vero. L'ha fatta cercare ovunque, quindi ha messo in giro la voce che fosse stata uccisa da uno del clan dei Pajuelo. Solo per dargli fastidio e liberarsi del problema. Ma né i Requis né i Pajuelo, né lei né io sappiamo dove si sia nascosta.»

Mi concentro su quella informazione, cercando di mettermi nei panni di Mariela. Mi torna in mente un soldato sopravvissuto alla battaglia di Mount Tumbledown, che per diversi anni era vissuto infelice e circondato dall'indifferenza e da un giorno all'altro era sparito da casa. La polizia, la famiglia e gli amici lo avevano cercato per anni, dandolo infine per morto. Pensavano che si fosse suicidato, come molti altri commilitoni. Una notte era suonato il telefono; era un medico dell'Hospital del Salvador: avevano ricoverato un argentino che si rifiutava di rispondere alle domande che gli facevano, anche per iscritto. Mendicava da un bel pezzo a Valparaíso e dormiva in strada. Avevano scoperto che sul dorso e sulle gambe c'erano vecchie cicatrici di proiettili e schegge, e che aveva tatuaggi sulla causa delle Malvinas. Il dottore si era preso il disturbo di chiamare dal Cile due o tre associazioni di ex combattenti, e i veterani avevano fatto il passaparola. Il fratello maggiore dell'uomo scomparso aveva riconosciuto i tatuaggi ed era andato a Valparaíso. Uno psichiatra gli aveva descritto un meccanismo che si verifica dalla notte dei tempi e dalla prima delle guerre: alcuni esseri umani, superato il limite, crollano e fuggono in un altro mondo. Viene a mancare la fiducia in sé stessi, nel loro Paese e la fede in Dio, perdono la memoria e non sanno più chi sono e a malapena riescono ad andare a cercare lontano l'oblio più totale. Lioni era un'idealista congenita che si era sentita tradita da Dio un'infinità di volte, oltre che una santa innamorata che aveva innalzato su un altare l'eroe sbagliato. E si era ritrovata delusa nel peggior modo possibile. Suona plausibile, anche se non necessariamente vero.

Lascio Moretti a boccheggiare tra le lacrime, vado in cucina e cerco una bottiglia nella credenza: ho bisogno di qualcosa di forte. Sembra però che il violinista sia astemio, così bevo un bicchiere d'acqua, studiando i coltelli. Scelgo il più grosso e il più affilato. Tuttavia, prima di tornare in camera, mi faccio trascinare da una curiosità morbosa per la terza stanza in cui il professore accumula strumenti, carte, spartiti e libri. Alcuni volumi sono mattoni di storia dell'arte in versione lusso, scritti in italiano. Un nido d'amore di scambi, dove, oltre a praticare il sesso pagano, si parla di pittori licenziosi e compositori geniali. Noto in particolare un testo giallastro, enorme e pesante sul Rinascimento, con Michelangelo in copertina, le cui pagine descrivono principalmente la Galleria dell'Accademia e gli Uffizi. Mentre lo sfoglio, dalle pagine cade un opuscolo in carta lucida che sembra uscito da un diario: raccoglie le differenti raffigurazioni di Nostra Signora del Dolore, da Tiziano sino a Murillo. Dove potevi fuggire, sorella, se volevi perderti per sempre? Sei diventata una mendicante a Shanghai, una rifugiata a Londra o un'impiegata a Parigi? All'improvviso, dal passato risorge un'immagine, e il cuore perde un battito: la notte vicino a Ponte Vecchio, quando ho corso insieme alle maratonete professioniste lungo strade acciottolate e viottoli aggrovigliati che partivano e finivano all'Arno. E se ci fosse stata anche Mariela Lioni, in quel branco cupo e spettrale? Se la storia fosse davvero circolare e stravagante, e lei fosse tornata con un altro nome alla città dorata dalla quale era partita? Se avessimo girato il mondo per cercarla, quando era sotto il nostro naso? È assurdo, e scarto subito l'ipotesi; i preti l'avrebbero scoperta, presto o tardi. Qualcuno li avrebbe avvisati che la figliola prodiga stava tornando; sono cose che si vengono a sapere. Ma ne sono davvero sicuro? Quella di Mariela era stata una vita di preghiere, studio e meditazione, lontano dalle gerarchie ecclesiastiche, e mi sembra di ricordare che nel dossier di padre Pablo si citassero le uniche sue amiche a Firenze, che adesso erano missionarie in Africa e non sapevano niente di lei. E anche i due anziani presso i quali viveva, morti per cause naturali pochi anni più tardi. Mariela Lioni non era molto conosciuta, a Firenze, sebbene avesse trascorso un lungo periodo in quella città museo. Era una sconosciuta a tutti gli effetti. Sento di nuovo il fremito indistinto che avevo scambiato erroneamente per un cattivo presagio. Se Lioni è crollata, non dovremmo aspettarci un piano strategico e cauto, mi dico, in preda all'ansia, cercando di ragionare: chi è distrutto si lascia trascinare dalla risacca dell'istinto. Eppure non voglio accettare quell'idea, me ne faccio beffe e torno in camera da letto. Il violinista, al colmo del terrore, mi guarda mentre sollevo la lama, pensando che stia per colpirlo, invece la uso per far saltare con un colpo secco i legacci alle mani. Quindi la pianto di punta nel pavimento di legno.

Tornato a casa, mi verso una vodka con ghiaccio e limone e mi immergo nel notebook. Prima rileggo il fascicolo completo del Vaticano: Mariela ha fatto la specializzazione a Roma ed è vissuta anche a Venezia. Il passaggio a Firenze non è durato più di dieci mesi, in realtà. Questo allarga di molto il ventaglio delle possibilità, ma rimane il fatto che proprio nella città dei Medici ha notizia della morte della madre, e sempre lì «qualcosa» dà una svolta di 180 gradi alla sua vita. Qualcosa. «Il richiamo della povertà», che in un battito di ciglia fa saltare la sua formazione da intellettuale. La vita allo sbando di una sognatrice passionale e impulsiva. Non voglio scartare l'Italia, ma potrebbe essere anche a Saigon, Aleppo o Chascomús. La mia è una congettura un tantino estrema, ma non voglio scartarla, perché Mariela Lioni è la Vergine del Dolore, e quel culto è nato proprio nella diocesi fiorentina. Sento molto la mancanza di Palma, in questi frangenti, ma benedico le lezioni di italiano con quella professoressa in pensione: non ho nessuna padronanza della lingua e mi arrangio con il mio pidgin, ma riesco a intuire il senso di alcune frasi. Cerco su diverse pagine in rete, scopro che a Firenze la congregazione femminile dell'ordine ha una piccola chiesa risalente al 1899 e una scuola, elementari e medie: l'Istituto delle Serve di Maria Santissima del Dolore. Durante la seconda guerra mondiale è stata un rifugio per gli ebrei perseguitati. Il culto della Dolorosa ha radici profonde ed è prodigo di quadri, statue e racconti. Possibile che Mariela abbia abbandonato Gesù per aggrapparsi come a un totem alla Madre delle sette ferite? Mi chiedo in che cosa credo io e da quanto tempo non penso all'Altissimo. Forse da Mount Longdon. Poi i retroscena del potere mi hanno portato alla disillusione e allo scetticismo più totali, al rifiuto involontario e meccanico di qualunque superstizione, di qualunque credo celestiale o terreno. Neppure nei momenti di maggiore angoscia e sofferenza ho ceduto alla tentazione di recitare un Padre nostro. Provo adesso, a bassa voce, per vedere se ricordo ancora ognuno dei versi. E rido delle mie divagazioni e debolezze. Al di là del fatto che la suora si trovi in Italia o in Madagascar, che facciamo se è uscita dal Paese? Da dove ha varcato la frontiera e, prima ancora, come si è procurata un passaporto? Il suo non ha traccia di movimenti, dopo il ritorno a Buenos Aires. Cerco di mettermi di nuovo nei suoi panni. E telefono a suor Fabiana. Dorme, ma viene a rispondere pensando che la stiano chiamando per una estrema unzione. Le chiedo di farmi un favore, promettendo che non la disturberò più. Evidentemente riesco a trasmetterle quanto sia importante, poiché un'ora più tardi mi richiama e mi dice che mi aspettano. È l'alba quando arrivo alla parrocchia, attendo a lungo prima che Fabiana e Josefina abbiano concluso le loro sentite preghiere. Si alzano; la vedova di Pajuelo ha le occhiaie e sembra invecchiata. Ha gli occhi gonfi e le labbra viola. Le porgo le mie condoglianze e le rivolgo una domanda inaspettata, alla quale risponde in tono piatto. Quando aveva bisogno di documenti, il suo defunto marito ricorreva a un nipote dalla mano precisa che lavorava all'Anagrafe.

«Suor Mariela lo conosceva?» chiedo.

«Sì, il ragazzo veniva qui spesso, prima che lo arrestassero», risponde, mite. «Lei lo andava a trovare in carcere, gli aveva organizzato un battesimo complicato, aveva dovuto parlare persino con il segretario del vescovo.»

«Ed è ancora dentro?»

«No, si è sposato e adesso vive nella zona del Tigre, onestamente.» Si morde il labbro inferiore. «Non viene mai a trovarci.»

Non sa l'indirizzo esatto, ma prendo nota del nome di un'agenzia di scommesse. Il cuore mi martella alla giugulare e alle tempie quando mi trovo davanti la Panamericana e prendo lo svincolo verso il Tigre. L'agenzia si trova in un bugigattolo più piccolo di un bagno, e il nipote è uno scheletro con quattro denti. Lascio che serva due clienti e, quando ha finito, sprango la porta dall'interno, appendo il cartello CHIUSO, sparo alla telecamera di sicurezza per fare un po' di scena e gli punto la Walther P99 alla gola. Sembra che abbia il Parkinson, nonostante sia un farabutto navigato. A gesti mi offre gli incassi, ma lo faccio inginocchiare e gli giuro che sarà una morte rapida. Smette di tremare solo quando pronuncio la parola magica: Lioni. A quel punto si irrigidisce, con gli occhi spalancati, e solleva le mani verso il cielo. Per accelerare la resa, gli assicuro che lascerò correre su tutto, purché mi dia nome e numero. Balbetta. Sta rigando dritto da quando è uscito di galera, ma non ha potuto voltare le spalle a Mariela, che era stata così buona con lui, sua moglie e suo figlio. Quando ha sentito che la stavano cercando ha taciuto, sia perché sarebbe stato incriminato per falsificazione, sia perché preferiva tradire lo zio piuttosto che il suo angelo custode. Gli permetto di chiamare la moglie e di chiederle di controllare in un armadio. Nonostante le istruzioni esasperanti, la donna impiega una vita a trovare il registro. Il passaporto falso è stato rilasciato a nome di Lidia Alexia Dob da un vecchio collega dell'Anagrafe, che è ancora nel giro illegale: ha violato i sistemi informatici, mescolato alcuni dati di varie donne ignare e confezionato una nuova identità per l'amica del suo collega di un tempo, il quale ha dovuto soltanto andare a ritirare il documento e poi, con grande abilità manuale, ha aggiunto le foto e le impronte digitali vere. Una sorta di procedura di routine che non ha preso più di quarantotto ore ma ha richiesto tutta una serie di crimini: associazione illecita, falsificazione di documenti e complicità nel traffico di esseri umani. Le stesse accuse che tempo prima avevano portato in carcere il nipote di Pajuelo. In genere, un'operazione del genere è molto costosa, ma nella fattispecie è avvenuta gratis, poiché il complice non era mai stato tradito, nemmeno sotto tortura: il nipote scheletrico aveva scontato la pena da solo, di conseguenza l'altro era in debito, e parecchio. Siamo di fronte a una commovente catena di favori.

Rimetto via la pistola e gli faccio un'ultima domanda: Mariela gli ha detto dove stava andando? Risponde subito di no, anche se le aveva suggerito un traghetto per l'Uruguay e un volo internazionale dall'aeroporto di Montevideo. Non ho motivo di non credergli: la sua vita è appesa a un filo e sono io ad avere in mano le forbici. Manca un'ultima verifica, e chiamo un'altra talpa della Casita che può aiutarmi. Mi consiglia, mentre c'è, di entrare in un sito di politica e di leggere un articolo su un quotidiano. Il testo anticipa la riorganizzazione totale dell'organismo, rivelando che Leandro Cálgaris sta lavorando alacremente al progetto, gomito a gomito con esperti e membri della Commissione bicamerale di controllo sulle attività di intelligence. Filtrano nomi di possibili candidati a dirigere la nuova Agenzia, che vedrà la luce nei prossimi mesi. Una fonte interna al senato cita Beatriz Belda, e assicura che ha il consenso dell'area filogovernativa e della Lega dei governatori. La sociologa però rilascia una velata smentita, sostenendo che si tratti di una voce «falsa e interessata».

Mi manca Palma, ma cerco di seguire la sua logica: digito Lidia Alexia Dob su Google, su Facebook e in diversi database di ricerca persone, ma trovo soltanto ambigui casi di omonimia. La talpa mi dice che nome e numero corrispondono a una donna piuttosto anziana che risiede in una casa di riposo di Mendoza, la quale riceve la pensione tramite un nipote con procura, e che il passaporto è scaduto. Ottima scelta. Propone di chiedere all'Europol di inserire i dati nel proprio sistema. «Attenzione, possono metterci una settimana, e a quel punto saresti in debito con me, diventeresti il mio schiavo e potrei chiederti un pagamento in contanti in qualunque momento.» Accetto senza esitazioni. Non ci mettono una settimana, ma tre giorni: niente di niente. C'è traccia di un arrivo a Fiumicino, ma da lì in poi le orme si perdono: niente contratti di lavoro, niente mutua, niente conti correnti né carta di credito. Mariela si è liberata di Lidia ed è andata avanti, camminando sul lato in ombra della strada. Sarà ancora in uno dei Paesi dell'Unione europea? È l'opzione più probabile, ma rimane la possibilità che si sia procurata un'altra copertura, muovendosi per vie illegali, e sia finita chissà dove. Anche in questi tempi di microchip, social network, informatizzazione, telecamere stradali e frontiere sotto rigidi controlli è possibile svanire nel nulla, se sei disposto ai sacrifici e alle cautele necessari. Lo so per esperienza.

Mi arrischio a nuotare nel Río de la Plata per tre pomeriggi di fila, e lotto contro me stesso per non fare quello che poi farò, con i risultati immaginabili. «Ho una nuova pista sul caso Lioni», scrivo a Cálgaris in chat. Dopo sei ore non ricevo ancora risposta. Intontito dalla vodka e dall'ora tarda, insisto: «Chiedo l'autorizzazione per un viaggio all'estero». Quando, ai primi raggi del sole, mi sveglio con i postumi della sbornia, ricevo in piena faccia una replica categorica: «Autorizzazione negata». Rabbioso e impotente, gioco con l'idea di scavalcare il colonnello e rivolgermi a uno dei capi dell'Unità antimafia. Ma la pista è inconsistente e per loro sono ancora il culo nudo di Napoli, lo zimbello indimenticabile della comunità dell'intelligence, il mastino del padreterno della Casita. In qualunque modo la si guardi, sarebbe una cazzata, e rischierebbe di esplodermi in faccia.

Un martedì di tempo infame, inadatto al nuoto, mi arriva una telefonata del Salteño. Mi avvisa che partiremo stanotte e che passerà a prendermi alle quattro e mezzo per andare a Ezeiza; una missione disarmata, con viatico per tre giorni. Non ha la più pallida idea di che cosa ci sia sotto, sa solo che si va in Messico e che il contatto è un ispettore dell'intelligence della polizia federale. Costretto a lasciare la Walther P99, scosto lo zoccolino del pavimento, prendo tutti i contanti che mi sono rimasti (un fascio di dollari ed euro che tengo da parte per i momenti difficili) e scelgo una delle tante opzioni: il passaporto che mi permette di muovermi con il cognome di Conde e le credenziali di un docente di Storia. È un volo silenzioso, notturno, nel quale non parliamo nemmeno di Goose Green; lui dorme appoggiato all'oblò e io leggo una biografia di Stalin: «Non è che Dio sia ingiusto, il fatto è che non esiste. Ci hanno ingannati. Se Dio esistesse, avrebbe creato un mondo più giusto. Ti presto un libro, così vedrai». Durante la colazione, obbligo il mio amico a sputare il rospo e a fare qualche ipotesi. «Ho solo l'ordine di scortarti a Città del Messico e di riportarti indietro senza un graffio.» Scrolla le spalle. «Credo che ci sia di mezzo un processo.» Quando oltrepassiamo l'ultimo gate e sbuchiamo nell'atrio principale dell'aeroporto Benito Juárez penso a Mariela Lioni: un azteco moderno in giacca e cravatta, gel sui capelli e occhiali scuri ci rivolge un cenno. Passiamo alle presentazioni sotto falso nome. Lascia cadere qualche domanda di rito, ma sta bene attento a non anticipare il motivo del nostro viaggio, mentre ci accompagna a un albergo modesto nella zona del tribunale. Lasciamo il bagaglio e procediamo verso la zona di Santa María Insurgentes, a nord della città. Io e il Salteño ci scambiamo un'occhiata quando scopriamo che è l'Istituto di medicina legale. Un obitorio in grado di ospitare fino a centocinquanta corpi, dotato di attrezzature all'avanguardia. Adesso è chiaro: siamo qui per riconoscere un cadavere.

L'azteco ci guida lungo i corridoi, ci presenta a personale tecnico e amministrativo e ci chiede di compilare due moduli. Aspettiamo a lungo in una saletta attigua a una cella frigorifera, e a quel punto il nostro anfitrione si sbottona appena: «Le impronte digitali non corrispondono: un chirurgo ha fatto un trapianto di pelle dall'addome con un risultato perfetto, per 50.000 dollari. Comunque sia, come potrete immaginare, siamo sicuri al 99 per cento dell'identità. Quell'idiota del giudice però è pignolo e vuole anche un'identificazione formale prima di firmare». Su quella lastra d'acciaio riesco a immaginare soltanto suor Mariela, nuda e immobile. È diventata un'ossessione. Due infermieri aprono la porta spingendo una barella; il medico legale ci saluta e scosta il lenzuolo. Il Turco Jalil è stato catturato con i capelli lunghi e in disordine, una barba folta da rivoluzionario che gli cambia quasi i connotati, ma per l'autopsia lo hanno rasato completamente. I lunghi mesi come profugo internazionale hanno influito pesantemente sul suo fisico: si ingrassa parecchio, nella clandestinità. Nessuna espressione tradisce quello che ha provato nel momento della morte, dorme come un angelo, ma non si può non notare il «tatuaggio» sul lobo parietale destro, e che gli hanno aperto il cranio per estrarre il proiettile dalla massa encefalica. Il successivo lavoro di restauro è stato eccellente: hanno richiuso tutto per non guastargli la faccia né un'eventuale identificazione, che confermo con un cenno. L'azteco sembra molto soddisfatto, mi dà addirittura una pacca sulla spalla. Mentre ci accompagna in macchina in tribunale si mostra per la prima volta di buon umore e dice che in un primo momento pensavano a un suicidio; a un esame più approfondito, tuttavia, si sono resi conto che lo sparo non lo ha raggiunto alla tempia, ma due centimetri sopra l'orecchio, e da dietro; in seguito lo scanner ha dimostrato che sulla mano non c'erano tracce di polvere da sparo. L'arma era una Bersa Thunder 22 senza numero di matricola, rinvenuta accanto al cadavere, in mezzo a un lago di sangue. Jalil viveva in un appartamento del quartiere residenziale di Santa Fe. Lo avevano rintracciato da tre settimane, ma il Turco non usciva mai di casa: si faceva consegnare tutto quello che gli serviva e si occupava da sé delle pulizie. Gli avevano messo sotto controllo il telefono, ma praticamente non lo usava. È rimasto isolato giorni interi, finché, una sera, ha ricevuto visite, sembravano una prostituta e due amici. Li hanno fotografati da lontano e al buio: sono entrati direttamente dal garage e se ne sono andati prima dell'alba. Le immagini scattate dalla polizia erano di scarsa qualità e la targa è risultata essere falsa. La DEA ipotizza che gli «amici» fossero un capo di Los Zetas, anche lui uccel di bosco, che tutti credevano nascosto in Brasile. Alla fine non gli hanno perdonato il fiasco, penso, con inevitabile tristezza. Forse avevano una talpa all'interno della polizia e, saputo che Jalil era circondato, i Dragones hanno temuto che lo prendessero vivo. Possono esserci due motivi perché lo abbiano giustiziato sotto il naso della polizia: avevano una sorta di lasciapassare, oppure un bel paio di palle e una faccia tosta incredibile. O una via di mezzo, mi dico, salomonicamente, sperando di andarmene il più in fretta possibile da Città del Messico.

Faccio rapporto per quattro ore a un funzionario del

tribunale; quando finiamo, ho più fame di una squadra di mendicanti. L'azteco si accomiata con una stretta di mano e ci lascia in centro. Mangiamo tardi, al ristorante di un centro commerciale, dove trangugiamo antipasti e specialità varie, e ci immergiamo nel fiume di turisti. Cálgaris ha ordinato al Salteño di visitare il Museo del Templo Mayor e, in particolare, di osservare da vicino i murales di Diego Rivera al Palacio Nacional. Il Salteño non ha fatto grandi letture né possiede chissà quali rudimenti storici, né tantomeno sensibilità artistica, ma accoglie quei suggerimenti del colonnello come ordini di guerra. Gli sfioro un gomito in mezzo alla folla del Zócalo, e quando si gira gli dico, guardandolo negli occhi: «Non torno con te». Sbatte le palpebre due, tre volte, senza muovere un muscolo, quindi mormora: «Una distrazione può capitare a tutti». Gli rivolgo un cenno della testa e lui si volta; torno indietro tra la gente, cammino in fretta e salgo su un taxi. Prendo il bagaglio che ho lasciato in albergo, lascio il cellulare e torno in aeroporto per comprare un biglietto. Un volo diretto per Roma.

14

La Vergine dei Sette Dolori

I gladiatori e i centurioni stanno tenendo una strana assemblea sindacale di fronte al Colosseo, circondati da centinaia di curiosi e giornalisti. A quanto capisco, un'ordinanza del sindaco proibisce loro di rimanere in zona a farsi fotografare in cambio di una mancia; qualche giorno fa la polizia li ha fatti scappare a suon di manganelli e un tizio si è arrampicato su uno dei cornicioni dell'anfiteatro, minacciando di lanciarsi nel vuoto in difesa dell'attività con cui si guadagna da vivere. Jonás è solidale con i colleghi: è in prima fila con il suo scudo oblungo, l'elmetto con visiera e cresta di piume, la fascia in cuoio su spalla e braccio destro e la daga in plastica. Lo spettacolo si protrae per quasi tutta la mattina; quando finisce, il gigante si allontana in compagnia di altri colleghi per andare a bere qualcosa di fresco, e mi vede. La reazione è amichevole e ampollosa, come se nulla fosse successo nelle catacombe di Napoli. Mi abbraccia con affetto e mi presenta euforico agli altri legionari, neanche fossi il suo più caro amico. La convalescenza dev'essere stata durissima, perché è dimagrito molto e la pancia gli è sparita come per magia. Ci allontaniamo dagli altri, ci appoggiamo al bancone e confermiamo senza bisogno di parole che tra noi non ci sono rancori: per colpa delle sue idiozie ci abbiamo quasi rimesso la pelle, ma io l'ho abbandonato in quel sotterraneo umido, dandolo per morto. Siamo pari, e non andremo a rivangare in quel bidone di sterco e miserie. Si toglie l'elmo e mi racconta il lungo ricovero al Policlinico di Napoli e i dolorosi esercizi per la riabilitazione ai quali si è dovuto sottoporre. Spronato dalla terza birra, parla del calvo, del vecchio senza denti e dei ragazzi di Scampia, e mi propone di tornare con lui a Napoli a regolare i conti. Poiché non ricambio il suo entusiasmo per la vendetta, scoppia a ridere di gusto mentre ricorda la mail collettiva: «La spia che pensa con il culo». Di nuovo, non ricambio l'euforia, poiché gli effetti secondari di quell'incidente sono stati devastanti, e ancora evidenti. Di fronte al mio silenzio, la sua allegria evapora; mi chiede che cosa faccio in Italia e se mi può dare una mano. «Mi serve un cellulare non rintracciabile e un paio di braccialetti», rispondo, e gli conto le banconote sotto il naso. «Nient'altro?» chiede, sorpreso. «Posso trovarti una pistola, al mercato nero.» Faccio segno di no e sorrido. «Le anime in pena non si catturano con le armi da fuoco.» Afferra i soldi, che comprendono una succulenta commissione, e ci diamo appuntamento per l'indomani, a cena, all'Antica Birreria Peroni. Quando ci salutiamo, mi stringe in un abbraccio. Alloggio nell'alberghetto di piazza Venezia; corro di nuovo attorno all'Altare della Patria e vado a lavorare con pesi e guantoni alla palestra di via Sant'Agata de' Goti. Evitando il quartiere Prati per prudenza, mi infilo nelle chiese a osservare i devoti della Vergine e cammino tutto il giorno cercando Mariela Lioni tra la folla. Assurdo. So che la possibilità che sia ancora nascosta a Roma è minima e folle, ma non riesco a evitare di tentare la sorte. Sono qui da tre giorni, e qualcosa mi dice che forse l'arte di questi imperi sovrapposti è l'unica vera passione che le rimanga. Tutte le altre – l'amore, i poveri, la solidarietà e persino Dio – sono crollate l'una dopo l'altra. Ma l'arte di cui si è cibata in gioventù, quel vizio noioso e inspiegabile per quadri e sculture dei grandi maestri, si oppone a qualunque smacco.

Lo so perché Leandro Cálgaris soffre della stessa delirante debolezza.

Roma sarebbe un suicidio, per Lioni, ma Firenze? Devo prendere subito un treno per Santa Maria Novella, ma devo anche comprare un biglietto aperto per Buenos Aires, prima di ritrovarmi senza soldi, costretto a tornare a testa bassa a quel pensionamento anticipato in cui vegeto, mio malgrado e senza speranze. È una scommessa contro me stesso che ho enormi probabilità di perdere, ma la rassegnazione è ancora più pericolosa di questo azzardo, questa ricerca assurda. Come ho detto, potrebbe essere in Irak o in Namibia, sta di fatto che è atterrata a Fiumicino, e non mi manca esperienza in materia di caccia all'uomo.

Jonás arriva alla Birreria Peroni con un pacchetto e una notizia letta su un giornale che deve assolutamente riferirmi. L'11 novembre 1983 alcuni ladri si sono introdotti a Villa Torlonia e hanno rubato quindici statue di marmo. Una di esse, Torlonia Peplophoros, che rappresentava una donna greca con una strana tunica, nel 2001 è stata venduta a New York a un collezionista. L'acquirente, che aveva sborsato 75.000 dollari, ha poi deciso di disfarsi della statua vendendola all'asta, scoprendo così che era stata rubata, e a quel punto l'ha consegnata all'FBI. E adesso verrà riportata a casa in pompa magna. «Al colonnello piacerà tantissimo, questo aneddoto», mi dice, ignaro del divorzio. «Però ti chiedo di non riferirgli l'altra parte della storia: conosco chi aveva organizzato il colpo. Un nobile romano decaduto, molto colto e dotato. Ho cercato di proporgli qualche affare, ma non ha mai accettato.» Me lo immagino: dev'essere stato qualcosa di originale e minimalista come il Tesoro di san Gennaro.

Vado in bagno: il cellulare è un modello base ed è stato comprato a nome di un «centurione»; i braccialetti sono usati ma funzionano. La Beretta risale alla fine della seconda guerra mondiale; è l'unica cosa che gli restituisco, passandogliela sotto il tavolo. «Non sono mai stato qui», lo avviso. Jonás giura facendosi il segno della croce, e mi chiede del Salteño mentre ingoia le lasagne. La conversazione si sposta inevitabilmente sui fatti di Goose Green. In via San Marcello emette un rutto sonoro e mi augura ogni bene; non perdo nemmeno un secondo: libero la stanza e prendo il treno della notte verso il regno dei Medici. Cerco una pensione economica vicino alla stazione e soprattutto alla Grotta di Leo, dove gli autisti vanno a mangiare a tutte le ore, e dove posso mostrare la foto di Mariela Lioni, uno dei pochi scatti in cui non è in abito nero, con i capelli corti scoperti, mentre partecipa a una maratona sulla Costanera Sur.

Appena fa giorno mostro la foto in zona, balbettando la favoletta della madre che la sta cercando. Qualcuno mi racconta di rapimenti oscuri e del traffico di donne in Europa; il secondo giorno, una vecchia dice che le ricorda una commerciante di Ponte Vecchio. Quando mi avvicino al negozio in questione, però, scopro che la donna ha dieci chili di più e una decina d'anni di meno. Tengo d'occhio gli Uffizi e passo un intero pomeriggio a guardare la processione incessante di turisti; da una finestra del piano superiore vedo l'unico quadro che mi commuove: l'incredibile tramonto alle spalle dell'Arno. Penso a Cálgaris, non solo perché proprio poco tempo fa mi guidava tra queste stesse sale e corridoi, ma perché ormai sa senz'altro che sono qui. Ha due alternative; informare le autorità locali (polizia e ambasciata) o lasciare che vada a schiantarmi contro il muro. La prima delle due è complicata, gli propineranno un sermone senza andare per il sottile: non è nemmeno in grado di controllare i suoi agenti. La seconda è più semplice, a parte il fatto che potrei combinare qualche danno nello schianto. Comunque sia, potrà sempre appellarsi al fatto che mi aveva licenziato e stavo agendo in veste personale, a mio rischio e pericolo, e soprattutto a sua insaputa. Sono sicuro che il vecchio abbia già preso in esame tutte le vie d'uscita e che non sia particolarmente preoccupato da questa insubordinazione. Dal suo punto di vista sono imprevedibile e incapace quanto Jonás.

Di buon'ora, mostro la foto di Lioni alle guide dei musei, e rimango per un po' nella Galleria dell'Accademia, lasciandomi trascinare dalla folla. A metà pomeriggio prendo un taxi per andare all'Istituto delle Serve di Maria, e nel mio mezzo italiano parlo con la suora più anziana: non riconosce Mariela, ma fa una fotocopia dello scatto per mostrarla a insegnanti e alunne; per qualunque evenienza prende nota del mio numero di cellulare. Mi accompagna a vedere la piccola chiesa risalente al 1899 e mi rende edotto sul culto dell'Addolorata. Torno in centro, che la sera percorro in tutte le direzioni possibili; a notte fonda mi infilo le scarpe da corsa e mi unisco alle donne che fanno running nelle strade deserte. Mostro anche a loro la foto di Lioni, ma non ho risposte positive. È stato proprio lì che ho avuto quella sorta di presentimento, ma adesso penso che si sia trattato di una semplice coincidenza. Strano, perché nel mio mestiere le coincidenze non esistono, come nemmeno le magie. Ma come negare la magia del destino tra cattedrali e basiliche, in mezzo a tutta quest'arte sacra?

Mi avvicino agli agenti in uniforme e attacco la mia solita litania; uno di loro, che si vanta di essere un buon fisionomista, dubita qualche istante, ma non mi sa dare nemmeno una traccia. In piazza della Signoria, una guardia giurata accetta una sigaretta e, notando le mie difficoltà con la lingua, mi suggerisce di parlare con un suo collega che sa lo spagnolo. Lo chiama e me lo passa, gli spiego la situazione. Ha un accento andaluso, e mi rimbalza a un certo Zingaretti, membro della squadra mobile della polizia di Stato, la cui madre è cubana, motivo per cui lui mastica la lingua. C'è un bar in periferia dove i poliziotti si ritrovano al termine del servizio. Zingaretti è calvo, muscoloso ed espansivo, e adora praticare lo spagnolo. È un collega, e non posso mentirgli: sto cercando una donna che è scomparsa da Buenos Aires ed è qui sotto falso nome. «Hai una vaga idea di quanta gente c'è a Firenze, sotto falso nome? Fai bene a controllare i musei, se pensi che possa farsi viva lì, ma è più probabile che viva e lavori tra gli immigrati clandestini. In periferia. Non è una brutta donna, magari ha accettato di lavorare con i marocchini, gli albanesi o i moldavi, che gestiscono il giro della prostituzione. Mandami una scansione della foto, così controllo se c'è qualcosa sul nostro database delle persone scomparse.» È gentile, ma non sa resistere e cerca di capire chi sono davvero: seguo il protocollo che mi hanno insegnato; non credo che indagherà, ma se gli venisse in mente di chiedere conferma delle mie generalità alla Polizia federale argentina inciamperà in una burocrazia estenuante, trovando alla fine una pagina online che conferma il mio ruolo di vicecommissario, se il padreterno della Casita non mi ha fatto sparire anche da lì. La faccia di Mariela Lioni, con la sua vera identità e il falso nome, entra così nei server della polizia ferroviaria, della polizia postale della Toscana, della squadra mobile, della polizia stradale e in altre sezioni affini. Si tratta di un gesto di amicizia e di collaborazione disinteressata, motivo per cui nessuno si impegna più di tanto. E ovviamente nessuno vince la lotteria: quarantotto ore dopo Zingaretti mi informa che nessuno ha alzato la mano.

Noleggio una macchina per fare un giro nei sobborghi,

avere conferma della modestia dei quartieri popolari, le zone degradate, con gli edifici occupati e i senzatetto, e infine le cittadine industriali della cintura, fino ai centri medievali di Certaldo, Vinci e Castelfalfi. In ognuno di quei posti scendo, consumo un po' le suole, chiedo di Mariela e faccio vedere la sua foto. La giornata sembra non finire mai, ceno con una pizza sottilissima e un piatto di spaghetti alla Grotta di Leo, cercando in tutti i modi di ubriacarmi, tanto è lo sconforto. Questa storia è una follia; sempre che la suora si nasconda ancora a Firenze, impiegherei comunque un anno intero a trovarla. E non ho carburante nemmeno per dieci giorni. Quando sono ormai a letto, Mariela mi appare nei sogni come la statua greca di Villa Torlonia; mi sveglio zuppo di sudore gelido, sentendo la sua presenza nel buio della stanza.

Da quell'istante succede qualcosa che non riesco a catalogare: mi abbandono alle vie del centro storico, all'ombra delle vecchie chiese e all'improvvisazione errante. Sento campane ovunque, mi siedo su splendide gradinate e passo le giornate a scrutare donne di ogni età, come un maniaco. In diverse occasioni l'immaginazione mi gioca un brutto scherzo, e mi ritrovo a seguire una donna per le strade, finché non scopro con amarezza che non le assomiglia nemmeno. Una volta mi sembra di scorgerla mentre gira l'angolo e le corro dietro, ma la perdo e mi dico che dev'essere stato un miraggio. Dove ti sei infilata, Mater Dolorosa? Dove? All'improvviso mi ritrovo in una cappella, ad ascoltare il rosario delle vecchie, sento qualcuno che mi sfiora una spalla, ma quando mi giro non ci sono altro che l'aria e l'incenso. Di punto in bianco colgo il sussurro mistico della sua voce nel coro di preghiere di una basilica, ma è solo una chimera acustica. Come nell'epilogo di Mount Longdon, nei padiglioni delle carceri in cui ero infiltrato, nelle cantine della bidonville in cui ho trascorso i miei giorni clandestini, sto perdendo di nuovo il senso della realtà. Ho la nausea e mi sento privo di forze. Sono malato, ma non so che nome dare a questo disturbo languido e acuto.

Faccio visita ai bordelli, pago alcol e donne senza andarci a letto, solo per sapere se qualcuna di loro ricorda quel viso. Nessuna ne ha memoria. A metà di una giornata di tiepido sole, tre giorni prima di lasciare l'Italia per sempre, mi sembra di scorgerla sui gradini di Santa Croce, accanto al monumento a Dante. Un flash nell'andirivieni della folla che mi impedisce di vederla bene. Scettico come non mai, con un timore fisico dell'ennesima delusione, aguzzo la vista, ma ottengo solo una visione frammentaria: una donna dai capelli lunghi e bianchi raccolti in una coda, che sta mangiando qualcosa, forse un panino ormai a metà, avvolto nel cellophane. È vestita di nero, ma ha le scarpe bianche. Mi avvicino a fatica e pieno di dubbi, ostacolato da decine di turisti che si muovono in direzioni opposte. Come se mi avesse sentito arrivare, lei solleva di scatto il mento e mi guarda, in mezzo alla gente. Uno sguardo gentile, con quegli occhi che mi riempiono di incertezze. Non li abbassa mai, però, e io mi muovo al rallentatore, nella quasi certezza che sto andando a sbattere contro un'altra gaffe imbarazzante. A quel punto la donna, senza che nulla cambi nella sua espressione, lascia cadere il panino e sparisce. Due uomini mi bloccano la visuale per una frazione di secondo, e quando si scostano lei è svanita nel nulla. Sgomito per arrivare agli scaloni, li salgo per avere una prospettiva migliore. In quell'attimo sacro, vedo la donna che corre a pugni stretti verso la destra, schivando i turisti. La spossatezza che mi schiacciava sino a un attimo fa sparisce, e sento la scarica di adrenalina nelle vene: corro con la mente sgombra, ben sapendo che ha un vantaggio di almeno una sessantina di metri e sarà difficile raggiungerla. Non penso neanche lontanamente che possa trattarsi di un'altra donna in fuga, che è scappata perché mi ha preso per un poliziotto. Mentre corro a zig-zag in quella marea umana, capisco che quella scattista allenata è davvero la novizia con le ali ai piedi di Villa Puntal.

L'inseguimento si dimostra difficile e pieno di ostacoli. All'improvviso lei gira a sinistra, si infila in un vicolo acciottolato e gira ancora. Nessuno dei due ha il ritmo lento dei maratoneti: stiamo bruciando le energie a venti chilometri all'ora in questo labirinto inestricabile. Non riesco a guadagnare terreno. Una moto spunta fuori da una stradina e quasi mi investe, costringendomi a fermarmi. Sento imprecare alle mie spalle e continuo a correre con falcate lunghe e ritmiche, il cuore che mi batte in gola. Mariela continua a correre, veloce ed esile, verso il fiume, poi gira verso ovest e si avvicina a un viale. Le vado dietro, correndo sui marciapiedi, rassegnato a ignorare i semafori. Si sentono colpi di clacson, frenate e insulti. Attraversiamo passaggi angusti, accanto a palazzi e monasteri; la vedo spintonare un vigile che cerca di fermarla. L'uomo cade a terra, incredulo, lei sguscia via tra i passanti e per un minuto e mezzo sparisce dalla mia visuale. Mi fermo a prendere fiato e a biasimarmi per il vizio del fumo, ma intanto cerco di indovinare da quale parte sia andata. Per un attimo penso che si sia nascosta per riprendere fiato, come me, ma poi la vedo che corre lungo la strada, a una velocità fantascientifica. La seguo con tutte le mie forze, a rischio di farmi venire un infarto. Non so se ha un itinerario chiaro in mente o se sta improvvisando; quel che è certo è che ci stiamo allontanando dal centro, verso zone più popolari. D'un tratto la vedo, ferma a un angolo ad ansimare, e mi avvicino senza preoccuparmi delle conseguenze. Lioni, appoggiata alla parete a boccheggiare, mi vede e si rimette in movimento come un pupazzo appena ricaricato. Io sono a terra, costretto a fermarmi dov'era lei un attimo fa, puntellandomi allo stesso muro. Non la perdo di vista un secondo mentre sputo i polmoni e mi passo il dorso della mano sulla fronte per asciugare il sudore. Non riuscirò a prenderla, a meno che qualcuno non la trattenga. Ma non conviene mai aspettarsi miracoli, nemmeno in questa città di angeli e demoni.

Come se fossi immerso nel Río de la Plata, impegnato a lottare per salvarmi la pelle, faccio un ultimo sforzo e riprendo la marcia. Adesso corriamo su una strada asfaltata e ampia, stranamente silenziosa. Riesco quasi a sentire la sua fatica, come se fosse una tennista che ha fatto ammutolire la tribuna, tanto che si sentono i suoi lamenti a ogni rovescio. Ho i crampi allo stomaco e la vista annebbiata, ma non voglio accorciare la falcata; corro, corro senza risparmiarmi in questa vergognosa gara verso il fallimento. Capisco che ha rallentato, ma anch'io sono ormai al limite delle forze e senza fiato. Il ritmo è diminuito, sembriamo due zanzare ridicole e tristi. Mi fermo, cado in ginocchio come un pugile messo al tappeto da un novellino e annaspo come se stessi affogando. Non mi rimane un briciolo di volontà; il mio cervello dà ordini, ma i muscoli si rifiutano di ubbidire e credo che diversi organi stiano per esplodere. Mi conosco: sono alla frutta. Ma a quel punto Mariela Lioni si volta e si ferma. E fa qualcosa di strano: torna indietro lentamente, un passo dopo l'altro, come se volesse osservarmi da vicino, consapevole che ormai sono inoffensivo, forse addirittura preoccupata per la mia vita. È divertente, ma non per me. La Mater Dolorosa sta ansimando a propria volta, ma sembra un soffio di beatitudine. Si avvicina in controluce, e la sua ombra calpesta i miei resti stremati. È una scena spettrale, silenziosa; cerco di pronunciare il suo nome, senza riuscirci. Mi osserva per un tempo indefinito, si allontana senza fare rumore e io mi sdraio sull'asfalto, con una gran voglia di piangere.

Non so quanto resto lì, in quella posizione umiliante. Impiego un'eternità a sollevarmi e poi ad alzarmi. Quando infine lo faccio, vedo due bambini con una palla, che mi guardano incuriositi. Uno dei due fa segno verso una viuzza laterale, e lo ringrazio con una smorfia stanca. Zoppico in quella direzione per sette, otto isolati, fino a una fermata dei taxi. Regalo a uno degli autisti una banconota e gli mostro la foto sgualcita. Lui mi dice «aspetta», e chiede qualcosa alla radio, parlando con un collega. «Via Baracca», mi fa, non appena chiude. «Ci andiamo?» Frugo in tasca cercando il cellulare che mi ha dato il centurione e chiamo Zingaretti. «È a Novoli», conferma, facendo schioccare la lingua. «Una zona di immigrati e disperati. Ci sono stati molti sgomberi e c'è gente che si crede il Che Guevara. Occhio agli spacciatori di hashish.» Accetto la proposta del tassista e mi faccio portare là. Mi sento sporco e fradicio, e le mie gloriose aspettative sono crollate, anziché crescere.

La prospettiva di un poliziotto deforma qualunque paesaggio: il quartiere non mi sembra così lontano né tanto degradato. Ci muoviamo a venti all'ora, in modo che io possa guardarmi bene attorno. Il tassista mi spiega che la donna della foto è scesa davanti a quei palazzi dall'aria pulita e accogliente, ma che il suo collega non ha fatto attenzione a dove si è diretta. Gli do un'altra banconota e gli chiedo di aspettarmi. Scendo e cammino sul marciapiede, attraverso la strada e torno indietro lungo il marciapiede opposto. Mi infilo nelle vie più strette e guardo le finestre di quegli edifici quadrati. Mostro la foto ad alcune persone, che mi guardano con sospetto, e mi muovo in cerchio, cercando me stesso. Suona bizzarro, ma a forza di girare in tondo mi arriva un segno. È come una di quelle intuizioni inspiegabili degli animali che vivono nei boschi. Abbasso lo sguardo dai balconi e vedo un ristorante modesto e scialbo in una traversa. Rimango immobile, indeciso sul da farsi, come se stesse per succedere qualcosa. Che puntualmente si verifica: la porta di vetro si apre, ed esce suor Mariela. Indossa un grembiule rosso e verde da cameriera e una maglietta pulita a maniche corte. I capelli bagnati sono sciolti, gli occhi castani brillano vivaci. Per un intervallo di tempo infinito si limita a sbattere le palpebre. Potrebbe mettersi di nuovo a correre, invece rimane lì, come se fosse davvero di marmo. Non oso muovermi di un centimetro, nel timore che si spezzi. Lei solleva appena le braccia e le gira, come a mostrarmi le piaghe o le stigmate di cui soffre, e si avvicina come se fosse diretta al patibolo o alla crocifissione. Ha uno sguardo indefinibile, dolceamaro e bello. Quando mi è davanti avvicina le braccia e unisce i polsi sottili come a offrirmeli, e io le infilo con deferenza le manette.

Meno di due ore dopo saliamo sul primo treno. Docile e muta, assolutamente inespressiva, Mariela Lioni si è lasciata portare in taxi al mio albergo, mi ha seguito in camera, ha aspettato seduta sul bordo del letto che mi lavassi, mi cambiassi e preparassi la valigia; ha ascoltato senza tradire emozioni le mie telefonate alla segreteria del Vaticano e alla portineria di Santa Marta, oltre ai messaggi per padre Pablo che ho lasciato in tutti gli uffici. Più tardi le ho tolto i braccialetti e le ho spiegato con precisione scientifica quanto potrei farle del male premendole due dita tra la clavicola e la scapola, oppure sotto la mandibola, appena dietro l'orecchio. Non ha reagito, ma sembrava che avesse accettato con serenità il mio ordine implicito. Si è lasciata addirittura abbracciare mentre camminavamo l'uno accanto all'altra in stazione e quando siamo saliti sui vagoni diretti alla stazione Termini. È un treno ad alta velocità, quindi nessuno dei due dovrebbe avere bisogno di usare il bagno. Stranamente, non riesco a rallegrarmi di questa cattura né cerco di farle qualche domanda; del resto non so nemmeno se mi risponderebbe. Quando le ho tolto il grembiule rosso e verde, nella tasca anteriore ho trovato una banconota da cinque euro, forse una mancia. Adesso la stringe nella mano sinistra, come se ne andasse della sua vita. Di persona è più magra e più alta, e i lievi solchi sulla fronte, tra le sopracciglia e attorno alle labbra che non conoscono il rossetto sono molto più profondi. Gli occhi castani si perdono nelle pianure toscane e nelle città frenetiche che attraversiamo. Mi torna in mente la teoria di Delfina Maggi, la ferita dell'anima. Tutti siamo stati feriti, e passiamo gli anni a lottare contro quella sofferenza, che alcuni di noi non sono nemmeno in grado di riconoscere.

Il cellulare vibra; il mio interlocutore si presenta come il segretario personale di padre Pablo. Mi chiede il numero del treno e l'orario di arrivo in stazione: verrà a prenderci in macchina. Stendo le gambe senza muovermi dal sedile; Lioni giocherella con i suoi cinque euro. Dietro di lei, il sole si sta coricando sulle colline e sui campi seminati. Mi chiama Pablo, che non perde mai l'aplomb: gli racconto in sintesi dove si nascondeva suor Mariela. «La magnifica ironia del Signore», commenta. Non credo che sia una frase sua, né che sia diretta a un semplice bracconiere. Adesso la martire di Villa Puntal sta trasformando la banconota in un origami, simile a un uomo con la coda da scorpione. Alla stazione Termini troviamo ad attenderci il pretino solerte e preciso che ci aveva introdotto nel Palazzo Apostolico. Saluta Mariela, senza risultato, prende la mia valigia e ci accompagna su una BMW nera fino alla città santa. Lioni osserva le pareti riccamente decorate delle stanze vuote, mentre i nostri tacchi risuonano come scoppi nella Stanza della Segnatura. Con il taccuino nero e la matita, Pablo ci aspetta di fronte alla *Scuola di Atene*, come se non se ne fosse mai andato. Quando ci vede, però, lascia andare i suoi strumenti, inarca le sopracciglia e fa un sorriso aspro. «Che gioia», dice, senza la minima traccia di allegria, e accenna un abbraccio. Mariela Lioni retrocede di una spanna, rifiutando il gesto di pace, e gli mostra la figurina stropicciata fatta con la banconota. Pablo strabuzza gli occhi, senza capire, e a quel punto lei si vede obbligata a pronunciare un'unica parola, «Gerione», a voce spenta. Il sacerdote vacilla, con la fronte aggrottata, prende con due dita il mostro dalla coda da scorpione e lo sostiene in aria, come se fosse velenoso. «Dante», commenta, e deglutisce. Il pretino solerte mi sfiora un gomito, invitandomi a lasciare il suolo sacro.

Quando vedo il mio riflesso nello specchio dell'ingresso, penso agli occhi stanchi e minacciosi, armati di spade e di pesanti armature, che proteggevano il Bambino nella Casina delle Civette. Prendo la valigia e cammino come un viaggiatore senza meta e senza tempo, indifferente a tassisti e venditori ambulanti, ai turisti e allo sfarzo. Arrivato a ponte Vittorio Emanuele, poso la valigia e accendo l'ultima sigaretta, guardando il Tevere. Il vento mi spettina e mi culla come in una ninna nanna. Non so quanto tempo rimango con i gomiti su quella ringhiera ornamentale. Mi riscuote il telefono che vibra. Riconosco il numero di Leandro Cálgaris, ma per la prima volta in vita mia non gli rispondo.

Il mal di gola è sparito.

Ringraziamenti

Voglio esprimere la mia eterna gratitudine a Diego Arguindegui, per la minuziosa revisione storica, geografica e artistica del romanzo. Ringrazio in modo particolare Hernán Lapieza e Ricardo Brom, per la consulenza tecnica e professionale e i preziosi consigli da lettori scrupolosi. Mi hanno offerto un grande aiuto anche Hernán Cappiello, Fabián Calle, Daniel Sabsay e Hugo Alconada Mon. Grazie a loro i miei errori sono stati arginati. Tuttavia, come è uso ricordare, loro non sono responsabili di quelli rimasti; è doveroso segnalare che mi sono preso un certo numero di licenze poetiche, prerogativa di qualunque scrittore. Dedico questo libro a due eroi in carne e ossa, fonte costante di ispirazione, entrambi protagonisti di *La hermandad del honor*, padre Pepe e Claudio Espector. Nessuno dei due ha gettato la spugna né si è lasciato corrompere.

Sebbene questa storia sia basata sull'esperienza personale e su uno sguardo realistico sul lato occulto della politica, non è un romanzo in codice e tutti i personaggi, i luoghi e le circostanze sono frutto esclusivo della mia fantasia. La misteriosa organizzazione dei Dragones Mutantes è completamente inventata: è nata con *El puñal* e ritorna in queste pagine, quindi non vuole alludere a nessun gruppo reale di nessun genere. Anche la Provincia della Patagonia in cui si svolgono i fatti e Villa Puntal sono fittizi; come ha detto qualcuno, eventuali coincidenze con la realtà... sono da imputare alla realtà.

Questo libro è dedicato a Oscar Conde, mio fratello, con il quale, a quattordici anni, sognavamo questi romanzi.

Indice

Questo libro è stampato col sole

Azienda carbon-free

Fotocomposizione: Macchia Nera di Andrea Bongiorni
Milano

Finito di stampare
nel mese di maggio 2019
per conto della Longanesi & C.
da Grafica Veneta S.p.A. di Trebaseleghe (PD)
Printed in Italy